Sur un malentendu,
tout devient possible !

Alex d'Aboise, Laura Bennevault,
Carole Cerruti, Fanny Gayral,
Caro Manaël, Déborah J. Marrazzu,
Sandra Mézière, Audrey Perri,
Amélie Petitpas,
Colombine Rosier, Gala de Spax

Sur un malentendu, tout devient possible !

Nouvelles

J'AI LU

Sommaire

Alex d'Aboise

Trop beauf pour être vrai

C'était ce qu'on appelle, dans le jargon du journalisme, un marronnier. Un de ces sujets mille fois traités qui reviennent régulièrement, comme les feuilles des arbres, dans les pages des journaux, chaque fois que le vide de l'actualité éditoriale l'exige.

On a testé pour vous les sites de rencontre !

C'était au moins la troisième fois que Valérie couvrait ce sujet pour le magazine féminin branché qui l'employait. Elle en avait fait part à Marc, son rédacteur en chef.

— Eh bien, tu n'as qu'à faire quelque chose d'un peu différent, cette fois-ci. Tu n'as qu'à traiter ça de façon un peu décalée, un peu drôle...

Génial. Exactement ce que Valérie avait déjà fait les fois précédentes. De toute façon, être décalée, c'était à peu près tout ce qu'elle savait être.

Cette pensée la fit sourire. Dans le fond, elle aurait eu tort de se plaindre. Elle aimait profondément son boulot, et presque autant son rédac-chef, qui lui avait tout appris du métier, et à qui elle devait bien, de temps en temps, un article de pur remplissage.

Depuis quinze ou vingt ans que ces sites existaient, tout avait été dit, redit et re-redit à leur sujet. Et ce n'était pas les quelques soi-disant innovations (sites réservés aux cadres supérieurs, aux libertins, aux parents solos...) qui en feraient un sujet neuf.

Alors, dans ces conditions, pourquoi ne pas rédiger l'article en immersion ? En se faisant passer pour la cliente d'un de ces sites et en traitant le sujet de l'intérieur ? Valérie s'était donc inscrite sur Love At First Site, la plateforme de rencontre la plus en vogue, fréquentée par les trentenaires urbains branchés de toutes les capitales européennes. Beaucoup de jeunes expats, d'étudiants étrangers, d'artistes en résidence, loin de chez eux, venaient y chercher l'âme sœur de toute une vie ou le vibrant frisson d'une unique nuit.

Un site moderne et décomplexé, qui n'avait pas tardé à se faire une réputation sulfureuse, ce qui avait assuré son succès.

— LAFS (c'est ainsi que l'on abrégeait le nom du site) ! Il est canon, ce site !

Candice, la prof de théâtre délurée qui partageait l'appartement avec Virginie, était enthousiaste.

— J'y ai rencontré un nombre incalculable de BG... Jamais été déçue par LAFS.

Par « BG », Candice voulait dire « Beau Gosse ». Et le fait qu'elle n'ait jamais été déçue par le site ne signifiait pas pour autant que ce dernier était irréprochable. Candice croquait la vie sous tous ses aspects, et ne s'y était certainement pas inscrite en vue de se caser et de trouver un père pour ses futurs enfants.

— C'est le meilleur site du genre. Tiens, tu te souviens de Guim, de Barcelone ? Et de Neil, qui arrivait de Belfast ? Eh bien, c'est via LAFS que je les ai rencontrés à leur arrivée à Paris.

Valérie se souvenait, en effet. Elle ne put réprimer un sourire :

— Ah oui, Guim. Celui qui ronflait si fort que tu l'as envoyé dormir sur le canapé dès la première nuit. Et Neil, qui est resté trois jours, et qui a disparu sans laisser de trace. Et qui nous a valu une visite de la brigade des stupéfiants. Le bel Irlandais qui était recherché par toutes les polices d'Europe... Bon sang, j'ai bien cru que les inspecteurs allaient nous retourner tout l'appart ; pour des prunes, d'ailleurs, puisqu'ils n'ont rien trouvé !

— Et pour cause, répondit malicieusement Candice.

Valérie s'était toujours douté que sa colocataire avait réussi à soustraire les paquets suspects du trafiquant à la police, sans en avoir vraiment eu le cœur net. Et d'ailleurs elle préférait ne pas savoir. Alors elle se contenta d'ajouter :

— Tu parles d'un site, franchement...

Les yeux de Candice s'illuminèrent :

— Tu es sévère, on a pourtant bien ri. Et puis, c'est grâce à Neil que j'ai pu rencontrer Sébastien.

Valérie ricana :

— Oui, c'est sûr, vu comme ça.

Sébastien était le lieutenant de police qui dirigeait l'équipe venue mener l'enquête chez les deux filles. Beau gars, costaud, aimant l'action, à l'aise dans son jean et son tee-shirt qui moulait son corps bodybuildé. Il était viril et aimait séduire. Tout pour plaire à Candice. Leur relation avait été explosive et merveilleuse, jusqu'à ce qu'elle découvre que son flic de choc était marié. Et Candice avait fini par désactiver son compte LAFS.

— Bah, de bons souvenirs tout de même, déclara-t-elle, philosophe. Et ton article, il est pour quand ?

— On boucle en milieu de semaine prochaine.

Candice fit un rapide calcul mental :

— Voyons... une semaine... sur un site comme LAFS... en ne comptant pas les dimanches... ça fait facile une douzaine d'hommes à rencontrer.

Elle prit un air gourmand face à cette perspective qui la laissait rêveuse.

Valérie aimait bien sa colocataire, qui sous des airs de croqueuse d'hommes un peu fofolle était en fait une véritable amie, fiable, bienveillante et à l'écoute.

Les deux jeunes femmes vivaient ensemble depuis la fac, et souvent elles se disaient qu'il serait temps que chacune vive dans son propre appartement. Pourtant, elles se trouvaient très bien ainsi : Valérie appréciait le côté pratique et fonceur de Candice, qui s'employait à régler les mille et un soucis du quotidien (fuites d'eau, rapports avec le propriétaire, lettres de relance de factures de gaz, etc.), tandis que cette dernière appréciait la stabilité émotionnelle et le bon sens pondéré de la journaliste.

Et si l'on considérait les prix effarants de l'immobilier à Paris et petite couronne, partager l'appartement était la seule solution viable.

Cependant, ce dernier devenait lui aussi trop cher. Après avoir un temps hésité à déménager, elles résolurent de trouver une troisième personne, qui habiterait la chambre d'amis, là où Candice entassait jusqu'à présent ses dizaines de paires de chaussures et ses kilos de lingerie. La pièce en était remplie, comme une penderie de théâtre, au point qu'elles se demandaient où Candice allait bien pouvoir ranger tout cela.

Candice voulait avoir un droit de veto sans appel sur le choix de la future personne, aussi Valérie lui laissa-t-elle le soin de s'en occuper. À la réflexion, et connaissant le caractère et les goûts de Candice, c'était peut-être risqué mais Valérie n'avait pas le temps de s'en occuper. Et puis, de toute façon, dans le pire des cas, et pour reprendre la philosophie de son amie, ça ferait toujours de bons souvenirs.

Valérie s'inscrivit sur Love At First Site. Sous le pseudo très original de VAL75. Candice fut outrée par un tel manque d'imagination et lui conseilla un nom beaucoup plus aguicheur, beaucoup plus suggestif. Valérie fit remarquer qu'elle ne voulait pas attirer tous les pervers et autre cas sociaux du Net, que c'était bien assez embarrassant de se faire passer pour une jeune femme cherchant l'âme sœur alors qu'elle était très satisfaite de sa vie de célibataire (là, elle mentait un peu), et que de toute façon, cela ne regardait qu'elle.

Candice avait pris son petit air vexé, bouderie qui, comme d'habitude, ne dura pas longtemps, puis s'était enfermée dans la chambre surnuméraire afin de faire l'inventaire des quintaux de vêtements à dégager.

Un bol d'infusion de lavande bio à la main, Valérie profita de ce répit pour se familiariser avec le site. Comme le (mauvais) jeu de mots de son nom le suggérait, le concept était, pour les jeunes urbains surbookés, de décider dès la première rencontre, au bout de quelques instants seulement, si les deux participants voulaient donner suite. LAFS se présentait comme une plateforme de rencontre classique, mais on imagine aisément que les choses pouvaient vite se transformer...

Ce concept révoltait Valérie qui, elle, avait besoin de confiance et d'intimité avant de pousser un tant soit peu plus loin une relation avec un homme. Cependant, elle se fit une raison en se disant qu'on lui demandait de rédiger un article pour son mensuel, pas un contrat de mariage chez le notaire.

Tout de même... Se livrer ainsi sur un site, choisir un homme sur quelques critères succincts, se donner rendez-vous dans un bar et décider, en très peu de temps, si l'on va accepter l'invitation à dîner de l'inconnu, ou pire, s'entendre dire qu'il ne désire pas poursuivre, chose plus humiliante encore...

Valérie ne put s'empêcher de penser qu'elle faisait ce métier de journaliste pour changer le monde, dénoncer l'injustice, ouvrir les yeux des lecteurs, alerter l'opinion...

Et puis surtout, et ça elle devait bien se l'avouer, cette petite expérience mettait en danger son train-train de femme seule.

Car elle avait exagéré en déclarant à son amie qu'elle était très satisfaite de sa vie de célibataire. Certes elle n'était pas à plaindre entre ce job qu'elle aimait (malgré certains sujets débiles), Candice et ses autres amies, Paris qu'elle adorait par-dessus tout...

Et pourtant... Vivre encore en colocation à son âge, quand la plupart de ses amies étaient casées, sinon mariées et mères de famille. Elle avait parfois l'impression de vivre comme une étudiante. Au jour le jour, profitant des petits plaisirs du quotidien, bien sûr, mais passant à côté du vrai bonheur. Libre et seule.

Quand elle confiait à Candice ses états d'âme, cette dernière qui, au contraire, ne pouvait imaginer vivre autrement que célibataire, réagissait au quart de tour :

— Houlà, alerte rouge ! Crise de la prétrentaine en vue ! Appel à toutes les unités ! Valérie, ma chérie, pose cette tisane bio, va vite enfiler ce que tu as de plus sexy, et en avant pour la tournée des grands-ducs ! Je sais ce dont tu as besoin.

Alors Valérie se laissait entraîner par le tourbillon et, un beau sourire mélancolique aux lèvres, elle exécutait les ordres de son amie à la lettre, et la suivait bientôt dans les bars et les boîtes de nuit les plus branchés de la capitale. Elles dansaient toute la nuit, attirant par leur jeunesse et leur entrain tout ce que Paris compte de beaux mâles. Elles dansaient et buvaient à en perdre la tête, jusqu'au petit matin où, après avoir attrapé un taxi au vol, elles rentraient chez elles. Valérie, enivrée et rassurée sur son pouvoir de séduction, était heureuse.

Mais toujours seule.

Elle chassa ces idées noires en se plongeant dans le travail. Son stylo à tête de lapin et un bloc de papier recyclé devant elle (depuis le lycée, où elle croyait encore pouvoir changer le monde, elle n'écrivait que sur du papier recyclé), elle commença à prendre des notes pour son article : premières impressions, idées à développer, possibilités de titres, etc.

Elle dut bientôt admettre que le site était moins déprimant que ce qu'elle avait cru tout d'abord. Déjà, tous ceux qui y étaient inscrits connaissaient les règles du jeu. Et y jouaient à leurs risques et périls. Puis, certains profils étaient vraiment drôles, surtout ceux des hommes, dont parfois la timidité perçait sous l'humour décalé. Valérie se demanda d'ailleurs comment il était possible d'être timide sur Internet. Dans la « vraie vie », elle pouvait le comprendre, mais sur Internet ? Si ces hommes, par écran interposé, n'arrivaient pas à être sûrs d'eux-mêmes, leur « vraie vie » sociale était sans doute compliquée. C'est alors que, pour la première fois, elle prit toute la mesure de l'importance, pour ces personnes-là, des sites de rencontre.

Et puis, excepté les dragueurs carrément lourdingues aux propos douteux, voire salaces, la majorité des participants semblait plutôt convenable.

Valérie était jolie et avait, en tout cas, bien choisi la photo illustrant son profil. Ainsi, au bout d'une heure, elle avait déjà établi quelques contacts et échangé quelques messages. Elle ne put s'empêcher de se prêter au jeu de la séduction. Elle laissa donc sans réponse les derniers envois des hommes avec qui elle échangeait, pour les faire mariner un peu, et fila se coucher.

Comme toute véritable Parisienne, Valérie était une véritable provinciale. Une Bretonne, des environs de Rennes. Où vivait son père. Elle décida d'aller y passer la fin de semaine. Là, avec son portable et une connexion Internet, elle serait en mesure de travailler tranquillement à son article et, dès son retour à Paris, pourrait donner rendez-vous à quelques adhérents du site.

Elle se voyait déjà dans le jardin paternel, à l'ombre d'un parasol, un verre de rosé à la main, dans une chaise longue, l'ordinateur sur les genoux.

Il plut des cordes pendant deux jours. Elle pensa en attraper une bronchite.

Son père n'allait pas fort. Il vieillissait à vue d'œil. Au physique comme au moral. Depuis la mort de sa femme deux ans auparavant, la dépression s'installait doucement. Il radotait, ne faisait plus grand-chose. Il n'attendait que l'heure des repas pour ouvrir une bonne bouteille de vin.

Aussi Valérie s'isola-t-elle dans son ancienne chambre, au dernier étage du modeste pavillon. Là, elle se sentait bien. Rien n'avait changé depuis son enfance. Pas même les posters de chanteurs et d'acteurs complètement oubliés aujourd'hui. Sur l'oreiller de son lit, Bubulle, une espèce de poisson en peluche monstrueux, son doudou préféré à l'époque, en compagnie de qui elle s'était juré de sauver le monde étant enfant (« Je sauverai la terre, et toi, Bubulle, tu t'occuperas des océans ! »), semblait l'attendre, avec l'air débile que lui donnaient sa bouche grande ouverte et ses yeux globuleux.

Au matin du dernier jour de son séjour, en ouvrant LAFS au réveil, elle s'aperçut que quelqu'un s'était connecté sur sa session et, se faisant passer pour elle, avait discuté avec nombre d'hommes en envoyant force messages tous plus osés les uns que les autres ! Tous ces échanges avaient eu lieu au cœur de la nuit.

Elle fut envahie par une bouffée de panique, suivi d'un profond sentiment de honte. Elle craignit tout d'abord que son compte n'ait été piraté. Son premier réflexe fut alors de se connecter sur le site de sa banque. Tout semblait en ordre. Idem pour son adresse de courriel. La personne qui s'était connectée sous son identité sur LAFS n'était donc pas un hackeur. Ou, en tout cas, n'était pas malintentionnée.

Alors que 9 heures sonnaient, elle descendit se faire un café, puis remonta dans sa chambre afin d'essayer d'y voir plus clair. L'usurpateur avait cessé de converser vers 4 heures du matin. Depuis, silence radio. Elle passa cinq bonnes minutes à effacer tous les messages, et les réponses, qu'on avait postés sur son profil. Un peu rassurée, elle se demanda si elle ne ferait pas mieux de fermer carrément son compte. Mais comment, dans ces conditions, écrire son article ?

Elle décida d'attendre le soir, et son retour à Paris, pour demander conseil à Candice, quand elle eut une illumination :

— Bon sang, Candice !

Tout devint limpide. Elle sauta sur son téléphone portable et composa le numéro de son amie.

Cette dernière décrocha après de nombreuses sonneries, et répondit d'une voix pâteuse et ensommeillée.

Valérie, d'habitude si calme, ne put se retenir :

— Qu'est-ce que t'as fait, bon sang, qu'est-ce que t'as fait ?

— Hein ? Quoi ? C'est qui ?

— Bon sang, qu'est-ce que t'as fait ? répéta-t-elle. Je ne peux pas partir deux jours sans que tu mettes tout sens dessus dessous !

— Ah, c'est toi...

L'intonation de Candice était hésitante, et son articulation approximative.

— Ma parole, tu as la gueule de bois ? lança Valérie.

Candice bafouilla :

— Non... ah si... t'as raison... ça alors, comment tu sais ?

Valérie ignora la question. Elle attaqua bille en tête :

— C'est toi qui t'es connectée cette nuit sur mon compte LAFS ?

— Non... ah si... Mais... comment tu sais ?

Alors Valérie déversa par téléphone tout ce qu'elle avait sur le cœur : qu'elle ne supportait pas l'inadmissible sans-gêne dont Candice avait fait preuve en se faisant passer pour elle, l'intrusion que cela représentait dans sa vie privée, l'image que cela pourrait donner d'elle, jusqu'aux conséquences désastreuses que cela pourrait avoir sur son article et sur sa carrière.

La diatribe dura une bonne minute au bout de laquelle Valérie s'arrêta pour reprendre son souffle. Écoutant pour la première fois ce qui se passait au bout du fil, elle entendit au loin une chasse d'eau que l'on tirait, et les pas précipités de Candice qui revenait pour saisir son appareil.

— Tu m'écoutes au moins ? lança Valérie, hors d'elle.

— Hein quoi ? Oui, bien sûr, je ne fais que ça !

— Pffff... On ne te changera jamais.

Alors ce fut Candice qui explosa. Non pas avec colère, non pas avec fureur, mais avec la goguenardise insolente et tranquille de ceux qui savent que dans la vie, rien n'est vraiment grave :

— OK, excuse-moi. Voilà, t'es contente ? Je suis rentrée de soirée bourrée, et, comme j'ai gardé de bons souvenirs de LAFS, j'ai voulu y retourner. Au lieu de me créer un nouveau profil, puisque j'ai désactivé le mien, j'ai pris le tien.

Bien sûr, Candice avait retenu que le pseudo était VAL75, elle s'en était assez moquée !

— Et pour mon code secret, comment as-tu fait ?

— Ah ah ! Facile ! Je connais celui que tu utilises pour toutes tes opérations. Je sais que c'est le nom de cette monstruosité que tu as en fond d'écran sur ton téléphone, cette horreur de la nature, avec sa bouche d'abruti et ses yeux globuleux...

— Je t'interdis de parler de Bubulle comme ça !

C'était pourtant vrai. Valérie utilisait « Bubulle » comme mot de passe à toutes les sauces.

Elle était furieuse d'avoir été découverte si facilement. Elle en vint à se demander si Candice s'était déjà connectée à sa boîte mail. Cependant, elle décida que ce n'était pas le moment d'investiguer sur cela. Elle garda un silence blessé.

Candice semblait s'amuser comme une folle :

— Écoute, grâce à moi tu as des tas de demandes de rendez-vous. Fantastique, non ? Je veux vingt-cinq pour cent de ce que tu toucheras pour ton article.

— Tu es folle. Complètement folle.

Candice éclata de rire et Valérie lui raccrocha au nez.

La journée fut plutôt maussade. Valérie déjeuna du bout des lèvres avec son père, puis, tout de suite après le café, elle fila à la gare de Rennes, et de là rejoignit Paris.

Elle était décidée à passer un savon d'anthologie à Candice. Mais elle trouva l'appartement vide. Et un mot de son amie :

Maman malade (rien de grave). Suis obligée d'aller à Orléans. Retour mercredi. Pas eu le temps de te dire ce matin : j'ai RV ce soir à 21h au *Local*. Peux pas y aller DSL. Vas-y à ma place. PS : ça c'est pour me faire pardonner.

Le mot était accompagné d'un pot de Nutella XXL. L'attention fit sourire Valérie. Puis en relisant le mot elle pâlit :

... j'ai RV ce soir à 21h au *Local*. Peux pas y aller DSL. Vas-y à ma place.

Cette écervelée de Candice avait réussi à prendre un rendez-vous via LAFS ! Un vrai cadeau empoisonné. À cet instant, Valérie aurait pu étrangler son amie de sang-froid. Elle sauta sur son téléphone pour lui demander des explications ; bien entendu cette dernière ne décrocha pas. Elle rappela deux ou trois fois, toujours sans succès.

Il était hors de question qu'elle se rende à ce rendez-vous. Il n'y avait qu'à prévenir le malheureux élu afin qu'il ne gâche pas son dimanche soir à poireauter pour rien. Mais comment le joindre ? Elle avait effacé tous les messages qui avaient été échangés pendant la nuit et n'avait donc aucun moyen de le retrouver.

Elle regarda l'heure : 20 h 37. Tant pis pour lui. Ce ne serait certainement pas son premier lapin posé par une femme de LAFS.

Pourtant Valérie n'était pas à l'aise. Elle était bien élevée. La moindre des politesses serait d'aller prévenir la personne de son infortune, lui expliquer la méprise et s'excuser au nom de Candice. Elle se savait ridicule de vouloir se donner du mal pour un homme qui n'en valait peut-être pas la peine, mais on avait de l'éducation ou on n'en avait pas.

Elle se maquilla en vitesse, prit son sac et sortit.

Le Local était le nom du bar situé au rez-de-chaussée de l'immeuble. Pas vraiment bistrot, pas vraiment club, c'était un de ces bars parisiens dont on ne sait pas quelle clientèle ils visent exactement et qui sont toujours pleins. Candice, et à un degré moindre Valérie, y avait ses habitudes.

Elle sortit de l'immeuble et, au lieu d'entrer directement dans le bar, fit le tour du pâté de maisons afin que son rendez-vous ne devine pas où elle habitait, puis entra au *Local*. Il y avait déjà du monde, mais il y en aurait trois fois plus une heure plus tard.

Valérie était bien décidée à expédier cette corvée. Elle était un peu en avance. Elle demanda au serveur un verre de vin puis alla s'asseoir à une table d'où elle pouvait surveiller l'entrée.

La journaliste reprenait le dessus. Car elle n'oubliait pas son article. Elle notait mentalement les mille et un détails, les mille et une sensations qui accompagnaient cette expérience, bien décidée à avoir de quoi écrire son papier sans être obligée de reproduire ce désagréable petit jeu trop souvent.

Elle en était à lui trouver un titre quand un homme d'une trentaine d'années entra dans l'établissement. À son air un peu égaré, à sa façon de scruter la salle, Valérie devina que c'était celui du rendez-vous et lui adressa un signe de la main.

Malgré elle, elle sentit son cœur s'accélérer et le souffle lui manquer, comme s'il se fût agi d'une rencontre amoureuse. Elle se raisonna en pensant à son article, ainsi qu'à ce qu'elle allait lui dire.

Tandis qu'il s'approchait de sa table, elle le détailla. Il n'avait pas le type que Valérie s'imaginait des prédateurs des sites de rencontre. Il était grand, très brun, plutôt bel homme, avec une barbe de trois jours et des épaules carrées. Ses traits étaient empreints de quelque chose de doux et viril à la fois et sa démarche, d'une gaucherie attendrissante, ne manquait pas de piquant.

— Bonjour, je viens pour…

— Oui, je sais, coupa la jeune femme, pressée d'en finir.

Son ton était plus brusque qu'elle ne l'aurait voulu. Il tiqua un peu mais ne releva pas :

— Je peux m'asseoir ?

— Oui, mais je dois vous prévenir que je suis assez pressée.

— Parfait, moi aussi.

Il parlait avec un accent du Sud-Ouest assez prononcé ; il y avait du rugbyman en lui ainsi que… du nounours. Tout à fait le type d'homme que Valérie aurait trouvé en temps normal à son goût : fort et tendre.

Allons bon, il ne manquerait plus que je tombe sous le charme ! C'est ça qui serait cocasse et qui m'aiderait bien pour mon article ! Jamais je ne ferai ce plaisir à Candice...

Cela la fit rire.

— C'est parce que moi aussi je suis pressé, que vous riez ? s'enquit-il. Au fait, je m'appelle Alex.

— Et moi, Valérie. Bien, avant de vous faire perdre plus de temps, Alex, je dois vous dire que je n'ai pas l'habitude de faire ce que je suis en train de faire, et que...

À ce moment le serveur vint prendre la commande d'Alex qui demanda un verre de rouge.

— Et vous, Valérie ?

— Je crois que je vais en reprendre un aussi.

— Alors, deux rouges.

Quelle idiote ! Voilà un rendez-vous que je veux expédier, et j'accepte un verre de rouge de sa part !

Elle reprit contenance :

— Où en étais-je ?

— Vous me disiez que vous n'aviez pas l'habitude de faire ça.

— Oui, et d'ailleurs c'est ma colocataire qui est responsable de tout.

— Ah oui, vous êtes déjà deux. Oh, ça ne me pose pas de problème du tout, au contraire. Ça n'en sera que plus vivant !

Aïe ! Zut ! Je suis tombée sur une espèce de pervers qui s'imagine un plan à trois ! Génial ! Pourtant il dégage quelque chose de doux, de touchant...

Elle aurait tout donné pour mettre fin sèchement à cette scène débile. Mais étrangement, les mots ne sortaient pas de sa bouche. Craignait-elle la réaction de son vis-à-vis, qui s'était déplacé pour rien ?

— C'est que, vous voyez, Alex... réussit-elle finalement à articuler avant qu'il ne l'interrompe :

— On peut peut-être se tutoyer, Valérie, puisque nous sommes tout de même appelés à passer pas mal de temps ensemble. Enfin, dans l'intimité, je veux dire.

Il avait dit ça de l'air le plus naturel du monde, avec une tranquillité parfaite ! Valérie en était bouche bée. Elle nota mentalement cette réplique pour son article. Elle restait pétrifiée. Il s'en rendit compte et sembla véritablement peiné :

— Pardon, Valérie, je vous ai choquée ? Ah, c'est tout moi, ça, j'essaie de mettre les gens à l'aise, et je produis l'effet inverse. Je vous propose de continuer à nous vouvoyer, si vous le préférez. Cela ne changera rien à nos rapports, ni à ce pourquoi nous sommes là tous les deux.

Qu'est-ce que c'est que ce mec ? Il évoque des coucheries sordides avec une désinvolture insensée et en même temps avec une innocence de premier communiant. Et on dirait vraiment qu'il a peur de me choquer. Mais il est à encadrer, celui-là !

Alors elle se piqua au jeu. Intriguée par la personnalité et les manières délicates du jeune homme qui contrastaient avec ses intentions si peu louables, elle décida de prolonger la soirée.

— Non, non, vous... tu... tu peux me tutoyer, bien sûr. C'est juste que... ça me fait bizarre de...

Voyant qu'elle pataugeait, il la coupa :

— Bizarre, parce que je suis un homme, c'est ça ?

Il baissa les yeux, un peu gêné. Puis il ajouta :

— Je vois. Vous craignez que votre colocataire trouve cela difficile aussi ?

Oh ! Il s'imagine que Candice et moi sommes ensemble, que nous aimons les femmes et que nous avons voulu essayer quelque chose avec un mec... Et que nous nous dégonflons !

D'ailleurs, Dieu seul savait ce que Candice, sûrement passablement éméchée, avait bien pu raconter à Alex sur LAFS. Ce qu'elle lui avait écrit pour l'aguicher. Et c'était à elle, Valérie, de régler la situation à présent ! Quelle plaie ! D'autant que, et c'était sans doute là le plus grave, la jeune femme n'arrivait pas à se faire violence, et à lui signifier en deux phrases qu'il perdait son temps, que tout cela n'était qu'un mauvais tour joué par une mauvaise amie.

Non, contre toute attente, elle n'avait pas encore envie de couper court à l'entretien. Elle ressentait, paradoxalement, une sorte de bien-être, de paix intérieure en face de cet homme, qu'elle pressentait bon, doux et aimable au fond de lui.

Un silence gêné s'installa. Alex sentit que c'était à lui de le briser. Il proposa un autre verre à Valérie. Elle savait qu'elle aurait dû dire non. Elle ne put s'empêcher de dire oui. Il sembla soulagé et fit signe au serveur.

Alerte rouge, ma fille. Tu t'étais promis d'expédier cet homme en deux minutes et tu en es déjà au troisième verre. Certes, Alex est séduisant, certes, il est tout à fait ton type, mais n'oublie pas qu'il est là via un site de rencontre connu pour ses rendez-vous scabreux. Alors, tu finis ton verre, tu dis ce que tu as à dire, et tu rentres te coucher. En méditant sur le meilleur moyen de faire payer ça à Candice.

— Bien, loin de moi l'idée de vous forcer la main, reprit Alex. Cela dit, mettez-vous à ma place. Vous me donnez rendez-vous ici pour finalement me faire comprendre que ce n'est pas possible... Je ne vous en veux pas sauf que vous me faites perdre mon temps. Je viens de commencer à prospecter, vous êtes mon premier rendez-vous, et j'en ai beaucoup d'autres prévus. Rien que trois pour demain.

C'était trop ! Valérie sortit son agenda et nota discrètement en sténo cette tirade, avec un petit rire nerveux. Oh l'article merveilleux qu'elle allait écrire ! Le parfait reportage ! Tant pis pour Alex, un pareil goujat ne méritait que d'être livré en pâture aux milliers de lectrices du magazine ! En ces temps de rébellion féministe, ce profil ne pouvait que faire mouche ! Ça y était, elle avait l'angle d'attaque pour son papier : non pas donner pour la millième fois la description d'un site de rencontre, non, mais faire le portrait, au vitriol, bien entendu, d'un de ses membres, et développer autour de l'éternelle et odieuse marchandisation de l'amour en général, et du sexe en particulier. Marc allait l'avoir, son point de vue décalé !

Alors elle décida de jouer le jeu. Elle avait ferré un gros poisson, parfait. Tant mieux pour elle, tant pis pour lui. Pour cela, elle avait besoin de temps. Elle prit un air faussement embarrassé :

— Écoutez, Alex, je ne dis pas non, seulement tout cela va un peu vite. Je dois réfléchir. Pouvons-nous nous revoir ?

Il sembla un peu surpris, mais fut très compréhensif :

— Oui, bien sûr. Quand cela ?

— Eh bien ici, demain, à la même heure ?

Il consulta son agenda :

— Ah, j'ai déjà un rendez-vous pour la même chose à 19 heures. C'est à l'autre bout de Paris mais je pense que je pourrai faire les deux.

Valérie était ébahie par le contraste entre la dignité de ses manières et la grossièreté de ses intentions !

Il ajouta :

— Vous comprenez, je suis très pressé. Je vis actuellement avec mon ex. Nous avons rompu il y a quelque temps et je n'ai pour l'instant nulle part où aller. Alors si vous pouviez vous décider au plus tôt, cela nous arrangerait bien, elle comme moi. Elle a été patiente, mais là...

Misère... Valérie ressortit son agenda pour noter tout ça. Ce type était trop beau pour être vrai. Trop beauf, même !

Tiens, voilà, elle avait son titre d'article :

« LAFS, le site trop beauf pour être vrai »...

Elle sourit même d'un air goguenard :

— Je comprends, je comprends même tout à fait. Vous aurez ma réponse dans le courant de la semaine.

Le visage de l'homme s'éclaira :

— Merci mille fois, Valérie, je compte sur vous.

Et il prit chastement les mains de la jeune femme dans les siennes.

Pourquoi en fut-elle agréablement troublée ? Pourquoi tarda-t-elle à les lui retirer ? Pourquoi se sentit-elle rougir de manière incontrôlable ?

Malgré toutes les horreurs qu'elle avait entendues, elle n'arrivait pas à croire que cet homme était un pervers fini. Elle devinait au fond de lui quelque chose de noble, de bon, de doux. Était-ce simplement parce qu'il était le premier qui la draguait depuis bien longtemps ? Candice avait raison : elle n'avait pas d'autres mâles dans sa vie que son père et son rédac-chef. Était-ce la raison pour laquelle, contre toute attente, elle se sentait attirée par lui ? Elle n'avait pourtant jamais été de ces femmes attirées par les salauds.

Alex sembla hésiter, puis suggéra :

— Peut-être pourrais-je déjà monter chez vous ? Sans que cela engage à rien. Juste pour que j'aie déjà une petite idée. Cela ne servirait à rien d'aller plus loin si votre appartement ne me convenait pas.

Valérie en eut le souffle coupé. Mais quel porc, ce type ! Quel manque de retenue ! Et quel grand huit émotionnel avec lui ! Un coup charmant dans ses manières, un coup répugnant dans ses propos. Et cet aplomb avec lequel il sortait tout cela ! Elle reprit ses esprits :

— Demain, Alex, demain.

— Bien, comme vous voulez.

Ils échangèrent leurs numéros de téléphone et se souhaitèrent bonne nuit.

À peine rentrée, Valérie se fit une tisane bio et sauta sur son ordinateur. Elle était pressée d'écrire un premier jet de son article. Les idées fusaient, les phrases, assassines et bien senties, s'écrivaient toutes seules, les bons mots et les chutes cocasses s'enchaînaient à une rapidité époustouflante.

Quand elle releva le nez de son écran, elle avait déjà écrit une demi-douzaine de pages. Un premier jet, certes, mais qui laissait transparaître un article de grande qualité. Elle décida de l'envoyer sans plus tarder par courriel à Marc, pressée qu'elle était d'avoir son avis. Le rédacteur en chef, elle le savait, bossait vingt-quatre heures sur vingt-quatre, et lui donnerait certainement son sentiment le lendemain à la première heure.

Ayant fait tout cela, elle fonça sous la douche. Elle s'aperçut avec plaisir que Candice avait réparé la tringle du rideau, cassée depuis des semaines. Puis, sous le jet tiède et bientôt chaud, elle prit enfin un moment pour se recentrer sur elle-même.

Elle n'avait pas vu passer le week-end, préoccupée qu'elle était par cette histoire d'article. C'est à peine si elle avait parlé à son père. Ce dernier allait mal, assurément, mais tâchait de ne pas le montrer. D'un naturel plutôt taiseux et grognon, il était devenu complètement taciturne à la mort de sa femme. Pourtant Valérie et lui s'aimaient fort, même si l'un comme l'autre avaient du mal à le montrer. Elle se promit de retourner le voir dès que son article serait fini. Et qu'elle se serait vengée de Candice !

Elle enfila un improbable pyjama à carreaux violet, aussi moche que délicieusement confortable, fit un petit quart d'heure de méditation afin de finir calmement cette journée bien remplie et se glissa avec délices dans son lit.

Mais ne parvint pas à s'endormir.

La raison ?

Alex, bien entendu.

Mystère complet que cet homme-là.

Valérie avait fait sa connaissance ce jour même, en à peine une petite heure, et elle avait l'impression de le connaître depuis plus de vingt ans. Dans un autre contexte, elle aurait craqué pour lui, pour son physique de nounours costaud, pour sa gaucherie rassurante...

Mais là, que penser de cet homme rencontré via ce site douteux, avec ses intentions discutables, son manque complet de retenue, sa volonté manifeste d'une relation purement anecdotique, dénuée de tout sentiment, au matérialisme éhonté ?

Valérie était journaliste, et, comme telle, habituée à prendre du recul sur les événements, les gens et les idées ; elle savait que rien n'est jamais aussi simple que les apparences veulent bien le laisser croire.

Pourtant, dans le cas présent, elle nagcait en pleine perplexité. Alex ne correspondait à aucun profil connu. Il fallait être fou à lier pour tenter de séduire une fille en lui faisant comprendre qu'il était pressé de sortir avec elle car son ex le mettait dehors ! Qu'il avait plusieurs autres rendez-vous prévus le lendemain pour la même chose mais qu'il voulait visiter son appartement, au cas où !

Valérie ne put s'empêcher d'éclater de rire. Alors elle s'essaya à imaginer la vie d'Alex. Elle le voyait fils unique, couvé par une mère seule et possessive, sans père pour lui apprendre le beau et rude métier d'homme...

Il n'avait rien dévoilé sur lui, son travail, ses goûts, ses envies... Leur rencontre ne semblait avoir été pour lui qu'une simple négociation. Quelle horreur !

Évidemment, la faute en revenait partiellement à ce genre de site. Quelle idée était-ce là que de pousser deux inconnus à se rencontrer après seulement quelques échanges via le Net, et à devoir décider, à première vue, s'ils voulaient aller plus loin ? Quel concept dégoûtant.

Valérie se dit que sur un autre site, Alex aurait peut-être joué le jeu de la séduction avec plus de classe, plus d'élégance. Peut-être n'était-il qu'un de ses trop nombreux mâles déboussolés par la société de consommation et le féminisme montant, plein de bonne volonté, mais sans repères ni aucune maîtrise des codes amoureux.

Allons bon. Voilà que je lui trouve des excuses. Toujours mon côté cheftaine scoute prête à aimer mon prochain et à vouloir sauver le monde. Candice a peut-être raison de se moquer de moi, je suis vraiment naïve.

Elle en était là de ses réflexions lorsqu'elle perçut que l'écran de son portable posé sur la table de nuit s'allumait.

Marc.

Marc qui, à 1 heure du matin, travaillait encore. Et envoyait un SMS.

`Bonjour beauté… ou plutôt bonne nuit. Suis en train de lire ton brouillon. G jamais autant ri de ma vie !`

Ouh là, pour que Marc, plutôt mesuré d'ordinaire, envoie un tel message, c'est que l'article devait lui plaire. Valérie serait à la fête demain, à la réunion du comité de rédaction.

L'écran s'alluma de nouveau :

Ah ah ! le coup de l'ex, j'adore !! Tu l'as inventé ? En tout cas, il t'inspire cet Alex !

Cela lui fit penser qu'elle aurait dû, dès le brouillon, changer le nom de l'infortuné héros. Elle se tourna face au mur, puis maudissant cette habitude de boire une tisane avant d'aller au lit, elle se releva pour aller aux toilettes.

En revenant, elle vit que Marc avait envoyé un autre message :

MDR ! Mais quel boulet ce type ! Le coup des rendez-vous le lendemain ! Excellent ! Le beauf hors catégorie ! S'il est réel, il faut que tu me le présentes et qu'on lui confie notre rubrique drague !

Elle eut une bouffée de chaleur : les propos de Marc la blessaient. De quel droit se moquait-il de ce pauvre type ? Un gros lourdingue, certes, mais certainement plus malheureux que vraiment méchant, et qui devait avoir besoin d'aide plutôt que de raillerie. Décidément, le métier déteignait sur Marc de façon déplaisante : ce mélange de cynisme et de snobisme parisien avait quelque chose d'odieux.

Mais elle se rendit bien vite compte que c'était elle la seule coupable. Le rédac-chef ne faisait que commenter (et apprécier) l'article assassin qu'elle-même avait écrit. Elle ne pouvait donc s'en prendre qu'à elle : c'était elle la cynique, la snobinarde.

D'où venait alors cette violente indignation lorsque Marc critiquait Alex ?

Elle se réveilla tôt. Deux textos étaient arrivés pendant qu'elle dormait. Le premier venait de Candice :

sa mère était plus malade que ce qu'il n'y paraissait, et elle restait à Orléans jusqu'à nouvel ordre.

Le deuxième d'Alex :

`Bonjour Valérie. Désolé pour hier soir. Si je ne fais pas l'affaire n'hésitez pas à me le dire. Même par texto. Je ne me vexerai pas. Sinon, je vous retrouve ce soir au Local à l'heure convenue. Je vous souhaite une bonne journée.`

Elle avait ouvert ce deuxième message avec le cœur battant d'une adolescente. Elle se garda bien de lui répondre immédiatement. C'était un lundi matin, jour de réunion éditoriale.

Cette réunion fut un enfer pour Valérie. Marc, qui n'avait visiblement pas dormi (Valérie s'était toujours demandé à quoi il carburait pour travailler autant), était emballé par le premier jet de son article sur Alex. Il fit devant l'ensemble de la rédaction une lecture des passages les plus savoureux, mettant son auteure à la torture :

— Ah, écoutez ça ! « Et si ta colocataire veut faire un plan à trois avec nous, dis-lui qu'elle est la bienvenue. Elle va découvrir ce que c'est qu'un homme, un vrai ! »

Éclats de rire de la part des collègues. Valérie aurait voulu hurler qu'elle avait forcé le trait, que c'était une caricature, qu'Alex n'avait jamais dit cela, qu'elle regrettait...

À quoi bon ?

Le supplice touchait à sa fin :

— OK, Valérie, excellent boulot, surtout en si peu de temps. Tu as encore deux jours pour boucler ton article. Tu restes dans la même veine, tu n'édulcores pas la moindre phrase. Tu aurais même plutôt carte blanche pour en rajouter. Et le titre « Le site trop beauf pour être vrai » : impeccable ! Ah dis-moi, simple curiosité : il existe vraiment, cet Alex ?

Ses collègues se tournèrent tous vers elle. Elle se sentit rougir, ce qui ne lui arrivait que très rarement. Elle trouva néanmoins la force de mentir :

— Non, bien sûr... Enfin, je veux dire, il s'agit d'une synthèse de plusieurs rendez-vous avec des hommes différents, de plusieurs expériences, résumés comme s'il s'agissait d'un seul bonhomme... Non, non, Alex n'existe pas.

Marc eut l'air déçu. Cependant, il enchaîna :

— Je veux ton papier pour après-demain soir au plus tard. Et tu me réserves ta soirée, on aura sans doute des points à revoir.

À la suite de quoi elle fila s'enfermer dans son bureau. Quelle idiote ! Elle s'en voulait d'avoir humilié Alex qui n'était, au fond, qu'un pauvre type, mais surtout, d'avoir nié qu'il existait. Car cela ne révélait-il pas qu'elle lui portait un certain intérêt ? Qu'elle ne voulait plus que Marc se moque de lui ?

Elle tâcha de travailler, mais le cœur n'y était pas. Elle n'arrivait pas à démêler les sentiments étranges et violents qu'elle ressentait, ce mélange de répulsion et de compassion pour Alex. Et si elle se sentait bouillir chaque fois qu'elle repensait à sa goujaterie, son cœur se soulevait chaque fois qu'elle pensait qu'on puisse se moquer de lui.

Elle était bien tentée d'adoucir légèrement son article sauf qu'il était trop tard. Marc, qui avait déjà lu le premier jet, ne la laisserait pas faire. Elle essaya d'imaginer un happy end, avec l'homme se révélant être finalement quelqu'un de bien et toute l'histoire n'ayant été qu'un malentendu regrettable... Elle abandonna en se disant que les lecteurs n'y croiraient pas.

Alors tant pis. Elle se contenta d'essayer de brouiller les pistes, de s'assurer que rien ne permettait d'identifier Alex. Elle était une journaliste douée et y parvint.

Tout cela n'expliquait pourtant en rien pourquoi, au fond d'elle, elle tenait tant à le protéger.

En relisant son titre, elle eut un doute : effectivement Alex semblait trop beauf pour être vrai. Jouait-il un rôle ? Elle se demanda un instant s'il ne pouvait pas s'agir d'une mauvaise blague fomentée par Candice. Cette dernière était prof de théâtre. Possible qu'elle ait choisi un de ses élèves pour jouer ce rôle. Possible mais peu probable. Candice était délurée, pas méchante. Elle n'aurait pas poussé la (mauvaise) plaisanterie aussi loin.

Le soir vint. Et avec lui le rendez-vous.

Alex était à l'heure, un peu en avance même. Il paraissait fatigué, cependant plus à l'aise que la veille. Craignant qu'il ne continue à la troubler, Valérie décida de prendre le taureau par les cornes et d'attaquer la première.

— Vos rendez-vous ont-ils été fructueux ?

Il ne sembla pas relever la pique :

— Oh, assez décevants. Et puis, je ne pouvais pas m'empêcher de penser à notre entrevue d'hier...

Le visage jusque-là crispé de la jeune femme s'adoucit. Alex continua :

— Cela va vous sembler fou... j'ai un feeling... une intuition... avec vous...

Valérie sourit.

Il ne faut pas que je m'enflamme. Il cherche sans doute à m'amadouer. Mais tout de même, comme moi, il a ressenti quelque chose...

Ils restèrent un moment à se regarder, sans rien dire, non pas gênés mais s'observant l'un l'autre.

Elle le détailla alors avec des yeux neufs : il était grand, très brun. Sa barbe naissante et de petites lunettes rondes lui donnaient un air d'adolescent attardé, ce que Valérie avait toujours trouvé craquant chez un homme. Il se dégageait de lui une espèce de force tranquille et bienveillante. Son regard, clair et franc, avait un je-ne-sais-quoi d'enfantin et de rassurant. Tout comme sa voix, chaude et grave.

Sans être un top model, il était bel homme. Et en tout cas, physiquement, il était tout à fait du goût de Valérie. Il reprit :

— Bien, maintenant, j'aimerais visiter votre appartement, c'est tout de même le plus important.

Cette phrase suffit à faire descendre la jeune femme du petit nuage sentimental où elle était en train de se percher.

Elle répondit avec brusquerie :

— Suivez-moi.

Et avec une très mauvaise humeur manifeste, elle sortit de l'établissement et, sans s'inquiéter de savoir s'il était derrière elle, entra dans l'immeuble. Elle évita de prendre l'ascenseur, pour ne pas se retrouver dans un espace confiné avec lui puis, sur le palier, elle ouvrit la porte brutalement, la franchit et lui fit signe de faire de même.

Bien qu'interloqué par la rudesse de la jeune femme, il entra. Poliment il se déchaussa, et la suivit timidement dans le salon. Toujours sous le choc des manières de Valérie, il ne trouva qu'à dire :

— Ah... j'aime beaucoup la déco...

Alors Valérie se rendit compte qu'entre son absence du week-end et celle de Candice le ménage était en souffrance depuis un moment et que l'appartement avait des airs de dépotoir.

— Désolée pour le bazar, dit-elle froidement

— Non, je vous en prie, c'est moi qui vous dérange. Puis-je jeter un œil à la salle de bains ?

Ah, au moins un qui ne se néglige pas. Toujours un bon point pour lui.

Elle le mena à la salle de bains. Seul endroit impeccable de tout l'appartement.

— Merci. Bon, et bien entendu, ce qui m'importe le plus maintenant, la chambre !

Il semblait content de lui !

Excédée, Valérie le poussa plus qu'elle ne le conduisit à la chambre que Candice utilisait comme garde-robe, et où régnait le plus indescriptible enchevêtrement de vêtements, à même le sol.

Un gros dégoûtant comme lui est sûrement un fétichiste de la lingerie et des chaussures de femme. Ah, si Candice savait ça !

Valérie, par amour-propre, ne put s'empêcher d'ajouter :

— Tout cela n'est pas à moi, c'est à ma colocataire.

— Ah, fit Alex. Très bien.

Puis il entra dans la pièce, qu'il inspecta plus ou moins sommairement, alla ouvrir la fenêtre qui donnait sur une petite cour intérieure assez sombre, eut une moue légèrement déçue, puis, se recomposant une attitude positive :

— Parfait, merci. Ce n'est pas tout à fait ce à quoi je m'attendais, mais je crois que cela ira.

Ils revinrent au salon.

— Bien, le dernier point à voir ensemble : quel est votre prix ?

Alors Valérie qui, jusque-là, avait réussi à se contenir éclata :

— Monstre ! Gros porc... Dégagez ! Sortez d'ici tout de suite. Disparaissez !

Elle dut se retenir pour ne pas lui donner des coups de sac à main.

L'air interloqué du jeune homme décupla sa fureur :

— Et ne faites pas l'innocent ! Me payer ? Pour qui me prenez-vous !

Le bruit de la scène avait dû parvenir aux oreilles des voisins car déjà dans les appartements contigus, ça remuait.

Épouvanté, Alex reculait vers la porte, ne sachant que répéter :

— Mais qu'est-ce que c'est que cette folle ? Qu'est-ce que c'est que cette folle ?

Puis sentant la porte derrière lui, il l'ouvrit prestement et fila sans demander son reste. Valérie la claqua violemment, s'adossa contre elle puis se laissa glisser au sol. Et pleura.

Elle passa la nuit à finir son article. Un véritable brûlot, d'une grande méchanceté et d'une drôlerie inouïe. Alex, et à travers lui tous les hommes en prenaient véritablement pour leur grade. Elle y mit tout son talent, toute sa plume, toute son âme. Jamais elle n'avait rien écrit de si fort, de si puissant, de si bien perçu… Bien loin d'édulcorer l'article, elle chargea au contraire magnifiquement le trait, mais avec justesse. Elle raconta toute l'histoire, de A à Z, n'oubliant rien, ne pardonnant rien, ponctuant le tout d'anecdotes transparentes, tant elle voulait être sûre qu'Alex se reconnaîtrait. Tant elle voulait être sûre d'être vengée, et bien vengée !

Le jour se levait, Paris s'éveillait, et Valérie, écrivait encore.

Enfin, alors que 8 heures sonnaient, elle mit le point final à son reportage. Elle l'envoya sans attendre à Marc en lui signalant au passage qu'elle était crevée, qu'elle ne viendrait pas au journal ce jour-là, qu'ils pourraient en discuter le lendemain.

Elle fonça sous la douche, tremblante d'excitation et de fatigue, puis, accablée par ce qu'elle venait de vivre ces derniers jours, elle s'effondra en pleurant sur son lit. Elle pensait à Alex, bien entendu. Pourquoi fallait-il que cet homme ait deux visages, l'un si séduisant, l'autre si répugnant ? Elle venait de passer quarante-huit heures si éprouvantes, si inattendues, qu'elle ne savait plus où elle en était.

Elle dormit deux heures, d'un mauvais sommeil. La première chose qu'elle fit à son réveil fut de consulter son téléphone. Il y avait un message de Marc :

`Article parfait. Rien lu d'aussi drôle et méchant depuis des années. Pas une virgule à changer. Ton papier part tel quel en impression. Repose-toi bien, ma belle !`

Valérie avait besoin de mettre de l'ordre, chez elle et dans ses idées. Elle passa la journée à faire tranquillement du rangement dans l'appartement. Cela la mena jusqu'à la fin d'après-midi. Puis elle sortit courir une petite heure. Plus tard, elle fit sa méditation quotidienne. Enfin, elle s'offrit pour le dîner un plat indien à emporter, qu'elle dégusta devant un film débile et drôle. À 23 heures elle était au lit.

Cela avait été une journée calme et reposante. Juste ce dont elle avait besoin. Cela aurait même pu être une journée agréable, si, du matin au soir, Valérie n'avait ressenti cette boule au ventre chaque fois qu'elle pensait à Alex. Si elle n'avait dû lutter constamment contre cette envie de l'appeler. Elle aurait tout donné pour le revoir, pour qu'il lui explique que les apparences étaient contre lui mais que tout cela n'était qu'un regrettable malentendu...

Elle fut accueillie le lendemain matin comme une reine à la rédaction. Son article était si bon que Marc avait décidé d'en faire le gros titre de la une. Prévoyant un succès de scandale, il avait même pris le risque d'augmenter le tirage.

Une consécration pour Valérie, qui eut pourtant beaucoup de mal à goûter ce triomphe. Le magazine serait dans les kiosques le surlendemain, vendredi.

Alors elle tâcha de reprendre une vie normale. De trouver des sujets pour le numéro suivant. Encore et toujours les mêmes marronniers, traitant des questions de couple, de santé, de régimes... Elle ne parvenait pas à oublier Alex. Elle avait souhaité de toutes ses forces que celui-ci donne un signe de vie, depuis qu'elle l'avait si rudement expulsé de l'appartement. Un appel, un simple texto... Eh bien non. Silence radio le plus complet.

Les kiosques de France et de Navarre reçurent le magazine le vendredi à la première heure. À 8 heures du matin, Valérie reçut un premier texto de la part de Candice :

`Bonjour ma chérie. Suis à la gare. Acheté ton magazine. Beau titre en une ! Bravo à toi`

Étrangement, ces deux lignes firent cent fois plus plaisir à Valérie que tous les compliments de ses collègues et de son rédacteur en chef.

Cependant, vers 10 heures, elle reçut un autre texto :

`Suis dans train. Je lis ton article. Houla il faut qu'on parle. Dois te voir d'urgence ce soir`

Dans son papier, Valérie avait narré, en changeant les noms, bien sûr, les mésaventures de Candice avec le site LAFS. Était-ce pour cela que cette dernière voulait lui parler de façon urgente ? Avait-elle mal pris la chose ? Cela ne lui ressemblait guère. Mais avec sa mère malade, sa sensibilité était peut-être à fleur de peau.

Quoi qu'il en soit, après tous ses coups tordus, Candice n'avait que la monnaie de sa pièce en apparaissant, anonymement, dans l'article.

Cinq minutes plus tard, un nouveau message :

`Toi, ma chérie, tu es amoureuse. Tu ne t'en rends sûrement pas compte, mais dans ton article ça saute aux yeux. Tu me manques, a ce soir ☺`

Tout de même, quelle perspicacité, cette Candice ! Elle avait deviné en trois pages ce que Valérie refusait d'admettre depuis trois jours.

La jeune journaliste refusa catégoriquement de penser à tout cela. Contre toute attente elle y parvint. Aussi prolongea-t-elle sa journée de travail. Vers 18 heures, elle reçut un nouveau texto. Toujours de son amie :

`Suis au Local. Viens me retrouver`

Valérie ne chercha pas à comprendre. Elle repassa tout de même à l'appartement se rafraîchir un peu. Sa surprise fut grande lorsqu'elle constata que la chambre qui servait de débarras à Candice avait été rangée. Cela tenait du miracle.

OK. La mère de Candice doit être gravement malade. Et Candice veut l'avoir auprès d'elle.

Alors elle sentit son cœur s'accélérer, et une grande compassion l'étreignit. Sous ses airs de croqueuse de vie, Candice était une grande sensible. Valérie le savait. Et même si les rapports avec sa mère n'étaient pas toujours au mieux, les deux femmes s'aimaient.

Que devenaient alors les petits tracas sentimentaux de Valérie à côté de cela ?

Elle ne prit pas le temps de se remaquiller, tout juste celui de troquer ses talons hauts contre des ballerines, et fila au *Local*.

En entrant dans le bar, elle se dirigea vers la table que choisissait généralement Candice. Elle était occupée par un groupe d'Américaines en goguette.

Elle chercha des yeux son amie et pâlit brutalement lorsqu'elle l'aperçut. Car à côté d'elle, à la même table, se tenait Alex...

Et comble de l'horreur, celui-ci avait entre les mains le magazine où avait été publié l'article de Valérie. Le pauvre homme semblait tomber des nues. Il secouait la tête d'un air honteux et incrédule en lisant, tandis que Candice l'observait, amusée, guettant chacune de ses grimaces.

Valérie resta quelques secondes interdite, puis sortit précipitamment de l'établissement. Le souffle court, elle alla s'adosser contre un abribus.

Ouf ! Avaient-ils eu le temps de la voir ? Avait-il eu le temps, lui, de la repérer ? Elle préféra se dire que non. Elle se demandait que faire lorsque son portable se mit à vibrer. Un texto. De son amie.

`Allez viens il ne va pas te manger`

Elle regarda à l'intérieur du bar. Elle vit Candice lui faire signe d'entrer. Elle jeta un coup d'œil furtif sur Alex. Toujours en train de lire.

Alors elle osa. Elle entra au *Local* le cœur battant.

Quelle contenance prendre ? Faire comme si de rien n'était ? Se montrer repentante d'avoir assassiné cet homme par presse interposée ? Ou au contraire ne rien renier de son indignation ?

— Approche, ma belle, approche !

C'était Candice qui, voyant la gêne de son amie, prenait les choses en main. Elle fit signe au garçon d'apporter trois verres (ce dernier connaissait les habitudes de Valérie), puis tapa légèrement sur l'épaule d'Alexandre et lui désigna la jeune journaliste.

Cette fois, ce fut lui qui pâlit. Il eut une seconde d'hésitation puis, très digne, se leva et, plantant son regard dans celui de Valérie, lui asséna avec beaucoup de sang-froid, en désignant le magazine ouvert sur la table à la page de l'article fatidique :

— Mademoiselle, ce que vous avez fait là est tout simplement, pardonnez-moi le terme, ignoble...

Il fit une pause, comme s'il réfléchissait à la façon dont il allait poursuivre. Puis il reprit :

— Quand je pense que je ressentais quelque chose pour vous de...

Il n'acheva pas.

Valérie, les larmes aux yeux, ne l'avait jamais trouvé aussi beau. Aussi grand. Aussi rassurant. Il attendait sûrement un mot d'elle, une simple réaction, juste un sourire, peut-être... Bien entendu, rien ne vint.

Ils restèrent là à se regarder fixement. Sans savoir quoi faire ni quoi dire. Candice se délectait de la scène, goguenarde :

— Ah ! Si moi aussi j'étais journaliste, je saurais bien quel article écrire, allez...

Alex eut un regard perplexe pour elle, puis, refermant le journal, il salua silencieusement les deux femmes et s'apprêta à partir.

Candice le retint, avec sa nonchalance habituelle :

— Allons, allons, mes petits... Ne nous fâchons pas. Valérie, commence par t'asseoir. Tu n'as rien à me dire ?

Valérie s'exécuta et lança :

— Si, comment va ta mère ?

Candice prit un air consterné :

— Il s'agit bien de ma mère... Ma pauvre maman souffre simplement d'une énième dépression, mais elle se remettra de celle-ci comme elle s'est remise des autres. Non, parlons plutôt de nous. Ou plutôt de vous. Tu n'as donc toujours rien compris ?

— Rien compris à quoi ?

Candice désigna successivement le journal puis Alex.

Non, Valérie ne comprenait toujours pas.

— Tu te souviens du mot que je t'ai laissé sur la table de la cuisine ?

Oui, bien entendu, elle se souvenait de ce mot. C'était même de ça que tout était parti !

Maman malade (rien de grave). Suis obligée d'aller à Orléans. Retour mercredi. Pas eu le temps de te dire ce matin : j'ai RV ce soir à 21h au *Local*. Peux pas y aller DSL. Vas-y à ma place.

— Bien, alors maintenant, regarde ça :

Elle chercha quelque chose sur son téléphone, puis tendit l'appareil à son amie. Il s'agissait d'une conversation complète, par textos :

Bonjour je m'appelle Alex. À propos annonce appart colocation : ça m'intéresse. Possibilité de se rencontrer ?

Oui OK ce soir 21h au bar le Local

Suivait l'adresse du bar.

Quelques heures plus tard la conversation reprenait :

Mère malade. Désolée pas possible de venir au rendez-vous mais je préviens ma colloc. Elle vous attendra

OK merci noté. Rien de grave pour votre mère j'espère

Non, merci. En revanche pas eu temps de ranger votre future chambre, désolée

Ahah pas grave. Je ferai avec

Valérie commençait à saisir.

Mais pas Alex. Alors Candice se tourna vers lui.

Et lui expliqua, en quelques mots, son usurpation du compte LAFS. Cependant, elle resta évasive pour que le jeune homme comprenne le malentendu par lui-même. Et puis sans doute voulait-elle laisser à Valérie une longueur d'avance sur lui… d'ailleurs, elle conclut :

— Voilà, les choses ne vont pas tarder à vous sembler claires et si vous n'avez pas tout saisi, voici quelqu'un qui pourra vous expliquer, dit-elle en désignant Valérie. Quant à moi, vider la chambre d'amis m'a épuisée. Je tire ma révérence, je crois que j'ai fini de jouer mon rôle ici.

Et elle s'éclipsa avec une discrétion dont elle était peu coutumière.

Ils restèrent donc seuls à la table. Mais ils se sentaient sans doute aussi seuls au monde. Valérie rayonnait. Signe qu'elle avait démêlé le quiproquo. Un sourire amoureux éclairait son visage et elle se laissait complètement aller à dévorer son futur colocataire des yeux.

Ce dernier était encore un peu trop gêné pour se détendre. Il comprenait bien qu'il y avait un malentendu quelque part, que trop de choses encore lui échappaient. Il hésitait. Alors ce fut Valérie qui se décida :

— Vous veniez pour l'appartement ?

— Oui... et vous, vous veniez pour l'annonce du site de rencontre...

— Oui...

— Quand je parlais d'argent, vous avez cru que...

— ... vous proposiez une relation tarifée.

Un temps puis :

— Votre article est vraiment très drôle. Très méchant mais très drôle.

Ils rirent tous les deux. Puis redevinrent sérieux tout d'un coup, en même temps.

Il réalisait peu à peu qu'il était passé pour le plus répugnant des hommes. Il en rougissait rien que d'y penser.

— Quelle horreur... Vous m'avez pris pour un...

Il n'osa même pas finir sa phrase.

Jamais il n'avait été si touchant. La jeune femme tint à le rassurer. Maladroitement :

— Non. Enfin si, bien sûr.

Il rougit plus encore.

— Vous avez dû me détester.

— Oui, bien sûr. Enfin, non...

Une lueur d'espoir traversa les yeux du jeune homme. Valérie enchaîna :

— Étrangement, au fond de moi, j'ai toujours refusé de croire que vous étiez aussi moche.

Il sourit à nouveau :

— Merci... Cela montre que vous ne jugez pas trop vite.

— Cela montre surtout que les gens irradient leur moi profond...

Valérie n'était pas trop sûre du sens de cette phrase. Elle s'en fichait. Elle n'était pas dans le calcul. Elle était juste bien.

Par la vitre du bar, elle vit Candice qui surveillait le couple avec bienveillance, comme pour vérifier qu'ils se comprenaient enfin. Elle fit un petit signe d'intelligence à Valérie. Qui le lui rendit avec un grand sourire. Alex s'en aperçut. Mais lorsqu'il tourna la tête vers la rue, Candice avait déjà disparu. Rassurée sans doute sur la tournure que prenaient les choses.

Il revint à Valérie :

— Tout va comme vous voulez ?

— Oui, oui, merci. Je crois que je voudrais juste un autre verre de vin.

Alex fit signe au garçon. Le bar se vidait tranquillement. Le lundi soir était toujours calme. Les Américaines éméchées étaient parties. En moins d'une minute, deux verres pleins se retrouvèrent sur la table.

Le silence entre les deux êtres n'avait rien de gênant. Au contraire, c'était un silence complice, tacite. Tous deux pensaient à l'invraisemblable enchaînement de circonstances qui avait rendu cette histoire si inattendue. Ce fut Valérie qui parla la première :

— En fait, tout ça c'est à cause de votre prénom.

Il ouvrit des yeux ronds :

— Pardon ?

— Oui, votre prénom, Alex. J'imagine que vous vous appelez Alexandre ?

Il acquiesça.

— Cela peut aussi être le diminutif d'Alexandra. Ce prénom est assez répandu aujourd'hui. Candice a dû croire que vous étiez une femme. Vous comprenez ce qu'il y aurait de gênant pour deux femmes de cohabiter avec un homme, surtout un inconnu. Elle ne vous aurait donc à aucun prix donné rendez-vous.

Il ne trouva qu'à répliquer :

— Maudit prénom...

Elle eut un petit rire délicieux :

— Moi, je le trouve charmant.

Ils restèrent à nouveau silencieux un court moment.

Un étranger à la scène aurait pu les croire chacun dans leur monde, loin l'un de l'autre, pourtant ils se sentaient très proches. Pas une seule fois, d'ailleurs, Valérie ne s'était sentie aussi proche d'un homme.

Elle aurait pu rester comme cela des heures.

La sonnerie de son portable vint la tirer de cette délicieuse rêverie. Sonnerie indiquant qu'elle venait de recevoir un message. Tout à l'homme en face d'elle, elle ne comptait pas répondre quand ce dernier lui déclara :

— Répondez, je vous en prie, c'est sans doute encore votre amie qui s'inquiète pour vous.

Valérie jeta un coup d'œil à l'écran. Elle eut un mouvement de surprise :

— C'est mon patron, le rédacteur en chef du magazine...

— Ah ! Dites-lui que le beauf lui passe le bonjour !

Elle éclata de rire :

— Ne soyez pas enfantin. C'est un homme très bien.

— Ah, mais je n'en doute pas un instant.

Elle prit quelques secondes pour lire le texto.

Puis :

— Il prétend que l'article fait encore plus de bruit que prévu. Vous allez être une star, Alex !

— Je m'en passerais bien.

Elle sourit puis continua :

— Et il voit déjà venir le scandale. L'avocat de LAFS l'a contacté ce soir et compte nous attaquer en diffamation.

— Aïe, mauvais, ça...

— Au contraire, excellent. Cela va nous faire une publicité incroyable.

Il fit la moue :

— Décidément, je ne comprendrai jamais rien au cynisme des affaires...

Elle le regarda avec passion :

— C'est justement cette pureté qui fait tout votre charme.

Il rougit jusqu'au blanc des yeux.

Alors, par-dessus la table, elle lui prit la main.

— Trop BEAU pour être vrai ! dit-elle.

Alors, sans la quitter des yeux, il répondit :

— Si l'avocat de LAFS me demande de témoigner en sa faveur, il est sûr de gagner le procès...

— Ah oui, et pourquoi ? demanda-t-elle.

— Eh bien parce que je dirai que son site permet VRAIMENT de trouver l'âme sœur.

Laura Bennevault

N'habite plus à l'adresse indiquée

Il y a des jours où la pluie tape tellement fort à la fenêtre que j'aimerais ne pas sortir de ma petite chambre. Enroulée dans la couette, je m'imagine rester là, au chaud, à écouter le ploc-ploc de l'eau, les bourrasques de vent, le pas pressé des passants... Souvent, ces jours-là, je cours après le temps, ce qui est bien normal quand on perd ainsi de longues minutes ! Qui peut s'octroyer ce luxe-là, si ce n'est les enfants ?

J'ai une véritable aptitude à prendre mon temps, pour tout. En tournant machinalement ma cuillère dans mon bol de chocolat chaud, je ne peux m'empêcher de regarder les dessins animés du matin avec la même innocence que lorsque j'étais petite et qu'il était presque l'heure pour moi d'aller à l'école. En croquant dans mes tartines, je me délecte du parfum du petit déjeuner, ce mélange de sucré, de doux et de bonheur. Une sorte de madeleine de Proust au quotidien. Il faut dire que je suis un brin sentimentale.

Je m'appelle Madeleine ; mes parents ne pouvaient pas me prénommer autrement. Je vois du rose partout dans la vie : une odeur, une musique, quelque chose de joli dans l'air, et hop, me voilà partie loin de vous. D'ailleurs, dans l'immeuble où je vis, rempli à craquer de personnes âgées, je me dois d'être un véritable morceau de bonheur au quotidien. Finalement, il faut être en dehors du temps pour m'aimer passionnément. De 0 à 11 ans et de 65 ans à trépas. Entre, c'est le vide relationnel, le vide qui remplit les pièces, vide les cœurs et croque la tête. Qui est cette fille ? Est-ce qu'elle sourit vraiment ou est-ce qu'elle feint la joie ? Personne ne saurait dire ce qui se passe derrière mes lunettes rondes ; personne d'ailleurs n'a jamais vraiment eu envie de se pencher sur la question. Et quelle importance, finalement ?

Sautant dans mes bottes en caoutchouc, ajustant mon chignon, j'enfile mon ciré et descends quatre à quatre l'escalier en colimaçon. Deux, quatre, six, le bois lustré qui sent si bon... huit, dix, douze, les pas feutrés des résidents qui s'éveillent, se préparent... quatorze, seize, dix-huit, une dernière marche avant le palier des merveilles.

— Veux-tu mon parapluie ? Le temps est terrible ce matin.

— Merci, Lulu, pas le temps, en retard ! À ce soir, avec une baguette pas trop cuite !

Sourire de ma Lucienne, attendrie par tant de bienveillance venant d'une si jeune personne. Hop, un étage plus bas, un tour de clé dans une serrure qui grince et laisse entrevoir la truffe humide de Pato, qui tire, tire comme un diable sur le bras de son maître à moitié endormi, qui bougonne :

— Doucement, sale brute ! Ah, Madeleine, bonne journée, faites attention à vous !

— Merci, monsieur Jean. Couvrez-vous bien, il tombe des cordes, aujourd'hui !

La porte d'entrée se referme ; dehors, la lumière des réverbères encore allumés se reflète sur les trottoirs brillants d'eau, l'asphalte détrempé amplifie le bruit des pneus. J'ai une furieuse envie de courir dans les flaques, de laisser mes cheveux s'échapper de mon chignon, d'offrir mon visage à cette pluie d'automne tant attendue, et je m'étonne de la mine renfrognée de ces gens qui râlent alors qu'hier ils craignaient cette sécheresse dont les infos, alarmistes, leur rebattaient les oreilles depuis un mois !

Quelques pas, deux petites foulées, et j'arrive à la pharmacie. C'est là que je travaille depuis trois ans, rue de la Bergère-Battue, de 9 heures à 12 heures et de 14 heures à 20 heures, cinq jours sur sept. Oui, j'aurais préféré les rayons d'une bibliothèque, remplis de livres qui sentent le neuf et le vieux, ou l'étal d'un épicier, où l'on parle de la pluie et du beau temps, des fruits et des légumes de saison, ou encore les étagères d'une mercerie où se côtoient les tissus et la laine, tandis que des boutons dorment tels de fabuleux trésors dans des boîtes en carton, attendant qu'on leur donne une chance de refermer une veste ou un pantalon.

Je n'ai pas fait d'études pour travailler comme préparatrice ; j'ai atterri là par hasard, un été de canicule où les passeuses de médicaments étaient en vacances, et je n'en suis pas repartie. J'avoue que je ne suis pas mal ici, entre Irène et ses fous rires incontrôlés, Odile et sa mauvaise humeur chronique, M. Pierre et sa prestance naturelle, Coline et ses aventures sentimentales… Dans tout ça, j'ai trouvé ma place naturellement, me glissant entre les sirops pour la toux, les crèmes anti-capitons et les granules d'homéopathie, même si je sais que j'en intrigue plus d'un avec ma manière de tout prendre par-dessus la jambe.

Je suis en train d'attacher les pressions de ma blouse lorsque la cloche de la porte d'entrée tinte, signalant l'entrée d'un client.

— Bonjour, madame Hardet, que puis-je pour vous ?

— Il me faudrait des vitamines, le temps est terrible et cela ne va pas s'améliorer, je le sens déjà dans les mains. Le premier rhume ne va pas tarder, vitamines ou non, d'ailleurs. L'été est encore passé trop vite, et nous voilà en train de geler sous la pluie. Il est 9 h 30 et je suis déjà frigorifiée. Encore heureux que je ne travaille pas trop loin. Sans compter que les bus vont être pris d'assaut et que les sols vont glisser… Elle n'est pas encore arrivée, Odile ?

— Odile ? Ah non, jamais le lundi, madame Hardet ! Allez, zou ! Une boîte de vitamines pour vous ! Rien de tel pour affronter l'automne ! Vous avez vu comme le ciel est beau ce matin, avec ses teintes rosées qui se fondent dans le gris ? Bientôt, les arbres auront les couleurs d'un feu d'artifice !

Perplexe face à sa joviale préparatrice, la dame prend sa boîte, hausse les épaules et quitte la pharmacie. Odile l'aurait sûrement mieux servie…

Les journées dans l'officine se ressemblent presque toutes, les clients demandant des remèdes contre le rhume, la grippe, la gastro, les allergies, les coups de soleil, l'insolation, la fatigue ou le vrai gros manque d'énergie. Parfois, un test de grossesse quitte les rayons, emportant avec lui son lot d'espoir et de sourires puis, quelques mois plus tard, la sonnette retentit, et entre un jeune parent aux traits tirés, se plaignant du manque de sommeil, de poussées dentaires, de coliques inapaisables… Le miracle de la vie ! Virevoltant toujours, je tente de prodiguer aux personnes qui fréquentent ce lieu, dont l'adresse est si terrible, un peu de bonheur. Mais c'est souvent peine perdue !

Je suis en train de servir une maman au bord de la panique (attaque de poux en règle) quand Coline me chatouille les côtes par surprise, me faisant hurler comme une démente. Fous rires de nous deux, incrédulité de la mère au bord de la dépression.

— Alors, ton week-end, ma Maddie ? Ne me dis pas que tu es encore restée à t'occuper de tes vieux !

— Eh bien si, mais pas que ! J'ai aussi testé un nouveau masque à l'argile du tonnerre et je me suis tricoté des chaussettes bien chaudes ! Qui dit mieux ?

— Moi, j'ai revu un copain de lycée ; c'est fou ce que les mecs s'arrangent avec le temps...

Regard choqué de la cliente qui, décidément, voudrait que je l'encaisse au plus vite pour échapper à cette discussion et aller cramer le crâne de son enfant en priant pour que les nouveaux compagnons de son rejeton ne s'éparpillent pas sur les coussins du canapé.

— Tu aurais quand même pu attendre qu'elle range son porte-monnaie pour me raconter les détails, Coline.

— Bah, les détails, tout de suite les grands mots ! Crois-moi, si je t'avais tout dit, elle en aurait oublié son sac. Et puis d'ailleurs, ça n'avait rien d'un « détail », ce qu'il avait, mon amoureux de ce week-end.

— Roooo.

Rires, joues rouges, tapes dans le dos... Un passant pourrait se demander s'il est devant un bar ou une pharmacie. Elle est chouette, Coline. Elle a une vie qui sent bon la série télé, le parfum de chez Sephora, les talons hauts tout neufs et la légèreté. Est-ce que l'on est copines ? Je ne sais pas. Il faut dire que des copines, je n'en ai jamais vraiment eu, jamais vraiment voulu non plus, mais j'aime bien la relation que nous avons.

Avec Coline, ça pétille même quand elle est d'une humeur de chien. Elle m'entraîne dans ses récits à rebondissements et ses aventures rocambolesques, et donne à mes journées de travail une teinte entre le fuchsia et le rouge cerise. Vraiment, certaines personnes ont un don inné pour vous faire vivre par procuration. Les journées à la pharmacie sont toutes comme ça, elles passent doucement mais j'aime ça. Et puis, je me sais utile derrière ma caisse enregistreuse, ou à courir pour trouver la potion miracle. Je suis un peu la magicienne des gens patraques, le druide des temps modernes, la Tabatha sans le nez qui remue ! Le plus chouette, c'est quand même de trouver LE remède pour le patient sans ordonnance, celui qui veut sauver son week-end d'un symptôme impromptu et qui me regarde comme la grande sauveuse ! Ça, c'est mon dada. Coline, elle, son truc, c'est plus de donner des préservatifs aux étudiants du coin, ça lui plaît de voir rougir le jeune mâle en quête d'un moment de folie avec sa chère et tendre. Moment qui aurait lieu… ou pas. Nous ne le savons au final jamais, sauf quand c'est Coline l'heureuse élue. Pas farouche pour deux sous, ma co/pine/llègue.

— Il faudrait quand même essayer de trouver quelqu'un, Madeleine, ce n'est pas sain pour toi de rester toute seule comme ça ! OK, tu n'es pas vieille mais bon, ça pimenterait ton quotidien d'avoir un jules.

— Pas besoin, je suis très heureuse comme ça. Et puis, je ne suis pas seule et je n'ai pas envie de me lancer dans une relation. Je cherche… autre chose !

Un client entre, mal à l'aise, étudie les rayons, s'arrête et nous regarde, puis reprend son inspection.

— Ton chat, tes poissons et tes voisins, ce n'est pas de la compagnie, ça, ce sont des pansements et rien de plus ! Tu te fais des illusions, ma vieille. D'ailleurs, tu devrais arrêter les films à l'eau de rose et te concentrer sur la vraie vie, parce que si tu crois que tu vas rencontrer le prince charmant du premier coup, tu te trompes ! Il va d'abord falloir faire avec quelques bien nuls avant de toucher le gros lot…

Demi-tour du client, regard perdu, gêne palpable et sudation frontale excessive.

— Pour les crèmes antifongiques et antimycosiques, c'est au comptoir, monsieur !

Elle est douée, Coline, elle a le sens du détail, elle sait reconnaître le symptôme (notamment quand il se situe en dessous de la ceinture) à la tête que fait le pauvre homme. Et, jackpot ! L'air complètement défait, l'homme s'approche d'elle, s'en remettant à son œil expert et à son diagnostic infaillible. Je la laisse avec lui, perdue dans mes pensées. Pas faux, tout ce qu'elle dit, je le sais. Aussi bien au sujet des crèmes contre les mycoses que de ma vie sentimentale. Mais qu'est-ce que j'y peux, moi, si je me retrouve à rêvasser devant les mêmes histoires depuis toujours ? Il faut dire que, côté cœur, je n'ai pas vraiment été gâtée. À part Ben du cours élémentaire, qui m'a renvoyé mon petit mot d'amour, tampons cœurs et parfum à la fraise compris en pleine poire, me révélant qu'il préférait ma copine de toujours, et M. Lizarieux-Jean, mon prof de français au collège, que je n'ai pas tenté de séduire autrement qu'avec mes bonnes notes (il n'avait de toute façon certainement pas envie de se retrouver à la une des infos régionales pour détournement de mineure), ça a toujours été le néant. Bref, un peu comme le Petit Prince découragé par le dessin de son boa ouvert et de son boa fermé, j'ai laissé les histoires d'amour aux grandes personnes. Sauf que voilà, j'ai fini par intégrer le club, moi aussi, avec tout ce qui va avec, feuilles d'impôts, factures et loyers, couchers à une heure raisonnable, et tout le monde autour de moi a l'air de se demander si un hypothétique amoureux viendra se greffer à ma petite vie pépère. Finalement, je suis la seule à ne pas me poser la question !

— Scrabble !

— Comment ça, « Scrabble » ? On n'a même pas fait deux tours, Madeleine ! Tu rigoles, j'espère ?

— Hé non : « rebelle » ! Je le mets à côté de votre « sage », et bingo.

Assise dans le salon de Gigi, ma voisine de palier, je suis en train de coller une raclée à mes deux partenaires du samedi, Lucienne et Gyslaine. Petits gâteaux, thé fumant et joutes verbales autour de petits pions en plastique rythment mes samedis soir. Terriblement attachée aux rituels, Lucienne note sur son calepin l'évolution de nos parties depuis deux ans.

— Elle nous file une sacrée raclée, la petite, pas vrai, Lulu ?

Approbation en onomatopées, moue de dépit, menton dans le creux de la main.

— Il faut dire qu'on n'est pas gâtées côté pioche. Avec mon arthrose, je dois avoir la main moins chanceuse.

Les excuses de Gyslaine sont toutes plus bancales les unes que les autres, et c'est tellement amusant de l'entendre chercher ce qui cause sa défaite que je m'applique chaque fois à la faire perdre. Tenir cet objectif n'est pas simple, elle est tenace, la Gigi, et me voilà obligée de manger le dictionnaire et des tonnes de bouquins au quotidien pour réussir à rester en tête. Ces deux années de jeu auront au moins eu le mérite d'enrichir mon vocabulaire !

Nous comptons les points, tel un huissier de justice et, comme chaque samedi, Lucienne me pose la même question :

— Et maintenant, tu vas sortir ?

— Pour rejoindre mon lit, oui.

— Je ne te comprends pas, Madeleine. Moi, si j'avais des guibolles aussi jeunes que les tiennes, j'irais de ce pas au bal du quartier !

— Au bal ? s'exclame Gigi. Tu t'entends, Lulu ? Ça n'existe plus, ça. Bon... 23 + 11 = 34...

— Comme si tu connaissais quelque chose aux sorties qui se font de nos jours !

— Non, mes amies, je ne bougerai pas ce soir, déjà parce qu'il fait un froid terrible, et ensuite parce que les boîtes de nuit, c'est pas vraiment mon truc. Je préfère cent fois mon canapé et mon Roudoudou.

— Finir son samedi soir sous la couette avec un chat... ça me dépasse, soupire Lulu. S'il n'y a que le froid qui te fait peur, ma bichette, n'hésite pas à me piquer mes bas thermorégulants. Ils sont sacrément confortables, et j'ai remarqué qu'ils brillaient légèrement, en plus. Le strass, c'est très à la mode !

— Comme si tu y connaissais quelque chose à la mode, avec tes bas et ton petit pull en pashmina. 67 + 3 = 70...

— Merci, Lulu, mais vraiment, je vais rentrer et profiter d'une bonne soirée de repos pour bien attaquer la semaine !

Moue dubitative, haussement d'épaules.

— Eh bien, c'est ce que je disais, notre Madeleine nous a collé une raclée... 158 pour elle, 118 pour moi et 95 pour Lulu. Dis donc, tu ne t'es pas foulée, ma vieille. Sont en chute libre, tes résultats, en ce moment ! Tu as quelqu'un en tête ou tu nous couves l'alzheimer ?

— Ah ah ! Va savoir.

Échange de regards entre elles, sourires en coin, et moi qui ne comprends rien à leur baratin. Enfilant mon poncho, je quitte la pièce après une bise à mes deux partenaires lorsque Gigi me rattrape pour me donner une boîte en plastique.

— Des madeleines pour toi, ma Madeleine.

Une bise de plus sur sa joue veloutée couleur de porcelaine et je rejoins mon nid, mon Roudoudou et mon trio à écailles. Encore une belle journée, encore une belle soirée ! Avant de me lover sur mon canapé, je réunis les éléments indispensables à une soirée réussie : pyjama confortable, chaussettes archidouces, lumière tamisée, une bougie et un bon film. Il ne manque rien à mon bonheur, même Roudoudou me joue sa gamme de ronrons pour assurer une ambiance zen. Rien à voir avec les talons aiguilles qui bousillent les pieds ou la jupe qui menace de remonter au moindre mouvement sur le *dance floor* !

Évidemment, personne ne me demande jamais de conseils sur la meilleure manière d'occuper ses soirées, ni sur la façon idéale de placer son oreiller pour regarder un film. Il faut dire que des blogueuses en cocooning, il ne doit pas y en avoir des masses... Dommage, on pourrait lancer un concept et détrôner les blogueuses mode, moi et la team plaid-camomille qui doit bien exister de par le monde.

Ce sont les volets du salon qui me réveillent. Le vent d'automne les fait claquer si fort que même le chat a quitté le dessus de mes pieds pour tenter de voir ce qui cause un tel ramdam. Enroulée dans ma couverture, je file les fermer et retourne m'écrouler dans le canapé, espérant pouvoir retrouver le chouette rêve que j'ai commencé quelques minutes auparavant. Mais c'est oublier les fêtards du samedi soir et leurs hurlements nocturnes : « After chez Renaud ! », « Oh, je vais être malade ! », « Ne bouge pas, je te tiens les cheveux ! »...

Je sens d'ici leurs haleines alcoolisées et leurs parfums éventés mêlés à la transpiration d'une nuit passée à se trémousser. Après une heure à subir des dialogues et monologues imbibés, je me dis que je vais enfin retourner à mes moutons, espérant qu'ils ne se sont pas trop éloignés en mon absence pour pouvoir les compter plus facilement et récupérer le peu de sommeil qu'il me reste. Mais pas le moindre troupeau en vue. Ma caboche a apparemment décidé de gamberger comme un beau diable et de ne plus me laisser fermer l'œil.

Vous allez sûrement vous demander à quoi une fille aussi paisible et sereine que moi peut bien penser à cette heure plus que matinale. Eh bien, après avoir tenté d'identifier la nature des oiseaux qui chantonnent sous la pluie ce dimanche matin, je commence à me dire que oui, j'ai peut-être des problèmes de socialisation... Tournant et retournant dans mon canapé, qui, décidément, semble rétrécir durant ce temps de cavalcade psychologique, je tente de faire la liste des choses qui me manquent dans la vie. Il doit forcément y en avoir, non, puisque je me creuse la tête comme ça ? Pourtant, tout bien considéré, je n'arrive pas vraiment à voir ce qui cloche... J'ai un travail sympa, bien que totalement à l'opposé de ce que j'aurais voulu faire, de l'argent tous les mois pour m'offrir tout ce dont j'ai envie et des gens autour de moi à qui je peux faire confiance, même si je ne sais pas toujours définir ce qu'ils sont pour moi.

Renonçant au sommeil (les moutons sont définitivement rentrés à la bergerie, on dirait), j'allume l'halogène et j'attrape un crayon et une feuille afin de faire la liste de mes « relations ». Roudoudou ? À en juger par le regard peu jovial qu'il me lance, dérangé par mon agitation et ma lumière trop vive, j'en conclus qu'il a certainement quitté la liste de mes proches... Dommage pour toi, mon gars, je suis une super amie, pourtant.

— Bon... Voyons voir !

M'appliquant beaucoup trop pour quelqu'un qui établit des listes à 5 h 45 du mat, je commence à tracer deux colonnes sur ma feuille : personne/type de relation.

OK, je sais, on dirait une gosse de 12 ans réfléchissant au sens de la vie. Mais je m'en fiche. À 27 ans et demi, il est grand temps pour moi de savoir qui fait quoi dans mon existence.

Coline, d'abord. Bon... Coline, elle me fait bien rire, elle ne me juge pas, pas trop, en tout cas, elle est hyper bien lookée et a toujours des trucs sympas à raconter. Peut-on dire que c'est une amie ? Disons que ça s'en approche. Même si je n'ai jamais mis les pieds chez elle et réciproquement. Note à moi-même : inviter Coline pour déjeuner, goûter ou dîner.

Lucienne et Gigi ? On rit sacrément toutes les trois, et on peut dire qu'elles prennent soin de moi. Mais n'est-ce pas le rôle qu'ont les grands-mères avec leur petite-fille ? Mmm... Pas sûr que les grands-mères racontent leurs exploits passés à leur descendance... Non, assurément pas. Il n'y a que les copines qui se confient ce genre de chose. Et puis, je suis allée de nombreuses fois chez elles. C'est compliqué de mettre les gens dans des cases. Allez, Lucienne et Gigi : amies !

Satisfaite de moi, je constate que j'ai réussi à me faire trois copines en quelques tracés de crayon. Finalement, ça n'a rien de bien difficile de faire le bilan de sa vie. Nullement besoin de psy ! En revanche, à y regarder d'un peu plus près, pas l'ombre d'un garçon sur ma feuille...

— Oui, bon, pas de garçon ! Et alors ? Ce n'est pas si grave non plus. Qu'est-ce que je ferais d'un garçon sur ma liste ?

Il y a bien mes voisins masculins qui, pour moi, sont plus des papys d'adoption qu'autre chose, et aussi Marc, le marchand de journaux, Léon, le boulanger, ou encore mon patron... Mais je ne peux pas vraiment les considérer comme des « relations » ?

— Bon bah, pas de garçon, et puis tant pis !

En même temps, qu'est-ce que je ferais d'un ami ? Je ne l'inviterais pas plus que Coline, Lucienne et Gigi. Il aurait l'air malin, dans mon canapé jaune citron, entouré de mes couvertures au crochet, à boire une camomille... Je pose donc ma liste, convaincue désormais de ne pas avoir besoin de mâles dans ma vie. Écrasant un bâillement, je me love dans mon plaid, éteins la lumière et repars au pays des rêves – des rêves bizarres, dans lesquels des listes et des prénoms volètent autour de moi. Du coup, ce matin-là, en allant chercher mon croissant et ma baguette dominicaux, j'éprouve une certaine gêne à saluer le boulanger... Une proximité s'est créée entre nous sans qu'il le sache... À moins qu'il ne soit au courant ? Les rêves se connectent-ils en Bluetooth ou en Wi-Fi ?

Mon dimanche s'égrène en silence, sautillant d'heure en heure, de séries en lectures et de sieste en grignotage. Personne ne frappe, personne ne téléphone, et c'est aussi bien ainsi puisque je suis restée dans mon pyjama Scoubidou, les cheveux retenus en l'air par un élastique à confiture qui va me faire, c'est certain, un mal de chien quand je le retirerai. Très peu pour moi, la tenue casual mais élégante... J'ai bien ça dans mes placards, mais j'ai déjà fait des essais, et ça m'a suffi pour conclure que je suis tout sauf à mon aise là-dedans.

Bref, je suis en pyjama, j'ai chaud et je suis bien, et c'est ainsi qu'arrivent, aussi vite que d'habitude, le lundi et la reprise du travail. Non que cela m'ennuie de retrouver ma place derrière le comptoir à médicaments, au contraire, mais c'est si bon de traîner que, parfois, je me prends à rêver de ne pas programmer le réveil et de faire la morte juste un jour de plus...

Quand il sonne ce lundi matin-là, le soleil, comme un copain que l'on n'a pas vu depuis longtemps, m'accueille à peine l'œil frotté en traversant les persiennes. Cette journée commence bien.

— En avant !

Norah Jones en sourdine, j'avale mon petit déjeuner, je tourbillonne jusqu'à la salle de bains, où je tente une coiffure un peu sympa et me choisis une tenue presque printanière. J'ai des papillons dans le ventre et je me sens pousser des ailes, comme si quelque chose était en train de se préparer. Pourtant, à regarder mon calendrier, rien à l'horizon. Il y a bien Halloween qui approche, Noël sur ses talons, mais de là à mettre de l'ombre à paupières et du mascara... C'est sans doute cette liste qui m'a donné envie de faire du zèle. Je me sens superpuissante avec ma bande de trois copines ; ce n'est pas rien, tout de même !

Attrapant mon imperméable, je dépose un bisou tout doux sur mon Roudoudou et salue mes trois poiscailles en tapotant sur leur vitre.

— Bonne journée, les gars !

Descendre l'escalier, donner un baiser à ma Lulu sur le palier, grattouiller la truffe de Pato, « Bonne journée, tout le monde ! », et au boulot !

— Mais dis-moi, tu es toute jolie ! Ce n'est pourtant pas la veille des vacances. On la doit à quoi, cette robe à fleurs ?

— À rien en particulier. J'avais envie de nouveauté, ce matin.

— Ah oui ? Au point de te maquiller et de te faire une coiffure ?

— Je ne crois pas que la coquetterie te soit réservée, chère Coline. Il peut aussi m'arriver de te piquer quelques idées pour être un peu plus présentable.

— Stupéfiant ! Alors comme ça, je t'inspire ? C'est le plus beau compliment que l'on m'ait jamais fait, je crois.

— Tu trouves que j'ai exagéré ?

— Ah non, pas du tout. C'est tout toi dans le style. Si tu veux mon avis, tu aurais dû opérer ce changement depuis longtemps. On devrait noter la date dans le calendrier, tiens. En faire un jour férié, même ! Te photographier et te rappeler chaque jour que c'est comme ça que tu devrais venir bosser !

— Merci... dis-je en sentant mes joues s'empourprer.

— Si on se prévoyait une virée shopping un de ces quatre pour renouveler ta garde-robe, ma Maddie ?

— Pourquoi pas ? Et un petit resto après pour fêter ça !

Coline me regarde, éberluée.

— Attends une seconde, il faut que je m'assoie. Tu es carrément en train de dire oui, et de proposer une vraie sortie en plus ? Mon Dieu, mais qu'avez-Vous fait de ma collègue ? Une faille spatio-temporelle s'est-elle ouverte ? Sommes-nous passés dans la quatrième dimension ? Monsieur Pierre, un crucifix, vite, notre petite Madeleine est possédée !

— Arrête, dis-je en ricanant.

Évidemment, Coline n'étant pas particulièrement discrète, le patron ne tarde pas à arriver et lui demande, de son air le plus sérieux, pourquoi elle s'égosille ainsi de si bon matin. Puis, comme s'il ajustait sa vue avec un oculaire de microscope, il me regarde et ajoute :

— Mais vous êtes toute pimpante, ce matin, Madeleine ! Un vrai rayon de soleil. Ne changez rien, vous êtes tout à fait charmante dans cette tenue, et cette coiffure vous va à ravir.

Double rougissement de Coline et de moi-même, regard perdu sur le carrelage et fou rire nerveux de ma collègue.

— Allez, mettez-vous au travail, les filles, les médicaments ne vont pas se coller leurs étiquettes tout seuls, nous lance le jovial M. Pierre en nous quittant.

— Alors là ! On peut dire que tu fais fort, ma cocotte ! Émoustiller le patron, chapeau ! J'ai essayé tellement de fois sans le moindre succès !

Choquée et un peu fière aussi, je hausse les épaules et retourne à ma besogne. C'est agréable de se sentir observée et de recevoir quelques compliments au passage. Ce début d'automne a des airs bien printaniers. Comme quoi, si l'on veut voir le verre à moitié plein, il le devient vraiment !

La matinée passe à toute allure, au rythme des compliments de nos clients fidèles (personnes âgées et jeunes mères angoissées par un nez qui coule). N'ayant pas envie d'avaler le sandwich que je me suis préparé la veille, je vais acheter une salade et un muffin à la myrtille et décide d'aller les manger tranquillement dans mon canapé plutôt qu'entre les étagères d'analgésiques, d'anti-inflammatoires et autres miracles médicinaux. Installée devant ma fenêtre, avec le soleil qui me chauffe délicatement le visage, je ferme les yeux et j'ai l'impression d'être dans le sud de la France, sur une petite place où une fontaine coulerait et où des villageois joueraient à la pétanque. Je me sens bien, légère, à mille kilomètres de l'agitation quotidienne. Cette petite pause est un vrai délice. Pourquoi est-ce que je ne fais pas ça tous les jours ? La pharmacie n'est qu'à quelques minutes de chez moi, et il suffirait d'un peu de chaleur et de calme pour me transporter dans cet ailleurs qui me ramène à moi.

Je croque la dernière bouchée de muffin, laissant le sucre me donner une ultime note de douceur, puis je chasse les miettes qui pigmentent d'un brun doré les marguerites de ma robe. Ne voulant pas baisser la garde, je procède à un ravalement de façade rapide en chantonnant un air inventé et tellement entraînant que je me mets à danser, trébuche sur la poubelle et me cogne la tête sur le montant de la porte. Roudoudou me toise d'un air interloqué, ce qui me vaut le fou rire le plus spontané que j'aie eu depuis longtemps. Revenir déjeuner ici était décidément une bonne idée. Je peux prévoir à l'avance la soirée à venir : pizza, *Bridget Jones* et canapé.

Avec de petites touches de bonheur et de grands élans de joie, la vie peut prendre une couleur si différente ! Je repars en chantonnant toujours, descends l'escalier et glisse avec espoir la clé dans ma boîte aux lettres, le comble du bonheur pour moi étant de recevoir une lettre ou un courrier quelconque, factures comprises. On a les petits plaisirs que l'on peut, que voulez-vous !

C'est là que je la trouve, toute belle dans son papier rose poudré : une lettre à l'écriture cursive tracée à la plume. Malheureusement, la missive ne m'est pas destinée, même si l'adresse est exacte. Comment a-t-elle atterri dans ma boîte ? Mystère. Toujours est-il que je glisse le courrier dans mon sac en me promettant de le déposer à la poste avec la mention « N'habite plus à l'adresse indiquée » lorsque je quitterai la pharmacie le soir. À regret...

Vous dire que ma vie va changer à ce moment précis est un euphémisme, vous affirmer que je m'apprête à vivre le scénario le plus improbable de toute mon existence est une évidence. Dans cette enveloppe, le poids du futur et un sacré paquet de galères aussi : bienvenue dans ma nouvelle vie (smileys et ponctuations en pagaille). Je ne vous raconterai pas l'après-midi au travail, c'est aussi bien voire mieux que le matin. L'ambiance qui règne dans l'officine est particulièrement joyeuse, et le patron nous offre même de petites viennoiseries au goûter. Le pouvoir de la robe fleurie est désormais officiel ; soit je m'en remets à elle pour toujours, soit je défie le karma avec d'autres vêtements les jours à venir.

Lorsque nous fermons boutique ce soir-là, Coline et moi sommes tout excitées par cette journée radieuse. Sur le chemin du retour, nous rions comme deux lycéennes. Après lui avoir fait la bise devant la porte de son immeuble, je continue ma route en réprimant l'envie de sautiller comme le font les enfants portés par cette joie de vivre insolente qui les habite. L'air du soir est d'une douceur agréable et très surprenante pour la saison mais, à voir les gros nuages qui s'accumulent dans le ciel, le temps ne va pas tarder à changer.

Un orage éclaterait que je ne serais pas surprise ; je me sens aussi électrique que l'atmosphère, mon pouls pulse dans mes tempes et une fine moiteur envahit mon dos tandis que ma peau se hérisse de minuscules frissons...

Je tourne rue des Trois-Poètes, mes ballerines claquent sur l'asphalte, alors que de grosses gouttes commencent à consteller le sol de petits points légers et que l'air se charge de l'odeur si particulière d'une pluie estivale. Devant le camion de Tonio, le meilleur pizzaiolo de la ville, il n'y a personne pour faire la queue devant moi : serait-ce le pouvoir de la robe à fleurs ? Comme pour saluer mon arrivée, Tonio me fait un clin d'œil en lançant dans les airs sa pâte blanche et moelleuse.

— *Ciao bella !*

Rougissant comme de coutume, je lui adresse mon éternel sourire sans ajouter plus de mots qu'un bonsoir poli. J'ai beau lui acheter des pizzas régulièrement depuis trois ans, jamais je n'ai eu le courage d'échanger plus que ces plates politesses avec le bel Italien. Je le vois comme le tombeur de la cour de récré, tandis que je suis la nunuche qui bafouille... Eh oui, les clichés ont la vie dure, même à l'approche de la trentaine.

Je commande ma pizza, note mon adresse pour la énième fois sur le petit calepin à l'intention du livreur et repars en remerciant l'apollon de la trois-fromages. Cette fois, l'orage n'est plus très loin ; les rues se vident de leurs passants qui vont d'un pas rapide rejoindre leur logis. Sautant entre les gouttes, j'arrive devant mon immeuble, les cheveux et la peau humides, le sourire aux lèvres. Une bonne douche, voilà ce qu'il me faut ! Aussitôt rentrée, je me rue dans la salle de bains et laisse l'eau chaude dégouliner sur mon corps. Délassée, mes cheveux gouttant dans mon dos, je continue à savourer cette sensation de vacances qui m'a grignoté le cœur toute la journée.

Tandis que ma main caresse distraitement Roudoudou, mon regard se pose sur mon sac et sur l'enveloppe qui en dépasse timidement, et une soudaine envie de savoir ce qui se cache à l'intérieur me saisit. J'hésite... Ouvrir ? Ne pas ouvrir ? Il n'y a pas de nom, seulement « Pour Ana » et l'adresse. La curiosité finit par l'emporter. Après tout, quel mal y a-t-il à lire rapidement cette lettre, secrètement ? Et puis, si je décachette l'enveloppe avec précaution, personne n'en saura jamais rien.

Naïve que je suis ! Au moment précis où mon coupe-papier ouvre l'enveloppe, ma vie bascule.

Chère Ana,

Cette lettre te surprendra sans doute, mais je ne sais pas comment faire, comment venir à toi, comment te parler, au lycée. Je n'y arrive pas. Il est des jours et des soirs où je tourne la question dans tous les sens, où tout se bouscule dans ma tête... Et puis parfois les choses semblent simples, évidentes, limpides et légères comme le vent et j'ai l'impression que toi aussi tu aimerais que l'on se parle. Je suis presque sûr de ne pas me tromper.

Certainement, tu ne t'attendais pas à ça. Recevoir des lettres aujourd'hui, c'est rare, et des lettres d'amour, plus encore. Lettres d'amour... tout est dit. Ne prends pas peur et pardonne-moi si tel est le cas. Mais si, comme je le crois, tu veux me parler, rejoins-moi jeudi soir, sur la place, près de la cabine téléphonique.

Vincent.

Bouleversée... Je suis bouleversée... Peut-être ce Vincent est-il mort depuis longtemps, en attendant désespérément la réponse de sa bien-aimée... car la missive date de 2003, époque où, de toute évidence, le jeune Vincent était au lycée. La tragédie amoureuse de 2003, sur fond de *Star'Ac* et à l'ère de la communication par SMS à dix centimes. On est loin des châteaux, des couvents et des campagnes anglaises qui peuplent mes romans à l'eau de rose. Mais bon, c'est une histoire d'amour tout de même. Qui n'a peut-être d'ailleurs jamais eu lieu à cause d'une défaillance de la Poste. Ainsi va la vie.

Avec à l'esprit la romance inaboutie d'Ana et de Vincent, je me mets au lit, Roudoudou ronchonnant sous le bras. Ah, les hommes ! Ah, les chats ! Mais impossible de fermer l'œil. La petite voix qui me trotte dans la tête et qui aime à se raconter des histoires se demande qui est cette Ana, où elle peut bien être maintenant, etc. Je décide donc, pour m'endormir au plus vite, de demander dès le lendemain des infos à Gigi et à Lulu. Puisqu'elles ont toujours habité là, elles sauront sûrement m'en dire plus sur la mystérieuse Ana. Bercée par les ronrons de mon colocataire, je plonge dans les bras de Morphée.

Ayant tout misé sur mes deux commères de voisines pour en apprendre davantage sur Ana, je n'aurais jamais imaginé que ce serait M. Jean qui m'apprendrait ce que je voulais savoir. Alors que je suis en train de parler de la fameuse lettre dans l'entrée de l'immeuble avec Gigi et Lucienne, M. Jean, qui s'en va vers la rangée de boîtes aux lettres en traînant ses savates, répond à la question que je viens de poser à mes voisines.

— Vous ne voyez vraiment pas qui elle peut être ? Des Ana ados, y en a certainement pas eu des masses ici…

— Ana Dupin ! s'exclame M. Jean. Un beau brin de fille ! Elle vivait chez toi, Madeleine. Enfin, avant que tu y habites… Bref, tu vois ce que je veux dire !

Éberluées, nous regardons toutes trois le vieil homme.

— Bah quoi ? Vous êtes pas les seules à aimer les cancans !

On peut dire qu'il m'a sacrément aidée. Je réprime un sourire moqueur, salue mes deux copines mécontentes de s'être fait moucher et retourne ravie chez moi. Vite, me mettre en quête de cette Mlle Dupin sur les réseaux sociaux en espérant qu'elle n'a pas changé de nom... Bingo ! Quelques clics, et la voici : blonde, 35 ans, apparemment célibataire et plutôt jolie. En scrutant son profil, je découvre qu'elle a fréquenté le lycée Alcuin. Les pages blanches me dévoilent son adresse.

C'est bien beau, tout ça, mais maintenant ? Faut-il que je remette cette lettre à sa destinataire originelle ou que je laisse tomber ? Peut-être que ces deux-là sont passés à côté d'une romance merveilleuse et que le destin m'a choisie pour remettre de l'ordre dans leur histoire...

Très bien, c'est décidé : je vais retrouver Vincent, rendre la lettre à Ana et les réunir pour de bon afin d'établir ce lien qui n'a jamais été. Ensuite, je reprendrai le cours de ma vie en ayant la sensation d'avoir accompli une sacrément belle mission. Sur le papier, mon plan est infaillible.

Déterminée, j'entreprends aussitôt d'établir une liste des choses que j'aurai à faire pour mener à bien ma mission... ce qui me prend trois jours de dur labeur et de cogitation. N'est pas Cupidon qui veut ! Je commence par partir à la recherche de Vincent. Pas bien compliqué, grâce à la magie du Web qui me permet de découvrir les « anciens d'Alcuin » et par un recoupement très (très, très) long, de mettre la main sur l'auteur de la missive, Vincent Renodin. Un plaisir pour les yeux. Elle en a de la chance, la blonde Ana ! Bon, elle ne le sait pas encore, mais attendez que j'intervienne et elle me sera redevable à vie.

Je disais donc : Vincent Renodin, célibataire, machiniste au cinéma de ma ville et vraiment, vraiment très beau. Résolue à expédier ma BA au plus vite afin d'en récolter les lauriers et de prouver à Coline que oui, le Grand Amour existe encore, je profite de mon samedi matin pour attaquer. Par chance, un film est programmé en matinée au Monte-Carlo, le cinéma dans lequel travaille Vincent. Étant quasiment seule au guichet, je demande si, par hasard, il serait possible de voir la salle de projection. J'explique au directeur que je suis auteure, et que j'ai le projet d'écrire un roman dont certaines scènes se tiendront dans son cinéma. En plein dans le mille ! Le patron du Monte-Carlo, un type visiblement imbu de lui-même, se déclare « raaaaavi de me laisser percer le mystère de cette pièce noire ». Je le suis dans l'escalier étroit jusqu'à la salle de projection, où je serre fermement la main du machiniste, qui est bien celui que je cherche (beaucoup plus beau dans la réalité), et lance d'une voix quelque peu tremblante :

— Enchantée de vous rencontrer, Vincent !

Voyant les deux hommes surpris que je connaisse le nom du projectionniste, je m'empresse d'ajouter, avec le plus grand sérieux :

— Oui, les auteurs se renseignent toujours au préalable, voyez-vous.

— Évidemment !

Sourire de connaisseur du directeur, visage intrigué de Vincent.

Afin de ne pas éveiller plus de soupçons, je regarde partout d'un air intéressé et, je l'espère, professionnel, et tente le tout pour le tout :

— Verriez-vous un inconvénient à ce que je revienne au moins une heure par jour afin de réunir le maximum d'éléments ? C'est indispensable pour m'imprégner de l'ambiance, décrire les lieux correctement et...

Je n'ai pas le temps de finir ma phrase que le directeur du Monte-Carlo accepte avec entrain. Puis, comme son ego surdimensionné pouvait le laisser deviner, il ajoute :

— Mais, en échange, il faudra me donner un petit rôle dans votre roman, hein ?

J'accepte volontiers, tout en me demandant comment je ferai le jour où il se rendra compte que je travaille dans une des pharmacies de la ville et que mon talent littéraire se résume à écrire sur les boîtes de Doliprane « un matin un soir pendant les repas ». Tant pis, j'ai trouvé LA parade, je ne vais pas revenir en arrière. Nous décidons que je viendrai tous les jours lors de ma pause méridienne, puis je salue les deux hommes et quitte les lieux.

L'affaire est dans le sac ! Mes journées sont désormais réglées comme du papier à musique. Vincent se révèle un enseignant extraordinaire ; il arrive à me donner une foule d'informations sur son métier, sur les machines, sur le cinéma en général, informations que je note avec application, me prenant à aimer jouer les écrivains. La passion avec laquelle il me parle de son travail de machiniste est contagieuse puisque, grâce à lui, je retourne à mes premières amours, l'écriture et la lecture. Mes pauses ne sont plus reposantes, mais je me rends au Monte-Carlo chaque midi comme si je rejoignais un coin de paradis.

Maintenant, au tour d'Ana. Je décide de l'approcher sous un angle différent et sonne à sa porte un jeudi soir. Ma journée s'est achevée plus tôt, et j'ai envie de voir à quoi l'élue de Vincent ressemble. Au premier coup d'œil, je comprends que j'ai affaire à une sportive. Moulée dans un legging qui lui va comme un gant, une queue de cheval peroxydée fixée sur le haut de la tête, elle me regarde avec un air surpris. Je n'ai pas vraiment de plan, il ne me reste qu'à improviser à partir de ce que je vois d'elle. Je sais, ça ne se fait pas de juger sur l'apparence, mais je me fie à mon instinct et annonce que je vends des produits de soins pour le corps.

— Pour ?

— Pour garder la ligne sans être toujours active !

J'ai tapé dans le mille, et elle est étonnée que je n'aie pas de carte à lui laisser. Je lui promets de revenir dans deux jours afin de lui présenter la gamme de mes produits totalement imaginaires.

En rentrant le soir, je m'écroule sur mon canapé, épuisée par tant de mensonges et par cette mission qui se révèle plus laborieuse que je ne l'avais imaginé. Je repense à Ana, trouvant étrange qu'elle puisse plaire à Vincent. Mais, après tout, il en faut pour tous les goûts, et le garçon qui me semble si cultivé et intéressant a peut-être, en plus de sa passion pour le septième art, celui des femmes superficielles et tellement jolies qu'on est en droit de se demander si leur beauté est naturelle. Je juge, oui. Parce que, au-delà de mon envie d'aider les autres, il m'arrive d'être quelque peu jalouse et envieuse... Pourquoi ne suis-je qu'un petit bout de bonne femme sans trop de charme coincée dans ce corps-là ? Ruminant, je finis un paquet de biscuits tout en réfléchissant aux produits susceptibles de faire le bonheur de l'athlète que je dois revoir samedi matin.

Le lendemain, à la pharmacie, Coline me propose de fixer notre journée entre filles à ce samedi.

— On n'a qu'à se rejoindre pour déjeuner et enchaîner avec les boutiques. Pour une fois que l'on a le même jour de congé !

— Oui, pourquoi pas ?

Je remarque à son regard inquisiteur qu'elle me trouve étrange depuis quelque temps, moins fleurie, moins joyeuse. Et elle a raison. Je sens bien que quelque chose ne tourne pas rond dans ma caboche, mais je n'arrive pas à mettre la main dessus. Le froid qui s'installe y est sûrement pour quelque chose. Je prends donc des vitamines dans les rayonnages et mise sur elles pour retrouver mon bon moral d'antan.

Lorsque je retrouve Vincent à midi, comme de coutume, afin de déjeuner en l'observant, mon sourire n'est pas revenu. Il est en train de lancer la séance de midi quinze et me déclare :

— Ne sors pas ton sandwich, j'ai concocté un petit truc à grignoter.

L'entendre me tutoyer, savoir qu'il a eu la délicate attention de préparer quelque chose pour moi me touche beaucoup. Décidément, Ana est bénie des dieux… À cette pensée, je me retrouve avec une boule si grosse dans la gorge que je peine à avaler la moindre bouchée.

Vincent commence à parler de tout et de rien, mais pas de cinéma. Je profite de cet échange cordial et des questions qu'il me pose sur ma vie pour l'interroger sur la sienne. Par chance, il me demande quel lycée j'ai fréquenté, ce qui me permet de rebondir en lui retournant la question, laquelle en amène d'autres : voit-il encore ses amis de l'époque, a-t-il gardé la même petite amie, a-t-il toujours le contact de certains professeurs ? L'échange est naturel, et Vincent ne se force absolument pas à me répondre. Je manque de m'étrangler lorsqu'il me parle d'Ana.

— Je n'étais pas le tombeur de ses dames au lycée, mais il y avait une fille qui avait pris mon cœur, en effet.

— Et ça a duré longtemps ?

— Ça n'a pas même commencé, et j'en ai beaucoup souffert. Enfin ! C'est du passé, me dit-il en riant.

Il me tend une tartelette aux fraises que j'avale avec difficulté. Il continue à parler un peu, tandis que je me fais silencieuse. Cela fait déjà trois semaines que je viens ici, et j'ai presque la réponse à mes questions. Je devrais m'en réjouir… mais non. Bon sang, qu'est-ce qui cloche chez moi ?

Finalement, je m'essuie la bouche, remets de l'ordre dans mes cheveux, époussette les miettes sur ma robe, salue Vincent et l'avertis que je reviendrai le lundi suivant. Vincent s'étonne que je ne demande pas à venir le lendemain, mais je bafouille une vague explication et file sans demander mon reste.

Le samedi arrive bien vite et, après avoir enfilé la tenue la plus sportive que j'aie pu trouver dans mon dressing, je pars avec ma valise à roulettes façon représentante rejoindre Ana, que je trouve aussi pimpante et pleine d'entrain que la fois dernière. Comment est-il possible d'être aussi jolie avant midi ? Moi, j'ai l'air d'une gourde avec ma valise derrière moi, et je ne dois pas lui faire grande impression, mais elle n'en montre rien. Je la suis dans le salon, où j'ai la surprise de trouver cinq copies conformes d'elle, toutes bronzées, dynamiques, avec à la main un verre d'une boisson à la couleur étrange, certainement détox quelque chose.

— J'ai invité certaines de mes amies que vos produits pourraient intéresser. Cela ne vous embête pas ?

Je bredouille que non, tout en me disant que je n'aurai pas assez de ma camelote pour toute la bande, et je commence mon laïus ; j'ai passé la soirée de la veille à répéter, et mon expérience en pharmacie m'est d'une aide précieuse. Les mots coupe-faim, comédons, brûle-graisses, peau d'orange, algues marines et cellulite sont prononcés un nombre incalculable de fois. Je n'aurais pas cru possible de les employer sans discontinuer pendant deux heures. C'était compter sans mon public, qui est en joie devant ma valise magique. Elles ont l'air aussi heureuses que moi quand je réussis à faire des pancakes le dimanche matin. Finalement, elles commandent presque l'intégralité de « ma » gamme. J'aurais pu être riche si j'avais vraiment été vendeuse…

La proximité qui s'est tissée entre nous au cours de ce laps de temps me donne droit à mon smoothie minceur et à une heure de papotage avec elles. Je plane dans les hautes sphères, je suis avec les reines du lycée ! On discute de la vie, de la mode, des hommes (je fais semblant d'en connaître autant sur le sujet que sur les crèmes anti-capitons) et j'en profite pour parler des premières amours. Elles se livrent toutes sans se faire prier, ravies de revenir sur leurs gloires passées. J'invente des souvenirs pour ne pas être en reste, faisant naître un Kevin, un Juan, un Léo, et elles me sortent de leurs chapeaux le double, le triple. C'est un festival de prénoms, de courtes romances, de béguins adolescents et d'idylles innocentes. Elles finissent par en devenir touchantes, avec leurs yeux qui pétillent de ces fantômes du passé. Mais, dans ces récits, pas l'ombre d'un Vincent. Je les quitte après avoir pris le contact de chacune (pour honorer les commandes qu'elles ont effectuées...) et je file me changer pour rejoindre ma Coline pour le déjeuner.

À peine attablée, mon amie me regarde avec insistance.

— Qu'est-ce qui ne va pas ? C'est ton chat qui s'est fait la malle ou ta partie de Scrabble qui vient d'être annulée ?

— Très drôle ! Non... c'est rien. C'est une histoire sans fin, et je n'ai pas envie d'en parler.

— Par Bratt Pitt et Ben Affleck ! Tu as un jules, je le savais ! Ça fait un moment que tu ne tournes plus rond, à courir on ne sait où tous les midis et à ne plus écouter que d'une oreille mes aventures du week-end. Allez, raconte !

Je sais qu'elle ne va pas lâcher le morceau, alors je me mets à table en commençant par le commencement et sans omettre le moindre détail. Une fois mon récit achevé, Coline me fixe avec des yeux ronds.

— Bah ça alors ! Et maintenant, tu en pinces pour Vincent !

J'ai beau nier, elle a mis le doigt dessus, et ce serait mal la connaître que de croire qu'elle va me laisser tranquille après ça.

— Il est hors de question que tu les rabiboches, ces deux-là. Ils étaient ados, il y a prescription ! Ana s'en tamponne comme de son premier soutif de Vincent, et toi, bonne poire, tu vas lui apporter le beau gosse sur un plateau. Tu me fais halluciner, parfois ! Abandonne ta mission, mets-lui le grappin dessus, et hop ! On n'en parle plus !

— Non ! Ce ne serait pas juste. J'ai ouvert la lettre, j'ai trahi un secret qui ne m'était pas destiné, il faut que j'aille au bout du truc. S'ils doivent finir ensemble, ils finiront ensemble, que j'intervienne ou pas. Autant que je continue à jouer les bons Samaritains.

À ma grande surprise, elle n'insiste pas, et nous terminons notre déjeuner en parlant de tout et de rien mais surtout plus de Vincent. Une fois dans les boutiques, je me prends à avoir envie d'essayer de nouvelles choses, à vouloir du neuf, du neuf destiné à séduire quelqu'un qui vit dans un monde imaginaire, derrière le bruit d'un appareil de projection, dans un univers qui sent bon le pop-corn et la glace à la vanille.

L'après-midi s'écoule en douceur, et je reprends le chemin de mon cocon en fin de journée, les jambes usées et avec un léger vague à l'âme que les achats compulsifs n'ont pas réussi à estomper. Je laisse mes sacs dans l'entrée sans même m'adonner au rituel de les vider en contemplant ma razzia et consulte mes SMS. Roudoudou essaie de ronronner pour me réconforter, mais rien n'y fait. Parmi mes messages, j'en trouve un d'Ana qui me demande si je n'ai pas pris par mégarde le soin du visage qu'elle nous a montré en fin de « séance ». Fouillant ma valise de pseudo-vendeuse, je découvre en effet le tube et l'en avertis aussitôt. Il ne faut pas cinq minutes pour qu'elle me demande si elle peut venir le récupérer. Mazette, elle doit être miraculeuse, sa crème, pour qu'elle soit prête à ressortir alors que le temps vient de tourner à la pluie !

Sans réfléchir, je lui envoie mon adresse et l'étage... avant de me rendre compte qu'elle n'aura aucun mal à trouver mon appartement puisqu'elle y a vécu. Non mais quelle andouille je fais ! Il n'y a pas à dire, le destin se charge d'accélérer le processus. Sa réponse ne tarde pas :

Pas possible ?! L'appart de mon enfance ! Amazing ! J'arrive

Je me lève et range au mieux en attendant ma rivale, et c'est les bras chargés de linge sale, un chignon très approximatif vissé sur le crâne, les chaussettes par-dessus mon fuseau à pois, que j'ouvre la porte à Ana qui, comme à l'accoutumée, est parfaite : rien qui déborde, rien qui dépasse, et la bouche en cœur. Tu m'étonnes qu'il ait craqué, Vincent... 30 ans passés, et impeccable. Elle devait être redoutable à l'approche de ses 18 ans !

— Improbable, tu vis ici ! J'y ai grandi, et j'y suis restée jusqu'à mon bac. Jamais je n'aurais pensé y remettre les pieds ! Oh ! la la...

Elle est heureuse... et sacrément intrusive, déambulant partout comme si elle vivait toujours là, comme si ce n'était pas chez moi, maintenant. Je l'observe sans m'interposer, mais mon regard doit me trahir puisqu'elle s'arrête.

— Désolée, j'envahis les lieux... Mais j'ai vécu tellement de choses entre ces murs, il y a tant de souvenirs. Le coin où nous prenions nos repas, notre salon, ma chambre d'ado... J'ai l'impression que c'était hier, ajoute-t-elle avec de la nostalgie dans la voix.

Ne pouvant réfréner mon grand cœur, je la laisse continuer son tour du propriétaire et me mets à faire du thé ; elle ne va pas partir aussi vite que je l'espérais, c'est évident.

Elle me rejoint avec une pointe d'amertume dans le regard et se livre à moi sans que je demande quoi que ce soit.

— Nous vivions ici avec mes deux petites sœurs et mes parents. Oui, c'était un peu étroit pour cinq personnes, mais nous y avons été heureux. J'aurais tant aimé que rien ne change, que nous puissions rester pour toujours, tous les cinq... Mon enfance, mon adolescence, tout a eu lieu dans cet appartement. D'ailleurs, il m'arrive encore de venir me promener par là pour ressentir les choses « comme avant », les vibrations d'autrefois, faire remonter les souvenirs. Mais je suis sotte... Tu dois me trouver pathétique...

— Pas du tout, je suis assez sentimentale, moi aussi.

— Parfois, j'aimerais avoir le pouvoir de remonter le temps, de revenir en arrière et d'empêcher la machine de se remettre en route. Je changerais certaines choses, peut-être... Je ne sais pas s'il est normal d'avoir déjà des regrets, à mon âge.

C'en est trop pour moi, ma conscience commence à me titiller. N'y tenant plus, je me lève, ouvre le tiroir de mon buffet, en sors la belle enveloppe à l'écriture si belle, au grain si délicat, et la pose devant sa destinataire. Les choses ne se passent pas comme j'aurais pu l'imaginer : Ana a l'air ravie de se retrouver avec cette missive surgie de son passé.

— Ça c'est incroyable !

Sans plus rien dire, elle lit et relit la lettre au moins deux fois, avale quelques gorgées de thé en restant silencieuse.

— Je suis désolée d'avoir ouvert l'enveloppe, je n'aurais pas dû... Mais si cela peut t'intéresser, et si tu as envie de revoir Vincent, j'ai ses coordonnées et je sais où tu peux le retrouver.

Elle semble intriguée, ce que je peux comprendre, alors je lui raconte le plan que j'ai mis en place pour les remettre sur la même route. Je m'attends à essuyer quelques critiques, à l'entendre me demander de lui rembourser les sommes versées pour les produits minceur achetés le matin même, et aussi à des remerciements, mais rien. Ce n'est en effet pas tous les jours qu'une inconnue vous permet de retourner dans le passé et de repêcher un amoureux d'autrefois !

— Puis-je avoir ses coordonnées ?

Bouche bée, je griffonne numéro et adresse sur un Post-it à fleurs senteur bonbon. Elle me remercie en esquissant un sourire étrange et prend le chemin du retour. Ce n'est qu'après son départ que je me rends compte qu'elle a oublié sa crème miracle... Mais bon, elle peut bien me la laisser en remerciement. Une crème contre un prince charmant, elle gagne au change !

Le lendemain, je passe le dimanche le plus déprimant de ma vie. Mes deux voisines ont beau me proposer une partie de Scrabble et une tarte aux pommes, mon sourire ne revient pas. La semaine qui suit s'écoule dans la même monotonie. Je traîne les pieds sur le chemin du travail, je traîne les pieds dans l'officine. Les clients font eux aussi grise mine, et le ciel, comme un ami qui vous soutient, ne cesse d'inonder la ville de ces larmes de pluie qui n'arrivent pas à s'échapper de mes yeux. J'ai le vague à l'âme, le moral en berne et le cœur en bandoulière. La Maddie au sourire léger n'est plus.

— Là, ça ne va plus, ma cocotte ! Il faut arrêter ce cinéma. Il ne t'a plus donné de nouvelles ? Bon débarras ! Je te l'avais dit, que c'était une idée abracadabrantesque de jouer les Cupidon mais, bien sûr, tu ne m'as pas écoutée. Tu devrais être ravie, ils ont suivi ton stratagème à la lettre.

— Ah oui ? Tu les as vus ensemble ?

— Comment veux-tu ? Je ne sais même pas à quoi ils ressemblent !

— J'ai vu une photo d'eux sur Facebook... Ils avaient l'air proches. On peut dire que j'ai réussi à les rabibocher.

C'est alors que Coline a l'idée du siècle.

— À la pause, on prend nos sandwichs et on file espionner près du cinéma. S'ils sont si proches que ça, aucun doute que nous verrons Ana rôder autour de la machine à pop-corn !

Encore une idée puérile, encore un plan bancal... dans lequel je plonge, bien sûr, tête la première. C'est ainsi que je me retrouve, ma *lunch box* sous le bras, assise près des containers de la rue des Artistes. Coline et moi campons nos rôles à la perfection : fichus sur la tête, lunettes de soleil, air parfaitement innocent ; les passants qui nous croisent nous observent avec intérêt, se demandant visiblement si la date du carnaval a été avancée.

Soudain, je vois Coline me faire de grands gestes derrière sa poubelle, auxquels elle ajoute une phrase que je n'ai jamais comprise, même dans les films :

— À 10 heures !

Face à mon incrédulité, elle se dévisse le cou à plusieurs reprises vers la gauche, et je finis par apercevoir Ana qui entre dans le cinéma, en petite jupe en daim et bottes en cuir de *Drôles de dames*.

Ma mine déconfite ramène Coline à mes côtés.

— Bah... Il fallait se douter que ça fonctionnerait. Tu es une perfectionniste, Madeleine, c'était évident qu'ils recolleraient les morceaux puisque tu t'étais mis en tête de réussir. Il n'était pas pour toi, ce Vincent. Allez, viens, on retourne à la pharmacie.

J'attrape mon sac, mon sandwich tout mou, récupère mon cœur qui a dégringolé dans le caniveau, et je repars sans rien dire au bras de ma Coline qui me frictionne le dos comme on le fait aux personnes en deuil. J'ai pris une grosse claque, qu'on me donne un peu de douceur, d'amour et de Lexomil pour affronter tout ça. En arrivant à la pharmacie, je m'effondre sans finalement bien comprendre pourquoi. Je ne connais Vincent que depuis trois semaines, ce n'est rien, mais je sais que je n'ai besoin que de peu de temps pour m'attacher. Je peux aimer ou adorer en un claquement de doigts, je suis comme ça.

Je me mets à installer la vitrine automnale en reniflant ; ce qui normalement me met en joie n'arrive pas à m'arracher un sourire. Autour de moi, Coline fait les cent pas en soupirant puis, sans que je comprenne quelle mouche la pique, elle attrape sa veste et son parapluie, lâche un « Bon, ça suffit ! » et sort de la pharmacie. C'est le comble, ça ! Je n'ai même pas le droit d'être triste ? Certes, ce n'est pas vraiment un chagrin d'amour, et je ne suis pas légitime dans le rôle de la nana trompée, cela dit, j'ai bien le droit de pleurer une fois de temps en temps, non ?

Je m'échine à installer mon décor ; l'affiche du bonhomme avalant son flacon d'homéopathie, écharpe au vent, me donne un mal de chien. Pour finir, je suis plutôt satisfaite du résultat. Une heure m'a suffi pour faire ressembler la vitrine de la pharmacie à un bout de forêt : marmotte, feuilles mortes, marrons, bonnets et parapluie donnent le ton des mois à venir. Reste mon type à l'écharpe qui rechigne à intégrer le décor... Partenariat commercial à la gomme ! Je cogite ferme lorsque j'aperçois ma Coline au feu rouge, l'air bien plus détendu, discutant avec un homme à capuche. Il n'y a pas de doute, la gent masculine a le don de lui remettre le moral au beau fixe. Sacrée Coline ! Je souris comme chaque fois que je l'aperçois, ma copine qui efface les gros nuages gris, lorsque je me rends compte que l'homme à la capuche ne m'est pas inconnu...

Je commence à suer à grosses gouttes, et plus ils s'approchent, plus je tremble. L'estomac à la renverse, le pouls en train de s'emballer, je cherche un endroit où me cacher. Mais la marmotte est bien trop petite, et je n'ai pas assez de feuilles d'automne pour m'en recouvrir le corps. Je me lance dans la quête désespérée d'un abri de fortune, comme la biche traquée par le chasseur. La panique cause ma perte : mon bonhomme en carton tente un paso-doble avec mes jambes en guimauve et je m'écroule, les quatre fers et collants en l'air, dans mon décor devenu apocalyptique.

— Quand je vous disais qu'elle n'allait pas bien !

Coline se précipite sur moi, pensant que j'ai fait un malaise vagal, tandis que Vincent, gêné par la vue de mes guibolles toutes de Lycra vêtues, détourne les yeux le temps que je retrouve un semblant de normalité.

— Tu es pâle comme un linge, je vais te faire un verre d'eau sucrée.

Et c'est ainsi qu'elle nous laisse à nous regarder comme deux idiots. Après un nombre incalculable de grattements de menton et de toussotements, Vincent recouvre l'usage de la parole, ce qui a le pouvoir de laisser l'air revenir dans l'officine.

— Merci d'avoir retrouvé Ana. J'ai un peu honte de ma lettre, qui a erré sans trouver sa destinataire pendant si longtemps. Cela explique pourquoi je n'ai jamais eu la réponse que j'espérais.

— Comme quoi, tout vient à point à qui sait attendre ! Ana a l'air d'être une chic fille, vous formerez un duo extraordinaire.

— C'est gentil.

Coline m'apporte mon verre, mais la boule qui me noue la gorge et le ventre m'empêche de le porter à mes lèvres. Les clients regardent la scène sans rien y comprendre, ou peut-être ne regardent-ils pas. Je sens l'espace se rétrécir, les murs se resserrer autour de moi, et j'en veux à mon amie d'être allée chercher la dague que Vincent m'enfonce lentement dans le cœur.

— C'est gentil, répète-t-il, mais ce qui était valable au lycée ne l'est plus aujourd'hui… La Ana que j'aimais n'était pas aussi superficielle autrefois, ou peut-être mes goûts ont-ils changé, ou peut-être...

— Peut-être ?

— Eh bien, peut-être y a-t-il quelqu'un d'autre dans ma vie.

— Tu m'avais pourtant dit que tu étais célibataire ?

— Parce qu'il ne s'est encore rien passé avec cette personne.

— Ah !

Je regarde mes pieds, les rayons, ma vitrine en lambeaux, puis je me rends compte, en remontant vers ses beaux yeux noisette, qu'il me fixe avec trop d'insistance pour que je ne comprenne pas que je suis la personne en question. C'est trop pour moi, mon cœur bascule : violent coup de chaud puis de froid, sudation extrême... puis le vide intersidéral. Je tombe dans les pommes – enfin, dans les marrons, en l'occurrence.

— Eh bien, se donner ainsi en spectacle. Et dans la boutique, en plus... Il n'y a pas de quoi être fière, Madeleine !

Ah, Odile ! Ouvrir l'œil après un malaise et se retrouver face à elle... Il faut dire qu'elle seule est diplômée en premiers secours. Le karma se réjouit à me torturer, c'est sûr !

Retrouvant peu à peu mes esprits, je cherche parmi les regards des clients et collègues, tantôt inquiets, tantôt curieux, celui de mon Roméo. Me comprenant, Coline opère à nouveau son dévissement de tête à gauche et je le vois, debout devant la porte coulissante, en train de fumer une cigarette, les yeux dans le vide. Un peu plus solide sur mes jambes, je me lève, rassure le petit groupe qui s'est formé autour de moi et vais le rejoindre. L'air frais et humide me fait du bien, et je lui touche le bras pour le sortir de sa rêverie. Mon geste le ramène immédiatement à la réalité ;

il me sourit, me propose sa veste pour me réchauffer et me contemple longuement.

— Pourquoi as-tu fait tout cela si c'était pour avoir des regrets ? Tu aurais pu faire machine arrière ! Tu ne devais rien à Ana, et tu ne me devais rien à moi non plus. Pourquoi as-tu pris le risque de souffrir pour deux inconnus ?

— Parce que je suis comme ça et parce que la mission était trop belle...

— Tu n'es donc pas écrivain ? Il va être déçu, mon patron. Lui qui dit à qui veut l'entendre qu'il apparaîtra bientôt dans un roman, qui, à coup sûr, sera adapté au cinéma.

J'ai mis une sacrée pagaille... en faisant au passage des victimes collatérales. Je ne sais plus où me mettre.

— Ne t'en fais pas, reprend-il, il a adoré être le centre de l'attention. Et puis, ça ne lui fera pas de mal d'essuyer un petit échec.

Je fixe le sol, affreusement gênée, et joue avec un caillou que je fais rouler sous la pointe de ma ballerine. C'est fou ce qu'un gravillon peut être intéressant quand on se sent mal à l'aise. Vincent doit comprendre mon trouble, car il saisit mon menton délicatement et me regarde intensément dans les yeux. À cet instant, il n'y a plus ni passants, ni collègues agglutinés à la vitrine, ni boulevard agité. Seulement ses yeux, sa main si douce et ma respiration coupée. Se penchant vers moi, il dépose le plus tendre des baisers sur ma bouche goût cerise (le baume à lèvres qui sera le mien pour l'éternité désormais), et j'ai la jambe cinéma, celle qui se relève comme dans les films et qui donne un air léger à la scène. Mon souffle se coupe mais cette fois il n'y a ni pommes, ni collants en l'air, seulement le bonheur de connecter mon moi au sien.

— Et ensuite ? me demande Coline. Ils se marient et ont beaucoup d'enfants ?

— Pas encore, patience ! Il y a pour commencer des dîners aux chandelles, des films dans un canapé jaune citron, des parties de Scrabble à quatre, où le roi est désormais Vincent. Mais, surtout, il y a du bonheur, qui inonde les murs, agrandit les cœurs et change la face du monde. Ana n'est plus dans le tableau. Elle évite de venir se promener devant mon immeuble, désormais. Elle a sûrement eu peur de la foldingue que je suis. Et puis, Vincent n'a pas succombé à ses charmes, même si elle est venue régulièrement dans la cabine de projection prendre des tas de photos pour « se faire des souvenirs et retrouver d'autres amis sur les réseaux ». La pauvre, elle a accusé un échec cuisant. Le premier de sa vie, c'est sûr ! Et j'y pense ! Si Vincent n'avait pas cru qu'elle aussi voulait lui parler, il ne lui aurait jamais écrit, et cette lettre n'aurait pas atterri dans ma boîte. Comme quoi, sur un malentendu...

Roudoudou ronronne sur mes jambes, Vincent déambule chez moi, et je comprends que cette lettre m'a porté bonheur. Je l'ai ouverte par curiosité, et le beau tracé de plume d'un adolescent enamouré a transformé ma vie et bouleversé mon univers. Comme dans mes romans, comme dans mes films... Mettons le point final ici. Le reste de l'aventure, je le garde pour moi.

(Smileys, cœurs et points d'exclamation en pagaille.)

Carole Cerruti

Le bonheur est dans le peu

1

— Waouh ! Cette virée shopping, c'était dingue !

— Rappelle-moi de ne plus jamais venir avec toi. Tu es folle ! Ce n'est plus du shopping, c'est une orgie de vêtements ! s'exclame ma meilleure amie.

— Je ne peux pas me passer de ces après-midi, tu vois. J'oublie tout. La mort, la maladie, mes pensées, mon célibat... Je me sens revivre !

Nous marchons sur Rodeo Drive, les bras chargés de sacs. Enfin, surtout moi. Je me dis que c'est une belle journée, chaude, ensoleillée, et que j'ai bien fait de prendre les escarpins en quatre teintes et la robe rouge dans les trois longueurs proposées. Cela m'évite d'hésiter et je gagne du temps. On n'est jamais trop prudente : combien de fois ai-je raté des tenues en me décidant une semaine trop tard et en découvrant que le modèle n'y était plus !

Chaque vendredi, je m'octroie un créneau de deux heures pour mes achats. Seule, en général, mon amie Liz n'aimant pas faire les boutiques, alors que moi, j'adore. Ça me détend. Je ne sais pas comment l'expliquer, j'en ai besoin : c'est presque devenu une sorte de loisir. Dommage qu'il n'existe aucun club de shopping !

— Si seulement le prince charmant pouvait s'acheter, dis-je en soupirant, songeant que je vais bientôt avoir 38 ans et qu'il est plus que temps de fonder une famille.

— Avec tout ce que tu as déniché, tu devrais le séduire à coup sûr ! s'exclame Liz.

Je souris en pensant à mes dernières trouvailles, toutes assez exceptionnelles, il est vrai. Le problème, c'est que je n'ai même plus le temps de sortir. J'adore mon travail de styliste, j'ai tout fait pour en arriver là : créer ma propre marque de haute couture, devenir célèbre, voyager dans le monde entier. Mais le succès fait fuir les hommes, je l'ai appris à mes dépens. Ils n'aiment pas les femmes qui font carrière, encore moins celles qui gagnent plus d'argent qu'eux.

— Je n'ai aucun scrupule à faire chauffer ma carte bleue, dis-je en tapant le code de mon immeuble, c'est mon seul plaisir. Et puis, j'ai besoin de ces vêtements.

— Kathleen, même en te changeant trois fois par jour, tu ne pourrais jamais tout porter !

— Je me change trois fois par jour.

— Je sais, ricane Liz.

Nous entrons dans l'immeuble et prenons l'ascenseur. Situé sur l'une des plus belles avenues de Beverly Hills, mon loft occupe tout le huitième et dernier étage. Je l'adore.

J'ai créé ma propre maison de haute couture il y a une dizaine d'années, et depuis, mes modèles se vendent partout dans le monde, me permettant de mener un train de vie dont la plupart des gens osent à peine rêver. Pourtant, la réalité est tout autre : je croule sous le travail, et même si j'adore ça, j'aimerais parfois avoir un peu plus de liberté. Mon emploi du temps trop chargé ne supporte pas le moindre contretemps, les journées passent à une vitesse folle, je suis constamment sous pression. Deux heures pour moi chaque vendredi, c'est tout ce que je m'autorise.

— Zut, Maria est toujours là et elle va encore me faire la morale, dis-je en râlant.

J'entends mon amie rire ; elle sait que je crains ma femme de ménage plus que ma propre mère.

— Bonjour, bonjour, Maria !

— Bonjour, m'dame Kathleen.

— Oh ! Combien de fois vous ai-je dit d'arrêter de m'appeler madame Kathleen ? Ça donne un côté Scarlett O'Hara… et elle a fini toute seule !

Je dépose les sacs dans l'entrée et lui murmure :

— Vous pourrez…

— J'ai compris, me coupe Maria en prenant les sacs et en se rendant dans le dressing.

Liz me suit dans la cuisine. J'attrape deux verres en cristal et sors une bouteille de vin.

— Heureusement que j'ai aménagé la chambre du fond en dressing. Je ne sais pas comment faisaient les anciens propriétaires pour ranger leurs affaires.

— Ils n'avaient pas besoin de posséder autant de vêtements, me répond Liz. Il leur suffisait de les laver et de les porter à nouveau.

— Ha, ha ! Très drôle.

Je lui tends son verre.

— Ces fringues, ça compense mon mal-être. Je commence à en avoir assez d'être seule. J'aimerais partager tout cela avec quelqu'un. À quoi bon posséder autant si on ne peut pas en faire profiter l'homme que l'on aime ?

— Peut-être que tu ne rencontres pas les bonnes personnes.

— Oh, tu sais, j'ai déjà essayé un peu de tout… dis-je en buvant une gorgée de vin.

— Oui, je sais, rit Liz, mais…

— Madame, nous interrompt Maria d'un air grave, il va me falloir effectuer des heures supplémentaires. J'ai répertorié cinquante-deux vêtements, et je ne peux pas me permettre de passer la nuit ici. Même avec toute la bonne volonté du monde, je ne pourrai jamais tout ranger aujourd'hui.

Je soupire. Fouille dans mon sac. Maria mériterait un oscar.

— Tenez, dis-je en sortant un billet de mon portefeuille.

Elle l'attrape et le cache sous son chemisier.

— Notez que je mets plus de temps à ranger qu'à faire le ménage. Pour un loft de trois cents mètres carrés, c'est quand même le comble ! Et certains vêtements, c'est-à-dire une bonne centaine, sont encore étiquetés. Vous comptez les rendre ? Parce que les dates sont sûrement passées. Au-delà d'un mois, en général, c'est trop tard.

— Non, je ne compte pas les rendre. Je vais les porter.

— Quand ?

— Bientôt.

Elle secoue la tête en ôtant son tablier.

— En tout cas, moi, ce soir, je dois partir à l'heure. Je suis invitée à un vernissage dans la galerie de mon cousin. Vous n'avez qu'à venir, ça vous changera des hommes qui ne « comprennent » pas que vous travailliez autant ! s'exclame-t-elle en enfilant son manteau.

Je sens une note de raillerie dans sa voix, il faut toujours qu'elle écoute les conversations.

— Vous savez, reprend-elle, on dit que les opposés s'attirent, mais c'est faux. C'est même complètement dépassé comme idée : voilà pourquoi les divorces augmentent. Vous devriez vous trouver quelqu'un comme vous.

Je hausse un sourcil.

— Et c'est quoi « quelqu'un comme moi », d'après vous ?

— Quelqu'un qui a les mêmes centres d'intérêt.

— La couture ?

— Oui, par exemple.
— Impossible. Ils sont tous gays.
— Eh bien, vous avez forcément d'autres phobies.
— On dit hobbies, corrige Liz.
Dire que je suis en train de recevoir des conseils de Maria ! Il faut que je lui donne une réponse au plus vite ou elle ne va pas me lâcher.
— J'adore faire du shopping.
— Très bien, c'est un bon début.
— Et j'aime les belles choses, les tableaux, les musées…
Elle fouille dans son sac et me tend un flyer.
— Alors vous devriez venir au vernissage. C'est une exposition magnifique : Fritz Panzer, un artiste autrichien, vous connaissez ? Ses sculptures en fil de fer font référence aux dessins de contour. C'est superbe.
— Non, je ne connais pas.
Je suis étonnée que ma femme de ménage soit plus cultivée que moi.
— Il y aura du monde, ça vous changera de votre milieu. Vous pouvez venir aussi, madame Elisabeth.
— Oh, merci, Maria, mais je suis déjà prise.
— Bien, rétorque-t-elle, visiblement pressée de s'en aller. Madame Kathleen, je rangerai vos vêtements demain, il faudra que je vienne plus tôt. Vers 5 heures au lieu de 7, ça devrait suffire. Enfin, j'espère…
— Ça va, n'en faites pas trop, non plus.
— À ce soir, madame, dit Maria en mimant une révérence.
— Je ne sais pas, on verra.
Je m'assois sur le sofa en daim bleu et soupire.
— Il faudrait que j'accepte l'idée de rester seule. Peut-être est-il impossible d'être heureux dans tous les domaines ? À part toi, ma Liz. Tu as réussi en tant qu'auteure, tu vends des millions de livres, et en plus,

tu as épousé l'acteur le plus prisé de sa génération. Damon est si parfait !

— Tu vas rencontrer quelqu'un, me répond Liz en s'asseyant à côté de moi. Il faut juste que tu te montres un peu plus. Comment veux-tu trouver le prince charmant si tu passes tout ton temps à travailler ?

— Oui, tu as raison. Il faut que je lâche un peu. Depuis quelque temps, je me sens épuisée et je n'arrive plus à créer. Je crois que j'ai perdu l'inspiration. Tous mes modèles sont fades, identiques, il n'y a aucune nouveauté, pas une once d'originalité. Je ne sais plus comment faire.

— Tu te mets trop la pression. Écoute, je pense que tu devrais aller à ce vernissage : rien de tel que de sortir de son univers pour relancer la créativité. Crois-moi, je l'ai fait plusieurs fois pour l'écriture de mes romans, ça a toujours fonctionné.

— Si tu le dis. Tu viens avec moi ?

— Désolée, je ne peux pas, dit-elle en terminant son verre. Je suis l'invitée d'un dîner littéraire.

— Dommage... J'irai avec Maria, alors.

— Je doute qu'elle veuille que tu l'accompagnes ! Tu la retrouveras là-bas. Allez, je dois filer, je te laisse te préparer. Et tâche de t'amuser et d'ouvrir les yeux. On ne sait jamais... les idées sont partout, conclut-elle en se levant.

Je la raccompagne et lance, au moment où elle entre dans l'ascenseur :

— D'après toi, qu'est-ce que l'on porte à un vernissage ? Je n'ai rien à me mettre...

— Kathleen, tu es impossible !

Mon amie partie, je me remets au travail avec appréhension. Je regarde les croquis que j'ai jetés la veille à la poubelle. Hésite à les récupérer. J'attrape un crayon et tente de dessiner une robe fourreau. Je griffonne, je trace, je rature, je gomme. Mais rien. Je dois me rendre à l'évidence, l'inspiration m'a quittée. Je suis devenue incapable de dessiner, incapable de créer ma nouvelle collection. Sans doute parce que ma vie est devenue morne. À force de travailler, j'ai perdu le contact avec le monde réel, et la flamme s'est éteinte.

Je jette mon dessin. Regarde l'heure. Il est temps de filer sous la douche si je veux me rendre à ce vernissage.

Une fois coiffée et maquillée, je me mets en quête d'une tenue. Vingt minutes plus tard, je ne sais toujours pas comment m'habiller. Mon dressing a beau être plein à craquer, je n'ai rien à me mettre. Un comble !

2

Je me faufile à travers la foule de plus en plus dense. Ce vernissage est une réussite, il y a un monde fou. Maria ne m'a pas menti, les sculptures sont étonnantes et sublimes : piano, chaise, voiture, cuisine, sac, valise... Toutes créées en fil de fer. On dirait des esquisses au crayon, effectuées à même le sol et le mur. L'effet d'optique est bluffant.

Je prends un verre pour me donner une contenance tout en cherchant Maria des yeux, en vain. Je regrette déjà d'être venue. J'aurais mieux fait de rester pour travailler, c'était ridicule de venir ici alors que je suis en retard dans mes croquis. Et puis, je me sens mal à l'aise, je suis beaucoup trop habillée : une robe longue en dentelle noire quand la plupart des visiteurs sont en jean et en tee-shirt, on ne voit que moi !

Tout en buvant mon martini, le regard perdu dans le vague, quelques images commencent à prendre forme dans mon esprit. Si j'utilisais du fil de fer pour donner une structure plus urbaine à mes robes ? Je les mixerais avec des tissus soyeux, cela créerait un vrai contraste. Ce sont les premières idées que j'ai depuis des lustres ! J'aurais aimé pouvoir me mettre au travail tout de suite.

Alors que je cherche un crayon et un bout de papier dans ma pochette, j'aperçois Maria en grande discussion avec un homme. Grand, de larges épaules, de beaux cheveux bruns, dans le style du Dr Mamour, il est magnifique. Même de loin, je peux sentir qu'il a un charme fou et je n'arrive pas à le quitter des yeux. Quand Maria s'éloigne, il tourne la tête dans ma direction et nous échangeons un regard qui, en quelques secondes, me liquéfie. Mon cœur se met à battre plus vite. Le temps s'arrête. Un bref instant, mon imagination s'emballe et je nous vois à l'église, face au prêtre, sous les yeux ébahis de nos invités.

Puis il rompt le charme et tourne la tête.

J'expire, bouleversée par ce regard, et fonce retrouver ma femme de ménage.

— Hé, ho ! Maria, c'est moi !

— Comment ne pas vous reconnaître, Scarlett ! raille-t-elle en reluquant ma robe.

— Vous êtes bien familière.

— J'ai l'air d'avoir une serpillière à la main ? Non. Ça veut dire qu'ici je ne suis pas votre esclave.

J'encaisse sa remarque, toujours aussi surprise qu'elle ait autant de caractère et de répartie.

— Excusez-moi, je voulais juste vous saluer...

— Et ? fait-elle en arquant un sourcil.

Elle me connaît trop bien. Le problème avec les femmes de ménage, c'est qu'elles en savent plus sur vous que votre propre famille. C'est fou ce que l'on peut apprendre sur une personne en fouillant dans ses poubelles ou en laissant traîner ses oreilles lors de conversations téléphoniques.

— Dites-moi, Maria, l'homme avec qui vous discutiez... vous pourriez me le présenter ?

— Qui ça ?

Oh, elle va encore me faire le coup de celle qui ne comprend rien.

Je le cherche des yeux.

— Zut, je ne le vois plus... Il était là, il y a une minute, dis-je, déçue.

— Vois pas de qui vous parlez, fait-elle en attrapant un verre de spritz. Désolée.

D'accord. J'ai compris. Moi aussi, je la connais bien.

— Combien ?

— Deux cents. En espèces, ajoute-t-elle en secouant la tranche d'orange au-dessus de son verre.

Je sors mon portefeuille de ma pochette Givenchy.

— Dites, Maria, vous êtes très bien habillée ce soir, on dirait une création de chez Chanel. Ça me rappelle une robe que j'ai achetée l'année dernière.

— Oh, ça ? s'étonne-t-elle en suçant la rondelle d'orange. Non, aucune possibilité que ce soit la même, c'est sûrement une imitation : je ne m'habille que dans les friperies. Il est important de ne pas polluer la planète et de réutiliser ce qui existe déjà.

Je lui tends le billet. Évite son regard moralisateur.

— Merci, dit-elle en le rangeant dans son sac, mais vous n'avez aucune chance et je doute que cet homme vous convienne.

— Vous rigolez ! Ce type est superbe, je me verrais bien épouser un homme comme ça, trouvez-moi un prêtre !

Elle me regarde bizarrement.

— Je plaisante. Je ne vous paie pas pour me dire si tel homme est mon style, je veux juste avoir deux ou trois petites infos à son sujet. Ça m'aiderait à l'aborder.

— En l'occurrence, vous ne me payez pas comme femme de ménage, ce soir. Je passe, ou plutôt, je *passais* une excellente soirée ; allez vous faire voir !

— Non, excusez-moi, dis-je en la rattrapant par le bras. Je suis désolée.

Elle boude. Je capitule :

— OK, OK, je double votre prochain mois de salaire si vous me donnez quelques infos.

— Bien, j'accepte, répond-elle alors que je la relâche. Mais uniquement parce que c'est vous. Et parce que ça me fait de la peine de vous voir au bout du rouleau comme ça. On dirait une hyène qui n'a pas mangé depuis trois jours. Comme quoi, l'argent n'achète pas tout.

— Vous ne pouvez pas me parler sans me faire la morale, hein ? Ça doit être usant de vivre avec vous.

— Au moins, moi, j'ai quelqu'un dans ma vie.

Touché.

Elle prend un deuxième verre de spritz. Gobe une olive.

— Allez, lance-t-elle, j'accepte de bon cœur, car ça va être vraiment amusant de vous voir vous ramasser. Vous êtes incompatibles, croyez-moi.

Elle explose de rire et recrache le noyau dans sa main.

— Mais pourquoi ? Il est gay ? Si vous m'avez pris deux cents dollars juste pour me dire ça... J'en ai converti plus d'un, vous savez.

Elle boit une grosse gorgée pour faire durer le suspense. J'entends le liquide siffler entre ses dents.

— Pire. Il est... minimaliste.

Sur ce, elle tourne les talons.

Je ne vois pas où est le problème. Certes, je ne suis jamais sortie avec un minimaliste, mais ça ne le rend que plus intéressant. En me dirigeant vers mon bel inconnu, je songe que cela ne doit pas être très compliqué de le séduire. Et puis, c'est sûrement très agréable de vivre avec moins d'affaires, il faudra que je pense à entreprendre un peu de tri chez moi.

Lorsque j'arrive à sa hauteur, il semble captivé par une sculpture représentant une chaise. J'allume mon téléphone et me connecte sur Google à la recherche de quelques informations sur Fritz Panzer, le créateur.

Au moment où je suis sur le point de l'aborder, les phrases de Maria sur les opposés qui se séparent me reviennent. Cet homme me plaît beaucoup, alors je vais essayer d'éviter le divorce et tout faire pour lui ressembler. Je serai comme son double. Attention, voici Kathleen, la minimaliste !

— Bonjour.

Je lui coule mon regard le plus profond.

Bizarre, il ne réagit pas trop. Les personnes minimalistes le seraient-elles aussi dans leurs expressions ?

Je poursuis :

— C'est une très belle exposition.

— J'aime beaucoup cet artiste, acquiesce-t-il.

— Ses sculptures offrent une expérience presque éthérée, elles obligent le spectateur à compter sur sa mémoire pour compléter sa propre perception du travail de l'artiste.

J'ai récité Wikipédia le plus naturellement possible.

Il se retourne. Semble soudain très intéressé.

Bingo ! C'est dans la poche.

— Enchanté, je m'appelle Géry.

— Kathleen.

— C'est la première fois que je rencontre une personne qui comprend exactement le travail de ce sculpteur. Vous vous y connaissez en art ?

— Un peu. Et vous ?

— J'aime beaucoup les créations, quelles qu'elles soient. Sans doute parce que je suis incapable de créer, je n'ai pas eu ce talent, à mon grand regret.

Pourquoi je fonds quand j'entends cela ? Il a un léger accent français qui est à tomber.

Nous nous déplaçons vers la sculpture suivante : un piano. Je l'étudie une seconde, cherchant quelque chose de pertinent à dire, mais rien ne me vient. J'allume discrètement mon portable dans ma pochette et tapote sur Google en essayant de contrôler les battements de mon cœur et en priant pour ne pas me faire pincer. C'est lui qui brise le silence.

— Dans le vocabulaire technique de la sculpture, « l'âme » désigne l'armature métallique qui permet de soutenir la matière. (Il penche la tête sur le côté.) Alors, ici... l'âme est nue.

Sa voix grave et veloutée me fait tressaillir. Il est parfait. Le mot « nu » ne cesse de ricocher dans ma tête. Je tente de chasser les images indécentes qui en découlent.

— Voulez-vous un autre verre ?

Ses yeux noisette me transpercent. Mon rythme cardiaque accélère. Je me vois déjà apposer ma signature au bas des registres, à l'église.

Comme si je répondais au curé, je souffle solennellement :

— Oui.

Puis je me ressaisis et lance :

— Hé ! Surtout pas l'un de ces verres en plastique. Il ne faut pas polluer la planète.

Je ne saurais dire si ma remarque lui a plu ou l'a mis mal à l'aise. Il lève un sourcil, et, dans le doute, j'en remets une couche :

— Je suis minimaliste, voyez-vous.

Et toc ! Je l'ai placé.

— Ah bon ? C'est bizarre cette coïncidence, moi aussi. C'est plutôt rare, observe-t-il en se dirigeant vers le buffet.

Oh, mon Dieu ! J'ai juste le temps de respirer à nouveau avant qu'il ne revienne. Je transpire. J'ai l'impression d'avoir 20 ans et de passer un entretien d'embauche. Je me remémore tout ce que je sais sur le minimalisme, c'est-à-dire pas grand-chose. On est à mille lieues de mon univers. J'imagine qu'ils vivent dans de petits endroits – petits à quel point ? – et qu'ils n'ont qu'un seul savon pour tout laver ?

— Votre robe est magnifique, dit-il en me tendant mon verre. Très habillée pour ce genre d'occasion, mais magnifique.

Zut ! Grillée.

Buvant une gorgée d'alcool, je lui réponds :

— Oh... merci, je... je la porte depuis longtemps. Tout le temps, en fait. Je l'ai achetée dans une friperie, c'est bien de pouvoir réutiliser les vêtements.

— J'ignorais que les robes Dior se vendaient dans les friperies.

— Un coup de chance !

Je lui fais mon plus beau sourire pour masquer ma bourde tandis qu'une minute de silence se joint à nous. J'ai le ventre noué. Les mains moites. C'est beaucoup plus difficile que je ne le pensais.

— Comment savez-vous que c'est une robe Dior, vous aimez la couture ?

— Non, répond-il, gêné. C'est écrit sur l'étiquette, elle pendouille sous votre bras.

Horrible. J'ai cherché cette fichue étiquette pendant dix minutes, persuadée de n'avoir jamais porté cette robe, et la voilà qui apparaît. Je l'arrache d'un coup sec et la cache dans ma pochette tout en songeant qu'il doit me prendre pour une voleuse. Il faut absolument enchaîner :

— Que faites-vous dans la vie ?

— Je suis serveur. Et vous ?

— Je suis... couturière.

— Ah oui ? Alors, vous aussi, vous créez.

J'approuve d'un hochement de tête. S'il savait à quel point je crée, et que la moindre de mes créations coûte au minimum quinze mille dollars !

Nous avançons vers la sculpture suivante. Je fourre la main dans ma pochette et allume mon portable.

— Comment connaissez-vous Maria ? me demande-t-il.

— Qui ?

Je relève la tête. J'avais presque réussi à lire la fin de l'article.

— Maria. Je vous ai vue discuter avec elle tout à l'heure.

— Oh, je ne la connais...

— Ah, la voilà ! s'exclame-t-il en l'attrapant par le bras au moment où elle passe près de nous.

— Kathleen me racontait justement comment vous vous étiez rencontrées.

— Ah oui ? répond Maria, l'air soudain ravie de m'entendre.

Je laisse tomber les recherches et referme ma pochette.

— Parce que... je fais parfois... des... *ménages* avec elle.

— Tiens donc, fait-elle en me fusillant du regard.

Mes yeux la supplient de ne rien dire tandis qu'un serveur s'approche en nous présentant un plateau rempli de feuilletés. J'attrape l'un de ceux aux saucisses, mes préférés, tout en priant pour que Maria ne fasse pas de gaffes.

— Non, merci, répond Géry, je suis végétarien.

Je jette mon feuilleté par terre et l'écrase d'un coup de Louboutin, comme si c'était une araignée, en criant :

— Pouah ! Vous auriez pu me prévenir, tout de même ! Quand je pense que j'ai failli manger ce pauvre animal !

— Je... je suis désolé, bredouille le serveur, aussi surpris que s'il avait vu un cerf danser la macarena au milieu de la foule.

— Ça va, ça va... ce n'est rien... finis-je par prononcer, me rendant subitement compte, au vu du regard effaré de mon nouvel ami, que j'ai peut-être été un tantinet excessive. Et où habitez-vous ? dis-je en enchaînant d'une voix aiguë tout en essayant d'oublier le gras qui a giclé sur mes chevilles.

J'ai bien fait de ne pas manger ce truc.

— Près de Malibu. En fait, je vis dans un mobile home, pas loin de l'océan. Mais je rêve d'un emplacement au bord de l'eau.

— Moi aussi ! Moi aussi, j'habite dans un mobile home, sur la plage ! C'est fou !

Maria recrache l'olive qu'elle tentait de dénoyauter discrètement entre ses dents.

— Vous avez de la chance, dit-il en jetant un coup d'œil à Maria, soudain prise d'une quinte de toux. Ça doit être super.

— Oui, c'est génial. Vivre avec le strict minimum n'offre que des avantages. Le ménage est vite fait, il ne me coûte pas une fortune !

Les yeux de Maria se teintent de rouge, je lui tape dans le dos. Faisant fi de son regard assassin, je la pousse discrètement pour lui faire comprendre qu'elle est de trop.

— Elle a dû avaler une olive de travers ! dis-je à l'intention de Géry.

— Bien, grommelle Maria, qui a enfin repris une respiration normale, je dois y aller. Kathleen, ma *vieille* biquette, tu n'oublieras pas le ménage demain matin à 5 heures chez Mme Taylor, la folle qui vit dans le loft du dernier étage ; tu sais, celle qui possède deux tonnes de vêtements et ne sait plus où les mettre ?

Elle ne perd rien pour attendre, mais je n'ai pas vraiment le choix.

— Moi aussi, je vais devoir rentrer, dit Géry. C'était très réussi. Maria, vous féliciterez votre cousin de ma part, je préfère m'éclipser discrètement. Au revoir, Kathleen, ce fut un plaisir de vous rencontrer.

— Tout le plaisir était pour moi.

Il s'en va !

Sans me demander mon numéro !

Je ne peux pas le croire. C'est la première fois de ma vie que je me prends un râteau pareil.

Je me retourne alors qu'il s'éloigne. Maria essuie des larmes de rire.

— Oh, ce n'est pas drôle ! J'ai le cœur en miettes.

— N'importe quoi, vous le connaissez depuis dix minutes.

— Peut-être, mais je suis sûre que c'est l'homme de ma vie. Je vous en supplie, donnez-moi son numéro, il faut que je le revoie.

— OK. Ça vous...

— « Coûtera deux cents », je sais, je sais... Vraiment, votre robe me dit quelque chose.

— On doit avoir les mêmes goûts, conclut-elle en reposant son verre. Malheureusement, je n'ai pas toujours les moyens de m'habiller comme je le voudrais. Encore moins de porter ces vêtements pour travailler.

Je lui tends un nouveau billet. Elle fouille dans son sac et griffonne le numéro sur un vieux papier de chewing-gum.

— Tenez, fait-elle en me le donnant. Et bonne chance. Ça doit être épuisant de mentir comme ça.

Je hausse les épaules, déchire le papier et lui rends le morceau où a durci le chewing-gum.

— C'est difficile de trouver le bon, alors, quand on le croise enfin, il faut se donner les moyens.

— Dites, comment allez-vous faire pour cette histoire de mobile home ?

— Si vous croyez que ça me fait peur ! J'ai les moyens d'en acheter un. Dix, s'il le faut !

Elle me sourit.

— M'dame Kathleen, vous êtes une minimaliste-née !

3

Je suis réveillée en sursaut par le bruit de l'aspirateur. Maria. Par chance, elle n'est pas venue à 5 heures comme elle l'avait dit, mais à 6.

Après un passage dans ma salle de sport, je me douche et m'habille rapidement tout en songeant à la soirée d'hier, puis je m'empresse d'ouvrir le dictionnaire.

MINIMALISME : nom masculin.

Recherche de solutions requérant le minimum d'efforts, de bouleversements. (Par opposition à maximalisme.)

Hum. Définition somme toute assez vague. « Le minimum d'efforts, de bouleversements. » Qui rêve d'une vie aussi *plate* ? Je décide de me rendre à la librairie dans l'espoir d'en apprendre un peu plus.

Apparemment, c'est la tendance du moment : j'y trouve de nombreux ouvrages promettant plus d'espace, plus de temps, de liberté, et surtout, plus de clarté mentale. Parfait pour créer. Je pourrais ainsi faire d'une pierre, deux coups : séduire Géry et retrouver l'inspiration.

Incapable de choisir, j'en achète une dizaine et m'octroie une matinée de congé afin de commencer ma « transformation ».

De retour au loft, tandis que Maria termine de dépoussiérer les meubles du salon et que la bouilloire chauffe, j'appelle mon assistante pour annuler mes rendez-vous, puis j'ouvre le tiroir dédié au thé. Noir ou vert ? En vrac ou en sachet ? Peut-être un rooibos, ça ferait plus baba cool. J'hésite entre les dix sortes que je possède et opte finalement pour un thé blanc avant de m'installer sur le sofa avec mes livres.

Il existe plusieurs stratégies pour devenir minimaliste. La première que je découvre est le *minsgame*. Il faudrait se débarrasser d'un objet le premier jour ; de deux, le deuxième, et ainsi de suite pendant quinze jours. Après un rapide calcul sur ma tablette, je réalise que dans deux semaines, avec cent vingt vêtements en moins, on ne remarquera même pas le changement. Trop light, comme méthode.

Le *cent things challenge* a l'air plus intéressant. Cette fois, il s'agit de réduire toutes ses possessions à cent objets. Mon Dieu ! Rien qu'en comptant mes sortes de thé et de café je dois arriver à une cinquantaine.

Impossible, trop violent.

Mon portable se met à vibrer.

— Bonjour, maman.

— Qu'est-ce que tu fais, il paraît que tu as pris une demi-journée de congé, tu es folle ? À trois semaines du défilé ?

Je bougonne :

— Oh, maman, ne commence pas. J'ai décidé de mettre un peu d'ordre dans ma vie. J'essaie de ranger pour y voir plus clair, mais ça va être difficile. Il faudrait que quelqu'un le fasse à ma place, je vais avoir du mal à me séparer de mes affaires.

— Arrête de broyer du noir et retourne au travail. Tes collègues comptent sur toi.

— Oui, c'est justement ça le problème ; je n'ai plus d'idées, maman. Je dois créer vingt-cinq modèles pour la prochaine collection et je n'en ai pas dessiné un seul de potable. Je me suis dit qu'en rangeant un peu, en me délestant de quelques affaires, j'allais peut-être avoir les idées plus claires...

— Bien, si tu es convaincue que c'est bon pour toi, alors, pourquoi pas. Mais ne t'arrête pas trop longtemps ou tu ne pourras plus repartir.

Ma mère et sa discipline de fer. Je raccroche et reprends mon livre.

Je m'interroge tout haut : Cent choses ? Qui y arrive ? Mon appartement aurait l'air vide et à vendre. Glacial !

— On n'est pas censé vivre dans trois cents mètres carrés tout seul, grommelle Maria en pliant son torchon.

— Qu'est-ce que vous dites ?

— Je dis que ça vous paraîtrait vide parce que vous habitez dans un palais. Les minimalistes se contentent de quelques mètres carrés.

— Maria, si vous avez une méthode à me conseiller, allez-y, je suis perdue.

Elle hausse les épaules.

— Vous n'avez qu'à essayer le défi 333.

Je m'exclame en me levant :

— Trois cent trente-trois vêtements ? Fantastique ! Je m'y mets tout de suite. Merci, Maria !

— Non, soupire-t-elle en tapotant les coussins du sofa, vous devez garder trente-trois affaires que vous porterez pendant trois mois.

— Ah... trente-trois... C'est peu. Mais faisable.

Elle se redresse et me fixe, une lueur de défi dans les yeux :

— Chaussures comprises.

Aïe. Je soutiens son regard.

— Bijoux aussi, ajoute-t-elle.

— Arrêtez, j'étouffe déjà !

— En fait, seuls les vêtements de sport, de nuit et les sous-vêtements ne sont pas comptés.

— Quelle souplesse.

— Vous feriez bien de vous y mettre tout de suite, ricane-t-elle.

Je replonge dans ma lecture. C'est captivant et je ne vois pas le temps filer.

Vers 11 heures, je me dis que le moment est venu de passer à l'action et j'attaque le désencombrement du dressing. En début d'après-midi, épuisée par tout ce rangement, néanmoins satisfaite de mes progrès, je m'assois un instant pour faire le point.

En quelques heures, j'ai :

— acheté un bungalow de vingt-cinq mètres carrés dans un camping situé au bord de la mer ;

— fait du tri dans ma garde-robe, même si je suis encore très loin du compte. « À des milliers d'années-lumière », d'après Maria ;

— préparé quelques valises pour le déménagement ;

— remis à plus tard le rangement de mes chaussures.

Je me doutais bien que ça n'allait pas être facile, mais se limiter à ce point-là a été encore pire que ce que j'avais imaginé. Rien que dans ma salle de bains, je possède une centaine de produits de beauté : il me faut toujours deux vanity-cases lorsque je pars en voyage. Ma cuisine déborde d'ustensiles en tout genre, mon frigo et mon congélateur pourraient nourrir la moitié de l'immeuble. Quant aux vêtements, en tant que styliste, il m'est bien évidemment impossible de porter deux fois la même tenue.

Une semaine plus tard, je suis enfin prête à emménager et j'emmène Liz visiter mon nouveau chez-moi. Je suis impatiente d'avoir son avis.

— Tadam !

Mon amie regarde le mobile home.

— Voilà, je n'ai pas eu trop le choix, le propriétaire du camping m'a assuré qu'il ne lui restait que celui-là.

Liz se pousse pour laisser passer les ouvriers que j'ai engagés.

— Dis-moi, tu as fait faire quel genre de travaux ?

— Oh, trois fois rien, pour l'arranger un peu. J'aurais bien ajouté une véranda, mais le gérant du camping a refusé. Tant pis, je tiens à rester minimaliste ! Par contre, il faut que ce soit propre. Petit et propre.

— Tu vas vraiment t'installer là-dedans ?

— Bien sûr. Ce sera comme des vacances.

— Je doute que tu sois faite pour le camping, se moque-t-elle.

— Tu ne vas pas t'y mettre aussi ! J'ai déjà Maria et ma mère sur le dos.

— OK, désolée, fait-elle en levant les mains en signe de reddition. Alors, quel est ton plan ?

— Je vais emménager et inviter Géry. Quand il verra que je suis comme lui, bio, végane, zéro déchet, que je porte des boucles d'oreilles en bois et des vêtements en bambou recyclé au troisième degré, il ne pourra pas me résister. Je suis sûre que Maria a raison, qui se ressemble s'assemble.

— Voilà, on a fini, dit l'un des ouvriers.

— Pas trop tôt ! Une semaine de travaux pour repeindre un cube !

Il grimace et retire sa casquette.

— Vous oubliez la pose des luminaires, du faux plafond, l'aspiration centralisée et la douche à l'italienne… tout ça dans un endroit où l'on peut à peine tourner. C'était… *compliqué*.

Il essuie la transpiration qui perle sur son front tandis que je signe son chèque.

— Allez, Liz, viens visiter !

Je la laisse entrer la première. Elle écarquille tant les yeux qu'ils pourraient presque toucher les parois du salon.

Tout excitée, je lui demande :

— Alors, qu'en dis-tu ?

— Kate… C'est… c'est incroyable ! Tu l'as…

— Sublimé ! Vas-y, tu peux le dire, c'est le mot ! Si tu avais vu ce truc avant !

— Mais, tu as des luminaires Starck, là ?

— Oui. Ils m'ont coûté une fortune, tout ça parce qu'ils sont vintage. Ils rendent bien, non ?

— C'est surprenant… Disons… que l'on ne s'attend pas à ça. Ni à cette cuisine à la fois rétro et high-tech… Combien as-tu de fours ?

Je grimace :

— Seulement deux. Un micro-ondes et un four vapeur. S'il est végan, c'est qu'il aime les plats à la vapeur.

— Écoute, tout ce mobilier design… (Elle secoue la tête.) Bon sang, je crois que personne n'a jamais vu un mobile home pareil. Tu devrais te débrouiller pour aller chez lui la première, histoire de vérifier que tu es bien sur la même longueur d'onde.

— Je suis certaine que c'est un homme de goût. Il est très chic.

— Oui, je n'en doute pas. Pourtant, ça ne veut pas dire qu'il cautionne ce genre de *décoration*.

— Ah, fis-je déçue en me laissant tomber sur le canapé. Tu as peut-être raison. J'essaierai de me faire inviter chez lui, alors.

— Très bien. Et bonne chance pour le déménagement, j'espère que tu n'as pas prévu trop d'affaires ?

— Ne t'inquiète pas, je suis en train d'appliquer la méthode 3333.

Oui, oh, ça va ! J'ai juste rajouté un petit trois, pas de quoi en faire une histoire.

Une fois seule, je dois encore attendre une heure avant que mes valises n'arrivent. Je m'assois sur une chaise en plastique sur la pelouse. Quitte mes stilettos. J'avoue que je suis très impatiente d'essayer ma nouvelle vie, mais surtout, j'ai hâte de retrouver Géry et d'en savoir plus à son sujet.

Le camion des déménageurs passe devant mon mobile home sans me voir.

Je crie à pleins poumons :

— Hé !

Ils ne m'entendent pas. Je n'ai pas le temps d'enfiler mes chaussures, je m'élance derrière eux pieds nus en me tordant les chevilles dans tous les sens. J'ignore pourquoi, j'ai toujours été plus à l'aise avec des talons de dix centimètres.

Le camion fait le tour du mini rond-point et revient.

— C'est ici ? questionne le chauffeur en me reconnaissant.

— Oui, oui… Venez !

Il jette un coup d'œil au mobile home.

— Je vois, grimace-t-il. On va tout poser là.

Surprise en pensant que je vais devoir les déplacer moi-même, je lui demande :

— Vous ne les portez pas à l'intérieur ?

— Si je le fais, vous ne pourrez plus bouger. Mieux vaut les laisser dehors, il fait beau, ça ne risque rien. Et vous aurez tout le temps… d'*essayer* de les faire rentrer.

— OK. Très bien. Merci d'être si… *pragmatique*, dis-je, déçue.

Les déménageurs ouvrent les portes du camion et commencent à sortir mes affaires.

Une heure plus tard, je me rends compte que ça fait vraiment un gros volume, un très gros volume. Ces quelques sacs paraissaient pourtant tout petits dans le hall de mon loft. Ici, ils occupent toute la parcelle d'herbe devant l'entrée et débordent sur le trottoir.

J'inspire un grand coup et m'efforce de rester positive. J'attrape mon vanity-case, entre et me cogne contre l'embrasure de la porte de la salle de bains. J'ai beau le tourner dans tous les sens, ça ne passe pas.

Dix minutes plus tard, alors que je suis au bord du suicide, le propriétaire du camping arrive au volant de sa voiturette et me klaxonne.

— Vous allez me ranger tout ça vite fait ! On n'est pas chez les romanichels, ici ! Les gens se plaignent !

Transpirante, frôlant la crise d'hystérie, je hurle :

— Si vous croyez que c'est facile de tout mettre là-dedans ! Même ma trousse de toilette ne rentre pas dans la salle de bains !

— Ce n'est pas mon problème !

Il remet le contact et ajoute :

— Vous n'y arriverez jamais. Je n'ai jamais vu autant d'affaires !

— Mêlez-vous de ce qui vous regarde ! Je suis minimaliste, j'ai appliqué la règle 333. Qui peut se vanter d'en faire autant ?

Je sors et me campe face à lui, les mains sur les hanches, les yeux plissés :

— Vous êtes sûr que vous vendez bien des bungalows de vingt-cinq mètres carrés ? Je vais vérifier !

Nous nous fusillons du regard.

— C'est une menace ? En tout cas, ce ne sera pas la peine de venir me demander de l'aide, lâche-t-il en s'éloignant.

— Bon débarras !

La nuit tombée, des dizaines de sacs jonchent toujours la pelouse. Dire que le dictionnaire me promettait une vie sans efforts et sans bouleversements ! J'ai passé la pire soirée de ma vie.

C'est impossible, je dois me rendre à l'évidence, je ne pourrai pas faire rentrer toutes mes affaires, même en bourrant tout sous le lit, dans les toilettes et sous les arbres. N'ayant pas d'autres choix que d'aller voir le propriétaire, je range ma fierté au fond de ma poche et traverse le camping où plusieurs familles finissent de dîner. La plupart des gens ici sont en vacances et ont *loué* leur bungalow ; ils pourront bientôt retourner chez eux et respirer à nouveau.

Arrivée à la réception, je trouve le propriétaire assis devant son ordinateur, près d'un ventilateur tournant à plein régime, et probablement en train de visionner une série sur Netflix si j'en crois les coups de feu qui s'échappent des baffles.

Il m'ignore.

— Écoutez, ça ne va pas être possible. Non, vraiment… c'est trop dur. Même en gardant le minimum… (Je secoue la tête.) Mettez-m'en deux, dis-je en tapotant le comptoir de mes ongles.

À vrai dire, trois auraient été parfaits.

— Deux ? Deux quoi ?

— Deux mobile homes.

Il lève les yeux au ciel, l'air consterné, et sort des clés de son tiroir.

— Il ne me reste plus qu'une caravane. Mais elle est loin de votre bungalow, c'est tout ce que j'ai… Débrouillez-vous pour la trouver, j'ai fini ma journée.

Charmant.

Effectivement, la caravane est située à l'opposé de mon mobile home et je passe la soirée à traîner mes valises d'un bout à l'autre du camping. Elle est toute petite, dans les vingt mètres carrés, ce qui doit être la taille de la salle de bains de mon loft. Non, j'exagère ! Il faudrait déduire le coin sauna. Peu importe, elle me servira seulement de dressing.

Il est 2 heures du matin quand je suis enfin installée. Après une douche rapide – aucune envie de m'éterniser dans ce placard : comment font les gens pour se laver sous les bras alors qu'il est impossible d'écarter les coudes ? –, je me couche exténuée par cette journée et m'endors aussitôt.

4

Je suis réveillée par le bruit des vagues. C'est tellement bon. D'autant plus que j'ai rêvé de clapiers à lapins toute la nuit.

Je me lève, ouvre le frigo, qui ne contient que quelques aliments de base, et me prépare un petit déjeuner tout simple composé de jus d'orange frais et de tartines. N'ayant pas la place de poser mon grille-pain Kitchenaid automatisé avec porte-sandwich sur le plan de travail, j'ai dû griller mes tranches dehors et c'était plutôt chouette : j'avais l'impression de faire un barbecue.

J'allume la télé pour avoir une présence et bizarrement, seule la chaîne de téléshopping fonctionne. Je croise les doigts pour ne pas être tentée.

Sur ma petite terrasse avec vue sur la mer, les yeux fermés, j'inspire l'air frais iodé et me concentre sur le bruit de l'océan. Détente. Bonheur. Paix. Trois sensations qui m'enveloppent tel un foulard en soie. Loin du tumulte de Los Angeles, je réalise à quel point j'étais crispée ces dernières semaines et ça me fait un bien fou de lever le pied.

« Offrez l'espace rêvé à votre lapin avec le clapier double étage..., clame la télé. Il permet un gain de place considérable tout en offrant une surface beaucoup plus importante, et peut également accueillir plusieurs rongeurs... » *Grrr !* Je me lève pour éteindre mais ça ne marche pas. J'ai beau appuyer comme une forcenée sur le bouton de la télécommande, rien ne se passe. Je vais devoir rappeler l'installateur, au prix que j'ai payé pour avoir le câble !

« De temps en temps, permettez-lui de se dégourdir les pattes dans un enclos. Une véritable bouffée d'air frais pour lui, et pour vous ! » Décidément, cette histoire de clapiers me poursuit. Agacée au possible, je me colle contre l'écran en écrasant le bouton off de la télécommande de toutes mes forces. *Enfin !*

Après ma douche, vêtue de mon peignoir blanc et de mes talons hauts – il faudra que je pense à me chausser différemment, c'est fou tout ce que l'on doit acheter pour devenir minimaliste –, je file dans la caravane pour m'habiller. Un couple de retraités me regarde passer, puis m'arrête pour me dire que je fais fausse route. Ils m'indiquent les douches, dans la direction opposée. *De quoi je me mêle ?*

Je bougonne un vague merci.

Immobiles et bien campés dans leurs claquettes, un sourire niais plaqué sur leur visage, ils attendent de me voir changer de direction. Quels pots de colle ! Je me force à suivre leur chemin, mais dès qu'ils ont le dos tourné, je fais demi-tour en sprintant pour ne pas me faire pincer.

Une fois habillée et de retour dans mon mobile home « principal », je prends mon courage à deux mains pour composer le numéro de Géry, quand soudain la télé se rallume toute seule. « ... grand espace de vie. Idéal pour les lapins et cochons d'Inde. En bois de sapin traité. Montage facile... »

Sapristi ! Je me retiens de lancer la télécommande sur l'écran. Foutue installation !

Je coupe le son.

Quelques sonneries, puis il décroche.
— Géry, bonjour, c'est Kathleen ! Nous nous sommes rencontrés la semaine dernière, lors d'un vernissage...
— Oui, je me souviens de vous...
Soulagement extrême.
— La fille qui jette des feuilletés par terre, ajoute-t-il.
— ...
— Non, je plaisante !
— Ah... Donc... comme j'étais dans le coin, je voulais passer vous voir, j'ai... des biscuits *bios*. (Oh, pourquoi j'ai dit ça ! dis-je en gémissant tout en plaquant la main sur le téléphone.)
— OK, Kathleen. Je finis mon travail et je vous retrouve chez moi à 17 heures, avec vos biscuits bios, ça vous va ?
— C'est parfait.
— Très bien, je vous envoie l'adresse par SMS.
Yes !
J'ai rendez-vous !

J'inspire une grande bouffée d'air avant de sonner. J'ai le trac. Mon cœur bat comme un fou dans ma poitrine, j'ai peur de ne pas être à la hauteur.

Géry m'ouvre la porte, les cheveux légèrement mouillés. Il sent bon, les effluves de son parfum boisé me parviennent, et j'ai soudain très envie de me coller contre lui. Il est encore plus beau que dans mon souvenir.

Lorsqu'il m'invite à entrer, je perds dix degrés en réalisant que je me suis totalement plantée avec ma décoration design. Ici, tout est simple. Joli, mais simple. Une cuisine normale, il y a même une ampoule qui pend du plafond, deux étagères avec des cadres et un petit canapé sympa.
— Je vous fais visiter.
— Avec plaisir.

Après la visite, qui n'a évidemment pris qu'une minute, il me propose du thé. J'en profite pour sortir les biscuits que j'ai fourrés dans un sac en papier marron – après avoir dû déchirer cinq paquets – pour qu'ils aient l'air d'avoir été achetés en vrac. Pas folle la guêpe !

Nous restons un peu plantés là sans trop savoir quoi nous dire. C'est la première fois que je ne peux pas parler de mon travail. Il est serveur, impossible de lui expliquer que je suis à la tête d'une maison de haute couture, il prendrait la fuite à la seconde.

— Ça fait longtemps que vous habitez ici ?

— Deux ans.

— Et ça vous plaît ?

— Oui, j'aime beaucoup. C'est petit, mais tellement pratique de ne posséder que l'essentiel. Je n'ai qu'une casserole et une seule spatule, et ça me suffit. Un coin bureau, avec mon ordinateur et mon imprimante. Plus besoin de CD, j'écoute la musique sur mon téléphone. Le plus gros problème, c'est pour ranger mes affaires de surf ; alors j'ai planté des clous dans les claustras pour pouvoir les suspendre dehors. À part ça, j'ai toute la place dont j'ai besoin.

Je demande, étonnée :

— Même dans la salle de bains ?

Il rit.

— Oui.

Il me ressert du thé.

— Et vous ? Depuis combien de temps ?

Oh, moi, ça fait bientôt dix ans que je vis dans mon loft... *clapier* ! Non ! je veux dire... mon mobile home. C'est super. En fait, on peut très bien y vivre comme n'importe où, hein ? Il faut juste réduire tout ce que l'on a... Même le frigo ! Il est si petit, on dirait une glacière ! Enfin, ça oblige à faire les courses plus souvent...

Il me sourit poliment. Sur une échelle de 1 à 10, je dirais que 2 est bien payé pour évaluer mon niveau de séduction. Ça ne me réussit pas de me faire passer pour une autre.

On sonne. Un homme d'une quarantaine d'années accompagné d'une adolescente déguisée en reine des neiges, les yeux baignés de larmes.

Je nage en plein cauchemar !

— Kathleen, je vous présente mon frère et Ally, ma nièce.

Je me force à sourire, déçue d'être interrompue.

— Je suis désolé de vous déranger, mais je ne sais plus quoi faire. Ally est furieuse ; apparemment la tenue que je lui ai choisie n'est pas à son goût.

Je croque un biscuit tout en les regardant. La petite, qui, je le devine, a une silhouette mince et élancée, est cachée dans une robe meringue en satin bleu. On dirait celle que portait lady Di à son mariage.

— C'est affreux, je ne peux pas aller au bal comme ça !

— Au bal de fin d'année ?

À ma question, elle hoche la tête et renifle. Mon Dieu ! Qui peut encore acheter des horreurs pareilles ? Les gens qui vendent ça mériteraient de finir en prison, me dis-je en levant les yeux au ciel.

— Le problème, c'est qu'on n'a pas les moyens de faire autrement. J'ai mis toutes mes économies dans cette robe. Depuis que sa mère est morte, je fais tout de travers !

Oh.

Je vois.

Je ne peux pas les laisser comme ça.

— Je veux bien vous aider, si vous voulez.

Ils se retournent vers moi. Ally me jette un regard plein d'espoir.

— Kathleen est couturière, glisse Géry.

Je bois une gorgée de thé et me lève.

— Si vous me trouvez de quoi coudre, je vous arrange ça.

Ni une ni deux, ils m'emmènent dans leur bungalow où Ally retrouve le matériel ayant appartenu à sa mère. Une vieille machine, du fil, des ciseaux, un mètre. Tout est là.

Je prends quelques mesures sous leurs yeux ébahis, dans un silence religieux. Le stress est palpable. Puis je demande à Ally de quitter sa robe. Elle part se changer dans sa chambre et revient vêtue d'un short et d'un tee-shirt.

Son père a un hoquet de surprise quand je craque le tissu au niveau des manches. Et alors que je commence à découper le dos, je l'entends retenir son souffle. Je souris : s'il savait, il pourrait se détendre.

Je trace, je coupe, je couds. Je pourrais créer trois robes avec les chutes, les minimalistes seraient contents. Il ne me faut qu'une petite heure pour transformer cette *chose*. Cette fois, les épaules seront dénudées et l'on est plus proche de la robe de mariée de Meghan Markle que de celle de lady Di. Chic, sobre, légèrement sexy.

Ally me sert une tasse de thé et part l'enfiler.

— Oh, la vache ! l'entend-on s'exclamer depuis sa chambre. Elle est magnifiiique !

Je souris. Les deux frères la regardent arriver.

— C'est vrai... c'est incroyable ! fait son père, les larmes aux yeux.

— Fascinant ! ajoute Géry.

Ally tourne sur elle-même sans cesser de s'admirer.

— Tu es ma bonne fée !

Elle pleure à nouveau et se jette dans mes bras puis dans ceux de son père.

Avant de me transformer en fontaine à mon tour, je lance :

— Il faut que j'y aille.

— Vous partez déjà ? s'étonne Géry.

— Oui, dis-je en attrapant ma tasse. J'ai beaucoup de travail, encore des robes à coudre, et...

— Et les ménages à la place de Maria. Inutile de me le cacher, elle m'a dit qu'elle souffrait du dos et que vous aviez accepté de la remplacer bénévolement. C'est très généreux de votre part.

Je manque de tout renverser et bois pour encaisser l'information.

— Je peux passer vous voir demain ? me demande-t-il.

Je m'écrie en recrachant ma gorgée de thé dans ma tasse :

— Non ! Surtout pas ! Demain... c'est impossible... Je suis très occupée... La semaine prochaine ?

— Pourquoi pas ? répond-il, surpris.

Je m'essuie la bouche avec une chute de tissu.

— Disons, vendredi soir pour un dîner ?

— J'en serais ravi.

Ouf.

Il me sourit. Et je dois me retenir de ne pas l'embrasser. Il est si craquant, surtout quand il semble déçu.

— Vous avez été incroyable, ajoute-t-il en me raccompagnant. Vous êtes une magicienne.

Mon cœur a un raté. Je frémis.

Je réponds, troublée par son regard :

— Les tissus... c'est toute ma vie.

Je l'embrasse sur la joue et me sauve, le cœur léger, ravie d'avoir pu les aider.

5

— Allez, assez perdu de temps, dépêchez-vous !

Les ouvriers me regardent avec des yeux gros comme des soucoupes.

— Je ne suis pas sûr d'avoir bien compris, fait l'un des gars. Vous voulez qu'on remette tout comme avant ?

— Oui, *exactement* comme avant. Transformez-moi ce truc, ramenez-le dans les années 1960 ! Ce sera parfait.

Il soupire. Je tape dans mes mains :

— Hop, au boulot ! Remettez tout. Même les petits rideaux vieillots, le frigo jauni et la table en Formica.

Installée dehors, face à l'océan, je travaille avec plaisir, ravie d'avoir retrouvé l'inspiration hier, grâce à Ally. Je ne vois pas passer la matinée et il est déjà 13 heures quand je relève la tête, apercevant Liz enjamber les objets qui ont envahi la pelouse.

— Kathleen, mais qu'est-ce que tu fais ?

— Tu avais raison ! J'aurais dû t'écouter. Heureusement qu'il n'est pas venu chez moi le premier, il aurait tout de suite compris. Je t'invite à boire un thé ?

— Dans ce chantier ?

Le propriétaire passe.

— Vous ne donnez pas dans le trafic d'objets volés, au moins ?

— Rassurez-vous, je refais juste un peu la décoration.

Il hausse les épaules et s'éloigne.

Je me tourne vers Liz.

— Quel rabat-joie, celui-là ! Viens, on sera plus à l'aise dans mon dressing.

— Où ?

Passé la phase d'incompréhension et d'étonnement de Liz lors de la découverte de mon « annexe », je lui raconte le déroulement de mon premier rendez-vous et le sauvetage de la robe.

— À moi de jouer, maintenant. J'ai une semaine pour me préparer. Je vais apprendre à cuisiner bio. Me relooker. Et ce sera parfait.

Tout est fin prêt.

J'ai passé la semaine dans le mobile home. À apprendre à cuisiner avec une spatule et deux gobelets. J'ai répété trois fois le menu de ce soir, j'espère vraiment être à la hauteur.

Je porte une tenue toute simple : un sarouel violet et un tee-shirt blanc en coton bio. J'ai fait attention d'enfiler des chaussures plates, type Birkenstock, qui me massacrent l'interstice entre les deux orteils et me font trébucher à chaque pas. (Et les femmes se plaignent des talons !) J'avais complètement oublié d'en acheter, mais par chance, il en traîne des dizaines par ici, devant les bungalows.

Non, ce n'est pas du vol. J'estime que quand je troque des Louboutin à deux mille cinq cents euros la paire contre des claquettes, je peux dormir sur mes deux oreilles.

Géry arrive pile à l'heure, avec un grand bouquet de fleurs et une bouteille de champagne.

— Merci, dis-je, elles sont magnifiques.

Comme vous, ai-je envie d'ajouter. Il porte un pantalon noir et une élégante chemise blanche. Les deux lui vont à ravir. Mes yeux se focalisent sur la peau ferme et bronzée de son cou, et mes lèvres rêvent de s'y poser.

— Alors, c'est ici… J'avoue que jusqu'au bout, j'ai eu du mal à vous imaginer vivre dans un mobile home.

— Ah bon, pourquoi ?

— Je ne sais pas… une intuition. Fausse, apparemment.

— Venez, nous serons mieux sur la terrasse.

Tandis qu'il contemple l'océan, j'allume quelques bougies et lance la playlist que j'ai préparée toute la nuit : le meilleur des années 1960 à la flûte de Pan.

— La vue est superbe. Cela doit être fantastique de vivre au bord de la plage. Vous surfez ?

— Bien sûr.

Je désigne la planche et la combinaison que j'ai dénichées dans une boutique d'occasion.

Je me félicite d'avoir pensé à tout. J'en ai même acheté une deuxième, stockée derrière ma caravane, au cas où il souhaiterait surfer à mes côtés. *Le rêve !*

J'apporte quelques toasts à l'houmous, des rouleaux d'algues nori et ouvre une bouteille de vin bio.

— Merci, c'est délicieux.

Tant mieux. Parce que ça n'en a pas l'air du tout. J'imagine qu'il a l'habitude de déguster de la nourriture molle et fade enroulée dans une feuille de goudron.

— Alors, Kathleen, comment étiez-vous avant d'être minimaliste ?

— Oh, moi… j'étais la pire des consommatrices. J'achetais énormément de vêtements, de sacs, d'objets… Je gardais tout dans de grands placards. J'avais plusieurs casseroles et des tiroirs remplis de spatules !

Il rit. Je lui sers un verre de vin.

— Je crois que j'ai souffert d'avoir manqué. Étant la dernière d'une famille de cinq enfants, je devais toujours porter les habits de mes frères et sœurs ; je n'avais jamais rien à moi et rêvais d'avoir une trousse neuve ou de beaux stylos. Quand j'ai enfin eu mon premier salaire, il est intégralement passé dans ma garde-robe.

— Je comprends.

— C'est comme ça que je me suis mise à la couture. En essayant de customiser les affaires de mes sœurs pour les rendre uniques. Et vous, quel a été votre parcours ?

— Moi, je menais une vie bien rangée en France mais je n'étais pas heureux. Je déprimais, ma santé s'est détériorée... Alors, pour sauver ma peau, j'ai décidé de tout plaquer. J'ai vendu ma maison et je me suis débarrassé de quatre-vingt-quinze pour cent de mes affaires.

— Ça n'a pas dû être facile.

Il secoue la tête.

— Ce n'était pas si dur : j'étais très motivé. En revanche, ça l'a été pour mes proches. Je crois qu'ils n'ont pas compris mon choix, et ne comprendront jamais mon mode de vie. Moi, je ne regrette pas une seule seconde : depuis que je vis ici, mes problèmes de santé ont totalement disparu. J'adore cette vie.

Il approche sa main de la mienne. Cette conversation est devenue si intime tout à coup. Je flotte dans une bulle de douceur. Et la lune, pleine et argentée, brille un peu plus fort pour nous, j'en suis sûre.

Malheureusement, j'atterris immédiatement à la vue du propriétaire qui arrive en voiturette.

— Madame Taylor ! Il faut vite aller ranger votre caravane, il y a beaucoup trop d'affaires dans le jardin : votre planche de surf est tombée sur le chien de Mme Smith ! C'est dangereux ! Il va falloir penser à cloisonner si vous restez !

Consternée, je murmure à Géry :

— Désolée, je ne comprends pas de quoi il parle. C'est le problème du camping, il y a de tout ici !

Je bois mon verre cul sec.

Casse-toi !

Mais il continue :

— Et M. Brown, l'un de nos plus fidèles clients, se plaint de ne pas retrouver ses chaussures. Un petit farceur les aurait remplacées par des talons hauts de vingt centimètres ! J'espère que vous n'y êtes pour rien ! piaille-t-il en s'éloignant. C'était son unique paire !

Je m'empresse de remplir l'assiette de Géry avec les cinq derniers rouleaux aux sardines pour lui faire oublier ce petit incident.

— Encore un peu de cacahuètes ? dis-je en lui tendant le bol de graines de courge.

— Je crois que j'en ai déjà trop mangé, sourit-il en retenant un petit rire.

Zut, il n'a pas l'air d'aimer et je n'ai plus qu'un plat à lui proposer. Je pensais que le repas devait être minimaliste aussi.

En allant chercher la salade, je lui demande :

— Et comment avez-vous fait pour réduire vos affaires à l'essentiel ?

— Je me suis renseigné sur Internet et j'ai trouvé la méthode du *packing party* plutôt amusante. Vous connaissez ?

Je crie depuis la cuisine :

— Non, pas du tout !

Ma voix a dû retentir jusqu'à l'autre bout du camping parce que j'entends un voisin hurler : « Moins fort, pétasse ! » Oups ! Avec le stress de cette soirée, j'ai complètement oublié que je n'étais pas dans mon loft et que la cuisine était proche de la terrasse.

— C'est simple, reprend Géry après un silence embarrassant, j'ai invité mes amis à venir emballer toutes mes affaires dans des cartons, exactement comme pour un déménagement. Puis, pendant les vingt et un jours suivants, je n'ai sorti que ce dont j'avais besoin et je suis parti avec ces objets : mes essentiels.

— C'est assez radical comme méthode, dis-je en revenant sur la terrasse, ça doit être terriblement efficace.

— Ça l'est. Mes amis m'ont pris pour un dingue ! Ça m'a aussi permis de faire le tri dans mes relations, plaisante-t-il.

Je lui sers un peu de salade d'algues wakamé. Cette fois, c'est coloré : on dirait qu'elles viennent directement de Krypton. Pourvu qu'il ne tombe pas malade.

— Oh, j'ai failli oublier ! s'écrie-t-il.

Il sort une coupure de presse.

— J'ai une excellente nouvelle pour vous. C'est au sujet de la robe que vous avez cousue pour Ally. Elle a été repérée par une agence, ils veulent vous rencontrer !

Il me tend le journal.

Je me décompose.

— C'est fantastique, non ? Vous n'avez pas l'air ravie.

— Oh, c'est que... j'aime ma vie. Toute simple. (Je balaie une miette imaginaire.) Mon travail de couturière, les ménages avec Maria...

— Kathleen, vous dites n'importe quoi, ces gens veulent vous proposer de financer votre propre collection. C'est une occasion en or !

— Ah ? Oh... je vais voir, alors...

— Ils aimeraient vous rencontrer samedi prochain. Vers 16 heures. Je vous accompagnerai, si vous voulez.

Je m'efforce d'oublier que samedi, c'est le jour de mon défilé. Malgré moi, je hoche la tête.

— Il faut fêter ça, s'exclame-t-il en ouvrant la bouteille de champagne.

Je pars chercher deux flûtes en carton écologique et bois la mienne d'une traite. Puis je lui propose une promenade sur la plage.

J'aurais mieux fait de m'abstenir, les premières idées n'étant, dans mon cas, jamais les meilleures. Après m'être étalée deux fois de suite la tête la première dans le sable, je me relève le plus dignement possible et le rassure :

— Je vais bien.

Il doit penser que je titube comme une poivrote à cause du champagne, mais c'est faux. Je tiens très bien l'alcool. En revanche, je n'ai pas l'habitude de marcher avec des Birkenstock et de soulever de grandes pelletées de sable à chaque pas.

Au bout d'un moment, avec un peu d'entraînement et le bras que Géry m'a offert en guise de support, je finis par prendre le coup : en fait, il suffisait de bien soulever les genoux. Peu à peu, j'arrive à me détendre et à lui faire oublier mon style douteux en lui racontant mes débuts de couturière. Puis il évoque la France, et mon cœur bat la chamade quand il me parle de Paris, cette ville que je rêve de visiter depuis toujours.

Après cette balade, la dernière demi-heure sans gaffes étant sans aucun doute le moment le plus réussi et romantique de notre rendez-vous, je le raccompagne à sa voiture.

— J'ai passé une excellente soirée, murmure-t-il.

— Moi aussi.

Il chasse un peu de sable de mes cheveux.

Je suis étonnée du tas qui tombe par terre.

— Vous êtes une très bonne cuisinière, Kathleen.

— Vous mentez. Je m'y suis mise depuis peu.

— C'était... original. Surtout les... comment vous appelez ça, déjà ?

— Les rouleaux de nori aux sardines et épinards, dis-je en souriant.

— C'est ça, c'était parfait. Tout était parfait.

Mon cœur s'emballe lorsqu'il s'approche. Ses lèvres se posent sur les miennes et s'en emparent, tandis que la lune et les étoiles retiennent leur souffle. Je frissonne quand il met sa main derrière ma nuque et m'embrasse passionnément. C'est un baiser magnifique, romantique et sexy. Un baiser qui n'a rien de minimaliste. Il me serre un peu plus fort et j'ai mille papillons dans le ventre qui ne demandent qu'à s'envoler. Blottie contre son buste, sous les rayons de l'astre qui nous envie, je me dis que je n'ai besoin de rien d'autre.

— À samedi, Kathleen.

— À samedi.

6

J'ai vraiment passé une excellente semaine. Je me suis retrouvée. Je me sens mieux dans ma peau, mieux dans ma tête. J'ai l'esprit plus clair.

Tous les matins, j'en ai profité pour suivre des cours de perfectionnement de surf. Puis je rentrais et grillais mes tartines dehors, avant de me doucher et de travailler. C'était une vie simple et agréable. Proche de la nature. J'ai adoré pouvoir contempler tous les soirs les reflets de la lune sur l'océan ou me réveiller au son des vagues.

L'inspiration m'est revenue : j'ai désormais des tas d'idées pour ma future collection. Et même si le shopping me manque un peu, je réalise que j'ai aimé ce mode de vie. Je crois que je devrais remercier Maria : si je n'étais pas allée à ce vernissage, rien de tout cela ne serait arrivé.

Mais voilà, aujourd'hui, je suis obligée de rentrer à Beverly Hills : c'est le jour de mon défilé.

Quand je pénètre dans mon appartement, je le trouve immense et plein à craquer. C'est fou tout ce que l'on peut accumuler en dix ans. Contrairement à ce que je croyais, il est beaucoup plus facile de s'habiller le matin lorsque l'on possède moins d'affaires. J'avais l'habitude de passer trente minutes à choisir ma tenue ; à présent, je sais exactement ce qui me va et avec quoi le mixer.

— Kathleen ! Qu'est-ce que tu fais avec ce foulard sur la tête ? Et pourquoi laves-tu le hall de ton immeuble ? me demande Liz en arrivant.

— Ça se voit que c'est un Hermès ?

— Oui !

— Oh, zut ! dis-je en le retirant. Je dois faire le travail de Maria. Elle m'y a obligée en échange de quelques infos tandis qu'elle sirote tranquillement un spritz sur un transat de ma terrasse.

— Dans quel bourbier tu t'es encore fourrée ?

— Ce n'est rien, dis-je en recommençant à frotter. Et ça valait le coup. (Je me redresse et prends appui sur le balai-brosse.) Écoute, je l'aime. Il est pauvre, c'est vrai, mais il est fantastique. Si sensible, si craquant avec ses fossettes, et il embrasse tellement bien... Je n'ai jamais été aussi amoureuse de toute ma vie. Il m'a envoûtée.

— Je te crois, tu es radieuse. Même déguisée et avec les joues rouges, plaisante-t-elle. Bon, dans ce cas, tu ne peux plus lui mentir.

— Bien sûr que si ! Je vais mener une double vie, j'ai bien trop peur de le perdre.

Alors que Liz s'éloigne, je termine de laver le hall tout en songeant que Géry va m'attendre au rendez-vous. Et pourtant, je ne peux pas y aller. J'ai eu beau chercher une solution toute la semaine, il m'est impossible de rater mon défilé.

Après avoir passé la journée à tout préparer, j'emprunte la sortie de secours pour prendre l'air avant que le défilé ne commence. J'aperçois Maria descendre du bus, son carton d'invitation à la main. Elle porte l'une de mes robes ! Cette fois, j'en suis sûre, elle se sert dans mes affaires ! Je finis par rire en pensant qu'elle le fait probablement depuis des années et que je n'ai jamais rien remarqué.

Au moment où je suis sur le point de rentrer, un homme qui ressemble comme deux gouttes d'eau à Géry sort d'une voiture. C'est bien lui et il se dirige droit sur moi.

La première pensée qui me vient est de me cacher dans les bambous, mais je me retiens.

— Kathleen, qu'est-ce que vous faites là ? me demande-t-il, aussi surpris que s'il avait vu un fantôme.

J'aurais dû sauter dans les bambous.

— Et vous, vous n'êtes pas allé au rendez-vous ?

— Non. On m'a appelé pour remplacer un serveur, au bar.

— Pareil ! Ils m'ont engagée pour aider les mannequins à s'habiller.

Liz arrive au bras de son mari et me lance un « Coucou, Kathleen ! » amical.

— Vous connaissez l'auteure Liz Mac Gregor ? s'étonne Géry.

— Non. Non, pas du tout.

Mon amie me fait de grands signes. Je tourne la tête.

— Encore une folle du showbiz qui croit connaître tout le monde ! Venez, partons.

Désolée, Liz !

Je l'emmène loin du passage des invités. Hélas, cette fois, nous tombons nez à nez avec ma mère.

— Qu'est-ce que tu fais là ? braille-t-elle. Ça va commencer !

Pas facile de mener une double vie. Ça ne peut plus durer, c'est usant de mentir comme ça. Puisqu'il va assister au défilé, il me verra accompagner le mannequin portant ma robe de mariée en clôture et il comprendra que je lui joue la comédie depuis le début. Il vaut mieux tout lui dire maintenant.

— Géry… Il faut que je vous parle…
— Kathleen, vite, ça commence !
— Attendez, encore une minute !
Je me tourne vers Géry.
— Je ne suis pas celle que vous croyez. J'en suis très loin, en fait. Je suis bien couturière, et… Le défilé… cette collection… c'est moi qui l'ai créée.
J'attends de recevoir ses remarques en plein visage et tout sera terminé entre nous.
Mais il ne dit rien. C'est encore pire et je n'ose pas le regarder en face.
Enfin, il brise le silence.
— Kathleen… pour tout vous dire…
— Je dois y aller ! Hop !
Hors de question d'entendre à quel point je l'ai déçu. J'ai tout raté et je m'en veux tellement.
Il me rattrape par le bras. Ce simple contact me fait frissonner de la tête aux pieds.
— Non, Kathleen, attendez ! J'avoue que vous n'étiez pas du tout mon genre au début. Votre côté excentrique, vos bizarreries… mais… ensuite… j'ai appris à vous apprécier. C'était chouette de votre part d'aider Ally. Et puis, tout le mal que vous vous êtes donné pour me séduire ! J'ai fini par tomber sous votre charme. On ne s'ennuie pas avec vous !
Il me relâche et j'ose enfin relever les yeux. Il poursuit :
— Et moi aussi j'ai quelque chose à vous avouer. Je ne suis pas serveur. Et je m'appelle Gilles, non pas Géry. En fait, je suis écrivain. Écrivain français, plus précisément.
— Alors, vous ne vivez pas dans une boîte ?
— Non, c'était provisoire. Je suis venu ici pour écrire mon roman. Et, comme à mon habitude, je voulais me mettre dans le rôle de mon personnage. C'est ma

bizarrerie à moi. Je demande toujours à mon entourage de jouer le jeu, quoi qu'il arrive.

Mon cerveau tente d'assimiler toutes ces nouvelles.

— J'aimerais beaucoup apprendre à connaître la vraie Kathleen.

Il marque un temps. Me fixe intensément.

— Celle qui vit dans un loft de trois cents mètres carrés.

Je m'étonne dans un souffle :

— Oh ? Comment le savez-vous ?

— C'est ma tante qui me l'a dit. Maria. Elle m'a tout dit depuis le début, fait-il, gêné.

Je suis sonnée. Mon ego tente de se relever.

— Oh... je vois... Vous avez dû bien vous moquer de moi.

— Seulement quand je vous ai vue avec des boucles d'oreilles en écorce de pin. Après, plus du tout.

Il s'avance.

Mes yeux ne quittent pas les siens, je me perds dans son regard noisette. J'ai l'impression de sombrer dans un pot de Nutella, c'est délicieux. Puis ses lèvres se posent sur les miennes et notre baiser sucré se fait de plus en plus sensuel et passionné. Personne ne m'avait embrassée comme ça. Il faudrait multiplier le mot délicieux à l'infini pour décrire l'effet de ce baiser. Mon cœur fond quand il me serre dans ses bras.

Blottie contre son torse, je murmure :

— Le pire, c'est que je suis déçue. Je crois que j'ai vraiment aimé le minimalisme. Quand j'entre dans mon loft, je ne sais plus quoi faire, je me sens perdue. J'ai emmagasiné tellement de choses.

— Moi aussi, ça m'a plu. Même si parfois il me manquait quelques affaires, j'avais l'esprit beaucoup plus clair et je n'ai jamais si bien écrit.

— J'aimerais bien continuer. Avoir l'essentiel. Et vous.

— Nous pourrions nous installer dans une *tiny house* ?

Je demande avec espoir :

— Et nous partirions en vacances dans des endroits plus spacieux ? Histoire de pouvoir nous laver sous les bras de temps en temps ?

— C'est parfait, me sourit-il.

Il m'embrasse à nouveau et murmure contre mes lèvres :

— Tant que nous sommes ensemble.

Fanny Gayral

On n'est pas sérieux quand on a trente-trois ans

Grégoire

La lourde porte de l'immeuble se referme en grinçant dans mon dos. Je longe les boîtes aux lettres, je passe devant la loge vitrée de la concierge. Au pied de l'escalier, un grand sapin décoré de guirlandes clignotantes exhale des parfums de résine et de sous-bois en automne. Il n'y a pas d'ascenseur. Je consulte mon téléphone ; l'appartement de la patiente se situe au septième étage. *Courage, Greg, la fin de la journée approche.* Je gravis lentement les marches en soufflant entre chaque pas. Arrivé à destination, je me penche un instant par-dessus la rambarde pour observer l'étoile dorée au sommet du conifère, et puis je me recule, pris d'un soudain vertige. Je n'ai pas hérité des chromosomes savoyards de mon père. Même en plein cœur de Paris, du haut d'un simple escalier, la peur du vide me tenaille.

Je sonne à la porte. Une jeune femme m'ouvre en toussant, un mouchoir à la main, elle semble fatiguée.

— Ah, bonjour, docteur, entrez. J'ai cru que vous n'arriveriez jamais. J'ai appelé le standard vers 14 h 30 tout à l'heure, je vous ai attendu tout l'après-midi.

Je regarde ma montre. Il est 18 h 20.

— Il y a beaucoup d'appels en cette saison. Les régulatrices essaient de faire au mieux, mais elles hiérarchisent les priorités en fonction de l'état des patients.

— Je comprends, il y a plus urgent que mon cas. J'ai la grippe depuis ce matin, ce n'est pas très grave, c'est sûr, mais je suis épuisée. Je ne me sentais pas capable de marcher jusqu'au cabinet de mon généraliste, encore moins d'aller travailler.

Elle me fait entrer dans son appartement et asseoir sur un petit futon rose, entre un panda géant en peluche et un minuscule hamster en cage. Je l'ausculte, il n'y a pas de foyer de crépitants au niveau pulmonaire, pas de sinusite, pas d'otite, pas de signe de surinfection bactérienne. C'est effectivement une grippe simple, sans complications. Je rédige une ordonnance de paracétamol et un arrêt de travail, tandis que ma patiente peine à remplir un chèque, avant de se laisser tomber sur le futon entre les bras accueillants du panda. Notre présence semble indifférer le hamster qui court le semi-marathon dans sa roue, comme si sa ration de graines du jour en dépendait. Il y en a au moins un dans cette pièce qui n'est pas fatigué.

— Ne me raccompagnez pas, je saurai trouver la sortie, dis-je. Reposez-vous bien. Il y en a pour une petite semaine, en général. N'hésitez pas à nous rappeler si votre état s'aggrave.

— D'accord. Merci, docteur, au revoir.

Je redescends l'escalier en rasant les murs. Un peu de repos sera bienvenu. Je vais rentrer à la maison, m'effondrer dans un fauteuil et commander une pizza.

Alors que je sors de l'immeuble, mon téléphone sonne. C'est Arnaud, mon meilleur ami, qui cherche à me joindre. Je décroche.

— Salut, Greg, tu vas bien ?

— Oui, très bien. Je termine ma journée, je suis sur le chemin du retour.

— Je t'appelais pour savoir si tu avais reçu mon mail à propos du dîner de samedi prochain.

— Oui, je l'ai bien reçu ; je ne vous ai pas encore répondu, désolé. Je viendrai, avec plaisir.

Arnaud se marie dans trois semaines, le 24 décembre, à la mairie uniquement. Un mariage de Noël simple et romantique ; j'ai trouvé l'idée assez originale. La cérémonie sera très sobre, sans aucun invité en dehors des deux témoins, moi en l'occurrence, et une amie de sa future femme, Marie. Arnaud et Marie se sont rencontrés il y a quelques mois à peine et ont décidé de se marier très vite. Le véritable coup de foudre, quoi, quelque chose de surréaliste ! Je ne connais pas bien Marie que je n'ai vue que trois fois.

— C'est formidable que tu puisses venir. On a pensé que ce serait une bonne idée de dîner ensemble tous les quatre, avant le grand jour.

Il marque une pause, je l'entends souffler dans le combiné.

— Par contre, Grégoire... on a un petit problème.

— Ah bon, de quoi s'agit-il ?

— Eh bien, c'est à propos de l'autre témoin, Aurélia, la meilleure amie de Marie. Elle est phobique des médecins. Il ne s'agit pas d'une petite peur surmontable, tu vois, mais d'une vraie phobie majeure. Ses comportements sont parfois déraisonnables, de ce fait. Elle ne consulte jamais lorsqu'elle est malade, elle refuse d'approcher un docteur en médecine à moins de trente mètres.

— Je crois que je vois. Un peu comme moi avec les dentistes ?

Arnaud sait que j'ai une peur panique des dentistes. Je les fuis comme la peste. Le trouble date de l'enfance, et des bons soins prodigués par la dentiste de mon village. Une dangereuse sadique. Elle m'a posé dix mille plombages sans jamais m'anesthésier, ponctuant chacune de ses interventions de « Mais non, ça ne fait pas mal ! », tandis que je me tordais de douleur sur son siège de torture. Depuis, je me brosse les dents quatre fois par jour, j'ai une hygiène buccale irréprochable. Jamais plus je ne me trouverai en contact avec un docteur en chirurgie dentaire, je me le suis juré. Ces gens-là sont des psychopathes qui ne pensent qu'à arracher des dents ou à creuser des trous dans l'émail d'autrui à coups de perceuses au bruit strident. Je suis pris de vapeurs lorsque des patients me consultent pour ce motif. L'idée d'un soin dentaire, même s'il ne s'agit pas de mes propres dents, me terrorise. Qui a inventé ce terme, d'ailleurs, « soin dentaire », on se le demande ? Il n'y a pas plus antinomique au soin que cette chose-là.

— Exactement. Comme toi avec les dentistes. Elle ne vient jamais à la maison lorsque le frère de Marie est là, par exemple. La simple idée de se trouver en présence d'un membre du corps médical lui est intolérable. Mais Marie tient vraiment à ce qu'elle soit son témoin. Quant à moi, c'est toi que j'ai choisi, c'est une évidence, et je ne compte pas changer d'avis.

— C'est un peu problématique. Le travail est un sujet qui arrive souvent sur la table au cours d'un dîner.

— Eh bien justement, on a eu une petite idée avec Marie. Cela risque de ne pas trop te plaire, mais on s'est dit que tu pourrais prétendre être prof de salsa…

— Oh non, vous exagérez, là !

— Mais tu danses magnifiquement, Greg ! Admets-le, tu as sans conteste le niveau des meilleurs professeurs de Paris.

— Oui, ce n'est pas faux, mais tu sais bien que je ne veux plus entendre parler de salsa. Cette époque est révolue. Je ne suis plus avec Cristina ; je les ai quittées, elle, ses soirées cubaines et son obsession pour la danse.

— Juste pour cette soirée samedi et le jour du mariage, s'il te plaît. Ensuite, tu pourras dire ce que tu veux à Aurélia, tu n'auras plus besoin de la revoir. Ce n'est pas compliqué : tu racontes que tu es professeur de salsa, que tu travailles pour un *wedding planner*, par exemple, et que tu donnes des cours à domicile pour futurs mariés. C'est crédible et facile à décrire pour toi. Elle n'y connaît rien, de toute façon, Marie me l'a attesté.

Je me gratte la tête.

— Bon, d'accord. À une seule condition. Pas de démonstration. Pas un mouvement de salsa au cours de cette soirée ni le jour de votre mariage. Je ne danserai pas sur le tapis de votre salon, c'est hors de question.

— Je te le promets. Je mets la main sur mon cœur, là, tu ne le vois pas, mais elle y est posée. Merci, tu es génial. Marie va être tellement heureuse que vous puissiez être tous les deux là, dans de bonnes conditions. À samedi, Grégoire.

— À samedi, Arnaud. Prends soin de toi.

Je raccroche. Une jeune femme phobique des médecins. Allons bon. La soirée promet d'être mémorable.

Aurélia

Je termine le détartrage aux dernières notes du concerto pour piano N° 21 de Mozart. Mme Levas chantonne mollement sous son masque nasal de protoxyde d'azote, le visage béat. Elle a plané dans une dimension parallèle durant toute la séance.

— Voilà, c'est fini pour aujourd'hui, lui dis-je avec douceur. Je ferme la bonbonne de gaz, l'effet va se dissiper immédiatement.

Le grand fauteuil blanc se redresse lentement tandis que j'écarte le scialytique. Ma patiente ôte le masque, recoiffe ses cheveux ébouriffés ; elle semble revenir d'un voyage intergalactique.

— Aaaah ! s'exclame-t-elle. C'est formidable votre truc, le klaminox.

Je la corrige :

— Le kalinox. C'est un gaz hilarant, le protoxyde d'azote.

— Ah, merveilleux ! Je n'ai rien senti du tout, moi qui exècre les soins dentaires.

— Eh bien, c'est bien, très bien, dis-je en la ramenant vers le secrétariat.

En fin de journée, la richesse de mon vocabulaire s'étiole dangereusement. Il est grand temps de fermer boutique. Je salue Mme Levas ainsi que ma secrétaire,

Carole, et mon associée, Yasmine, puis je me change au vestiaire.

Alors que je sors du cabinet, mon téléphone sonne. C'est Marie, ma meilleure amie, qui m'appelle. Je décroche.

— Salut, Aurélia, comment vas-tu ?

— Très bien, et toi ?

— Tout va pour le mieux. J'ai reçu ton mail à propos du dîner de samedi ; c'est formidable que tu puisses venir.

Elle marque une pause, je l'entends souffler dans le combiné.

— Par contre, Aurélia… on a un petit problème.

— Ah bon, de quoi s'agit-il ?

— C'est à propos de l'autre témoin, le meilleur ami d'Arnaud. Il a la phobie des dentistes. Une phobie majeure, extrêmement sévère. Il est hors de question pour lui de se trouver en présence de l'un d'entre eux, et ce n'est pas négociable. Exactement comme toi avec les médecins, tu vois ?

Je hoche la tête. Oui, effectivement, je vois. Il est vrai que ma peur des médecins est d'une intensité peu commune. J'ignore à quand remonte exactement le début de mes troubles, ma mère me dit toujours que ma panique est apparue très tôt, dès les premières visites chez le pédiatre, dès la maternité peut-être. Je déteste les médecins. Ces gens-là sont des psychopathes qui ne pensent qu'à taillader des organes et à injecter des vaccins dans les muscles d'autrui. Pourtant, je suis dentiste. Mais les dents, ce n'est pas pareil, on ne dépasse pas la bouche. De toute façon, lorsque les soins médicaux ou dentaires sont pratiqués sur le corps d'un autre, cela ne me fait ni chaud ni froid, j'ai l'empathie d'une huître, même si je déculpabilise à grand renfort de kalinox. C'est lorsque mon propre corps est concerné que je deviens phobique. Mystère de la psyché humaine.

— Ah d'accord. Ça risque d'être compliqué, dis-moi. En général, il n'est pas rare que l'on évoque son métier dans ce genre de circonstances.

— Eh bien justement, on a eu une petite idée avec Arnaud. Cela risque de ne pas trop te plaire, mais on s'est dit que tu pourrais prétendre être monitrice de parachute...

— Oh non, Marie, vous poussez le bouchon, là ! Tu sais bien que je ne veux plus entendre parler de ce sport. Avec Manuel, puis Damien, j'ai suffisamment soupé du parachutisme, merci.

— Mais tu es une experte en la matière. Tu as effectué des centaines de sauts. Tu peux sans problème faire croire que tu exerces cette profession. Ce n'est pas compliqué, tu racontes que tu es monitrice de parachute, que tu es prestataire pour des coffrets cadeaux « Sensations fortes », par exemple. Ce sera facile à décrire pour toi. Il n'y connaît rien, de toute façon, Arnaud me l'a attesté.

Je réfléchis un instant.

— Bon, d'accord, si ça peut vous faire plaisir. Mais seulement pour cette soirée et le mariage, nous sommes bien d'accord ?

— Oui, bien sûr. Après le mariage, tu pourras lui dire ce que tu veux, vous ne serez plus obligés de vous côtoyer, d'ailleurs.

— Il fait quoi, sinon, dans la vie, cet ami d'Arnaud ?

— Il est professeur de salsa. Il travaille pour un *wedding planner*.

— Ah, dis-je, dubitative.

— Bon, je dois te laisser, Aurélia, j'ai une casserole sur le feu. À samedi, porte-toi bien.

— À samedi, Marie.

Je raccroche, pensive. Un professeur de salsa. Sans nul doute un Brésilien bronzé au corps parfait, élevé à la piña colada et à l'huile de monoï sur les plages de Copacabana. Il doit s'appeler Miguel. Ou Antonio. Un prénom de danseur torride, quoi. Ces gens-là me donnent des complexes. Je suis personnellement la fâcheuse propriétaire de deux pieds gauches, incapables de se coordonner entre eux. J'ai arrêté la danse en maternelle, après avoir malencontreusement blessé un camarade au cours d'une inoubliable session de farandole en éducation physique et sportive.

Un professeur de salsa phobique des dentistes. La soirée promet d'être originale.

Grégoire

Je suis arrivé légèrement en avance, avec un bouquet de roses et une bouteille de crémant d'Alsace. Arnaud m'a ouvert et m'a fait entrer dans le salon ; la phobique n'était pas encore là. Nous avons échangé les dernières nouvelles, avant que le mot « médecin » ne devienne prohibé. Marie, un peu nerveuse, a dénoyauté un kilo d'olives en moins de cinq minutes sur la table basse, puis coupé des tomates cerises en cubes si petits que les piques en bois peinaient à les saisir.

Vers 20 heures, alors que la future épouse s'apprêtait à massacrer une bûche de chèvre, on a sonné. Lorsque Aurélia a passé la porte, mon cœur s'est arrêté un bref instant, le temps s'est suspendu dans l'air, entre les flammes des bougies sur la table de bois blanc et les premières étoiles du soir aux carreaux des fenêtres.

Cette fille est d'une beauté stupéfiante. Ce ne sont pas tant ses traits qui m'ont ébloui, que son charme, sa façon de se mouvoir, la lumière qui inonde son visage quand elle sourit. Elle a les cheveux blonds et fins, des yeux d'un vert aigue-marine presque transparent, un corps svelte et attirant. J'ai été complètement subjugué, je crois que j'ai eu une sorte de coup de foudre, moi qui n'imaginais pas cela possible.

Elle est monitrice de parachute.

Voilà. Elle n'aurait pas pu être maraîchère ou ingénieure, comme tout le monde, non il faut qu'elle soit monitrice de parachute et phobique des médecins, là où je suis généraliste et pris de vertige dès que je monte sur une chaise pour changer une ampoule. Ses deux compagnons précédents étaient parachutistes, des militaires à gros muscles, amateurs de sensations fortes. Tout à fait le genre d'hommes avec lesquels je peux rivaliser...

Je me suis senti un peu déprimé à mesure que la soirée avançait et que je l'écoutais parler avec une fascination sans cesse renouvelée. J'ai bu trois coupes de crémant et failli me trahir sous l'effet de l'alcool lorsque Arnaud a manqué de s'étouffer avec un morceau de poulet et que je me suis levé comme un ressort pour entamer une manœuvre de Heimlich. J'ai bredouillé que j'avais mon brevet de secouriste, que c'était obligatoire pour être professeur de danse, mais j'ai bien vu qu'Aurélia avait pâli. Elle est extrêmement phobique. Je crois qu'elle est pire que moi avec les dentistes.

J'ai dansé la salsa, finalement. C'était le seul maigre atout que j'avais dans la balance, et Marie me semblait si anxieuse que je me suis dit qu'un peu de danse pourrait la détendre. Nous avons mis de la musique, Arnaud a tamisé les lumières et repoussé les fauteuils ; ce fut un moment sympathique, même si j'ai bien remarqué qu'Aurélia n'était pas très à l'aise. Elle ne s'est pas levée pour se joindre à nous, elle semblait vraiment gênée.

En rentrant chez moi, à minuit, je me suis regardé dans la glace. Je me suis dit : Greg, tu as 33 ans, il est temps de prendre ta vie en main. Tu peux devenir sportif de l'extrême, une véritable tête brûlée, si tu le décides. Tout est une question de volonté. N'aie aucun regret au dernier jour de ta vie, c'est le plus important.

Ce matin, j'ai pris rendez-vous pour un baptême de parachute samedi prochain. Un baptême en duo, ligoté à un moniteur, je ne suis pas suicidaire. Enfin, parfois, je me le demande. Mais il ne reste que quinze jours avant le mariage et j'aimerais avoir une carte à jouer, un joker de la dernière chance, lorsque j'annoncerai à Aurélia que je ne suis pas professeur de salsa mais médecin chez SOS.

Aurélia

Le phobique ne s'appelle pas Miguel, mais Grégoire. Ce n'est pas très Copacabana comme prénom, pas très torride non plus, mais pourtant, cet homme est d'une beauté incroyable. Il y a quelque chose dans sa façon de sourire, dans la douceur de ses traits, dans l'intensité de son regard, qui m'a terrassée chaque fois que je l'ai observé. J'ai bien l'impression d'avoir eu une sorte de coup de foudre, moi qui ne crois pas aux contes de fées.

Il est bien professeur de salsa pour un *wedding planner*. Il n'aurait pas pu être cuisinier ou éducateur canin, comme tout le monde, non, il faut qu'il soit phobique des dentistes et professeur de salsa, épanoui, à l'aise dans son corps, là où je suis docteur en chirurgie dentaire et d'une maladresse déconcertante avec mes pieds. Sa compagne précédente était danseuse professionnelle elle aussi, une Latino-Américaine au corps souple, brune, aux yeux sombres. Tout à fait le genre de femmes avec lesquelles je peux rivaliser...

Je me suis sentie inconsistante durant toute la soirée, à côté de cet homme chaleureux et drôle. Marie était anxieuse, je pense qu'elle craignait que je ne trahisse mon secret, mais je suis restée de marbre, même lorsque Arnaud s'est violemment cogné une incisive contre sa tasse à café. J'ai bien vu que Grégoire tressaillait au son de la dent heurtant la porcelaine. Il est encore pire que moi, avec les médecins. Un véritable phobique.

Il est si doux, si prévenant. Il a fait mine de ne pas remarquer que Marie avait réduit les tomates cerises en bouillie sous l'effet du stress et lui a proposé un cours de salsa sur le tapis de leur salon pour l'aider à se détendre. Il danse comme un dieu. C'est dans l'ordre des choses, puisqu'il est professeur, mais je ne m'attendais pas à une vision aussi envoûtante. Ses mouvements étaient fluides, naturels, son bonheur de danser irradiait dans la pièce.

L'idée de la monitrice de parachute n'était pas si mauvaise, finalement. Il a semblé impressionné et intéressé et m'a posé beaucoup de questions sur le sujet. J'ai un peu forcé le trait, de ce fait, j'ai joué les dures à cuire, je lui ai raconté mes souvenirs les plus spectaculaires, comme cette fois où l'un des mousquetons avait lâché.

Lorsque je suis rentrée à la maison à minuit, mon répondeur clignotait. Le premier message était de ma mère : elle souhaitait avoir de mes nouvelles, me dire qu'elle m'avait préparé des truffes au chocolat, que je pouvais passer les récupérer. Le second était de Yannick. J'ai souri en entendant sa voix. Tous mes grands-parents sont morts hormis Yannick, 85 ans, bon pied bon œil, le cerveau parfaitement intact. J'espère me trouver dans un état similaire lorsque j'aurai son âge, si l'hérédité tient ses promesses.

« Aurélia, ma chérie, j'espère que tu vas bien. Tout va pour le mieux de mon côté, pas de problèmes, pas de maladies. Ce serait bien que tu viennes me voir un de ces jours, j'aimerais te présenter le jeune homme dont je t'ai parlé l'autre jour. Tu sais, le garçon du voisinage, qui a fait un petit malaise en ma présence. Il te plaira, c'est certain. Rappelle-moi quand tu voudras. »

J'ai reposé le combiné. Je me souvenais vaguement de cette conversation, l'histoire de ce jeune homme charmant, mais un peu souffreteux, du genre à tomber facilement dans les pommes. L'intention est bien gentille, mais je n'ai pas besoin que l'on me case. Les jeunes hommes sensibles et souffreteux, très peu pour moi, je préfère les danseurs de salsa torrides.

Je me suis regardée dans la glace et je me suis dit : Aurélia, tu as 33 ans, il est temps de prendre ta vie en main. Tu peux le faire. Près de trente ans se sont écoulés depuis ton traumatisme farandolesque, et tu peux y arriver, tu peux surmonter tes blocages.

Ce matin aux aurores, j'ai pris rendez-vous avec une professeure de danse de salon, pour une séance d'initiation à la salsa. C'est un peu suicidaire comme décision mais il ne reste que quinze jours avant le mariage, et j'aimerais être capable de danser un peu avec Grégoire au soir de la noce, avant de lui annoncer que je ne suis pas monitrice de parachute, mais dentiste.

Grégoire

Je souffle en montant l'escalier qui mène à l'appartement de Mme Le Floch. Mes oreilles sifflent et mes hanches sont encore douloureuses à l'endroit où le harnais m'a cisaillé l'épiderme. Les séquelles de mon saut en parachute. Je suis passé à l'acte samedi et je crois que je suis traumatisé pour les cinquante années à venir. La journée avait plutôt bien commencé, pourtant. Je suis arrivé à l'aéroport à peu près détendu, le doux visage d'Aurélia en tête, bien résolu à devenir l'un de ces extrémistes du sport qu'elle semble affectionner. C'est lorsque j'ai signé les papiers de décharge que j'ai commencé à prendre peur, en lisant la ligne sur le renoncement de la famille à poursuivre la compagnie au tribunal en cas de décès au cours de l'exercice.

— Parce qu'il y a des décès au cours de l'exercice ? ai-je demandé à mon moniteur, Karl, un Allemand barbu et corpulent, au visage bonhomme.

— Oui, souvent, m'a-t-il répondu. Parfois, on oublie d'attacher le parachute. Parfois, il ne s'ouvre pas ou il se vrille en torche, et l'on s'écrase au sol. Parfois, le baptisé fait un infarctus du myocarde en vol, ça arrive aussi.

Il m'a fait enfiler une affreuse combinaison rouge à bandes blanches, nous nous sommes ficelés l'un à l'autre à l'aide d'un harnais bardé de minuscules mousquetons qui ne m'ont pas paru très solides, et nous sommes montés dans un avion tout frêle, aux parois aussi fines que celles d'une boîte de conserve, sans aucun siège pour s'asseoir. C'est à ce moment-là que je me suis souvenu que j'avais le vertige. L'ascension a duré mille heures, j'ai commencé à suer toute l'eau de mon corps. Je me suis dit que j'allais mourir de déshydratation aiguë, avant même l'infarctus ou la rupture de mousqueton.

Lorsqu'il a ouvert la porte et que des bourrasques glaciales se sont engouffrées dans l'appareil, j'étais en état de décomposition avancée.

— Tout va bien ? m'a-t-il demandé.

J'ai bredouillé que je voulais redescendre.

— Eh bien, on y va, direction la terre ferme ! C'est partiiii ! *Das ist wunderbaaar !* a-t-il hurlé en nous balançant dans le vide.

J'avais oublié de préciser que je parlais de redescendre en avion, non en parachute, mais il était trop tard, et nous avons fait une sorte de saut périlleux dans les airs, durant lequel j'ai pensé qu'en fait j'allais plutôt mourir de vomissement.

— Youhou ! s'époumonait Karl. Youhou, *wunderbar, das ist so fantastiiiisch !*

Je reviens ici sur l'une de mes convictions les plus ancrées. Il y a pire que les dentistes. Les moniteurs de parachute. Ces gens-là sont des malades mentaux.

— Déployez vos bras ! Déployez vos jambes ! a-t-il ensuite crié gaiement, mais je ne savais plus très bien où se situaient mes membres dans l'espace, et j'étais trop occupé à tenter de ne pas faire un infarctus du myocarde pour déployer quoi que ce soit.

Lorsque le parachute s'est ouvert, nous sommes brusquement remontés de trente mètres, mon estomac a migré jusque dans ma trachée, et nous avons plané durant d'interminables minutes au-dessus des champs boueux et des arbres décharnés. C'était un peu comme en avion, sans la carlingue. Autant dire que je suis mort plusieurs fois.

Je frappe à la porte de Mme Le Floch, je l'entends qui arrive de son pas mal assuré, elle m'ouvre en souriant.

— Bonjour, docteur, entrez, je vous en prie.

Je la suis jusqu'au salon et dépose mon manteau sur le fauteuil de cuir, entre une gravure de sainte Marie Madeleine et un crucifix orné d'un rameau d'olivier. Elle s'éclipse à la cuisine et me prépare un café, je l'entends brasser de la vaisselle au travers de la cloison.

— Un seul sucre, comme d'habitude ? me demande-t-elle.

J'acquiesce. J'ouvre ma mallette, en sors mon stéthoscope et mon bloc d'ordonnances. Ma patiente m'a fait venir pour une rhino-pharyngite aujourd'hui. Je lui détaille mes observations et mes explications la rassurent. Elle est atteinte d'une pathologie hématologique chronique, une myélodysplasie, qui évolue très lentement, sans aucune complication pour le moment. Son généraliste n'est pas très loin, mais certains jours, lorsqu'elle ne se sent pas bien, elle n'a pas le courage de sortir et appelle SOS Médecins. C'est toujours moi qu'elle réclame. Elle refuse de voir mes confrères ou mes consœurs les jours où je ne travaille pas. Elle me raconte chaque fois sa vie endeuillée, ses symptômes divers, ses salades niçoises, ses dernières lectures. Elle reste irrémédiablement joyeuse, malgré les épreuves qu'elle a traversées.

— Il faudra que je vous présente ma petite-fille, me dit-elle, alors que je gonfle le brassard du tensiomètre autour de son bras. Elle est si belle, par la grâce de Dieu. Vous vous entendriez bien avec elle, vous qui êtes si gentil.

Mme Le Floch me parle régulièrement de sa petite-fille qui est si merveilleuse, si belle, par la grâce de Dieu et de tous les anges du ciel. Elle travaille dans une agence de marketing du 3e arrondissement, et le tableau que m'en brosse sa grand-mère me donne l'impression qu'il s'agit d'une sorte de sœur de couvent insérée dans la vie active.

Les religieuses, très peu pour moi. J'ai jeté mon dévolu sur une monitrice de parachute, même si je sais que je n'ai quasiment aucune chance de la séduire. Je ne suis pas fait pour les sports extrêmes. Ce baptême était pire que tout ce que j'ai vécu, et je parle en médecin habitué aux blessures les plus atroces. Un cauchemar devenu réalité.

— Vous travaillez le jour de Noël ? Le 25 décembre ?

— Absolument. Je suis toujours volontaire pour le service, ce jour-là. Je n'ai pas d'enfants, contrairement à la plupart de mes consœurs et confrères, cela ne me dérange pas de travailler.

Elle marmonne que je suis un saint, que je suis si serviable, si attentionné, tandis que je range mon otoscope et que je lui rédige une ordonnance de paracétamol et de sérum physiologique. Mme Le Floch me remercie, que Dieu me protège, et à la prochaine fois.

En sortant de l'immeuble, une brise glaciale souffle au-dessus des trottoirs ; je porte la main à ma mâchoire. J'ai un peu mal à une dent, j'espère que je ne couve pas une carie.

Aurélia

Je mets la musique ; les notes divines du prélude de la suite pour violoncelle N° 1 de Jean-Sébastien Bach s'élèvent dans l'air. Je branche le tuyau de kalinox et prépare la seringue d'anesthésique local. M. Bélanger a cessé de se ronger les ongles, il se tortille sur le fauteuil sous l'effet du gaz hilarant. J'attrape le souffleur en grimaçant. J'ai des courbatures dans tous les muscles. Les séquelles de mon cours de salsa, hier soir. Une grande épreuve. On ne peut pas dire que j'aie brillé par ma compétence, surtout en début de séance. Mais j'ai survécu au ridicule, c'est l'essentiel.

Je suis arrivée un peu en avance, je n'ai pas eu de peine à trouver les vestiaires, à proximité des douches, un lieu surchauffé et bruyant empli de vapeur d'eau moite et de jeunes femmes sublimes en brassières fluorescentes. J'ai enfilé la tenue que la dame de l'accueil m'avait fournie, et je me suis retrouvée, à 20 heures précises, en justaucorps noir moulant, en collant et en jambières, dans l'un des plus grands studios de danse de Paris. L'antichambre du grotesque, en somme. J'ai visualisé le visage de Grégoire pour me rasséréner et me suis répété que je n'avais qu'une seule vie, mais lorsque Sarah, la professeure, a commencé à me donner des instructions, j'ai soudainement réalisé que je n'avais pas du tout conscience des dimensions de mon corps, de la localisation exacte de mes pieds, ni de la mobilité potentielle de mon bassin.

Sarah ondulait dans la pièce comme un dauphin dans les vagues en criant :

— Allez, on y va, on se déhanche ! sans prendre le temps de m'expliquer comment m'y prendre, comme si tout cela était parfaitement inné et naturel.

Pourtant, ce n'est pas le cas. La pédagogie par l'injonction n'a jamais fait la preuve de son efficacité. Est-ce que je crie : « Allez, on y va, on dévitalise la dent 26 ! », moi, à quelqu'un qui souhaite apprendre les rudiments de la dentisterie ? Non. Je montre les gestes ; c'est ainsi que l'on procède avec les étudiants.

Bref, je me suis sentie ridicule pendant une demi-heure, jusqu'à ce qu'elle coupe la musique et qu'elle vienne s'asseoir en tailleur près de moi au pied du miroir mural.

— Quelque chose ne va pas ? Il y a un problème ? m'a-t-elle demandé, soucieuse.

— Bien sûr que quelque chose ne va pas. Je me sens aussi agile qu'un concombre de mer, sur ce plancher. Je n'ai pas l'once d'une pointe de grâce, à côté de vous. Et je suis censée danser la salsa avec un demi-dieu au corps parfait, dans moins de deux semaines.

— Mais voyons, Aurélia, vous vous trompez. Je crois que vous n'avez simplement pas conscience de votre agilité, de votre aura, de votre magnétisme. Levez-vous, nous allons revoir les mouvements plus lentement.

Nous avons repris le cours, elle a déployé des trésors de patience, et au bout de deux heures, je savais effectuer quelques passes de base. Ivresse de la victoire sur l'intraitable mère Nature. Elle s'est placée face à moi pour figurer un partenaire masculin, et nous avons dansé, oui dansé, je n'affabule pas, durant près de trois merveilleuses minutes. Je sentais presque vibrer

« l'aura magnétique » de mes pieds agiles sur le parquet lustré. Je crois que je suis prête pour le soir du mariage.

La carie de M. Bélanger était plutôt profonde, mais il ne s'est rendu compte de rien. Il regarde fixement le plafond, dans un état second. Je fixe la résine composite à la surface de la dent, je termine par le polissage, au rythme lent du violoncelle. J'aime le travail bien fait.

À l'issue du rendez-vous, Carole passe me voir. Un patient a appelé pour un problème urgent. Une carie du collet, apparemment. Elle l'a calé en fin de journée, pour 18 h 30, mais n'a pas pu noter son nom, il a raccroché trop vite. Je lui confirme qu'il n'y a pas de problème, je le verrai ce soir. Le téléphone du secrétariat sonne, Carole repart en se pressant par le couloir, la porte de mon cabinet grince derrière elle. Je grimace, je porte la main à mon oreille gauche.

J'ai une petite douleur depuis ce matin, j'espère que je ne couve pas une otite.

Grégoire

Hier matin, je me suis réveillé avec une douleur intolérable au niveau de la mandibule. La poisse intergalactique. Ma première carie, en vingt-cinq ans d'hygiène buccale irréprochable. J'ai observé ma prémolaire dans le miroir, j'ai vu la petite tache sombre à son collet, j'ai manqué de m'évanouir sur le carrelage de la salle de bains. Je me suis fait un bain de bouche à 7 heures, j'ai pris un comprimé de paracétamol à 8 heures, un comprimé d'ibuprofène à 9 heures, une gélule de morphine d'action rapide à 10 heures, un verre de porto à 11 heures.

À midi, j'avais la nausée, je me sentais complètement vaseux, et j'avais toujours aussi mal. C'est à ce moment-là que j'ai commencé à me dire que j'allais peut-être, dans un futur plus proche que lointain, devoir consulter un dentiste. Oui, un dentiste. L'un de ces horribles sadiques qui pervertissent le nom de gentils fruits rouges pour qualifier leurs engins de torture.

Je me suis creusé le cerveau. Il m'est revenu le vague souvenir d'avoir entendu Stéphane, l'un de mes confrères, parler d'une bonne dentiste il y a quelque temps. Son fils, qui avait mordu successivement le doigt et le petit miroir de ses deux praticiens précédents, était resté tranquille durant toute la séance avec cette professionnelle. J'avais répondu à Stéphane qu'une bonne dentiste, c'était comme une bonne mycose. Un oxymore.

Je lui ai envoyé un message, et quelques minutes plus tard, le nom de la perle huîtrière est arrivé sur mon écran. Yasmine Duclos. Une inconditionnelle du protoxyde d'azote, selon ses dires. J'ai prié pour qu'elle ait des réserves, plusieurs bonbonnes risquaient d'être nécessaires.

J'ignore comment j'ai réussi à composer le numéro de téléphone, je me souviens vaguement avoir entendu la secrétaire m'expliquer qu'il n'y avait plus de place avec le Dr Duclos, que je verrais l'une de ses associées, et vers 18 h 30, je me suis retrouvé au pied d'un immeuble haussmannien du 10e arrondissement, dans l'antichambre de la mort. La façade autour de l'interphone était tapissée de dizaines de plaques dorées, une véritable termitière dentistique. Je flottais dans un semi-brouillard lugubre. Je n'ai lu aucun des noms, j'ai poussé la porte, je suis monté comme un zombie dans l'ascenseur et j'ai pénétré en territoire ennemi. Le cabinet était vaste et blanc, baigné de lumière, de parfum de mandarine et de concertos pour violon. La secrétaire était déjà partie, je me suis avancé lentement sur la moquette immaculée jusqu'à la salle d'attente déserte. J'avais les mains moites et la vision floue.

— Bonjour, s'est exclamée la voix d'une jeune femme dans mon dos.

J'ai tressailli en me retournant.

— Je suis le docteur Yasmine Duclos. C'est finalement moi qui vais vous prendre en charge ce soir. Vous étiez inscrit sur le planning de mon associée, mais elle a dû partir plus tôt, elle avait mal à l'oreille.

J'ai bredouillé qu'il n'y avait pas de problème et je l'ai suivie jusqu'au cabinet de soins. Elle m'a fait asseoir sur son grand fauteuil et m'a posé un masque à gaz sur le nez. Elle a commencé à me décrire le déroulement de son intervention, à faire vrombir ses outils pour vérifier leur bon état de marche et, alors que j'hésitais entre lui mordre un doigt ou m'enfuir en courant, elle a tourné sans crier gare le robinet de la bonbonne de kalinox.

À compter de cet instant, je ne me souviens plus de grand-chose.

Je crois que j'étais dans une sorte de grand champ de fraises qui crissaient comme des cigales, il faisait chaud, une lumière irisée roulait en larges rubans sur le sol, j'étais une bulle dans une bulle au cœur de milliers de bulles au plafond. C'était un peu comme en parachute, sans le parachute, sans Karl ni menace d'infarctus. Juste un exquis flottement au creux d'un paisible ciel d'été.

Je crois que j'ai rigolé bêtement sous mon masque durant toute la séance, que j'ai eu l'air complètement crétin, ce qui n'est pas dramatique, étant donné que séduire une dentiste ne fait incontestablement pas partie de mes ambitions dans la vie. Je me suis dit en sortant de l'immeuble que depuis mon expérience parachutiste aux portes de l'enfer, j'avais fait beaucoup de progrès. J'ai commandé des sushis pour fêter ça, et je me suis endormi sur le canapé devant une série policière, en rêvant de mariage, de salsa et de chute libre.

Il est bientôt 18 heures, j'observe la petite résine luisante à la base de ma dent dans le rétroviseur central de la voiture. Mon téléphone bipe, prochaine visite dans le 10e arrondissement, une otite chez une adulte. La standardiste n'a pas pu noter le nom, la patiente a raccroché trop vite. J'espère que je ne vais pas devoir sonner à tous les interphones. Je me mets en route, la circulation est difficile ce soir. Un camion de livraison bloque la rue Martel, la file de voitures est interminable. Le livreur décharge ses cagettes sans se presser outre mesure. Il est 18 h 15 lorsque j'arrive enfin à destination. Je me gare, j'attrape la mallette sur le siège passager. Une otite chez une adulte, ce n'est pas trop compliqué pour finir la journée. Je ne devrais pas en avoir pour très longtemps.

Aurélia

Ce matin, je me suis réveillée avec une douleur de fission nucléaire dans l'oreille gauche. La guigne interplanétaire. Je me suis mis une goutte d'huile essentielle de tea tree dans le conduit auditif à 7 heures, j'ai pris une gélule de paracétamol-poudre d'opium à 8 heures, un comprimé de paracétamol codéiné à 9 heures, un comprimé de kétoprofène à 10 heures, un verre de whisky à 11 heures. Il est midi, j'ai des vertiges, envie de vomir, j'ai toujours aussi mal et je suis unilatéralement sourde comme un pot. Je commence à me dire que je vais peut-être, dans un futur plus proche que lointain, devoir consulter un médecin. Un médecin. Rien que d'y penser, je me sens au bord de la crise épileptique.

J'attrape mon portable, je cherche le numéro de SOS Médecins. Je n'ai pas de médecin traitant, et de toute façon, je ne me sens pas capable de faire trois pas au-dehors dans l'état où je suis. La standardiste est plutôt sympathique, elle parvient à comprendre mes borborygmes et m'explique qu'elle m'envoie le plus gentil de leurs praticiens, un monsieur doux et patient qui a l'habitude des cas difficiles.

Après avoir raccroché, je décide de regarder des séries médicales américaines pour me galvaniser un peu avant la visite. Je vais bien trouver un épisode relatant un cas d'otite ou de bouchon de cérumen, et je verrai que ce n'est pas grand-chose, qu'il n'y a pas de quoi en faire tout un plat.

À 19 heures, je suis dans un état de fermentation cérébrale avancée. Visiblement le Dr House et les urgentistes du *Cook County Hospital* de Chicago n'ont jamais entendu parler de tympan inflammatoire. Ils prennent en charge des blessés par balles, oui, des septicémies fulminantes, des pathologies dermatologiques fulgurantes qui vous couvrent le corps d'horribles bulles violettes en quelques minutes dans d'atroces souffrances, mais pas la moindre banale otite. Je suis complètement stressée après ces visions d'horreur. J'hésite à appeler Yasmine pour lui demander de m'apporter la bouteille de protoxyde d'azote, histoire de me relaxer un peu pendant l'examen oto-rhino-laryngologique, mais je me dis que ce serait sûrement trop de ridicule pour une seule et même semaine, après le cours de salsa, bien que le fait de séduire un médecin ne fasse indubitablement pas partie de mes projets existentiels.

On sonne à la porte et je sursaute. Je colle mon œil au judas, une jeune femme en doudoune beige se tient sur le seuil, une mallette à la main. J'avais cru comprendre que l'on m'envoyait un homme, mais j'ai dû mal entendre.

Je lui ouvre en tremblant ; l'ennemi pénètre sur mon territoire. Elle me serre la main avec beaucoup de douceur, la secrétaire l'a prévenue que j'étais très nerveuse. Je lui vends la mèche, j'avoue que cela fait vingt-cinq ans que je n'ai pas vu de médecin, depuis mon dernier rappel de vaccination anti-tétanos à l'âge de 17 ans et 11 mois. Je lui expose ma phobie avec force détails, elle m'écoute posément, assise sur un fauteuil, les deux mains sur les cuisses, sa mallette posée par terre. Elle ne semble pas trop pressée de me plaquer au sol pour m'enfoncer un abaisse-langue dans la gorge. Son attitude pacifiste me rassure un peu.

— Bien, bien, prononce-t-elle doucement. Ce que je peux vous proposer, c'est d'effectuer avec vous une petite séance d'hypnose. Je viens d'obtenir mon diplôme universitaire d'hypnose médicale dans le cadre de la prise en charge de la douleur et de l'anxiété.

La proposition me tente, j'ai récemment entendu parler d'hypnose au détour d'un congrès de chirurgie dentaire.

— Allons-y, lui dis-je. Quitte à mourir d'otoscopie de l'oreille, je préfère encore que ce soit à moitié hypnotisée plutôt que parfaitement consciente.

Elle secoue les coussins du canapé, me fait allonger sur le velours, un plaid sur les jambes. La séance commence par des exercices de respiration compliqués, inspirer en deux temps, expirer en quatre, inspirer par le diaphragme, souffler via les poumons, j'ai la tête qui tourne à force de ventiler, j'espère que je ne vais pas faire un malaise, je ne me sens pas du tout détendue.

La voix de mon hypnotiseuse se fait légère, caressante. Elle me décrit une plage, un lagon aux eaux bleu azur, le soleil qui filtre au travers des parasols de paille, et mon canapé se mue en sables mouvants, je m'enfonce peu à peu au creux d'une brume diaphane et satinée.

Je suis au beau milieu de l'océan, je suis un dauphin dans les vagues, je sens les embruns crépiter contre mon corps, je suis dans la houle sous la lune et dans le vent du grand large, dans le sillage des goélands et le ressac au pied des falaises.

La généraliste a glissé un stéthoscope sous ma chemise, elle m'a prévenue et je suis parfaitement d'accord. Je sens le contact du métal froid contre ma peau, les dauphins bondissent dans l'écume, tout va pour le mieux, je ne sais plus si c'est elle qui le dit ou bien moi qui le pense. Je ne songe qu'à me laisser bercer par le roulis des flots qui emplissent la pièce. Le brassard à tension se gonfle autour de mon bras. Je suis une bulle dans une bulle.

Lorsqu'elle me dit que je peux revenir doucement, la teinte de la mer s'obscurcit, vire du turquoise au bleu nuit puis s'estompe, les murs de mon appartement réémergent de la brume, indistinctement d'abord, puis plus nettement. Je respire profondément. L'expérience a été intense. C'était un peu comme au cours de salsa. Sans les jambières. Et sans la salsa. La praticienne est assise à la table de mon salon, elle rédige une ordonnance.

— Il n'y a pas de bouchon de cérumen, me dit-elle. C'est une belle otite moyenne aiguë. Je vous prescris des antibiotiques. Vous n'êtes pas allergique à la pénicilline ?

— Ah bon, vous avez regardé mon oreille ?

— Mais oui, sourit-elle. Au moment où vous suiviez un voilier au milieu d'un banc de dauphins.

Pour un peu, je l'embrasserais. Je me dis que, depuis que Sarah a restauré l'aura magnétique de mes pieds, j'ai fait beaucoup de progrès.

Avant de partir, elle me parle d'un stage de psychothérapie pour phobiques qu'elle recommande. Elle connaît le thérapeute qui l'anime, c'est un homme doux et dynamique ; il a de la bouteille, ses résultats sont probants. Elle fouille dans sa mallette et en sort un prospectus qu'elle me laisse sur la table, si jamais je souhaite aller plus loin. Je la remercie et je la raccompagne à la porte.

Lorsqu'elle est partie, je parcours le texte des yeux. Je me dis que pour moi, ce n'est peut-être plus complètement nécessaire, mais que pour le cas hautement pathologique de Grégoire, ce serait une bonne idée. Je plie le feuillet et je le range dans mon sac à main. Je me sens prête pour le mariage. Une petite danse et une proposition de stage pour phobiques, j'ai des atouts dans la balance.

Pour fêter ma survie miraculeuse à mon examen des oreilles, je décide de commander une pizza. Je m'endors sereine sur le canapé, en rêvant de noces, de salsa et de parachute.

Grégoire

Je bâille en entrant dans la petite cour pavée. J'ai fini plus tard que prévu, hier. Alors que je m'apprêtais à descendre de la voiture au pied de l'immeuble de ma dernière patiente, Céline, l'une des régulatrices, m'a appelé. Le programme avait changé. Un psychotique décompensait à trois rues de là, et les pompiers exigeaient la présence immédiate d'un médecin pour signer une demande d'hospitalisation sous contrainte. Ma consœur Inès terminait une intervention dans le secteur, Céline l'a envoyée à ma place pour l'otite, tandis que je partais négocier avec un schizophrène retranché dans une cuisine, un éplucheur à légumes dans chaque main.

Je frappe au carreau de la porte et un homme arrive en boitillant. Il m'ouvre en se tenant le bas du dos. Il souffre d'une lombosciatique depuis ce matin ; il est coutumier du trouble, mais la douleur est plus intense que jamais aujourd'hui. Je fais quelques pas dans l'entrée, et je m'immobilise en apercevant le contenu des étagères du salon. Il doit y avoir une dizaine de terrariums dans la pièce. Des grands, des petits, remplis de serpents, d'iguanes et autres reptiles à crête, une véritable collection.

— Ils sont beaux, hein ? s'exclame fièrement le monsieur. Ce sont nos petits bébés.

Il longe le mobilier en claudiquant, effleurant amoureusement chaque vitre du bout des doigts.

— Gilbert, notre python royal albinos, Moustique, notre couleuvre des bambous, Boulgana, notre petit iguane, Glaçon, notre boa empereur, Lapin, notre boa constrictor et Gilberte, notre caméléon casqué du Yémen.

Je hoche la tête, incapable de répondre quoi que ce soit. Je me demande pourquoi le boa constrictor s'appelle Lapin. Mon patient s'assied sur le canapé, attrape un petit terrarium sur la table basse.

— Et çaaaaa, me fait-il d'un ton de Monsieur Loyal annonçant l'attraction la plus fameuse de la soirée, c'est Mimi.

Il soulève le couvercle d'une main preste.

— Notre mygale !

Je distingue sur la paroi de verre une araignée poilue grosse comme un beignet.

— Ah oui, dis-je. Bien, c'est bien, très bien. Pourriez-vous refermer la boîte, s'il vous plaît ? Je n'ai rien contre nos amis les animaux, mais je serai plus à l'aise pour vous examiner si je suis convaincu qu'aucun d'entre eux ne va entreprendre l'ascension de mes mollets par la face nord au cours de la consultation.

— Ne vous inquiétez pas, me rassure-t-il, aucun d'entre eux ne s'est jamais échappé. Enfin, sauf une fois, dans la voiture. On avait eu un mal de chien à le rattraper.

Je préfère ne poser aucune question. Je sors mon stéthoscope, mon marteau à réflexes et je l'ausculte, tandis que la faune sauvage vaque à ses occupations. Gilbert arbore un relief proéminent sur le dos, il n'a pas dû mâcher sept fois son repas de midi. Gilberte vire lentement du turquoise à l'orange. Le petit Lapin est en train d'étouffer quelque chose, probablement un reste de nourriture. Je me demande ce qu'ils leur donnent à manger. Il vaut sans doute mieux ne pas savoir.

— Je vais vous faire une piqûre d'anti-inflammatoire, dis-je en sortant mes seringues et ma boîte de médicaments injectables.

Le geste effectué, je pose soigneusement la grande aiguille sur la table basse, à portée de main, au cas où Mimi soit prise d'une subite envie de fugue. Je pourrai toujours jouer les taxidermistes en l'épinglant sur le bois. Je remercie intérieurement la Providence d'avoir prévu au programme du jour une intramusculaire plutôt qu'un petit vaccin antigrippal.

— Autrefois, je n'aimais pas du tout les serpents, s'exclame soudain mon patient. J'en avais même très peur, figurez-vous.

— Ah bon ?

— Oui. Mais je suis tombé amoureux. De Pascale. L'amour, quoi. Elle avait trois pythons lorsque nous nous sommes rencontrés. Au début, je ne pouvais même pas entrer dans son appartement. Je vérifiais le contenu de son sac à main chaque fois qu'elle venait chez moi ; j'étais complètement siphonné, un véritable phobique.

— Et comment avez-vous fait, alors, pour surmonter votre appréhension ?

— J'ai entamé une thérapie cognitivo-comportementale avec un psychiatre. Ça a vraiment bien fonctionné. Je peux vous donner ses coordonnées, si ça vous intéresse. Pour vos patients. Les phobiques, ce sont les pires. Des gens qui passent à côté de leur vie, des cinglés prêts à faire n'importe quoi pour éviter de se confronter à l'objet de leurs craintes, des experts du contournement.

— Vous dramatisez un peu, dis-je.

— Oh non, je n'exagère pas. Enfin, j'imagine que vous devez savoir ce que c'est.

Il boitille jusqu'à son bureau, sort d'une pochette une brochure bariolée.

— Tenez. Ce sont des renseignements sur ce type de thérapie. Et la carte de visite du psychiatre.

J'attrape les papiers, je les range avec mes feuilles de soins. Pour moi, ce n'est peut-être plus tout à fait nécessaire, mais pour le cas gravissime d'Aurélia, ce pourrait être une piste à explorer. Enfin, encore faudrait-il qu'elle tombe amoureuse de moi.

En sortant de la cour, je me dis que je n'aurai pas à avoir de regrets, quoi qu'il arrive. J'ai fait tout ce qui était en mon pouvoir, avant le mariage. J'ignore comment je vais amener tout cela sur la table, mais entre mon nouveau statut de sportif de l'extrême et cette proposition de thérapie pour phobiques, cela fait quelques arguments susceptibles de faire bouger les lignes.

Aurélia

Nous sommes le 24 décembre. Le monde entier ouvre des huîtres, emballe des cadeaux et fait mousser du bolduc argenté, mais je suis pour ma part debout dans la salle des actes à la mairie du 11e, aux côtés d'Arnaud et Marie qui se regardent droit dans les pupilles comme si l'univers autour d'eux avait subitement fondu. Le maire ânonne son discours : les époux se doivent mutuellement respect, fidélité, secours et assistance. Il énumère ensuite toutes sortes de contraintes à propos de la maison et des enfants mais je n'entends pas grand-chose ; j'essaie de me remémorer les passes de salsa que Sarah m'a apprises, Dile ke Si, OuaOuanko, et la plus compliquée, Nchoufféla Doblé, un enchevêtrement de bras couplé à d'horribles rotations de jambes, que je n'ai réussi à effectuer qu'au terme des dernières minutes du cours.

— Joyeux Noël, vous pouvez embrasser la mariée ! déclare le maire, les yeux embués d'émotion.

Je leur tends le plateau des alliances, ils se passent la bague au doigt, nous les applaudissons.

Nous signons les registres ; la main de Grégoire effleure la mienne alors qu'il me passe le stylo-plume et je tressaille. Il est plus beau que jamais aujourd'hui, en costume gris clair et chemise blanche, une rose immaculée à la boutonnière.

Nous sortons de la mairie et nous traversons un parc. Le soir commence à tomber sur Paris, de fins nuages mauves s'étirent au-dessus des toits, une lumière rasante et dorée nimbe les branches des tilleuls. Arnaud a réservé une table dans un restaurant à proximité du Champ-de-Mars. Nous prenons un taxi et flânons dans les jardins du Trocadéro avant de traverser la Seine.

Le repas est délicieux : du foie gras, des langoustines, une omelette norvégienne à l'orange. Grégoire raconte ses souvenirs d'enfance avec Arnaud, les chats perchés dans la cour de récréation, les avions en papier qui volaient dans la classe de CM2, les cours de latin au collège.

Je me laisse bercer par le son de sa voix, ses mots me cernent et m'enveloppent. J'aimerais me lover contre lui, plonger mon regard dans le sien, glisser ma main sur sa poitrine, sentir les battements de son cœur sous ma main.

Après le dîner, nous montons au sommet de la tour Eiffel. Il fait un froid polaire au troisième étage, je réajuste mon écharpe en frissonnant. Le ciel est d'un noir bleuté et flou. Nous contemplons la ville qui bruisse dans le vent hivernal, les ruisseaux de lumière que les phares des voitures dessinent au long des rues. Grégoire est accoudé près de moi à la balustrade, minuit approche. Nous n'avons pas dansé la salsa. Je ne lui ai pas parlé de mes exploits avec Sarah, des prospectus sur le traitement des phobies que je transporte à son intention dans mon sac à main depuis le début de l'après-midi. Je ne lui ai pas dit combien il me plaît, combien j'aimerais le revoir, le connaître, l'écouter encore, ni comme je voudrais que son regard et ses gestes me deviennent familiers.

Il se tourne vers moi en souriant.

— C'était bien cette promenade du soir, les tilleuls, le vent, les bruits de la ville, non ? Ça me rappelle un poème d'Arthur Rimbaud que j'aime particulièrement, un poème d'été, même si nous sommes en hiver.

— Lequel ?

— Venez, c'est l'heure, les ascenseurs vont bientôt fermer, nous interrompt Arnaud en s'immisçant entre nous.

Il me pousse doucement dans le dos et nous redescendons tous les quatre au milieu des touristes et des esseulés de Noël. La foule s'est engouffrée dans la cabine et je suis loin de Grégoire, je ne le distingue plus. Marie s'agrippe à mon coude, elle ne se sent pas très bien, elle a bu trop de champagne.

Au pied de la tour, nos deux mariés nous embrassent, nous remercient d'avoir été leurs témoins, s'accordent sur cette soirée inoubliable, avant de nous quitter. Je reste seule avec Grégoire sur le parvis. Il me regarde, puis observe Arnaud et Marie s'éloigner. Il semble très soucieux, scrute ses chaussures et me regarde à nouveau. Je ne dis rien ; je suis incapable d'articuler le moindre son.

— Bon, fait-il abruptement. Il faut que j'y aille aussi. Au revoir, Aurélia, bon retour.

— Au revoir, dis-je en bredouillant.

J'aimerais crier, le supplier de ne pas s'en aller, que j'ai des choses à lui dire, mais les mots ne me viennent pas. Ma gorge reste nouée. Il tourne les talons, je le suis des yeux, il disparaît dans la nuit, dans le vent de décembre, sa silhouette s'estompe entre les arbres gris.

Grégoire

Je m'éveille au petit matin sur le canapé du salon, j'ai fini par m'y endormir en milieu de nuit, après m'être repassé en boucle le fiasco du réveillon nuptial.

Tout avait pourtant bien commencé : Arnaud n'avait pas oublié les alliances, la cérémonie à la mairie s'est bien passée, Aurélia était sublime dans sa robe de soie bleue. Durant le repas au restaurant, je n'ai pas cessé de l'observer à la dérobée, subjugué par ses yeux d'un vert piqueté de brun, la courbe douce de sa nuque, la lumière qui émane d'elle lorsqu'elle sourit. J'avais envie de parler avec elle jusqu'à l'aube, de la serrer dans mes bras, de glisser ma main sous ses vêtements, de caresser chaque parcelle de sa peau. Lorsque je l'ai vue frissonner alors que nous marchions dans les jardins du Trocadéro, j'ai voulu ôter mon manteau et le lui passer sur les épaules, poser ma main dans son dos, mais je n'ai pas osé m'approcher d'elle.

Le temps s'enfuyait, les minutes défilaient les unes après les autres, minuit approchait et je ne lui avais pas parlé de mes prouesses en parachute ni de la fiche d'inscription au stage de psychothérapie soigneusement pliée dans la poche de ma veste, je ne lui avais pas avoué combien elle me plaisait, combien j'aurais voulu la revoir, apprendre à la connaître, sentir la chaleur de son corps tout contre le mien…

Nous étions accoudés côte à côte à la balustrade, et je me suis dit que j'allais tenter le tout pour le tout, lui réciter ce poème de Rimbaud que j'aime tant et qui me trottait dans la tête depuis le crépuscule, une sorte de message subliminal, une déclaration déguisée. Et puis Arnaud s'est glissé entre nous, il a rompu le charme, il nous a ramenés sur Terre et dans les ascenseurs. Il m'a pris à part discrètement au cours de la descente. Marie ne se sentait pas bien ; ils allaient faire mine de rentrer mais souhaitaient que je les rejoigne le plus vite possible à la station de métro afin de l'examiner sommairement. Arnaud craignait qu'elle ne couve quelque chose.

Ils sont partis bras dessus, bras dessous et je suis resté comme un imbécile face à Aurélia, dansant d'un pied sur l'autre. Qu'aurais-je bien pu lui dire ? « Je suis médecin, je n'ai pas le temps de t'expliquer, je file ausculter Marie » ? Ou bien : « Je t'aime, mais excuse-moi, je dois rentrer immédiatement » ? Elle n'a pas prononcé un mot non plus, elle avait le regard flou, un peu froid, et j'ai soudainement réalisé que je n'aurais pas le courage d'affronter les conséquences de mes mensonges ni le ressentiment et le dégoût qu'elle ne manquerait pas d'éprouver à mon égard. Je suis parti comme un voleur, sans me retourner.

Je contemple mon reflet dans le miroir de la salle de bains. Je suis Grégoire, je suis médecin et j'ai le vertige, je ne suis pas parachutiste, je ne suis pas particulièrement musclé, et je n'ai plus envie de faire semblant d'être ce que je ne suis pas.

Je crois que je vais dire à Mme Le Floch, la prochaine fois que je la verrai, que je suis d'accord pour rencontrer sa petite-fille. J'ai été fou de penser qu'une femme aussi belle qu'Aurélia, attirée par les parachutistes et terrorisée par les médecins, de surcroît, pourrait une seule seconde s'intéresser à moi.

Je vais tâcher d'oublier toute cette histoire aussi vite que possible.

Aurélia

Lorsque Grégoire s'en est allé, je suis restée un long moment dans le froid, immobile sur un banc. J'ai regardé les touristes acheter des croissants et des pralines, j'ai levé les yeux vers la nuit claire et orangée, vers le ciel sans étoiles, j'ai pensé à ma vie, au temps qui se consume et ne revient jamais.

J'ai songé à demander à Arnaud le numéro de téléphone de son témoin, à l'appeler pour lui dire la vérité, et puis j'ai réalisé que je n'aurais pas le courage d'avouer mon imposture et de faire face à sa colère, à son angoisse, peut-être.

Je suis rentrée à pied. J'ai traversé Paris, seule au beau milieu des rues désertes. Arrivée chez moi je me suis laissée tomber sur le canapé et j'ai sombré dans un sommeil profond et désenchanté.

Il est 11 heures du matin. Je contemple mon reflet dans le miroir de la salle de bains. Je suis Aurélia, je suis dentiste et je ne sais pas danser, je ne suis pas brune, je suis incapable d'effectuer un simple Nchoufèla Doblé correctement, et je n'ai plus envie de faire semblant d'être ce que je ne suis pas.

Je vais faire en sorte d'oublier toute cette histoire, et puisque nous sommes le 25 décembre, je vais aller passer l'après-midi avec Yannick. Je lui dirai que je suis d'accord pour rencontrer ce fameux jeune homme sensible et délicat, le mystérieux voisin sujet à l'évanouissement. J'ai été folle de penser qu'un homme aussi beau que Grégoire, attiré par les danseuses et terrorisé par les dentistes, de surcroît, pourrait une seule seconde s'intéresser à moi.

J'essuie mes larmes et je décroche mon téléphone. J'appelle Yannick pour lui dire que j'arrive.

— Je fais un peu de rangement, je prends une douche et je viens ensuite. Je serai là vers 14 heures, d'accord ?

— C'est d'accord, ma chérie, je t'attends ; je vais te préparer un gâteau. Cela me fait toujours tellement plaisir de te voir. Tu es chaque jour plus belle, par la grâce de Dieu et de tous les anges du ciel.

Grégoire

Je vois beaucoup de patients chaque jour. Des enfants, de jeunes adultes, des personnes âgées. Je me souviens de certains visages, de certaines pathologies, de certaines anecdotes, de cafés allongés au bord d'une toile cirée, à la lisière de la nuit. Parfois la mémoire me fait défaut, les images m'échappent. Et parfois, je me souviens de chaque seconde, de chaque geste, de chaque parole.

Je n'ai pas oublié ma première visite chez Mme Le Floch.

D'abord, parce que je m'attendais à rencontrer un homme lorsque j'ai sonné à sa porte. Elle s'appelle Yannick. Elle est originaire de Quimper. Yannick est un prénom mixte en Bretagne, chose que j'ignorais. Et puis parce qu'elle souffrait d'un abcès dentaire depuis quelques jours, et que j'ai fait un malaise vagal et me suis étalé sur le carrelage de sa cuisine, après l'avoir examinée. Elle n'a pas paniqué, elle m'a aspergé le front à l'aide de son brumisateur pour orchidées et m'a déposé sur la langue un sucre trempé dans du rhum. Ce sont des choses qui rapprochent.

Peu à peu, au fil de mes visites, j'ai appris à la connaître et je me suis attaché à elle. Elle m'a parlé de ses enfants et petits-enfants, de ses lectures, de la mort de son mari, de l'angoisse de la solitude, des souffrances qu'elle endure sans jamais en dire un mot à son entourage, pour ne pas les inquiéter. Elle ne leur a pas parlé de sa myélodysplasie ; elle leur assure que tout va pour le mieux. Ils l'appellent Yannick-bon-pied-bon-œil ; elle aime les savoir tranquilles à son propos.

Elle a appelé le standard en tout début d'après-midi. Je crois qu'elle savait que je travaillais le 25 décembre, nous l'avions évoqué au cours de ma précédente visite. Je me demande ce qui lui arrive. Peut-être un début de grippe, ou une poussée d'arthrose. J'espère que ce n'est pas trop embêtant.

Je descends de la voiture. Des grappes de nuages denses et laiteux s'amassent dans le ciel pâle, le vent qui soufflait à l'aube est tombé, il fait un froid d'Arctique.

— Bonjour, Grégoire, me dit Mme Le Floch en ouvrant la porte. Entrez, donnez-moi votre manteau, je vais l'accrocher sur un cintre.

Elle referme la porte du placard, puis se campe devant moi au beau milieu du hall.

— À dire vrai, chuchote-t-elle, je ne suis pas vraiment malade aujourd'hui.

— Ah bon ? dis-je en chuchotant par mimétisme sans même m'en rendre compte. Pour quelle raison m'avez-vous fait venir, dans ce cas ?

Elle marque une pause, frotte la paume de ses mains l'une contre l'autre.

— C'est au sujet de ma petite-fille. Vous vous souvenez ? Je vous en ai parlé, elle travaille dans une agence de marketing.

— Oui, oui bien sûr, je m'en souviens. Que se passe-t-il ? Il y a un problème ? C'est elle qui est malade ?

— Oh non, rassurez-vous, elle se porte très bien. Elle est là, dans le salon, ajoute-t-elle sans cesser de chuchoter. Mais, pour être honnête, je ne vous ai pas dit toute la vérité à son sujet.

— Ah bon ?

— Oui. Elle ne travaille pas dans une agence de marketing, en réalité. Elle est dentiste.

— Dentiste ?

— Oui. J'ai omis de vous le dire, car je sais que vous avez la phobie des dentistes, depuis le jour où vous avez fait un malaise dans ma cuisine. C'était lors de votre première visite à mon chevet, j'imagine que vous n'avez pas oublié cet épisode. Une journée mémorable. Je vous avais administré un carré de sucre...

Elle continue de parler ; j'entends vaguement les termes « orchidées » et « imbibé de rhum » émerger du brouillard, mais je ne l'écoute plus vraiment.

Mme Le Floch a fait un petit pas de côté, et derrière elle, comme une apparition divine, comme un mirage scintillant dans le désert, se tient Aurélia, adossée au mur du couloir. Aurélia. Le témoin de Marie. La jeune femme magnifique auprès de laquelle j'ai passé la soirée d'hier. Elle m'observe bouche bée et semble avoir cessé de respirer.

Je bredouille après dix secondes de silence :

— Elle... elle... n'est pas... parachutiste ?

— Parachutiste ? Mais non, pas du tout, elle est dentiste, je vous l'ai dit. Vous confondez avec Manuel et Damien, ses ex-compagnons. Elle ne veut plus entendre parler de parachutisme, d'ailleurs, elle...

— Tu n'es pas professeur de salsa ? la coupe Aurélia.

— Professeur de salsa ? reprend Yannick avec emphase. Mais non, voyons, Grégoire est médecin généraliste ! Tu confonds avec Cristina, sa compagne précédente. La salsa l'écœure depuis leur rupture, d'ailleurs. Mais comment savez-vous tout cela, au fait ? Vous vous connaissez déjà, tous les deux ?

— Je crois que nous nous connaissons, en effet, dis-je. Mais il y a des choses que je nous ne nous sommes pas dites...

Je dépose ma mallette sur le sol, je me passe la main dans les cheveux en prenant mon souffle.

— Par exemple, que je suis désolé de t'avoir dissimulé la vérité.

Puis j'ajoute en murmurant :

— Et surtout, que je suis tombé amoureux de toi...

— Bon, eh bien, je vous laisse, je n'ai pas terminé la vaisselle ! s'exclame Yannick, qui semble soudain complètement dépassée par la tournure des événements.

Aurélia s'est avancée vers moi ; je pourrais presque la toucher si je tendais la main.

Je l'interroge, anxieux :

— Tu n'as pas peur de moi ?

— On dirait bien que non.

Un ange passe entre nous.

— Grégoire ?

— Oui ?

— De quel poème t'apprêtais-tu à me parler hier, au sommet de la tour Eiffel ?

— D'une poésie de Rimbaud intitulée *Roman*. Tu sais, celle qui commence par « On n'est pas sérieux quand on a dix-sept ans ».

Elle fait un pas vers moi, son visage est tout proche du mien.

— J'aimerais beaucoup l'entendre.

— D'accord, dis-je, si tu veux.

Et je la lui récite :

On n'est pas sérieux quand on a trente-trois ans.
— Un beau soir, foin des bocks et de la limonade,
Des cafés tapageurs aux lustres éclatants !
— On va sous les tilleuls verts de la promenade.

Les tilleuls sentent bon dans les bons soirs de juin !
L'air est parfois si doux, qu'on ferme la paupière ;
Le vent chargé de bruits, – la ville n'est pas loin, –
A des parfums de vigne et des parfums de bière...

Ses lèvres sont posées sur les miennes. Au-dehors la neige s'est mise à tomber, des milliers de flocons dansent aux carreaux des fenêtres, sous les nuages denses et laiteux qui emplissent le ciel pâle.

J'ai fermé les yeux, et j'en oublie l'hiver.
J'en oublie le vent froid,
les toits devenus blancs,
les contours qui s'estompent,
le givre sur les bancs.
La ville me paraît loin.
Je ne sens que mon cœur,
l'été qui sourd en moi,
comme juin aux fenêtres,
comme un parfum de fleur,
de rose ou de lilas,
de tilleuls peut-être,
je n'entends que ces mots,
ces beaux alexandrins :

« Les tilleuls sentent si bon dans les bons soirs de juin ! »

Caro Manaël

J'peux pas, j'ai sangria

Bordeaux, par une belle journée du mois de mai.

« Bonjour, il est 6 h 30, l'heure de vous lever. » Cette phrase robotisée, accompagnée de chants d'oiseaux n'ayant jamais mis une aile en forêt, annonce le début d'un combat dont je connais déjà l'issue : après avoir insulté mon téléphone, appuyé cinq fois sur la touche « répéter » en maugréant, je vais me lever en retard et être, comme d'habitude, à la bourre. On sait envoyer toute une ménagerie dans l'espace, mais nous ne sommes même pas fichus de trouver un réveil qui fonctionne pour l'espèce de paresseux humanoïdes dont je fais partie.

Après un saut rapide dans la douche, je prends quand même le temps de choisir soigneusement le tee-shirt qui accompagnera mon éternel jean aujourd'hui. « Born to râler », voilà un slogan porteur de sens, qui sera soit incompris par les puristes de la langue de Molière, soit révélateur de ma rébellion intérieure. Pas vraiment envie de parler aujourd'hui, j'espère que le message fera fuir les étudiants de la faculté qui oseront franchir la porte de mon bureau.

Sans caféine, j'en viens à oublier de me présenter : Clara, 27 ans, en pleine finalisation de thèse à la faculté de psychologie où je suis assistante. Atteinte du syndrome de Peter Pan, j'ai enchaîné les études pour retarder le grand saut dans le monde du travail et préfère de loin traîner dans les couloirs de l'université en jean-baskets que courir en talons hauts après le RER bondé sentant la moufette à 8 heures du matin, n'en déplaise à ces charmants méphitidés. Je tiens autant à mes livres qu'à mes habitudes, dont celle de la sangria-tchatche du vendredi soir avec mes amies. En ce qui concerne les hommes, ma vie sentimentale est aussi vide que le pot de glace au chocolat, englouti hier soir en un temps record devant une série. Oui et je chante du Céline Dion aussi, seule, enroulée dans ma couette, au grand désespoir de mon vieux voisin de palier. Pas de chance, il n'est ni sourd, ni très mélomane, visiblement. Je me suis donc fait à l'idée de finir seule avec quatre-vingts chats, un plaid et un mainate, à qui j'apprendrai justement toutes les chansons de Céline, histoire qu'il prenne le relais quand je ne serai pas à la maison. Apparemment, les hommes s'intéressent à certaines zones de mon anatomie assez éloignées de mes circonvolutions cérébrales. Je prends ce qu'ils m'offrent, plus ou moins bien d'ailleurs, et garde mes sentiments pour moi, bien au chaud.

Me voilà maintenant vraiment en retard ! Hop les baskets, les biscuits au chocolat en guise de petit déjeuner, le café en mug et en avant pour une marche de dix minutes pour rejoindre l'université et retrouver Sarah, ma meilleure amie, thésarde comme moi, pour notre rituel de bavardage matinal, aussi indispensable que la caféine.

— Alors, ma chérie, qu'as-tu fait de beau hier soir ?

Sarah, qui me pose tous les jours cette question, connaît pourtant la réponse :

— J'ai dîné devant la télé en regardant un film, puis j'ai lu un bon livre sous ma couette.

Sarah est mon opposée : grande, blonde, belle, toujours apprêtée, alors que je suis brune, petite et quelconque, ni belle ni moche, un crayon mâchouillé fixant mes longs cheveux bruns en un vague chignon. Sarah et moi avons le même âge. Elle est mariée, maman d'un petit garçon de 3 ans et gère sa famille, sa thèse et sa vie bien remplie d'une main ferme (elle a du caractère !) dans un gant de velours très doux qui fait que tout glisse. Une fille en or, qui ne comprend pas que ma vie pépère me plaise, elle qui court partout, un doudou dans une main et une analyse statistique dans l'autre.

La journée se passe, entre travaux pratiques donnés aux étudiants et diverses recherches pour étayer ma thèse, qui stagne un peu alors que je suis supposée la rendre et la soutenir en septembre. Au lieu de donner le coup de collier final pour atteindre enfin la ligne d'arrivée après quatre ans de travail acharné, je freine des quatre fers car, dès la thèse terminée, mon boulot d'assistante à l'université prendra fin.

Contente de retrouver mon petit studio de trente mètres carrés : ce n'est pas bien grand, mais c'est chez moi. Passage par la boîte aux lettres ; cela m'amuse toujours de m'imaginer un jour recevoir une lettre d'amour enflammée à la place du deuxième rappel de la facture d'électricité. J'ouvre le courrier de manière automatique, en me demandant ce que j'ai encore oublié de payer lorsque les lignes commencent à danser sous mes yeux :

Chère mademoiselle Bernier, nous sommes heureux de vous annoncer que votre candidature a été retenue pour le stage de six mois en Martinique en tant que travailleur social. Vous trouverez ci-joint les modalités de votre venue. Veuillez réserver vos billets d'avion et nous faire parvenir la preuve de paiement, vous serez ainsi remboursée dans les plus brefs délais. Au plaisir de vous accueillir prochainement.

L'équipe de « Soins Solidaires.

La loterie. Le Graal. Le cadeau valant toutes les glaces au chocolat du monde, les kilos superflus en moins. Le choc de ma vie. La déception de ma vie aussi. Je ne m'appelle pas Bernier, le courrier s'adresse à l'ancienne locataire du studio, qui a visiblement oublié de prévenir Soins Solidaires de son changement de domicile. Moi qui rends les portefeuilles perdus avec l'argent qu'ils contiennent, me voilà dans le couloir de mon immeuble à me demander quoi faire. Comment joindre cette Mlle Bernier ? J'ai emménagé il y a six mois et je ne la connais pas. Je suppose que la concierge pourrait m'aider. D'un autre côté, le moi à cornes et à queue fourchue me tient par l'épaule et me conjure de d'abord me renseigner sur ce stage en Martinique, visiblement tous frais payés, avant de chercher la destinataire de la missive, et de voir les cocotiers s'envoler avec les alizés. Stop. J'essaie de calmer ces images qui sentent le monoï et monte dans mon studio réfléchir. Un petit dossier joint à la lettre indique le lieu du stage, présente l'équipe et explique la mission à remplir. Il s'agit de travailler dans un dispensaire médical récemment ouvert dans un quartier défavorisé de Fort-de-France, pour y donner les premiers soins aux familles. L'équipe se compose d'un coordinateur, de deux médecins, d'un dentiste, d'une infirmière, d'une sage-femme, d'un logisticien et d'une aide sociale, chargée d'accueillir les familles, de les inscrire et d'effectuer les démarches administratives nécessaires pour les remboursements de soins ou de demande d'assistance sociale. Le courrier concerne ce dernier poste. J'ignore ce que fait cette demoiselle Bernier dans la vie pour avoir envoyé sa candidature. L'emploi est bénévole mais nourri logé, et tous les frais de transport sont payés. Un formulaire récapitulant les démarches à effectuer avant le départ est joint à la lettre, ainsi que les dates du stage, qui commence le 1er septembre… Septembre, justement le mois de soutenance de ma thèse.

Si certains utilisent le « coup de fil à un ami », moi mon premier réflexe est d'appeler ma maman, qui est aussi mon amie, ma confidente, mon repère. Après m'avoir longuement questionnée sur les détails du courrier, elle me donne son avis :

— Que risques-tu à essayer ? Seule la preuve de paiement est à envoyer, pas le billet qui est nominatif. Cela te ferait du bien de quitter ton quotidien trop bien réglé, il serait peut-être temps de profiter de la vie, tu sais à quel point elle est imprévisible.

En effet… Un accident de la route nous a arraché mon père et mon grand frère il y a dix ans. Nous les avons quittés le matin de manière insouciante et ne les avons plus jamais revus. J'ai dû apprendre à vivre avec ce vide immense que rien ne parvient à combler. Oui, la vie est imprévisible. Ma routine me donne l'impression rassurante de la dompter, ce qui, je le sais, est totalement faux.

Il me faut un verre, voire même deux. Réunion d'urgence au café du coin, et tant pis si nous sommes mardi et non vendredi, question de priorité. Un message groupé et voilà toutes mes copines qui débarquent, se demandant ce qu'il peut bien se tramer pour que je les réquisitionne en dernière minute. Sarah, Alice, Julie et Yasmine arrivent l'une après l'autre ; je refuse de dévoiler la raison de rendez-vous tant qu'elles ne sont pas toutes présentes. Les idées fusent, plus déjantées les unes que les autres :

— Tu es enceinte ?

— Tu as une maladie incurable ?

— Tu quittes la fac pour suivre un prince richissime en Arabie saoudite ?

Ah, mes copines d'université, que ferais-je sans elles ? Amies depuis près de dix ans, nous avons connu ensemble toutes les joies et misères des études : les sorties, les beuveries, les histoires sans lendemain, mais aussi les examens, le stress et les pleurs qui vont avec. Installées devant notre sempiternelle sangria – on ne change pas une équipe qui gagne – je déballe toute l'histoire et montre le dossier reçu par erreur. Les cris de surprise laissent place aux exclamations de joie : elles sont excitées comme des puces. Seule Julie, la plus posée du groupe, reste mitigée.

— C'est de l'usurpation d'identité. Quand ils vont finir par se rendre compte que tu n'es pas cette Mlle Bernier, que comptes-tu leur dire ? De plus, tu n'as aucune expérience professionnelle, et encore moins dans le social, petit rat de bibliothèque.

Même s'ils sont justes, ces mots me piquent au vif. Ces propos résument parfaitement ce que tous pensent de moi. Clara, la geekette en jean et tee-shirt à slogans, la première de la classe enfermée dans son imaginaire littéraire, qui a vécu dans la maison maternelle jusqu'à 26 ans et demi, qui ne connaît rien à la vie et ne prendrait surtout aucun risque. C'est tellement vrai. Pitoyable.

Bordeaux,
trois mois et demi plus tard.

« Bonjour, il est 6 h 30, l'heure de vous lever. » L'injonction est accompagnée aujourd'hui de bruit de ressac n'ayant jamais vu la mer, même en photo. Le combat n'a pas lieu, cette fois, et vainqueur par forfait, mon téléphone ne s'en remet pas : je suis debout avant même que le son ne s'arrête. Je n'ai pas fermé l'œil de la nuit, partagée entre excitation et effroi.

J'ai troqué aujourd'hui mon tee-shirt fétiche « J'peux pas, j'ai sangria » offert par les filles pour mon anniversaire contre une chemise légère sans slogan et une jupe. Il s'agit de faire bonne impression et au vu de mon état de stress, ce n'est pas gagné.

Quatre ans de travail prennent fin ce jour, après cinq ans d'études, soit près de neuf ans passés dans les livres, les amphithéâtres, les bibliothèques. Une page se tourne, celle de ma thèse. J'ai échangé le lourd syllabus relié contre deux tickets nettement plus légers, l'un à destination de Paris-Orly, l'autre pour Fort-de-France.

Oui, oui, le rat de bibliothèque va se transformer en fille de l'air, en vahiné à la fleur de tiaré accrochée à l'oreille, ondulant des hanches sur la plage de sable fin. Enfin, ce sera la nouvelle moi, j'en suis persuadée... Existe-t-il des paréos à slogan ? Il n'est pas question de tout abandonner quand même. Vais-je trouver aussi ma marque préférée de glace au chocolat, *ma drogue, ma dope, ma coke, mon crack, mon amphétamine,* comme dirait Claude[1] ?

Il m'a fallu réfléchir. Chercher le prénom de Mlle Bernier, puisque je prenais son identité, en tout cas le temps de la préparation et du voyage. Les informations n'ont pas été très difficiles à trouver. À l'ère de la connectivité et de l'étalage sur les réseaux sociaux, dénicher Candice Bernier fut un jeu d'enfant.

Ce stage était organisé dans le cadre de ses études d'assistante sociale. Elle avait l'air ravie à l'idée de partir, ce qui m'a mis un sacré coup au moral. Je me suis trouvée absolument horrible de prendre sa place. Mais ce voyage est une opportunité incroyable, une chance qui ne se présente qu'une fois dans la vie. Ne pas la saisir signifiait le regretter à chaque minute qui passe. J'ai appelé l'association et prétexté la perte de mon téléphone pour leur donner un nouveau numéro, puis j'ai envoyé la preuve de paiement du billet. Heureusement pour moi, toutes les démarches scolaires avaient déjà été faites par Candice. Je pense pouvoir assurer le boulot : accueillir les gens, les orienter et effectuer des démarches administratives devrait être dans mes cordes, en tant que psychologue diplômée. J'ai pris un congé sabbatique. Mon directeur de thèse a failli en avaler sa cravate de surprise, il pensait que je faisais une bouffée délirante. Je ne fais que reporter l'échéance, il s'agit d'une parenthèse de six mois ; quand je serai de retour, je prendrai quelques semaines pour me replonger dans mon quotidien, puis terminerai enfin ma thèse, et chercherai un poste de professeur au sein de la faculté.

En route pour l'aéroport, vient le moment difficile des adieux à maman, aux copines et à Adrien. Parce

1. MC Solaar, « Caroline ».

que oui, la loi de Murphy existe aussi dans le contexte amoureux. Il a suffi que je décide de partir pour rencontrer l'homme de ma vie lors du bal organisé par la fac en fin d'année scolaire. Assistant à la faculté vétérinaire, il a suivi des potes au bal de psycho, et s'ennuyant à mourir, a décidé de parler à la fille près de la fenêtre, le regard perdu dans le vide, absorbée dans ses pensées. Vous l'aurez compris, cette fille, c'était moi, entortillée dans une robe de soirée tel un saucisson dans son filet, aussi à l'aise qu'un poisson hors de l'eau. Nous ne nous sommes plus quittés. Pour la première fois de mon existence je pense être amoureuse d'un homme. Il ne le sait pas encore. Je ne suis pas une experte en déballage de sentiments, je préfère attendre encore un peu. Je lui ai expliqué assez rapidement mon projet de voyage, faisant l'impasse sur le côté usurpateur, prétextant un stage dans le cadre de ma thèse. L'avantage d'un doctorat en psychologie est que personne ne comprend ce que vous faites. Quand j'ai essayé d'inventer un lien entre le sujet de mon travail et ce stage, il m'a facilité la tâche en me recommandant de sauter sur cette opportunité et qu'il profiterait des vacances de Noël pour me rejoindre là-bas. Cela me fait très plaisir et me conforte dans l'idée que notre relation est sérieuse et qu'enfin un homme tient à moi pour ce que je suis.

Les adieux ont duré longtemps, entre câlins, embrassades, promesses et dernières recommandations :

— Sarah, tu n'oublies pas d'arroser mon ficus, hein ?

Je pars sans me retourner, pour ne pas changer d'avis à la dernière seconde et assumer jusqu'au bout ce sacré brin de folie.

Fort-de-France, un jour plus tard.

Je pose mon premier pied sur le sol martiniquais, et bien vite le second, un peu chancelant, alcool oblige. Le vol Paris-Orly – Fort-de-France-Aimé-Césaire fut long et compliqué. La peur de l'avion doit y être pour quelque chose. Afin de la braver, j'ai décidé de boire du vin avec le repas, pour décompresser. Mais vin et avion ne font visiblement pas bon ménage : je me suis endormie d'un sommeil agité, peuplé de rêves aux scénarios les plus angoissants. Et s'ils s'étaient rendu compte de la supercherie et que la police m'attendait à la descente de l'avion ? Et si je terminais en prison loin de ma mère et de mes amis ? Et s'ils me confisquaient mes papiers et que je ne puisse plus rentrer à Bordeaux ? Et si, et si... ?

Me voilà sur le tarmac de l'aéroport. L'air est chaud et humide sans être lourd, moins qu'un été en pleine ville en tout cas. Mon chemisier est froissé, mes cheveux humides et frisottants, j'ai une tête à faire peur et je dois empester le vin à trois kilomètres ; les présentations s'annoncent sympathiques. D'après les dernières instructions que j'ai reçues, un certain Alex doit venir me chercher à l'aéroport et m'emmener au quartier de l'association pour me présenter à l'équipe, avant de me déposer à mon petit studio. Alex est le coordinateur de l'équipe en place, composée de six personnes. Tous sont arrivés de métropole deux semaines auparavant, pour pouvoir prendre connaissance des locaux et installer le matériel venu de Paris. N'ayant pas de formation médicale il a été convenu que je les rejoindrais dès le poste installé et le dispensaire prêt à être ouvert. Avant de partir, je suis allée sur le site de l'association mais je n'ai pas trouvé de photos d'un Alex. Contrairement à Candice, il doit protéger son identité, sa part de mystère, ce qui laisse libre cours à mon imagination : est-il jeune, vieux, beau et grand ou moche et tout rabougri ? Je vais le savoir très vite car j'arrive au point de rencontre.

Je commence sérieusement à perdre patience. Je tourne, regarde, scrute les pancartes tel un Sioux mais n'en trouve aucune à mon nom. Sont présents des Martiniquais venus chercher famille ou amis, et un quadra à l'allure de surfeur californien qui s'est trompé de spot pour prendre la vague. J'en ai marre de tourner en rond, je m'assieds sur ma valise et commence à râler, activité que je maîtrise pleinement et qui me rassure dans cet environnement totalement étranger. Ken le surfeur proche de la retraite s'approche de moi. Je m'apprête à l'envoyer balader vertement quand il me demande avec un accent anglais si je suis bien Candice Bernier. Le cerveau encore embrumé, je me prépare à lui répondre par la négative quand mon plafonnier intérieur s'allume. Candice Bernier, c'est moi ! J'ai failli me griller en une seconde, cela commence bien ! Il me scrute un petit moment, me donne l'impression de se mordre la joue pour ne pas rire, reprend contenance et me tend la main. Toute ma confiance vole en éclats. Il me prend pour une gamine boudeuse et mal attifée qui ne sait même pas son prénom, ou alors imagine que je suis éblouie par son sourire Ultra Brite. S'il savait… Une chose est sûre, quand le dispensaire sera ouvert, il faudra que je dise la vérité, je ne tiendrai pas la supercherie longtemps, et comme ils auront besoin de moi ils ne me jetteront pas dans le premier coucou direction la casa… Enfin, je l'espère.

Le trajet en voiture est court, et la découverte m'exempte de devoir faire la conversation à Alex-Ken. Je passe par tous les sentiments durant le chemin : de la joie de tourner mon visage vers le soleil et l'exaltation de voir autant de palmiers, à la déconvenue, voire même à la déception pure et simple. Je m'étais forcée à ne pas faire de recherches sur Internet au sujet de la Martinique ; savoir que l'île se situe dans les Caraïbes, qu'elle est bordée de plages de sable blanc et avoir les indications pour faire fuir le moindre moustique autochtone me suffisaient. Je n'avais pas voulu, pour une fois, tout planifier, connaître, organiser à l'avance. Quitte à vivre l'aventure, autant la vivre à fond. J'étais une Robinson Crusoé des Temps modernes. Je n'avais cependant pas imaginé que Fort-de-France est une vraie ville, colorée, mais chargée.

Après avoir quitté la route aux allures de périphérique parisien, nous rejoignons le quartier de Trénelle Citron qui, à première vue, n'a de sympa que le nom. Le quartier est composé d'un amoncellement de bâtiments à l'allure délabrée construits sur un versant du morne Garnier ; on se croirait dans un bidonville à l'allure de banlieue mal famée. Là, je n'ai qu'une envie, reprendre mes baskets, mes tee-shirts et retrouver Adrien et ma vie d'avant… Mais qu'est-ce qu'il m'a pris ? Décidément, tenter l'aventure n'est vraiment pas donné à tout le monde ; casanière je suis, casanière je resterai. Je vais me dépêcher de dire la vérité et avec un peu de chance ils me mettront dans le premier avion en partance.

Nous voilà arrivés devant un petit immeuble que je suppose être notre quartier général. J'essaie de me composer un visage impassible à défaut d'être sympathique.

L'impression que l'on se fait sur les gens dépend des premières secondes ; je n'ai pas envie de passer pour une pimbêche coincée le peu de temps que je vais rester ici.

Toute l'équipe s'occupe des derniers préparatifs avant l'ouverture du dispensaire. On dirait un ballet aérien d'abeilles dans lequel chacun virevolte sachant ce qu'il doit faire sans pour autant télescoper ses congénères. Le lieu est particulier : les équipements médicaux en bon état créent un sacré contraste dans cet environnement vétuste et limite délabré. À peine ai-je franchi le seuil, tous s'arrêtent et se tournent vers moi, curieux visiblement de découvrir la dernière recrue. Moi qui déteste être le centre de l'attention, c'est réussi... Et ça dure, un temps qui me paraît infini, avant qu'un homme d'une trentaine d'années plutôt beau gosse s'avance vers moi en me tendant la main.

— Salut, Candice, bienvenue parmi nous ! Je m'appelle Diego, je suis l'homme à tout faire de la bande. Ça va, tu as fait bon voyage ? Tu viens d'où ? De Paris ? Moi je viens de Biarritz, tu connais ? Tu...

— Diego, laisse la demoiselle atterrir, intervient Alex, tu auras six mois pour faire sa connaissance, intervient Alex en fronçant les sourcils. Place aux autres : Candice, je te présente Rose, notre infirmière, Agathe notre sage-femme, André notre dentiste, Mireille et Louis nos deux médecins.

Tous me disent gentiment bonjour, sans plus. Diego a l'air le plus avenant et le plus dégourdi, je tâcherai de m'en souvenir. Alex m'emmène à l'étage déposer mes affaires. Nous logeons tous dans un appartement situé au-dessus du dispensaire : chacun a sa chambre ; la salle de bains, les toilettes et la cuisine sont communes. J'ai l'impression d'être dans un logement étudiant ; réussi comme dépaysement ! Le point positif par contre est que j'ai vue sur la mer de ma chambre, je suis donc dans un campement étudiant mais exotique, c'est déjà ça.

J'ai juste envie de prendre une bonne douche et d'envoyer un message à maman, à Adrien et aux filles pour les prévenir que je suis bien arrivée. Alex me devance en me disant :

— Je te laisse t'installer. Si tu veux te rafraîchir, sache que la douche est limitée à cinq minutes par personne, puisque nous sommes sept à la partager. Rendez-vous dans un quart d'heure en bas. Je te ferai visiter les locaux et te montrerai ton futur espace de travail.

Le ton est donné. Diego est donc l'étudiant populaire, Alex le surveillant autoritaire, bienvenue en Martinique !

Après l'envoi de messages et une rapide douche (règlement oblige), je choisis de mettre mon tee-shirt préféré, histoire de me redonner un peu de courage.

— Porter un tee-shirt « J'peux pas, j'ai sangria » au pays du ti-punch, tu sais comment te faire accepter, me lance Alex d'un ton ironique. Finalement, j'ai encore beaucoup à faire, je te laisse avec Diego.

— Tracasse, dit Diego, chien qui aboie ne mord pas, il est juste un peu bourru ! Viens avec moi, je te fais visiter, dit-il en riant.

Diego me montre les lieux et m'apprend que le dispensaire ouvre dans deux jours, ce qui me laisse peu de temps pour soit m'acclimater, soit dire la vérité et m'enfuir aussitôt fait. Il profite de la visite pour me raconter son histoire : âgé de 30 ans, il vit à Biarritz où il est né. Il a rejoint l'association il y a un an et demi par l'intermédiaire de Rose, l'infirmière : elle travaille à l'hôpital où il est brancardier et ils sont tous deux amis depuis quelques années. Elle lui a parlé de son projet de faire de l'humanitaire pour des périodes de quelques mois, ce qui lui permettrait de couper son quotidien d'infirmière hospitalière. Ils ont finalement été engagés dans l'association où ils entament leur deuxième mission. Celle-ci terminée, ils reprendront tous deux leur travail respectif à l'hôpital.

Il profite qu'Alex ne soit pas là pour me demander d'où je viens, et ce qui m'a décidée à réaliser un stage auprès d'eux, loin de mes amis et de ma famille. Sans même réfléchir je lui parle de mes soi-disant études d'assistante sociale, de mon envie de vivre une expérience particulière. Je m'invente une existence en même temps que je lui parle, et le comble est que cela me vient naturellement. J'y mêle des éléments de ma propre histoire à d'autres inventés mais auxquels je finis par croire. J'en conclus que je deviens schizophrène, ou souffre d'un dédoublement de personnalité, il faudrait peut-être que je passe une série de tests de retour à Bordeaux !

Petit à petit, je m'englue dans le mensonge et m'invente une vie qui est certes intéressante mais qui n'est pas la mienne. Il me reste peu de temps pour me décider de la conduite à tenir ; bientôt je ne pourrai plus faire machine arrière.

Nous rejoignons le reste de l'équipe occupée à préparer ensemble le repas du soir, l'occasion pour moi d'en apprendre davantage sur chacun d'eux : Mireille et Louis par exemple, en couple et fraîchement retraités, font partie de l'association depuis sa création il y a plus de quinze ans. Ils ont effectué quelques missions lors de leur vie professionnelle et profitent maintenant de leur temps libre pour être au service des autres. J'en suis perplexe et admirative : après une vie à soigner les gens, les voilà encore occupés à faire du bénévolat au lieu de profiter de sorties de retraités en car, ou de croisières « spécial senior ». Décidément, j'ai encore beaucoup à découvrir !

Agathe, quant à elle, m'explique son parcours de sage-femme et son désir d'aider les femmes de tous pays à mettre au monde leurs bébés maintenant que les siens sont grands et ont quitté le nid. André, lui, me raconte des anecdotes peu ragoûtantes de molaires et autres canines avec un sourire ravi. Parfait, lui, en revanche.

Seul Alex ne parle pas beaucoup, mais m'observe à la dérobée, jusqu'à ce qu'il pose la question fatidique :

— Et toi, Candice ? Pourquoi faire un stage auprès de nous plutôt qu'à Bordeaux ?

Je me lance alors dans la même explication donnée à Diego : le choix tardif de mes études d'assistante sociale après pas mal d'errance, mon envie de rendre service tout en vivant une aventure loin de ma routine rassurante. J'explique, je m'emballe, je m'approprie cette vie inventée à la minute et décide au même moment de m'inscrire dans une ligue d'impro dès mon retour à Bordeaux étant donné mes grands talents découverts sur le tard. Je m'arrête au beau milieu de mon récit-fiction, réalisant soudain que je me suis enlisée seule dans mon propre marécage en ne leur disant pas la vérité ; il ne m'est plus possible de faire machine arrière maintenant ; je suis à présent un mélange de Candice-Clara, une Lara Croft au grand cœur mais à la petite poitrine, et sans revolvers, hélas (pour la petite poitrine). Je viens inconsciemment de signer le contrat de six mois qui me lie à l'association, à Trénelle Citron et à ses habitants. *Alea jacta est*. Voyons le positif : je vais pouvoir m'entraîner à fond pour la ligue d'impro, je serai imbattable.

Épuisée par tant d'émotions et de vin, je me retire dans ma chambre, impatiente de voir si j'ai reçu des nouvelles de France. Je n'avais pas pris mon portable pour ne pas paraître impolie. Je trouve plusieurs messages de recommandation de maman (être mère est un contrat à vie ; continuer à vouloir protéger ses enfants tout en sachant pertinemment qu'ils s'en fichent comme de leur première tétine fait partie des petites lignes écrites en dessous), des messages des filles me demandant comment sont les Martiniquais, et un d'Adrien :

`Profite bien, bébé.`

Ah. Il s'est foulé, je vois. Avec six heures de décalage horaire il est déjà 4 heures du matin en France, pas vraiment le moment d'épiloguer puisqu'il dort sûrement. Je m'écroule sur le lit et m'endors avant même d'avoir fermé les yeux.

BOUM BOUM BOUM

— Debout, Candice, il est 7 heures, tout le monde est déjà sur le pont sauf toi !

Cette voix à l'accent britannique m'énerve singulièrement plus que ne le ferait une crécelle de lépreux. Il n'arrive décidément pas à me saquer, le Ken, il commence vraiment à me courir sur le haricot ! J'ai l'impression d'être là non pas pour rendre service mais pour suivre une formation de survie dans un camp en Guyane, les araignées en moins... Enfin, j'espère ! Zut, je ne me suis pas encore posé la question... Ils ont quelle taille, les arachnides martiniquais ? J'ouvre la porte vivement, l'air le moins avenant possible, m'attendant à voir Alex-Ken en tenue d'Indiana Jones, une machette à la main. Je le trouve en tenue classique mais avec un air ennuyé encore inconnu.

— J'apprécie ton lever rapide, mais j'apprécierais encore plus que tu sois décemment habillée pour ouvrir la porte. On t'attend en bas, conclut-il en tournant les talons.

Oh... Je suis juste en chemisette-culotte Petit Bateau, les cheveux en bataille, le mascara coulé sur les joues : le look rêvé pour se retrouver face à son maître de stage pas commode. Zut !

Je m'empresse de rejoindre le reste de l'équipe, cette fois douchée, démaquillée, et plus ou moins coiffée mais avec la tête des grands jours, celle du triple lutz du pied gauche à la sortie du lit.

Après un rapide bonjour à tous, je décide de remettre les choses au point directement avec le militaire, pardon, le coordinateur de l'équipe :

— Toi qui, je présume, es anglophone, je suppose que tu comprends la signification du mot « jet-lag », dont je souffre... Ce n'est pas humain de réveiller les honnêtes gens de cette manière !

Ouch... À peine les ai-je prononcés, j'aimerais bigrement ravaler ces mots. Plutôt brut de décoffrage comme approche... Mantra du jour : tourne sept fois la langue dans ta bouche avant de parler (quand tes dents sont brossées).

— N'essaie pas de nous faire croire que tu es déphasée avec le décalage horaire, Candice, tu as ronflé toute la nuit.

J'ouvre la bouche, telle une carpe apnéique. Je ne l'ai pas vue venir, celle-là ! Sacré coup bas. Toute l'équipe se fend la poire en assistant à notre joute verbale. D'où il sait ça, lui ?

— Je dors dans la chambre à côté, et bienvenue au XXe siècle, où nos portables ont une fonction appelée « réveil ». Sache que je ne compte pas frapper à ta porte tous les matins. Je te remercie à l'avenir d'être opérationnelle en même temps que tout le monde. Stage ne rime pas avec villégiature, en revanche panne d'oreiller rime très bien avec « virée ».

Me voilà K-O en moins de trente secondes. Ce gars est arrivé à me remettre à ma place, m'engueuler et m'humilier en quatre phrases. En regardant autour de moi je remarque les yeux ravis des autres, qui se retiennent de rire et d'applaudir. Seul Diego à la décence de faire semblant de rien et de se concentrer sur son jus de fruits ; visiblement les agrumes sont propices à une intense réflexion. En plus des ligues d'impro, existe-t-il des ligues de répartie ? Alex gagnerait haut la main. Moi qui ne suis pourtant pas mauvaise à ce jeu, j'ai trouvé mon maître, seul point pour lequel il a mon admiration.

Vu le métaphorique déculottage en règle que je viens de subir et puisqu'il est supposé être mon responsable de stage, je laisse tomber, prends mon air le plus pincé, et me plonge également dans l'analyse du mouvement de la pulpe de mon jus de fruits tout juste servi.

Diego rompt le malaise en m'expliquant le menu de la journée : derniers préparatifs puis en début de soirée nous irons tous faire un tour près du port, avant l'ouverture du dispensaire le lendemain.

De retour dans ma chambre je vérifie mon portable et... rien... Pas de message ni d'appel d'Adrien. Je ne sais pas pourquoi, j'ai un mauvais pressentiment. Mais après mon entrée remarquée de ce matin, je me dépêche de rejoindre Diego et le reste de l'équipe pour vaquer aux derniers préparatifs.

Alex nous rejoint pour m'expliquer en quoi consistera mon travail, comment m'organiser, où se trouvent les différents documents et numéros de téléphone utiles. Puis il vérifie la connexion Internet, tout semble en ordre. Je prends note de ses recommandations en stagiaire appliquée que je suis ; je sors de cette journée avec un mal de tête faramineux. Je voudrais dormir, pitié... D'un autre côté cela fait plus de vingt-quatre heures que je suis là et je ne suis pas encore sortie, alors quand Diego m'appelle pour la promenade j'accepte avec plaisir, fatiguée mais curieuse en même temps de découvrir les environs.

J'attends l'équipe à la sortie de l'immeuble, quand seul Diego arrive, les mains dans les poches.

— Les autres ne viennent pas avec nous ?

— Non, finalement ils préfèrent dîner tranquillement et se coucher tôt pour être en forme demain.

— Ah... Et ne devrait-on pas faire la même chose ? Je ne tiens pas à avoir demain le même réveil militaire que ce matin.

Diego me regarde quelques secondes puis éclate de rire.

— Avoue plutôt que tu as peur de te retrouver seule avec moi !

Il n'a pas totalement tort, cependant, il faudrait me torturer pour que je l'avoue. Alors je prends le même air pincé que ce matin, celui que je maîtrise si bien, lève la tête et le précède dans la rue, sans savoir du tout où je vais.

— Miss pimbêche, je te conseille de m'attendre car pour rappel tu ne connais encore rien ici, déclare Diego en m'attrapant le bras en riant.

Direction le port en bus, pour aller découvrir un restaurant de mets typiques antillais : les acras, que je n'ai jamais goûtés. Le premier englouti (conseillé par Diego) est tellement épicé qu'il manque me faire mourir. L'eau du port ne suffirait pas à éteindre le feu ! Très fier de lui, il choisit les autres acras, qui eux sont délicieux, même si mes papilles brûlées m'empêchent de les savourer réellement.

Après le resto et un détour par la plage, direction un petit bar pour goûter le ti-punch... Alors là, la révélation : c'est bon, c'est frais, c'est sucré, ça descend tout seul ! Tellement « tout seul » qu'au troisième je sais à peine comment je m'appelle et dois faire preuve d'une maîtrise surhumaine pour ne pas révéler la supercherie par inadvertance.

La soirée passe à une vitesse folle, j'ai l'impression d'être en vacances. Diego est drôle et sympa, le courant est passé tout de suite ; je me sens aussi à l'aise avec lui qu'avec mes proches à Bordeaux, alors que l'on se connaît à peine. Un peu troublant comme sentiment, mais la difficulté de tenir debout sans vaciller me demande déjà tellement d'énergie que je n'en ai plus pour réfléchir. On verra ça l'esprit clair.

Nous rentrons tous les deux à une heure déjà avancée. Que c'est traître ce truc ! Succulent mais traître : j'ai l'impression d'avoir un juke-box dans la boîte crânienne. J'espère (sans y croire) qu'Alex roupille profondément, car s'il me voit comme cela, à devoir me tenir des deux mains à Diego pour rester en position plus ou moins verticale, je sens que je vais passer un sale moment. Au moins je serai dessoûlée en très peu de temps. Ah, bien subodoré ! Il nous attend les bras croisés et engueule Diego en chuchotant pour ne pas réveiller les autres, ce qui me fait glousser. Une dispute faite de chuchotements a directement moins d'impact, je trouve. Un seul regard me calme tout de suite et je me carapate dans ma chambre aussi vite que mon cervelet engourdi le permet ; le réveil va être sympa, je le sens.

Victime du stress de la rentrée, du jet-lag et du cerveau en mode zouk, je ne ferme finalement pas l'œil de la nuit, me posant mille questions… Pourquoi n'ai-je pas plus de nouvelles d'Adrien ? Pourquoi m'entends-je si bien avec Diego ? Que pensent les autres ? Comment vais-je faire demain pour comprendre l'accent martiniquais ? Et si l'on me parle créole ? Dois-je alors chanter *ba moin en tibo*[1] ? Ça veut dire quoi au fait ?

La voilà, la journée tant attendue. Debout à 6 heures, je suis la première levée. Je fais le café, mets la table, presse les fruits, suis irréprochable. Rose arrive ensuite ; elle a l'air triste ce matin, mais me demande quand même comment s'est passée la soirée. Les autres la suivent, l'ambiance est bon enfant ; seul Alex ne me

1. « Ba moin en tibo » est une chanson traditionnelle antillaise.

décoche pas un regard et garde la mâchoire serrée, ce qui ne m'étonne pas du tout. Il faudrait qu'il se mette au ti-punch, ça le dériderait peut-être un peu.

Chacun à son poste, on attend les patients. Les gens arrivent au compte-gouttes et semblent un peu méfiants au début. La confiance établie, je fais la connaissance des Martiniquais, de leur ton enjoué, de leur manière de vivre cool. Je suis sûre qu'ils ont moins d'infarctus que les Parisiens. Il faudra que je demande à Mireille ou à Louis à l'occasion s'ils ont une idée des chiffres, mais je suis sûre que j'ai raison... On a des leçons à prendre, nous, les métropolitains.

Le rythme s'accélère en fin d'après-midi, le bouche-à-oreille je suppose... Je suis parfois perdue et mal à l'aise mais la gentillesse des patients et l'aide discrète mais efficace d'Alex me facilite le boulot.

La journée terminée, j'appelle Adrien. Il est déjà plus de minuit en France ; je ne m'attarde pas et lui non plus. Je lui raconte ma première journée de stage, il me raconte les derniers potins de la fac vétérinaire ; je suis un peu rassurée, il a l'air normal et content de m'entendre.

Je m'écroule sur mon lit sans avoir dîné, je n'ai même pas le temps de régler mon réveil. Des petits coups discrets à la porte me réveillent le lendemain ; j'ai dormi d'une traite et découvre Agathe sur le pas de ma porte qui me fait un clin d'œil et s'en va dans la cuisine sans rien dire.

Les journées passent vite, très vite. Je commence à prendre mes marques, l'équipe est très gentille et je m'entends bien avec tout le monde (hormis Alex, mais rien de nouveau) ; seule Rose est assez distante.

Arrive le dimanche, jour de fermeture du dispensaire. Nous en profitons pour aller nous promener et découvrir la région tous ensemble. Je tombe littéralement amoureuse du jardin de Balata, avec ses fleurs somptueuses, ses palmiers immenses et ses ponts suspendus. Les plages de sable fin bordées de palmiers achèvent le cadre idyllique de cette journée ; cette île est absolument magnifique, ses habitants joviaux et accueillants. En regardant mes collègues discuter entre eux, je me rends compte de l'immense chance que j'ai d'être là, et à quel point sortir de sa zone de confort peut être enrichissant.

Fort-de-France, fin octobre.

Les journées puis les semaines se succèdent. Je ne m'ennuie pas et apprécie même beaucoup ce que je fais. Des liens se créent avec les habitants, certains patients reviennent régulièrement et je me fais une joie de les accueillir. Je comprends de mieux en mieux l'accent martiniquais et apprends même quelques mots de créole. Heureusement que je n'ai pas chanté la chanson de la Compagnie créole, je serais passée pour quoi à réclamer des bisous à de parfaits inconnus ?

Je suis toujours aussi proche de Diego. C'est troublant mais en même temps je le considère plus comme un ami ou un frère : il me manque les papillons dans le ventre. Ils volètent quand j'entends la voix d'Adrien. Diego ne provoque pas cet effet-là. Heureusement finalement. Je vois bien que l'équipe nous épie ; je suppose qu'ils s'imaginent que l'on se rejoint la nuit. S'ils savaient… Seuls les moustiques me tiennent compagnie la nuit, et je leur fais un doigt d'honneur depuis mon lit protégé d'une moustiquaire en exécutant la danse de la victoire, debout, en culotte sur mon matelas : ma revanche sur tous les moustiques métropolitains qui m'ont déjà sucé des hectolitres de sang !

Lors d'une pause à midi je constate que j'ai trois appels en absence et plusieurs messages déroutants de mes amies bordelaises me demandant de rappeler. Je me prends un solide coup de stress et imagine le pire. Je téléphone à Sarah immédiatement, qui répond tout de suite d'une voix très ennuyée... Aïe... Ça sent les soucis à près de sept mille kilomètres, ça.

— Que se passe-t-il, Sarah ? C'est maman ? Il y a un problème ?

— Non, non, ne te tracasse pas, ma belle, ce n'est pas au sujet de ta maman. Alors, c'est toujours aussi bien, ce stage ?

— Ne tourne pas autour du pot, j'ai horreur de ça, et dis-moi plutôt ce qui se passe, je n'ai pas beaucoup de temps.

— Eh bien, comment te dire... Je suis désolée, Clara, vraiment... J'espère que tu ne m'en voudras pas, je me devais te le dire, je suis ton amie et aimerais qu'on...

— Abrège !

— En allant boire un verre avec les filles on a croisé Adrien, et... il n'était pas seul, si tu vois ce que je veux dire... On l'a suivi discrètement et on l'a vu entrer chez lui avec cette fille.

— Ah ? Ça ne veut rien dire, c'est peut-être une amie, dis-je tout en n'y croyant pas.

— Eh bien dans ce cas, il est très proche de ses copines, hum...

Je conclus notre conversation d'une voix blanche :

— OK, je vois. Sarah, il faut que je te laisse, je dois retourner bosser. Je te rappelle bientôt, et sois rassurée, je ne t'en veux pas, j'aurais fait la même chose.

Le ciel me tombe sur la tête. Le seul garçon en qui j'avais confiance me trompe alors que je suis à sept mille kilomètres. L'histoire en laquelle je croyais s'effondre en quelques minutes. Je comprends mieux ses silences maintenant.

Je retourne travailler en essayant de paraître normale mais je ne dupe personne. Ils me regardent à la dérobée de temps à autre tout en ayant la bienveillance de ne rien me demander. Là, tout de suite, j'ai juste envie de traverser l'Atlantique à la nage pour aller frapper à coups de noix de coco celui qui était l'homme de ma vie. Enfin, c'est ce que je pensais.

Heureusement nous sommes samedi soir, je ne bosse pas demain, c'est déjà ça. J'appelle Adrien dès la journée de travail terminée. Même s'il nie au début il flanche après quelques minutes et m'avoue qu'en effet il a rencontré quelqu'un et que c'est sérieux. Il comptait me l'annoncer à mon retour. Toutes les insultes possibles et imaginables me passent par la tête, des plus désuètes aux plus vulgaires, mais j'arrive à rester stoïque, orgueil blessé exige.

Je raccroche et j'ai soudain une envie irrépressible de prendre l'air. Je mets mon sac en bandoulière et me précipite dehors sans explications. Je me jette dans la rue, dans le bruit, dans la vie. Je rejoins le port puis me dirige vers la plage où je m'assois sur le sable, le regard perdu dans le vide. Le soleil commence à descendre sur l'horizon, les couleurs du ciel rougeoient, je trouve cela magnifique. Ce paysage m'apaise, ma colère s'estompe. À quoi bon de toute façon ? La colère faisant place à la tristesse, là, tout de suite, j'ai juste envie d'un ti-punch, d'une sangria, ou de n'importe quoi d'alcoolisé. Même du désinfectant pour les mains ferait l'affaire. J'ai à peine évoqué cette éventualité qu'une bouteille apparaît devant mes yeux. Diego, bien sûr, je le reconnais bien là. J'ai envie qu'il me prenne dans ses bras pour que je puisse y étouffer tout ce fichu blues. Et puis, qui sait, je vais peut-être les sentir dans mon ventre, les papillons, maintenant que je suis libre. Ou des larves, au moins, ce serait déjà pas mal. Pas vraiment glamour comme tableau, mais ce serait un bon début.

Je me lève rapidement et me retourne en tendant déjà les bras, tel un bébé qui a envie de faire un câlin à son doudou. Je les laisse retomber aussitôt avec l'impression d'avoir été piquée par une méduse, ou, pire, une araignée, quand je découvre le visage de la personne qui m'a tendu la bouteille devant les yeux. Au secours, la journée foireuse continue ! C'est encore pire que la loi de Murphy, ça, ce n'est pas possible, je dois avoir la poisse.

Alex-Ken me fixe, surpris ; il ne s'attendait pas à cette tête digne de *L'Exorciste*, je crois. Au moins il sait maintenant ce qu'il représente pour moi. Je pense même qu'avec un arachnide velu je serais plus aimable :

— Qu'est-ce que tu fais là ? Tu me fliques maintenant ? Tu es multifonctions ? Réveil et radar ?

Ouille, Clara, tourne sept fois ta langue dans ta bouche avant de parler, ce n'est pas possible ! Je n'y peux rien, la désagréable surprise de le voir devant moi me rend agressive, c'est un réflexe. Je suis sûre que Pavlov a étudié cela aussi, et pas que des chiens affamés et baveux.

— Tu n'avais pas l'air bien, aujourd'hui. Quand je t'ai vue sortir précipitamment tout à l'heure, j'ai eu peur qu'il ne t'arrive quelque chose ; je serais bien embêté s'il n'y avait plus personne à l'accueil du dispensaire, il faudrait que je fasse ton boulot, dit-il, très sérieux.

— Ah bien sûr, je me disais aussi, le travail avant tout. Ce serait extravagant de s'inquiéter réellement pour les gens.

— Je vois que tu vas mieux, tu as récupéré ton humour légendaire et ton second degré, nous sommes sauvés ! Viens t'asseoir boire un verre et raconte-moi ce qu'il se passe.

— Ah j'avais oublié, tu es psy aussi. Encore mieux qu'un couteau suisse, en fait.

Sept fois tourner, etc., on a dit sept fois !

— Tu mets ton sarcasme de côté, jeune Candice, ça ne marche pas avec moi. Alors, soit tu me racontes, soit je m'en vais... Avec la bouteille, dit-il en s'asseyant sur le sable.

Étonnamment je lui raconte ce qu'il m'arrive. Il m'écoute attentivement et s'exclame, mon récit achevé :

— Ah, ce n'est que ça ? Remets-toi, ma petite, tu en verras d'autres, à ton âge !

— Génial, me voilà très avancée. Quelle phrase pourrie ! On voit bien que tu es plus vieux que moi, tiens, mon père aurait pu lâcher ce genre de phrase...

— Et il ne l'a jamais fait ?

— Il ne le pourrait pas, de là où il est... Bref, passons à autre chose. Tu viens d'où pour avoir un tel accent britannique ?

— Pas britannique à proprement parler mais faisant partie du Commonwealth : australien. Je suis français par ma mère et australien par mon père. J'ai vécu en Australie, d'où l'accent, comme tu dis.

— Ah ! Ça explique le look. Je n'avais pas tort en fait.

— Quel look ? me demande-t-il, surpris.

— Oh, rien de spécial, oublie...

Je sens que je deviens cramoisie, vite, buvons un verre... Ensuite, trouver une question intelligente pour détourner l'attention.

— Quel âge as-tu ?

Ah, bravo pour la question pertinente, tiens. On va mettre ça sur le coup de l'alcool.

— Trente-neuf ans.

J'aurais dit plus. Sûrement le bronzage, ça durcit les traits. Ken, lui, n'est pas ridé. Mais je m'égare...

Nous discutons de tout et de rien. Je découvre une facette de lui moins rigide et presque marrante. J'ai dit presque, il ne faut pas exagérer non plus. Au moins la soirée se passe ; l'alcool me détend, j'en oublierais presque la raison de ma tristesse. J'en apprends plus sur Alex : ses parents bourgeois, son enfance passée dans le luxe, ses études dans une prestigieuse école de commerce qu'il finira pourtant par abandonner en dernière année pour voyager. Voyages qui furent de courte durée car ses parents, cautionnant moyennement sa décision, lui ont coupé les vivres. Il a alors vécu de petits boulots aux quatre coins du monde avant de rejoindre l'association.

Je ne l'aurais jamais cru capable de cela, lui tellement psychorigide, à cheval sur le travail et les règles de vie, abandonner tout du jour au lendemain... Comme quoi on ne s'imagine pas la face cachée des gens. S'il avait vent de la mienne justement... C'est le palmier qui cache la palmeraie.

Il donne l'impulsion du retour à l'appartement ; comme quoi certaines choses restent immuables, scout un jour, scout toujours.

Le lendemain se passe tranquillement. J'explique en quelques mots la raison de mon départ précipité de la veille, et pour me faire plaisir l'équipe décide d'organiser un pique-nique au jardin de Balata. Je commence réellement à m'attacher à eux. Ils ont chacun leur style et leur manière de fonctionner, et l'équipe a développé une espèce d'alchimie à laquelle je me suis bien habituée. Même Alex trouve presque grâce à mes yeux. Et bien que je ne l'apprécie pas autant que les autres et que je reste sur mes gardes, j'admets que son attitude d'hier soir était vraiment sympa.

Je suis contente de retourner derrière mon pupitre, lundi. J'attends la venue de Betty et de sa petite Océane, âgée de 18 mois. Elle me fait craquer avec ses grands yeux rieurs et ses joues rebondies. Des liens se tissent de jour en jour, les patients nous connaissent bien maintenant, et nous font confiance. Moi qui avais l'impression d'avoir atterri dans la zone à mon arrivée à Trénelle, je fais connaissance de personnes attachantes et avec le cœur sur la main. Betty est enceinte de son deuxième enfant et est suivie par Agathe régulièrement.

La voir arriver avec son ventre déjà rebondi et la petite est chaque fois un bon moment dont je me réjouis.

Dès que le dispensaire se vide, Diego n'arrête pas de passer près du bureau pour me pincer, me chatouiller, m'enlacer. Apprendre ma rupture l'a rapproché de moi plus encore. Il s'inquiète et prend à cœur de me changer les idées, ce que je trouve particulièrement attendrissant, mais qui, je crois, alimente d'autant plus les rumeurs. On devrait parier, tiens.

Diego me demande si j'accepterais de sortir avec lui un soir de la semaine car il voudrait me parler. Mon cœur fait des bonds, je ne sais pas quoi penser… Mes sentiments pour lui sont flous, je n'arrive pas à savoir si je le considère comme mon meilleur ami ou un potentiel amant. Laissons les choses arriver. Disons que s'il m'embrasse, je me laisserai faire, cela me donnera une idée de la suite.

Ayant un naturel particulièrement patient et sage, je lui propose de dîner ce soir même au resto, cela nous donnera l'occasion de discuter. Il accepte avec un petit air gêné que je ne lui connais pas. Il faudra que je pense à mettre de beaux dessous, on ne sait jamais, en tout cas, éviter la culotte fétiche trouée sur le côté…

Nous voilà arrivés ; il n'a pas décroché un mot de tout le trajet, il se trame quelque chose.

— Ça va, Diego ? Que se passe-t-il ? De quoi voulais-tu me parler ? Ne prends pas cet air gêné, nous sommes amis !

J'avais envisagé tous les cas de figure, du plus sage au plus acrobatique, mais ce scénario-là, pas du tout ! Au cours du dîner, Diego m'annonce d'un air contrit qu'il est amoureux depuis des années de Rose. C'est la raison pour laquelle il fait partie de l'association, une manière de rester près d'elle. Quelque temps plus tard, enfin remise de ma surprise, et après avoir chassé toute image graveleuse de ma tête, je l'interroge :

— Et Rose, elle le sait au moins ? Vous êtes ensemble ?

— Non, pas du tout. Je ne suis pas assez bien pour elle, j'en suis sûr. Personne n'est au courant. Je voulais t'en parler car tu es comme un pote. C'est difficile de garder ça pour moi.

Je décide d'analyser l'allusion de « comme un pote » plus tard et souris discrètement.

— Eh bien, je pense que tu te trompes et que tu ferais bien d'aller lui parler, si tu veux mon avis… Une fille, pardon, un pote à seins, sent ces choses-là.

Il ne s'aperçoit même pas que j'ai rebondi sur son allusion peu flatteuse et me demande, le regard plein d'espoir, si je suis sûre de moi. Il a les yeux qui brillent ; c'est beau d'aimer quelqu'un de la sorte, je voudrais bien que cela m'arrive un jour aussi. Tandis que j'acquiesce, il se dresse, fait le tour de la table, me soulève en m'attrapant par les épaules et me serre dans les bras à m'étouffer. J'ai l'impression de lui avoir annoncé qu'il avait gagné le gros nounours fluo à la fête foraine.

Nous rentrons du restaurant en riant, bras dessus, bras dessous, ce qui à nouveau ne passe pas inaperçu à notre arrivée à l'appartement : tous nos collègues se figent et nous regardent. Alex hausse un sourcil blond platine en se demandant ce qu'il se passe tandis que Rose prétexte un mal de tête et va se coucher. Je fais alors un discret signe de tête à Diego en espérant qu'il comprenne le message.

Les journées puis les semaines s'écoulent, toutes aussi belles les unes que les autres, riches de rencontres, de sourires, de promenades, de mer et de soleil. Je n'aurais pas imaginé finalement que cela puisse aussi bien se dérouler ; même Rose recommence à sourire et à se montrer plus bavarde. Je présume que Diego est enfin passé à la vitesse supérieure, même s'ils ne nous donnent aucun signe d'être en couple.

Alex aussi est plus détendu ; nous avons enfin trouvé nos marques tous les deux. Il me fait confiance pour le travail et me surveille moins, même s'il est attentif. Ce n'est pas la franche camaraderie mais nous ne distrayons plus les autres avec nos joutes verbales matinales, c'est déjà ça.

Fort-de-France, mi-décembre.

Déjà Noël approche. La moitié de mon (soi-disant) stage est déjà derrière moi, je n'en reviens pas. Je suis contente et curieuse d'assister à un Noël créole et trouve surréaliste de voir des illuminations fleurir dans les rues sous vingt-huit degrés à l'ombre. Sommes-nous supposés décorer un palmier ?

Les habitants du quartier habitués du dispensaire nous invitent à un grand banquet organisé dans les rues où chacun apporte un plat : musique, chants, ti-punch et ambiance assurée. Nous acceptons et sommes tous emballés et fiers d'être considérés maintenant comme faisant partie du décor créole.

Le 24 décembre est là. Je téléphone à Bordeaux pour souhaiter un bon réveillon à maman ; cela m'ennuie de ne pas être près d'elle aujourd'hui. Je suis généralement présente à chaque festivité, car je sais à quel point ces fêtes rappellent le manque... Je suis bien placée pour le savoir puisque je le ressens aussi. Elle me rassure en me disant qu'elle est invitée chez des amies célibataires et que ce sera la fête entre filles uniquement. Je lui demande si elles comptent organiser une soirée Tupperware ou strip-teaseurs. Elle rit mais ne me répond pas, ce qui est une bonne chose car, finalement, je préfère ne pas savoir...

Rassurée, j'appelle les filles, qui ont prévu de passer ensemble le réveillon. Elles en profitent pour m'annoncer en jubilant qu'Adrien ne traîne plus avec sa nana ; elles pensent qu'il s'est fait larguer, et, même si c'est niveau bac à sable, bien fait pour lui, tiens ! Elles boiront une sangria à ma santé pendant leur soirée ; de mon côté, je leur promets de boire un ti-punch pour elles au cours du banquet. Sandra me demande si je vais profiter de ce dîner pour me dégoter un chéri ; il y aura bien des hommes « muy caliente[1] », prétend-elle. Je ris et lui fais la promesse d'être à l'affût, puis raccroche le cœur léger et le sourire aux lèvres.

Je prends ensuite le temps de m'apprêter, car justement, on ne sait jamais... Je rejoins le reste de l'équipe, elle aussi sur son trente et un. Diego siffle à mon arrivée et Rose lui donne un coup de coude en souriant *(tiens, tiens ?)* ; Alex arque un sourcil, toujours le même, mais ne dit mot.

Nous voilà partis. Cela sent le boudin créole dans tout le quartier, ainsi que le « jambon de Noël ». Il y a des éclats de rire, des discussions, de la musique en fond. Je ferme les yeux et tente de graver ce souvenir dans ma tête, ce moment où je suis heureuse. Car cela est très rarement arrivé depuis l'accident.

La soirée se passe merveilleusement. Betty est là aussi, avec son mari et Océane, que je prends sur mes genoux et qui me tartine allègrement les joues de ses petites mains potelées qui ont nettoyé beaucoup d'assiettes... Alex me regarde en souriant, pendant que j'imite le poisson en gonflant mes joues au maximum, ce qui fait éclater de rire la petite.

Diego et Rose profitent du repas pour nous annoncer qu'ils sont ensemble. Je ne peux m'empêcher de

1. « Très chauds ».

pousser un petit cri de joie et de battre des mains niaisement. Je suis si contente pour eux !

Rose vient s'asseoir à mes côtés durant la soirée et me regarde en souriant.

— Il paraît que je dois te remercier de lui avoir ouvert les yeux et donné le courage de venir me parler, dit-elle d'un air amusé.

— Oh, je n'ai pas fait grand-chose, tu sais. Il était temps qu'il ose t'avouer sa flamme sinon vous auriez pu passer à côté d'une belle histoire.

— Je t'ai appréciée dès le début, Candice, j'ai tout de suite senti que tu étais une fille bien. Te voir aussi proche de Diego me donnait mal au cœur car cela fait un moment que je l'aime, ce lourdaud, mais je ne voulais pas interférer dans votre complicité. Je suis contente de te compter parmi mes amis, et j'espère vraiment que nous resterons en contact une fois la mission terminée.

Je suis peu habituée aux déclarations et mes yeux commencent à s'embuer. Le punch n'aide pas non plus à garder mes barrières d'habitude si bien dressées au-devant de mes sentiments. Rose s'en rend compte, me fixe avec douceur et ajoute avant de se lever et de tourner les talons :

— Merci pour ta phrase si pleine de sens... Je te la retourne, elle te servira, je pense.

— De quoi parles-tu ? dis-je surprise et ne comprenant pas la signification de ses mots.

Pas de réponse ; elle se retourne en riant, me fait un petit signe de la main et va rejoindre Diego, qui l'enlace et l'embrasse tendrement.

Pas le temps de décrypter ses paroles car Alex me rejoint, un verre à la main.

— Tiens, Miss sangria devenue Miss ti-punch, c'est pour toi !

— Je vois que j'ai l'image de la nana alcoolique, maintenant.

Alex secoue la tête :

— Tu ne changeras décidément jamais ! Non, je n'ai pas cette image de toi, je voulais juste te faire plaisir et partager un moment avec toi, mais visiblement c'est trop demandé.

Et voilà comment le faire rentrer dans sa coquille de bernard-l'hermite en moins de six secondes chrono ! Je m'en veux un peu car je l'ai agacé et il ne le mérite pas. Cela m'apprendra d'être toujours sur la défensive.

Il ne s'en formalise pas longtemps, preuve qu'il s'accoutume à mon caractère parfois déroutant, et enchaîne :

— Tu étais au courant pour Rose et Diego ?

— Qu'ils étaient ensemble non, des sentiments de Diego à l'égard de Rose oui, il m'en avait parlé il y a un moment.

— J'ai été surpris, je m'attendais plus à une déclaration de votre part, vous étiez si proches.

— Tu peux être proche de quelqu'un sans pour autant qu'il se passe quelque chose ; cela s'appelle l'amitié. Mais au vu de ton comportement polaire tendance glacial, je suppose que tu ne sais pas ce que ce mot signifie.

Zut, mais ce n'est pas possible d'être comme ça ! Je m'en veux immédiatement. J'ai déjà remarqué que lorsque j'apprécie quelqu'un, je suis sur la défensive. Paradoxe, quand tu nous tiens… Et je pense que même sous son air froid et parfois hautain, il me touche (façon de parler bien entendu).

— Si, contrairement à ce que tu penses, je connais la signification et la valeur de ce mot. Même si je suis introverti et que j'ai une apparence qui peut paraître froide, je ressens quand même des sentiments, dit-il, l'air triste.

— Je suis désolée, je ne voulais pas te froisser. Je t'avoue que je ne sais pas toujours comment me comporter vis-à-vis de toi ; tu m'impressionnes et du coup, je suis sur mes gardes... Mais je t'apprécie, même si je ne le montre pas toujours.

Quoi ? J'ai dit ça ? Moi ? La faute au ti-punch : quand je bois, mes barrières s'abaissent et mes vrais sentiments remontent à la surface. Mais je ne le voulais pas et ne vais jamais assumer mes paroles par la suite. Son regard va changer, maintenant. Il va être fier de savoir qu'il m'impressionne et en profiter. Il faudrait que je me coince la langue entre les dents, ce que j'essaie de faire et qui me donne visiblement l'air bizarre, si j'en juge par le regard décontenancé qu'il me lance.

— Content de l'entendre, tiens ! Surtout venant de toi... C'est bon, j'ai eu mon cadeau de Noël, merci, Candice, dit-il en souriant tout en me donnant, de manière virile et un peu gauche, un baiser sur la joue.

Un petit malaise s'installe... Vite, à nouveau poser une question pour que ce moment ne s'éternise pas car j'ai horreur de cela.

— Et sinon, tu es en couple, marié, papa ?

Mais non ! Flagellez-moi à coups de feuilles de palmier ! C'est pas possible d'être quiche à ce point ! Il va croire que je le drague, maintenant, au secours ! Je jette un œil affolé autour de moi, en espérant que quelqu'un comprenne et vienne me parler pour faire diversion, mais tout le monde discute, rit, chante et personne ne me jette ne fût-ce qu'un malheureux regard. Je me concentre alors sur mes pieds en les ancrant au sol dans l'espoir de disparaître sous terre, et ça ne marche pas non plus. Il ne reste plus qu'à être foudroyée sur place ; avec ce temps clément, je ne dois pas trop compter dessus.

Il me regarde d'un air plus que surpris, on dirait qu'il a vu la Sainte Vierge. Il me scrute, se demandant sûrement si c'est du lard ou du cochon. Ça tombe bien, c'est du jambon ce soir, mais je m'égare.

— Eh bien, papa, non… En tout cas, pas que je sache. Divorcé, en fait. J'ai été marié huit ans mais nous nous sommes séparés l'année dernière.

— Ah… Je suppose qu'il est indiscret de te demander pourquoi ?

— Nous n'étions plus d'accord sur notre manière de vivre. Elle avait envie de se fixer, mes voyages et mes missions commençaient à sérieusement lui peser. Elle me demandait souvent ce qui m'était passé par la tête d'avoir lâché mes brillantes études qui auraient pu me permettre de gagner beaucoup d'argent tout en rentrant à la maison tous les soirs. Nous nous sommes éloignés peu à peu, on n'arrivait plus vraiment à se comprendre. Je n'ai pas envie de poser mes valises, pas encore. C'est sûrement très égoïste de ma part mais je ne lui ai jamais promis d'arrêter de bouger. Je pensais que nous allions pouvoir trouver une vie qui nous conviendrait à tous deux, mais c'était illusoire. Je ne compte pas voyager toute ma vie, pourtant, mais elle n'a pas voulu attendre, ce que je peux comprendre.

— Tu n'as pas de regret à avoir, vous avez vécu ce que vous deviez vivre ensemble. Se sacrifier pour l'autre n'est pas une solution, cela n'aurait pas fonctionné non plus sur le long terme, tu aurais ressenti une frustration à un moment ou à un autre. Je suis sûre que tu rencontreras quelqu'un qui aura envie de partager tes valeurs et ton mode de vie, ou qui, en tout cas, le comprendra.

Alex me fixe, longuement, intensément, tout en restant silencieux. Je peux voir tous ses rouages cérébraux carburer à pleine vitesse.

— Je ne pensais pas avoir ce type de discussion avec toi, Candice. Mais je t'en remercie, car je te découvre autrement que comme une ado en pleine crise existentielle pendant au moins dix minutes.

L'air outré, je lui balance un coup de serviette sur la tête. Ado attardée ? Et pourquoi pas une lolita tant qu'on y est ? Je dois aussi me faire des couettes, me munir de pompons et porter une jupette écossaise ? Heureusement pour lui, le peu de dignité qu'il me reste m'empêche de chanter. La collectivité, inconsciemment, me remercie.

Il éclate de rire en essayant d'esquiver mon coup franc et direct, même s'il ne risquait pas l'hémorragie cérébrale avec une serviette en papier.

— Tu vois, qu'est-ce que je disais ? Bon, plus sérieusement, à ton tour, Candice, qu'ai-je à appendre sur toi que j'ignore ?

Mayday, mayday, problèmes en vue. Me dévoiler n'est vraiment pas mon fort. J'aime bien les joutes verbales, la répartie, les crises de rire, faire la folle pour faire rire les copines, mais je n'aime pas parler de moi. Hors de question de rattraper tout ce qui est enfui, hors de question de révéler mes angoisses, ma fragilité, ma vraie personnalité devant lui.

— Oh, pas grand-chose, tu sais. Une vie d'étudiante et tout ce qui va avec : les copines, les sorties, les coups de stress, la routine. Finalement, oui, tu as peut-être raison, je suis une ado, en tout cas je vis comme telle. Les couettes en moins, j'insiste.

Et c'est reparti pour une séance de fixation intense. Soit il veut m'hypnotiser, soit j'ai un morceau de salade entre les dents. Je prie pour que ce soit la première solution.

Il se lève d'un bond, comme piqué par un moustique martiniquais, se retourne et me lance :

— Bon, je vais te laisser profiter de la fête. Prudence quand même !

Et il s'en va sans se retourner.

Qu'est-ce que j'ai fait ou dit ? Ce n'est pas une feuille de salade mais tout le potager que j'ai entre les dents ? Le fait que je n'aie pas beaucoup parlé de moi ? Pourquoi est-ce que je ne comprends pas le quart de ses réactions ?

La nuit se passe ; je discute avec les uns et les autres, mais je n'ai pas la tête à repérer un beau mâle. Je finis par être bien fatiguée et à vouloir rentrer me coucher. Je profite du départ de Diego et de Rose pour me joindre à eux et quitter les festivités. Je cherche Alex des yeux sans avoir aucune idée de l'endroit où il peut être.

Fort-de-France,
la veille du réveillon du Nouvel An.

La semaine se termine tranquillement, le dispensaire a rouvert ses portes entre les deux fêtes. C'est assez calme, je pense que comme nous, les habitants ont besoin de récupérer un peu.

J'ai l'impression qu'Alex m'évite. Il m'épie souvent mais détourne le regard lorsque je le surprends. Moi qui suis si directe d'habitude je n'ose pas aller lui demander ce qu'il se passe ; je redoute d'entendre la raison de son attitude, je suppose. Cette situation me rend triste, d'autant que la cause m'échappe, nous commencions enfin à nous apprivoiser l'un et l'autre.

Un jeune du quartier entre dans le dispensaire assez brusquement. J'émerge de mon intense réflexion et le regarde : il a l'air affolé. Il me raconte très rapidement qu'il s'est battu dans la rue et qu'il est poursuivi par son assaillant complètement alcoolisé. Il n'a pas le temps de terminer sa phrase qu'un autre jeune fait également irruption dans le dispensaire et se rue sur lui.

Là, je ne sais pas ce qu'il me passe par la tête. Boostée par une bouffée d'adrénaline accompagnée d'une grosse dose d'inconscience, je m'interpose entre les deux rivaux. Bien mal m'en prend. Le jeune complètement bourré m'envoie au tapis d'un simple revers de main, comme s'il avait chassé une mouche. La chute est rude, le craquement de mon poignet touchant le sol encore plus. Alex arrive en quelques secondes et s'interpose entre les jeunes et moi, toujours sonnée à terre à me tenir le poignet qui me fait horriblement mal. Diego a appelé la police, en tenant les deux jeunes en respect en attendant sa venue. Contrairement à moi il en impose et il est passablement énervé de me voir ainsi, on dirait un taureau prêt à charger.

Après le retour au calme, Mireille et Louis examinent mon poignet, qui a gonflé et m'annoncent que je suis bonne pour faire la connaissance de l'hôpital de Fort-de-France car ils suspectent une fracture. Nous n'avons ni appareil de radiographie ni plâtre à disposition au dispensaire.

Je prends mes affaires et suis docilement Alex qui m'y emmène. Son comportement est tout autre ; je pense qu'il a eu peur pour moi et se montre aux petits soins. J'en profite en savourant.

Je donne ma carte Vitale à l'accueil et m'apprête à attendre, comme il se doit, Alex essayant de me distraire et de me faire rire pour que j'oublie la douleur.

— Y a-t-il une Clara dans la salle ? demande l'infirmière en entrant dans la salle d'attente, un dossier à la main.

Instinctivement, j'acquiesce et me lève en prenant mes affaires d'une main, et me demandant déjà comment je vais pouvoir gérer un plâtre sous trente degrés à l'ombre.

Et puis je réalise. Je réalise que l'on m'a appelée Clara, et non Candice. Je réalise qu'Alex ne s'est pas levé et me regarde, l'air étonné. Je réalise que toute mon histoire s'envole comme la maison de paille des petits cochons. La tempête s'annonce, les explications aussi. Mon poignet me semble presque insensible tout à coup. La bouffée d'adrénaline qui m'assaille en pleine face est beaucoup plus forte que celle de la bagarre. Oh non…

Alex me laisse aller seule faire la radio et attendre le médecin. Il n'a absolument rien dit. Pas un mot, pas une injure. En fait, j'aurais préféré qu'il crie sa colère.

Mon poignet est en effet cassé, mais heureusement pour moi l'os est aligné. Un plâtre de quatre semaines devrait suffire à réparer le mal. Je reviens la tête basse et suis Alex en silence. Il est temps d'assumer mes mensonges. Je crains la réaction des autres également, car pire que la colère, il y a le sentiment de trahison.

Nous voilà réunis dans notre salon. Tous me fixent comme au premier jour, mais la curiosité a fait place à l'incompréhension pour certains et à la déception pour Diego. Je me sens mal, je me sens sale.

Alex prend la parole :

— Clara, puisque c'est ainsi que tu t'appelles, peux-tu nous expliquer la situation ?

Me voilà engagée dans l'établissement de la vérité. J'explique en balbutiant mon vrai boulot, le courrier ouvert par erreur, la décision de me faire passer pour Candice.

Alex explose littéralement, et me demande en hurlant pourquoi j'ai fait cela, mais surtout pourquoi je ne leur ai pas exposé la situation en arrivant.

— Tu avais peur de foutre en l'air tes petites vacances tous frais payés, c'est ça ? Tu t'es dit que l'on n'était pas assez bien pour connaître la vérité, ou trop cons pour la comprendre ?

— Quoi ? Mais non, pas du tout, c'est un malentendu ! D'abord, je n'aurais jamais dû usurper la place de Candice, je suis complètement d'accord. Ensuite je me suis empêtrée dans mon mensonge en arrivant, je n'ai pas su comment vous en parler, je…

— C'est bon, Clara, te fatigue pas, répond cette fois Diego, l'air las.

J'éclate en sanglots et pars me réfugier dans ma chambre. Que faire maintenant ? Tout est brisé, ils pensent que je me suis fichue d'eux et je les comprends. J'ai été inconsciente et naïve, menteuse de surcroît. Je n'ai plus ma place parmi eux, je ne la mérite pas.

Je ne ferme évidemment pas l'œil de la nuit. Ma décision est prise : je réserve mon billet pour le surlendemain. Je sais qu'Alex pourra reprendre mon boulot à l'accueil pour les trois mois restants. Je n'aurais jamais imaginé que cette expérience s'arrête si brutalement. Je ne reverrai plus ni Betty, ni Océane. Ni les autres habitants. Ni l'équipe. Ni cette belle île à laquelle je me suis franchement attachée. C'est l'échec total, tout cela par ma faute.

Je reste enfermée dans ma chambre toute cette journée de préparation du réveillon. Comble de l'ironie, je vais reprendre l'avion le 1er janvier, bonne année !

Quelqu'un frappe à ma porte en fin d'après-midi : c'est Rose, qui tient à me parler. Elle m'assure qu'elle m'apprécie beaucoup, quelles que soient les raisons qui m'ont amenée à mentir, et même si elle aurait préféré, bien sûr, que je leur parle dès le début. Elle me demande ce que je compte faire car je ne peux évidemment pas rester enfermée dans ma chambre pendant trois mois. Je lui explique alors ma décision de rentrer en France. Que je ne mérite pas de rester auprès d'eux plus longtemps. Que je n'ai jamais mérité d'être là, en fait. Et que partir sur un mensonge et penser être à sa place était d'une naïveté incroyable, je m'en rends compte maintenant.

— Alex va être furieux, dit-elle pensivement.

— Il trouvera à me remplacer à l'accueil. Le but n'est pas de vous créer plus de problèmes, mais bien de régler le principal, c'est-à-dire moi.

— Je ne parle pas de te remplacer… Comment vois-tu ta relation avec Alex ?

— Eh bien, je… l'apprécie beaucoup. Son côté chef scout m'énerve royalement mais j'aime beaucoup son côté plus sensible qu'il m'a laissé entrevoir. Je l'aime bien, je crois.

Prononcer cette dernière phrase à voix haute me lance l'évidence en pleine poire : j'ai des sentiments pour ce surfeur psychorigide. Et à peine cette évidence révélée, je sais que cela nous mènera nulle part. En plus d'être l'ado attardée, je suis maintenant la profiteuse et la menteuse de service. Et le comble, c'est qu'il a raison.

— C'est réciproque, je le vois et je le sens. Ne pars pas, laisse-lui le temps d'absorber le choc et discute avec lui. Je suis sûre que cela peut s'arranger.

— Non, je ne crois pas. Je l'ai trahi et déçu. Et moi-même, je n'assume pas le rôle que j'ai joué. Pourtant je t'assure, Rose, que la Candice que vous avez connue est identique à la Clara que je suis. J'ai juste voulu sortir de mon quotidien rassurant, je n'ai jamais eu la moindre volonté de me moquer de vous, je te le promets.

— Je le sais, Clara, je l'ai compris, répond doucement Rose en me souriant.

Elle me serre contre elle et se dirige vers la porte.

— Diego est vexé mais cela lui passera… Tu seras donc toujours la bienvenue chez nous, tu as nos coordonnées et nous les tiennes.

Je passe la soirée du réveillon seule dans ma chambre, n'osant sortir. Tous mes coéquipiers sont partis faire la fête. Je ne tiens pas en place : j'emballe mes affaires et quitte l'appartement en laissant un court message d'adieu. Je n'assumerai pas de croiser leur regard demain matin, je préfère partir, comme la lâche que je suis. Je rejoins l'aéroport et attends que l'heure de mon vol approche. Heureusement, celui-ci est prévu très tôt.

Bordeaux, un mois plus tard.

Il est 6 h 30, l'heure du lever. J'ai troqué les bruits robotisés contre une mélodie douce et un peu mélancolique, qui sied parfaitement à mon état d'esprit.

J'enfile un jean et un pull tout simple, mes baskets et je prends le chemin de l'université, un biscuit au chocolat dans une main, un café dans l'autre, maintenant que mon poignet s'est consolidé et que le plâtre a été enlevé. Le temps passe mais la routine ne change pas ; j'ai repris ma vie exactement là où je l'avais laissée, une énorme blessure au cœur en plus.

J'ai recontacté mon directeur de thèse, qui a été ravi que je reprenne ma thèse plus tôt que prévu et j'ai obtenu un délai de trois mois pour pouvoir la terminer et la soutenir devant le jury. Me revoilà donc occupée à arpenter les couloirs poussiéreux de l'université et à boire le second café du matin avec Sarah.

— Clara, je te l'ai dit cent fois, appelle Alex ! Explique-lui tout, l'accident, ton quotidien pesant, cette occasion unique que tu as eue de vivre et de prendre des risques, des sentiments que tu as pour lui... Qu'est-ce que tu attends ? Tu es l'ombre de toi-même, Clara, la vie que tu mènes est certes rassurante mais elle ne te convient pas, ouvre les yeux !

— Il ne m'a pas fait signe, je n'ai aucune nouvelle, il ne me pardonnera jamais et je le comprends. Je ne le mérite pas et de toute façon, je ne serai jamais capable de tout lui expliquer.

— Mais enlève-toi cette carapace et cette culpabilité que tu traînes depuis l'accident, ce n'est pas possible ! Tu te punis de quoi ? D'être en vie ? Mais tu ne vis pas, Clara, tu survis, et ce, par ta propre faute !

Elle a raison.

Au cours de la journée je réfléchis au moyen subtil et délicat de contacter Alex et surtout à la manière de lui expliquer ma situation. Je me dirige vers l'appartement en n'étant guère plus avancée sur la façon de m'y prendre, ce qui me rend encore plus triste et penaude.

Dans ma boîte se trouve un paquet, assez mou, et estampillé d'outre-mer. Mon cœur fait un triple salto avant ; ce serait pourtant ridicule de mourir avant de savoir ce que ce paquet contient !

J'arrache frénétiquement le plastique et ramasse la lettre tombée à terre. Sa lecture me laisse complètement décontenancée. Je glisse le long du mur, les yeux toujours rivés sur les mots qui dansent devant mes yeux.

Clara,

Je suis surpris que toi, si intelligente et pleine d'esprit, aies pu imaginer que ton subterfuge puisse fonctionner. Me voilà presque déçu, Miss sangria.

Je savais avant même ton arrivée que tu avais pris la place de Candice. Elle avait téléphoné à l'association, surprise de ne pas recevoir les renseignements pratiques. Je me suis rendu compte que le courrier avait été envoyé à son ancienne adresse. À ce moment-là, tu as appelé en prévenant que ton numéro avait changé. J'ai compris que quelqu'un profitait de cette erreur pour créer un malentendu et profiter de ce quiproquo. Le siège de l'association m'a laissé décider de la suite : j'ai donné une place à Candice dans un autre de nos dispensaires de Martinique, en lui expliquant qu'il y avait eu une erreur, et je t'ai laissée venir, curieux de découvrir celle qui avait assez de culot pour se faire passer pour une autre et surtout pour connaître la personne qui était suffisamment mal dans sa vie pour s'empêtrer dans une situation pareille. Que cherchait-elle à fuir ? Je voulais absolument le découvrir.

Je n'ai malheureusement pas découvert qui tu étais vraiment. J'ai maintes fois essayé pourtant, mais tu te réfugiais toujours dans ton donjon inaccessible. Nous avons quand même réussi à créer un lien, ce qui n'était pas gagné au début étant donné ta bonne humeur matinale (tu as toujours le matin grognon comme ça ?). J'espérais qu'au fil du temps tu allais fendiller ton armure et me raconter aussi ta vie, mais non.

J'ai vraiment été déçu que ta véritable identité ait été dévoilée ainsi ; j'aurais préféré l'entendre de ta propre bouche plutôt que de celle de l'infirmière, sincèrement.

Je n'ai donc pas de réponses à mes nombreuses questions, les principales étant : Qu'essayais-tu de fuir ? Qu'espérais-tu trouver ?

Je suis déçu, triste et amer.

D'autant que l'ado attardée à la réplique facile qui me tenait tête me plaisait beaucoup. Trop, à vrai dire, raison pour laquelle j'ai pris mes distances... De toute façon, je ne savais pas qui était en face de moi : la vraie Clara ou la fausse Candice ?

Nous avons eu une bonne nouvelle au sujet du dispensaire : celui-ci va pouvoir continuer à fonctionner après notre départ. En effet, la mairie a trouvé des ressources et débloqué des fonds ! Des médecins et des infirmières y travaillent avec nous à mi-temps pour être formés jusqu'à la fin de notre mission pour ensuite en reprendre la gestion.

Océane t'envoie de gros bisous mouillés, Betty me répète souvent que sa doudou lui manque.

Tu trouveras avec cette lettre quelque chose qui te rappellera la Martinique, je crois, et qui te fera plaisir, j'en suis sûr.

Dès la mission terminée je reviens en France pour quelques mois, qui sait, peut-être pourrons-nous reprendre l'histoire depuis le moment des présentations ?

Alex (ou Alex-Ken, comme tu veux, le double prénom est à la mode pour le moment).

J'ai ouvert le paquet emballé dans du papier, cette fois, et déplié le tee-shirt qui s'y trouvait. J'ai dû m'y prendre à plusieurs fois pour lire le slogan qui y était inscrit, les larmes embrouillant ma vue : « J'peux pas, j'ai ti-punch », écrit sur un pêle-mêle de photos de l'équipe, des habitants du quartier et du jardin de Balata.

Manaus, deux ans plus tard.

Je déambule dans les allées du parc Mindu, admirant les orchidées. Enfin, déambuler est un bien grand mot ! « Je piétine » serait plus approprié. Des visiteurs me fixent d'un air affligé ; ils n'ont pas souvent vu de baleine échouée aussi loin dans les terres brésiliennes, on dirait. S'ils savaient, pourtant, comme je suis heureuse, en surpoids, mais heureuse.

Je m'arrête à la hauteur d'une magnifique orchidée pour l'admirer lorsqu'un coup me coupe le souffle. Une main sur le ventre, je jette un regard courroucé vers le responsable :

— Dis, voudrais-tu faire comprendre à ton surfeur de fils que mon ventre n'est pas le dernier spot à la mode ? Je ne vais jamais tenir encore trois mois, sinon !

Alex éclate de rire et me caresse le dos.

— Tu devais te douter, ma chérie, que te marier et avoir un enfant avec un surfeur sur... comment disais-tu ? le retour ? allait avoir des conséquences ! Viens, il est temps de rentrer préparer nos affaires, ta maman m'en voudra éternellement si nous ne rentrons pas en France à temps pour l'accouchement... Et je ne parle même pas de nos amis et de l'équipe ! dit-il en me faisant un clin d'œil.

La voilà, la vraie vie.

Déborah J. Marrazzu

Un sacré karma (défectueux)

1

Strasbourg, juillet 2019.

— Voilà, c'est parfait !

J'appose la touche finale à ce superbe gâteau et m'éloigne de quelques pas pour admirer mon œuvre. Ma-gni-fique ! Rien à redire. Il est sublime, comme tous mes gâteaux. À voir le glaçage qui entoure les génoises et le *topping* sur les *cupcakes*, j'ai des étoiles plein les yeux. Les mariages, c'est ce que je préfère. J'ai tenu à venir tout finaliser moi-même. Claire, la future mariée, est une amie du lycée. Bien que cela fasse quelque temps que nous ne nous sommes pas vues, je ne pouvais pas refuser quand elle est venue me demander si je pouvais m'occuper des desserts. Puis, il faut dire que le *wedding cake* représente le bouquet final. Les invités doivent être émerveillés à sa vue. Je hoche la tête, satisfaite. Tout est nickel. Alors que je commence à remballer mon attirail, des bruits de pas précipités retentissent. Sûrement un invité en retard pour la cérémonie. L'église jouxte la somptueuse salle dans laquelle la fête aura lieu. N'y prêtant pas attention, je termine de ranger mon matériel, un sourire aux lèvres. Soudain, la double porte de la vaste cuisine s'ouvre à la volée, me faisant sursauter. Un homme entre en trombe et se dirige vers moi. Rectification : un très bel homme.

— Émilie ? Tu es bien Émilie ? me demande-t-il avec précipitation.

— Oui, je réponds en plissant les yeux.

Je fouille ma mémoire, mais je suis catégorique : je ne connais pas cet homme. Grand. Cheveux courts noirs, qui contrastent avec des yeux d'un bleu presque translucide. Des fossettes. Un costume qui fait ressortir sa carrure athlétique. Non. Vraiment. Je n'aurais pas pu l'oublier.

— Ah ! Allez, viens, dépêche-toi !

Sans que je puisse réagir, l'homme m'empoigne le bras et me tire vers la porte. J'ai tout juste le temps d'attraper mon sac à main au passage.

— Excusez-moi, mais je...

— Oh oui, tu peux t'excuser, m'interrompt-il sans ralentir. Ils nous attendent tous !

Pardon ?!

— Ce n'est pas...

— Avance, sinon nous n'arriverons jamais à temps.

Mon ravisseur me presse davantage, tandis que j'essaie désespérément d'en placer une. Mes talons claquent en rythme sur le sol carrelé. C'est bien ma veine !

— Je ne suis...

— Économise ton souffle et marche plus vite ! m'assène l'inconnu, qui commence à me taper sur le système avec ses ordres.

— C'est qu'en fait...

— Chut ou alors il va falloir que je te porte pour qu'on y arrive !

Je m'arrête net, le forçant à faire de même, et je le dévisage. Je fronce les sourcils en lui lançant un regard noir, l'air de dire : « Essaie un peu pour voir. » Tout à coup, il se jette sur moi, puis me bascule sur son épaule comme un sac à patates. Je rêve ! J'entends qu'il ouvre la porte. Nous nous retrouvons dehors, sous un magnifique ciel de printemps sans aucun nuage.

Je crie en gesticulant dans tous les sens :

— Reposez-moi tout de suite !

Aucune réponse.

— Lâchez-moi !

Toujours aucune réponse ; cependant les épaules de l'inconnu tressautent. Il est en train de rire ! Vraiment ? Il ne perd rien pour attendre. Je suis ballottée contre son dos, la tête pratiquement à l'envers. Heureusement que je porte une robe longue.

— Vous êtes sourd ? Je vous demande de me poser à terre !

— Voilà, répond-il tandis qu'il me fait glisser le long de son corps. Nous sommes arrivés.

Alors que je me retourne, j'aperçois les portes de l'église. *Reste calme, Émilie. Il s'agit d'une méprise.* L'orgue entame une musique que je reconnais, pour l'avoir entendue à tous les mariages dont je me suis occupée.

Oh oh.

— Fantastique ! Pile-poil à l'heure ! s'exclame l'inconnu tandis qu'il pousse le battant, et moi par la même occasion.

— Vous savez, je crois vraiment…

— Oui, je sais, moi aussi j'ai le trac, chuchote-t-il. Je n'aime pas beaucoup ces cérémonies, mais faut bien faire un effort quand il s'agit de son grand frère qui se marie, non ?

Tous les regards convergent dans notre direction. Aucun doute, mes joues viennent de virer au rouge tomate. L'homme me prend la main et se penche vers moi. Son odeur, subtil mélange de menthe poivrée et de musc, m'enivre un instant.

— Dis donc, mon frère ne plaisantait pas en disant que tu étais super mignonne.

Je sens mes joues s'enflammer et me demande comment cacher mon trouble. Cette fois, c'est sûr, je vire écrevisse. Il enroule mon bras autour du sien.

— Attendez, je ne suis...

— Chut, c'est le moment, on doit y aller.

Et sans me laisser la moindre chance de protester, il m'entraîne vers l'allée d'honneur.

Non, non, non. Pas ça !

— Il s'agit d'un mariage, murmure mon mystérieux cavalier. En général, les gens sourient.

Pourquoi est-ce toujours pour moi ce genre de galère ? Il me serre fermement contre lui. Impossible de m'enfuir. Au fur et à mesure que nous remontons l'allée, des visages consternés me font face. Les sourcils s'arrondissent et les yeux se plissent. Pas étonnant. Je ne suis pas celle qu'ils attendent.

Pas de panique, Émilie. Surtout, pas de panique. Tout va rentrer dans l'ordre. Oui, tout va...

— C'est qui, celle-là ! hurle une femme en provenance de l'entrée dans notre dos.

Oh non.

Nous venons d'atteindre l'autel. Le marié jette un regard affolé à son frère. Je lui offre un sourire contrit en retour et tente de me dégager de l'étreinte de mon cavalier.

— Liam, chuchote le marié, pourquoi tu es venu avec la pâtissière ?

L'intéressé me dévisage, abasourdi, avant de secouer la tête.

— Attends, tu m'as demandé d'aller chercher la demoiselle d'honneur. Je cite : « Émilie, une rousse super mignonne et pétillante. » Et j'ajoute : « Elle doit se trouver au niveau de la cuisine. »

À cet instant, une furie qui tire plus sur le rouge que le roux fonce droit sur nous. Enfin, plus précisément sur moi.

— Élodie, pas Émilie, souffle son frère.

— Oups, fait Liam alors qu'il me lance un clin d'œil.

Je pousse un soupir. Cette journée menace de virer à la catastrophe. Le marié affiche une grimace crispée. Je le comprends. Ce jour est censé être le plus beau de sa vie et la situation se transforme en un canular digne d'une « Caméra cachée ».

— C'est qui, *elle* ? répète d'une voix beaucoup trop aiguë la femme qui vient de nous rejoindre.

Avant que Liam ne fasse une autre gaffe, je lance :

— Personne.

Des murmures commencent à se propager dans l'assemblée. Il faut absolument que je réussisse à partir d'ici. Au moment où je fais un pas en arrière, dans l'espoir de m'en aller, la furie esquisse un rictus mauvais qui me promet des souffrances éternelles.

— Je suis vraiment navré, Émilie, intervient le marié, gêné.

Je me retourne vers lui et fais un petit geste de la main.

— Oh non, ce n'est rien. Il s'agit d'un malentendu…

Et là, c'est le drame. La furie rouge vient de me faire un croche-pied. Au beau milieu d'une église. Dans l'attente de la célébration d'un mariage. Elle vient de se condamner à l'enfer. Aucune autre possibilité. Je suis étalée de tout mon long et, affreux, mon sac à main est ouvert et toutes mes affaires sont éparpillées au sol. Ma dignité s'est envolée. Adieu, je l'aimais bien. Bon, je crois que je touche le fond, là. Impossible d'imaginer pire. Enfin, ça, c'était avant que cette suppôt de Satan ne se baisse et ne ramasse ma carte de visite.

— *Émilie cake designer,* dit-elle trop fort. Ou plutôt, *Émilie cake disaster*.

Fou rire général. Sympa. Vraiment. Ma respiration s'accélère. J'entreprends de me redresser. Liam s'approche de moi, afin de m'aider à me relever, mais je le repousse. Tout ça, c'est uniquement sa faute ! Puis, la Marche nuptiale se met à vibrer dans l'air. Affolée, je ramasse mes effets personnels à toute vitesse et les engouffre en vrac dans mon sac.

— Il y a une sortie de ce côté, me suggère le marié, avec gentillesse et surtout désespoir.

— Je l'accompagne, informe Liam.

— Je n'ai pas besoin d'escorte ! dis-je en même temps que son frère lui ordonne de prendre sa place à ses côtés et de ne plus bouger.

Liam se résigne, tandis que la furie se positionne au niveau de l'autel. Il est temps de filer en douce. Du moins, autant que cela soit possible sachant que je viens de subir une humiliation monumentale. Sérieusement, mon karma craint un max !

2

— Je suis tellement, mais tellement désolée pour ce qui s'est passé, répète Claire, la merveilleuse mariée.

Ils ont insisté pour que je reste, histoire de se faire pardonner. Alors que, soyons honnêtes, eux n'ont absolument rien à se reprocher.

— C'est pas grave, dis-je, un peu tendue. Ne t'en fais pas, profite de ton jour.

Claire me remercie avant d'être entraînée par ses amies. Elle se retourne vers moi et esquisse un petit signe, accompagné d'un clin d'œil, pour désigner quelqu'un derrière moi.

— Tu sais, finalement, je suis content, déclame Liam lorsque je fais volte-face.

J'ai beau être en colère contre lui, mon sentiment retombe comme un soufflé lorsqu'il s'avance dans ma direction, tout sourire. Le costume lui va à ravir, impossible de le nier. Une petite lueur brille dans ses yeux. Des étoiles et autre chose que je n'arrive pas encore à bien identifier.

Je réplique, sarcastique :

— J'en suis ravie pour vous.

— Nous avons remonté l'allée d'honneur ensemble. Tu pourrais au moins me tutoyer. Ça ne représente donc rien pour toi ?

Cette fois, impossible de retenir le sourire qui s'épanouit sur mon visage. Liam fait la moue et tente d'imiter les yeux du Chat Potté. Très belle imitation, soit dit en passant.

Je déclare, au bord du fou rire :

— Navrée de te décevoir.

— Aoutch, touché !

Il mime une flèche en plein cœur, avant d'attraper deux coupes de champagne sur le plateau d'un serveur qui passe à proximité. Il m'en tend une, que j'accepte volontiers.

— Et si l'on recommençait depuis le début ? propose-t-il en trinquant.

— J'approuve !

— Alors, aux rencontres impromptues !

J'ajoute en levant ma coupe :

— Aux rencontres sur un malentendu !

Nous buvons une gorgée. Seigneur ! Ce champagne est succulent. J'en ai rarement bu d'aussi bon. OK, j'en ai rarement bu tout court. Les bulles pétillent dans ma bouche, un vrai délice. Pendant que je me délecte de cette saveur, je repère la furie rouge qui nous observe. J'ai la désagréable sensation d'être passée au rayon laser.

— J'étais sérieux, je suis content de t'avoir eue à mon bras aujourd'hui.

Mes yeux croisent les siens. Le sentiment de me perdre dans une mer agitée m'envahit. De me noyer au milieu d'un océan en pleine tempête. De tomber dans un tourbillon et de n'avoir aucune possibilité d'en sortir. Son regard est si intense que je suis à deux doigts de chavirer.

— Sérieusement, c'était bien plus agréable que d'avoir Élodie à côté de moi, ajoute Liam en fronçant le nez d'une façon adorable.

Un petit rire m'échappe. Ça, je veux bien le croire. Élodie n'a pas l'air du tout d'être une fille chouette.

Cette façon de m'humilier durant la cérémonie... Cette voix horripilante, haut perchée et snobinarde... Malheureusement, elle est la meilleure amie de la mariée.

— Je prends ça comme un compliment.

— Tu peux, c'en est un. Alors, tu es *cake designer*, c'est cela ?

J'acquiesce avec fierté tout en désignant la pièce montée qui se trouve sur une grande table, plus loin. Les *cupcakes* au *topping* bordeaux l'entourent tel un tapis de rose. Liam grimace.

— Je déteste les pâtisseries, m'avoue-t-il en chuchotant. C'est un secret, mais vraiment, j'ai le sucre en horreur.

Je fais mine d'être épouvantée et pose ma main sur ma bouche. Les fossettes de Liam se creusent quand il se met à rire aux éclats. Un son grave et sexy qui provoque des picotements dans mon ventre. Finalement, ce malentendu était peut-être une bonne chose. Un signe du destin m'enjoignant d'oublier mon ex infidèle. L'alchimie commence à prendre entre nous deux. Je suis à peu près certaine que ce mec me drague. Ses œillades, sa manière d'être, sa façon de se mouvoir, tout indique que Liam flirte avec moi. Et je dois reconnaître que c'est agréable.

— Rassure-toi, je ne vais pas t'obliger à goûter.

— Toi, non, mais eux, si, rétorque Liam en pointant du doigt les mariés, c'est certain.

Un rictus de dégoût étire ses lèvres. Je suis de plus en plus à l'aise. M'occuper personnellement de ce contrat était pile ce dont j'avais besoin pour me changer de mes idées noires.

— Ha ! Tu es là !

Deux mains entourent le corps musculeux de Liam. Deux mains suivies de deux bras, d'un corps parfait et d'une tête. Une très jolie femme se pend au cou de mon complice et lui donne un langoureux baiser. Un de ceux que l'on ne voit que dans les films. Elle aussi paraît tout droit sortie d'une comédie romantique. Grande. Élancée. Une généreuse poitrine et des yeux en amande. Une robe à faire pâlir Kim Kardashian. Un coup d'œil sur ma tenue. K-O à plate couture.

— Hum… Julia… je… bredouille Liam.

La femme lui prend la main et entrelace leurs doigts. Le message est clair. Imprimé en grosses lettres. Et clignote en fluo. Liam s'éclaircit la voix et reprend une certaine contenance.

— Je croyais que tu ne pouvais pas venir ?

— Léon a accepté de me remplacer, déclare-t-elle avant de fixer ses prunelles sur moi.

Du regard, Liam fait l'aller-retour entre nous. Un silence gênant s'installe. Évidemment. Trop beau pour être vrai. Fallait que je m'y attende. De toute façon, mélanger travail et amour ne fait jamais bon ménage. Descends de ton nuage, Émilie, la fête est finie. Enfin, surtout pour moi.

— Je vais y aller, dis-je sans laisser le temps à Liam de répliquer. Bonne fin de soirée.

Puis, je pars d'un pas confiant. Du moins, en apparence.

— Émilie ! Attends ! crie-t-il.

Ne te retourne pas. Ne te retourne pas. Ne te retourne pas.

— Liamou chérichou ! le réprimande sa compagne.

J'accélère, dépose ma coupe et pousse enfin les portes de la salle. Je me retrouve au milieu d'un hall, seule. Comme toujours. Peu importe. Il n'y a pas de place à l'heure actuelle dans ma vie pour autre chose que mon travail. La preuve : nous sommes samedi soir et je n'avais rien de prévu, sauf préparer le gâteau de mariage d'une autre femme.

3

— J'arrive pas à croire que tu te sois retrouvée dans cette situation ! s'esclaffe Lucie, mon employée.

L'œil noir que je lui lance ne fait qu'accentuer son hilarité. Elle se tient le ventre, n'en pouvant plus. Que m'a-t-il pris de lui raconter ma mésaventure de samedi ? Quand je l'ai vue arriver avec des cernes sous les yeux et une toute petite mine, je n'ai pas pu m'empêcher de vouloir égayer son lundi matin. Lucie vient de rompre avec son ami. Un homme qui l'a quittée car il ne voulait pas d'enfant, quand elle ne rêve que de ça. Quel dommage ! Tant pis pour lui, il ne sait pas ce qu'il perd. Lucie est une perle.

— Moque-toi tant que tu veux, dis-je alors que j'essaie de retenir un sourire. Ce n'était franchement pas drôle !

— J'aurais tellement voulu voir ça !

Tandis que mes lèvres se retroussent malgré moi, je soupire. J'attrape mon tablier vert d'eau avec des fleurs de cerisiers, noue le nœud dans mon dos, avant de croiser les bras. Lucie rit de plus belle en se dirigeant vers la porte d'entrée. Elle la déverrouille et tourne le panneau afin d'indiquer « Ouvert ». Je lève les yeux au ciel, même si, au fond, je trouve la situation très drôle aussi. J'embrasse du regard le petit salon de thé. Ma fierté. Mon coin de paradis. Installée dans ce local depuis bientôt trois ans, je mesure la chance que j'ai de pouvoir vivre de ma passion. Ce n'est pas très grand, nous disposons d'une dizaine de tables seulement et d'un comptoir. Mon laboratoire, où je confectionne moi-même toutes les pâtisseries que nous vendons, se trouve au fond. *Sweet Cake* représente ma bulle. Mon monde, que personne ne pourra jamais m'enlever.

— Il est temps que j'aille préparer les *cupcakes* pour cet après-midi, lui dis-je, heureuse à cette perspective.

— Où est Oscar ? me demande soudain Lucie.

— Il a dû aller faire un tour. Il passera certainement dans la matinée.

La jeune femme hoche la tête et prend place derrière le comptoir pour se mettre au travail. Ses cheveux blonds, attachés en une queue de cheval haute, et son teint de porcelaine lui confèrent l'allure d'une poupée. C'est d'ailleurs une des raisons qui m'ont fait l'engager. Ça et le fait que Lucie avait désespérément besoin d'un job. Comment résister à ce visage de poupon ? Je secoue la tête pour sortir de mes pensées. Il est déjà 9 h 30, je dois me dépêcher pour ne pas prendre de retard. La journée promet d'être longue.

Une fois que j'ai poussé la porte battante du laboratoire, je laisse échapper un soupir d'aise. Une sérénité m'envahit. Sans attendre, je m'empare des ingrédients dont j'ai besoin. Farine. Sucre. Pistoles de chocolat blanc. Framboises. Pépites de chocolat noir. Puis, sans y penser, je m'attelle à préparer mon appareil pour les gâteaux. Je mélange. J'assemble. J'enfourne. Aujourd'hui, les fruits rouges sont à l'honneur alors les *cream cheese* sont aux fraises, aux framboises et aux myrtilles. Je m'amuse comme une petite folle et ne vois pas les heures défiler. Ce n'est que lorsque Lucie entre que je m'aperçois qu'il est déjà plus de 14 heures.

— Je vais prendre ma pause-déjeuner, m'informe-t-elle. Tu peux passer devant ?

— J'arrive. Juste le temps de me débarbouiller et je suis là.

Moins de cinq minutes plus tard, je me retrouve seule dans la boutique. Accoudée au comptoir, je rêvasse à mes prochains tests de recettes. Ce que j'aime particulièrement dans mon métier, c'est la part de création. Imaginer. Échafauder. Réaliser des décorations toujours plus folles. La pâte à sucre n'a plus aucun secret pour moi. L'heure passe beaucoup trop lentement. Comment fait Lucie pour tenir le coup quand c'est aussi calme ? Je préfère quand c'est le *rush*. En parlant de Lucie, elle vient enfin de revenir.

— Désolée, j'ai un peu de retard, ma mère voulait déjeuner avec moi et c'est une véritable pipelette.

— Ne t'en fais pas, lui dis-je, avant de m'exclamer tout en désertant le poste derrière la caisse : Je viens d'avoir une super idée de recette. Je file la noter avant de l'oublier !

Ni une, ni deux, je me réfugie à l'arrière, bien plus à l'aise dans les coulisses que sur le devant de la scène. J'en profite pour manger un morceau. Je croque dans mon sandwich au poulet, quand Lucie surgit, complètement paniquée.

— Oh mon Dieu ! Oh mon Dieu !

— Que se passe-t-il ?

Son affolement commence à me gagner. Je suis une pompe à stress. Une vraie éponge. J'absorbe la moindre émotion qui passe à côté de moi.

— Je t'ai dit que ma copine qui bosse au magazine de cuisine *Les Papilles* m'avait informée que les critiques allaient passer ici ?

Je blêmis. *Les Papilles* représentent le Graal pour les pâtissiers. Un peu comme le *Guide Michelin*, mais en mieux. C'est un rêve d'obtenir une bonne note dans leur brochure, car cela signifie un afflux de clients non négligeable. Incapable de prononcer le moindre mot, je hoche la tête.

— Eh bien, ils sont là ! poursuit Lucie. Rita m'a envoyé leurs descriptions et je les ai reconnus ; ils sont assis juste à côté ! Un homme et une femme.

Le baromètre de mon stress vient d'exploser. Respirer, je dois respirer. Ce ne sont que des clients normaux. Des êtres humains, comme tout le monde. Avec le pouvoir de vie ou de mort sur mon salon de thé. Non, non, non. Il ne faut pas que je pense à cela.

— Ça va ? s'inquiète Lucie.

— Oui, oui. Je ne m'y attendais pas pour aujourd'hui, c'est tout.

Reste calme, Émilie.

Je me répète cette phrase en boucle dans ma tête. Peine perdue. Mon rythme cardiaque fait les montagnes russes. L'appétit vient de me quitter d'un seul coup et la bouchée que j'ai avalée me reste même en travers de la gorge. Lucie m'observe, anxieuse.

— Tu es certaine que ça va aller ?

Hochement de tête. Sourire crispé. Non. Rien ne va aller.

— Bien sûr ! Ne t'en fais pas.

La grimace de Lucie atteste que je ne dois pas faire illusion. Tant pis. Pour l'instant, c'est le dernier de mes soucis. Tout ce que j'espère, c'est que la mésaventure de ce week-end ne s'est pas encore répandue.

— Ils ont commandé quoi ?

— Un cupcake coco, un *carrot cake*, énumère-t-elle, un cookie trois chocolats accompagné d'un café serré et d'un latte.

— OK, dis-je tandis que je me dirige vers la porte.

Je l'entrouvre et jette un œil à la salle. Trois lycéennes discutent tranquillement à une table. Plus loin, un habitué lit le journal. Sur la gauche une mère et sa fille dégustent un chocolat gourmand. Mes yeux balaient la pièce vers la droite et là, je me fige.

— Nom d'un p'tit bonhomme en pain d'épice !

— Alors, fait Lucie dans mon dos. Tu les vois ? Le mec est archi canon !

— C'est pas possible !

Sans aucune explication, je fonce dans la salle en direction d'une table où un couple est en train de patienter. Je me plante devant eux. La femme, qui remarque immédiatement ma présence, me sourit chaleureusement. L'homme prend tout son temps pour se tourner. Je vois ses yeux se poser sur mon corps, puis remonter lentement vers mon visage. Le tablier que je porte ne laisse aucun doute quant à ma fonction au sein de l'établissement. Ses yeux bleus s'arrondissent de surprise. Le bord de ses lèvres se crispe en une espèce de torsion. Ses fossettes se creusent, tandis qu'il se passe une main dans les cheveux. Malgré les effluves de cannelle et de chocolat, je sens son parfum m'envoûter. Ce mélange de menthe poivrée et de musc qui me fait craquer.

— Émilie ?

Je vocifère, hors de moi :

— Dis-moi que c'est une blague ! Tu me poursuis, c'est ça ? Tu as décidé de ruiner ma vie ?

Lucie accourt vers nous ; la compagne de Liam ne comprend pas ce qui se passe. J'enrage. C'est une « Caméra cachée ». Impossible que ce soit vrai. Pas après ce qu'il m'a avoué lors du mariage de son frère.

— Excusez-nous, intervient mon employée, qui m'empoigne le bras et le serre fort. Je vous apporte votre commande tout de suite !

Cette dernière me tire vers le comptoir, sans me demander mon avis. Hors de question ! D'un mouvement brusque, je me dégage de sa poigne et fais volte-face pour hurler à la face de Liam :

— Comment peux-tu être rédacteur et critique en pâtisserie alors que tu détestes le sucré !

Le temps se suspend et tous les clients me dévisagent. Je souffle comme un bœuf. Liam se lève d'un bond, furieux. Ses sourcils se touchent presque à force de les froncer.

Oh oh.

— Tu veux bien te calmer ? gronde-t-il. Laisse-moi t'expliquer.

Nos corps se font face. L'air entre nous crépite tant la tension est palpable. Le jean brut qu'il porte lui va à ravir. Son blazer noir fait ressortir sa chemise bleu ciel. Une barbe naissante embellit ses joues et son menton. Pourquoi mon cœur cogne-t-il aussi fort dans ma cage thoracique ? Quel idiot, celui-là. Traître. Il faut que je me reprenne. *Allez, Émilie, trouve un truc à dire pour l'ébranler.*

— Je t'écoute, Liamou, dis-je en accentuant ma réplique d'un sourire hypocrite.

Sa collègue pouffe de rire. Lui, me fusille du regard. Je n'arrive pas à me détacher de ses pupilles, comme si un fil invisible s'était tendu entre nous. Liam tourne la tête vers la femme et rompt le charme.

— Tu m'excuses une minute, déclare-t-il.

— Je t'en prie, mais n'oublie pas que nous avons un rendez-vous.

Il acquiesce, avant de reporter son attention sur ma personne.

— Toi, tu viens avec moi.

Sa main s'empare de la mienne, tandis qu'il me tire vers le labo. Comme un air de déjà-vu. Je tente de me dégager. En vain.

— Lâche-moi, Liam !

— Alors ça, n'y compte pas.

Liam ouvre la porte, qui claque contre le mur. Il me pousse à l'intérieur et j'ai tout juste le temps d'apercevoir Lucie servir leur commande, avant que le battant ne se referme sur nous deux.

— Émilie...

— Tu n'es pas venu avec Julia, cette fois-ci ?

Les mots sarcastiques m'ont échappé. Je ne sais pas ce qui m'a pris. Je le connais à peine, pourtant je ressens comme une envie de meurtre, là, tout de suite. Ses yeux se réduisent à deux fentes. Son corps s'avance dans ma direction, à mesure que je recule vers le mur. Lorsque mon dos entre en contact avec la surface froide, je frissonne. Tel un prédateur, Liam place ses mains de chaque côté de mon visage.

— Ah, c'est ça, susurre-t-il tout près de mon oreille. Tu es jalouse ?

— N'importe quoi.

Ses yeux pétillent de malice. Cette situation l'amuse et ça me rend folle. Je mordille l'intérieur de ma joue et tourne légèrement la tête. Dans la manœuvre, j'effleure presque ses lèvres. Sa respiration s'accélère, bien qu'il tente de conserver le contrôle.

— Je ne vois pas pourquoi je serais jalouse. C'est toi qui m'as draguée au mariage et non l'inverse.

— Crois-moi, si je t'avais draguée, tu aurais fini dans mon lit.

Non, mais je rêve ! L'archétype du mec arrogant par excellence. Soudain, il éclate de rire. Le son explose dans mes oreilles.

— Je plaisante, détends-toi.

— Tu es vraiment...

— Irrésistible ? me coupe-t-il en arquant un sourcil.

— Agaçant. Tu es vraiment quelqu'un d'agaçant.

Liam hausse les épaules, puis s'écarte de moi. Il inspecte la pièce. Le bazar que j'ai laissé en plan quand je me suis précipitée pour l'invectiver me saute aux yeux. Impeccable. Contrairement à ce que je craignais, ses lèvres s'étirent. Un adorable sourire s'affiche sur son visage et il se dirige vers mon plan de travail.

— Tu es vraiment passionnée, n'est-ce pas ?

Plus qu'une question, sa phrase sonne comme une affirmation. Mon cœur reprend peu à peu un rythme normal. Il était temps.

Je murmure :

— Oui, c'est primordial la pâtisserie pour moi. Je l'ai dans le sang.

J'avance pour me poster à ses côtés. Il examine les ingrédients qui s'étalent devant nous.

— Pourquoi as-tu ouvert ce salon de thé, Émilie ? Pourquoi fais-tu de la pâtisserie ?

Sa question me déstabilise. Nous sommes passés d'une conversation légère à quelque chose de bien plus profond. Aucun sous-entendu. Aucune entourloupe. Il souhaite vraiment connaître mes motivations.

— Je souhaite simplement rendre les gens heureux. Leur offrir une parenthèse de bonheur dans leur vie, même le temps de quelques minutes.

Un silence pesant envahit l'espace. Liam m'observe de son regard étrange. Indéchiffrable. Alors que sa bouche s'entrouvre et qu'il s'apprête à parler, Oscar entre dans la salle en miaulant gaiement.

Liam fait un bond en arrière en criant :

— Quoi ? Qu'est-ce que c'est ?

Son index désigne l'adorable chaton gris, qui se dandine. Mes yeux font l'aller-retour entre les deux. Oscar, inconscient de l'effet qu'il produit, mange tranquillement ses croquettes dans sa gamelle en ronronnant tandis que Liam passe un doigt entre son cou et le col de sa chemise.

Je le taquine :

— Tu n'as jamais vu de chats de ta vie ?

Il me foudroie de ses yeux exorbités. C'est quoi son problème ? Je jurerais voir une goutte de sueur perler sur son front.

— Si, bien sûr que si. C'est juste que... je... bafouille-t-il. Je suis...

Liam respire péniblement. Je ne comprends pas ce qui lui arrive quand soudain, tout s'éclaire.

— Tu es allergique aux chats ?

— Je n'irai pas jusqu'à dire ça. Disons que je n'apprécie pas particulièrement ces bestioles.

Je lève les yeux au ciel, tandis que je me dirige vers Oscar et le prends dans le creux de mes bras.

— C'est quand même dingue que je tombe sur un mec qui déteste le sucre ET les chats !

— Est-ce que tu peux le faire sortir ? me supplie presque Liam.

Une caresse entre les oreilles d'Oscar le fait ronronner plus fort. Comment peut-on ne pas aimer les chatons ? Et plus encore, les pâtisseries ? Ça me dépasse. Je reviens vers Liam.

— Émilie... pitié... m'implore-t-il, à la limite de la terreur.

En faisant un pas de plus vers lui, je m'exclame :

— C'est fou, quand même, qu'une si petite boule de poils te fasse cet effet ! Regarde, il est adorable ce minou.

Liam comprend mon petit manège et commence à se diriger de l'autre côté de la pièce. À mesure que j'avance, lui essaie de s'échapper. Qui a dit que la vengeance est un plat qui se mange froid ? Personnellement, je l'adore chaud. Voire même brûlant. Nous sommes maintenant chacun à une extrémité de la grande table rectangulaire, qui me sert de plan de travail.

— Tu n'as vraiment aucune pitié.

— Dit celui qui m'a ridiculisée lors d'un mariage et qui maintenant va rédiger une chronique culinaire sur mon salon de thé alors qu'il DÉTESTE le sucré !

— OK, tu marques un point.

Oscar commence à s'agiter dans mes bras. Il miaule en direction de Liam, comme s'il sentait son aversion.

— Pour ton information, sache que si nous venons toujours à deux pour noter, c'est parce que je ne goûte jamais les pâtisseries. Moi, je m'occupe de tout le reste : la déco, l'ambiance, le personnel, entre autres.

— Menteur ! Tu n'es qu'un beau parleur, oui !

— Je... Mais... Non ! J'ai voulu te l'expliquer mais tu t'es emportée façon folle furieuse !

— Tu viens bien de me traiter de folle furieuse, là ?

— Émilie, je...

« Miaouuuu, miaouuu. »

D'un seul coup, Oscar s'échappe de mon étreinte et se rue sur Liam. La scène qui se déroule devant moi est trop drôle et, ne pouvant plus me retenir, j'éclate de rire face à ce spectacle. Le pauvre chaton ne souhaite que s'enfuir et retourner vagabonder. C'est compter sans Liam qui en a manifestement une peur monstre. Il sautille sur place et manque de s'étaler sur le carrelage en damier. Oscar tente une percée entre ses jambes. Liam lève son pied droit, chancelle et perd l'équilibre. *In extremis*, il se rattrape à la porte. Oscar gratte celle-ci avec frénésie afin de pouvoir sortir. Soulagé, Liam l'entrouvre assez pour qu'il puisse s'échapper en s'écriant :

— C'est ça, file, Cerbère !

— Pour ton information, Cerbère est un chien à trois têtes.

— Ça, ça reste encore à prouver.

Liam reprend une certaine contenance quand il se retourne vers moi et pousse un peu plus la porte, avant de me murmurer :

— Julia et moi, c'est terminé. Ça l'était bien avant le mariage de mon frère.

Puis, il referme derrière lui. Je me retrouve seule avec mon cœur qui tambourine dans ma poitrine et des questions plein la tête.

4

— Alors, il paraît que tu as fait une scène à un homme, aujourd'hui ? m'assène ma mère dès que je pose un pied chez mes parents. J'espère que tu t'es excusée par la suite ! Après, ne t'étonne pas s'ils ne restent pas !

Formidable. Ce repas de famille promet d'être sympa. Et dire que Ludovic, mon petit frère, n'est même pas là. Quel lâcheur ! Je pousse un soupir et accroche ma veste au portemanteau, avant d'embrasser mon père sur la joue.

— Je vois que les nouvelles vont vite.

— Christine vous a vus à travers la vitrine alors qu'elle revenait de chez le coiffeur.

Tout s'explique. Cette femme est une pourvoyeuse de ragots en tout genre. Une espèce de vautour à l'affût de la moindre rumeur.

— Elle raconte que tu avais l'air d'une possédée en criant sur lui, ajoute ma mère, visiblement au comble du désespoir. Le pauvre homme.

De mieux en mieux. Depuis ma rupture, il y a sept mois, elle ne cesse de se lamenter sur sa fille qui n'arrive pas à garder un amoureux. Je suis un peu le chat noir de notre famille. Célibataire à plus de 28 ans… Ajoutons aussi le fait que d'avoir suivi mon cœur et ma passion pour la pâtisserie, au détriment de mes études de droit, n'est pas du tout pour lui plaire. Mon père, bien plus compréhensif et tolérant, lève les yeux au ciel et m'entraîne avec lui dans la salle à manger, où nous attendent ma sœur et son mari, ainsi que leurs deux enfants.

— Bonsoir, Émilie, me salue chaleureusement Éric qui vient me faire la bise.

Catherine, elle, m'observe de loin. Entre ma sœur et moi, c'est un peu comme le jour et la nuit. Elle et sa famille parfaite, moi et mon mariage avorté avec un homme infidèle.

— Tata Liliii ! hurle Sofia, ma nièce de 2 ans.

Cette dernière accourt vers moi et me saute dans les bras. J'ai tout juste le temps de la réceptionner. Son étreinte est magique. Ce petit corps, qui me serre si fort, me fait tout oublier. Je m'enivre de cette sensation quand son grand frère, Nathan, nous rejoint.

— Les enfants, intervient Catherine, laissez votre tante respirer.

À contrecœur, ils obéissent. Je me relève et sors de mon sac deux petits paquets que je leur tends. Leurs yeux pétillent d'excitation lorsqu'ils se jettent dessus. J'aime tellement les voir ainsi. Ma sœur fronce les sourcils malgré le sourire qu'elle affiche. Je les gâte soi-disant beaucoup trop, et pourtant je ne les vois qu'à peine tous les deux mois.

— Merci, c'est gentil, fait son mari en aidant la petite à ouvrir son paquet.

Sofia laisse échapper un cri de joie quand elle aperçoit le petit lapin que j'ai confectionné en pâte à sucre. Ils adorent ça, alors chaque fois, j'essaie de leur en apporter.

Je compte oublier, le temps d'une soirée, les mésaventures des derniers jours. Enfin ça, c'est compter sans ma mère. Elle n'est toujours pas remise de mon altercation avec Liam, lorsque nous passons à table. Ce qui ne l'empêche pas de changer de sujet :

— Ma chérie, j'ai croisé David aujourd'hui, déclare-t-elle tandis que mon père lui sert un verre de vin. Il m'a dit que tu lui manquais beaucoup et qu'il adorerait te revoir.

Je manque recracher par le nez la gorgée que je viens juste de boire. Après m'être essuyé la bouche, je prends quelques secondes pour retrouver mon calme. C'est une blague ? Ce n'est pas possible autrement. Soudain, la sonnette retentit.

Oh, non, pitié, ne me dites pas que c'est lui.

— Maman, qu'est-ce que tu as fait ? dis-je, au bord de la crise de nerfs.

Sans me répondre, elle se lève et va ouvrir. La voix grave de David résonne dans le couloir.

C'est un cauchemar. Que quelqu'un me sorte de là !

— Bonsoir, prononce David en entrant dans la salle à manger.

Ses yeux ne me quittent pas. Son sourire charmeur ne me fait plus aucun effet. Ou si, celui d'avoir une folle envie de lui coller ma main sur la figure. Plusieurs fois. Et de recommencer encore.

— Je suis en retard, Élisabeth, déclare-t-il d'une voix mielleuse à ma mère. Le travail m'a retenu. Je suis sincèrement désolé.

Espèce de serpent vicieux ! Ce mec est l'incarnation du mal. Il s'entendrait bien avec Élodie, tiens ! Je devrais songer à les présenter.

— Oh, ce n'est rien, minaude maman. Installe-toi, je vais te chercher un couvert. Je n'étais pas certaine que tu viendrais.

Non, mais c'est quoi cette histoire ? Dès qu'elle disparaît dans la cuisine, je fonce la rejoindre.

— Tu te fiches de moi ?

— De quoi parles-tu ? demande-t-elle en jouant les innocentes.

— Oh, de rien. Ou alors si, peut-être du fait que tu as invité mon ex-fiancé à venir dîner ce soir !

Ma mère s'affaire à préparer une assiette pour David et fait comme si je n'avais rien dit. J'élève la voix :

— Tu sais, l'homme qui m'a trompée avec ma meilleure amie trois mois avant notre mariage !

— Tout le monde peut faire des erreurs, Émilie, rétorque ma mère en se tournant vers moi, les lèvres pincées.

— Des erreurs ? Des erreurs ? Tu crois que c'est par *erreur* que David a atterri dans son lit ? Plusieurs fois !

— Voyons, n'en fais pas tout un plat.

Je fulmine de rage. Trop, c'est trop. Pourquoi ne prend-elle pas ma défense face à David ? Pourquoi se range-t-elle systématiquement de son côté ? Il en a toujours été ainsi depuis le début de notre relation : notre séparation est le résultat de mes nombreuses heures passées au salon de thé tard le soir ; le fait qu'il m'ait trompée n'est qu'un détail. Tout cela car le père de David est le maire de la ville. Le paraître a toujours été plus important que tout pour maman. Avant ce soir, je n'avais pas conscience jusqu'à quel point. Peu importe ce que je lui dirai, rien ne changera. Jamais. Je sens mon sang bouillir dans mes veines. Cette soirée va finir en désastre. Ou en meurtre. Au choix. Je pencherais plutôt pour la seconde option.

À notre retour à table, un silence gênant envahit l'atmosphère. Même les enfants ne parlent plus. Un peu comme s'ils ressentaient ce qu'il se passe.

— Je suis désolée. Je ne peux pas rester, je vais y aller.

Impossible d'en supporter davantage. Je me lève, attrape mon sac et avant que quelqu'un ne réagisse, je me rue vers la porte. J'étouffe. Une fois sur le palier, je souffle un bon coup. Je n'aurais pas dû venir ce soir. Un grincement me fait sortir de mes pensées.

— Émilie... murmure David dans mon dos.

Je ferme les yeux quelques secondes et prie intérieurement pour qu'il s'en aille.

— Je suis navré pour ce soir. Je pensais que ta mère t'avait prévenue.

Raté, il est toujours là.

Je me tourne vers lui et mon estomac se contracte. J'ai beau feindre l'indifférence, c'est faux. Cet homme m'a brisé le cœur et plus encore : il a percé cette bulle qui me protège et où je ne laisse pénétrer que peu de monde. Et je crois que c'est pour cette raison que je ne pourrai jamais lui pardonner. Comment avoir confiance après ça ?

— Même si cela avait été le cas, tu n'as rien à faire ici.

Ma voix est tranchante. Sans appel. Je ne dois laisser aucune ouverture. Pas d'infiltration possible. Je refuse de souffrir de nouveau.

— Je pense beaucoup à toi, tu sais, chuchote David alors qu'il s'avance vers moi.

— Arrête, s'il te plaît. Arrête.

Je recule d'un pas. Sa voix suave fait se hérisser les poils de mes bras. L'attirance que je ressentais pour lui est toujours présente au fond de moi. Camouflée sous une couche épaisse de colère et d'amertume, prête à surgir à tout moment. Tourner la page sur plus de huit ans de relation ne se fait pas du jour au lendemain. Malgré les quelques mois écoulés, la blessure est encore là. Bien ancrée en moi. Peu importe toute la rage que j'éprouve pour lui, les réminiscences de notre amour persistent.

— Je n'ai plus vu Alice depuis...

Une larme roule le long de ma joue. Pourquoi est-ce si difficile de le revoir ? Pourquoi ne puis-je me contenter de le détester ? Rien n'est jamais aussi simple. David franchit l'espace qui nous sépare et me caresse la joue. Son contact fait remonter des sentiments enfouis depuis longtemps.

— Peut-être que nous pourrions…

Je murmure sans le laisser terminer :

— C'est trop tard. Il n'y a plus de nous.

Je repousse sa main et dévale l'escalier à toute allure. Mon cœur cogne trop fort dans ma poitrine. Ma tête tourne. Lorsque j'arrive dehors, il pleut des cordes. Les gouttes glissent sur moi et effacent les larmes qui inondent mes joues.

5

— C'est bien calme ce matin, constate Lucie qui nettoie pour la troisième fois le comptoir.

Elle a raison. Il est 10 h 30 et, pour un mercredi, c'est carrément mort. D'habitude, à cette heure-ci, nous sommes pratiquement complets. Je me contente de hausser les épaules d'une façon désinvolte, tandis que l'inquiétude commence à me gagner. Je suis un peu sur les nerfs depuis le week-end précédent.

— Tu ne trouves pas que les gens regardent la vitrine de façon bizarre ? poursuit mon employée, qui m'indique une femme dans la rue piétonne, juste en face.

Effectivement, maintenant qu'elle le dit. La femme fronce les sourcils et affiche une grimace de dégoût avant de presser le pas. Étrange. Quelques minutes plus tard, un homme agit de la même façon.

— Tu vois ! s'exclame Lucie qui vient se poster à côté de moi, juste derrière la vitrine. Depuis ce matin, ils font tous ça ! Ce n'est pas normal ! Ils agissent comme si nous étions des pestiférées !

J'observe le comptoir avec les *cupcakes* appétissants, les cookies et les macarons. Les délicieuses gourmandises sont là et patientent. Quand une petite fille, les yeux émerveillés, nous désigne, je souris. Seulement, quand sa mère l'entraîne de force vers l'autre côté de la rue avec la même grimace de répulsion, je craque. Je sors de la boutique comme une furie et fonce vers elles.

— Hé, vous !

La femme presse le pas. Oh, non, ça ne va pas se passer comme ça. Je cours et me poste juste en face d'elle et de sa fille.

— Excusez-moi, mais pourquoi évitez-vous le salon de thé ?

La femme me toise avant de serrer plus fort la main de sa fille. C'est quoi son problème ? Je ne ressemble pourtant pas à une sorcière mangeuse d'enfants !

— Vous n'avez pas lu l'article ? demande-t-elle avec un air écœuré.

Pardon ?

— De quoi parlez-vous ? dis-je, interloquée.

— Désolée, nous sommes pressées, répond la femme, tandis qu'elle tire sa fille derrière elle et me laisse avec mes questions au milieu de la rue.

Une idée commence à germer dans ma tête. Se pourrait-il que…

— Émilie ! m'interpelle Lucie qui me fait signe de la rejoindre.

Ni une ni deux, je rejoins mon employée, qui vient de vérifier notre boîte aux lettres. Elle me tend un magazine que je connais bien. La page est ouverte sur les dernières critiques culinaires. Et là, je me fige. Je lis le titre et une vague d'angoisse, mélangée à des envies de meurtre, monte en moi.

Sweet Cake ou l'enfer des gourmands

Je parcours l'article des yeux. À chaque phrase, je manque de défaillir.

« Je ne vous recommande vraiment pas cet établissement. Quelle n'a pas été ma surprise de trouver plusieurs cheveux dans mon cupcake. Sans parler des rats qui pullulent dans les lieux. La propriétaire, qui par ailleurs ne possède aucun talent en pâtisserie tant les mets sont sans saveur, a même été obligée de prendre un chat afin de les chasser. La saleté les attire comme le miel les abeilles. Les produits sentent le surgelé. Alors, si vous voulez éviter une intoxication alimentaire, ne vous y rendez pas. Ceci est un conseil d'ami.

Liam Grandjean. »

Je ne réagis pas, incapable de détacher mon regard de ce ramassis de mensonges.

— Est-ce que ça va ? s'enquiert Lucie avec prudence.

— Je vais le tuer. Je te jure que je vais le tuer !

Si ça continue, je vais virer serial killer. Sans même prendre le temps de me changer, j'attrape mon sac, mes clés de voiture et sors en trombe de mon havre de paix, qui vient de voler en éclats.

6

Devant moi se trouve le bâtiment qui abrite *Les Papilles*. Le siège de ce magazine qui vient certainement de détruire tout ce que j'ai construit. Je contiens les larmes qui menacent de déferler sur mes joues. Oh non, je ne vais certainement pas pleurer. Ma colère prend trop de place. D'un geste brusque, je fourre mon tablier dans mon sac et m'engouffre dans l'immeuble. Direction le troisième étage, sans passer par la réceptionniste. La montée de l'ascenseur me paraît interminable, mais en même temps, me permet de me calmer. Il faut que je reste zen. Ne pas m'emporter. Le bip retentit et les portes s'écartent. Un vaste open space se dévoile. Des bureaux, à peine séparés de quelques mètres, des employés qui discutent ou parlent au téléphone, une grande baie vitrée. Puis, un peu plus loin, je l'aperçois enfin. Vêtu d'une chemise blanche et d'un jean. Assis avec nonchalance à son bureau, Liam est en pleine conversation sur son portable. Il se passe la main dans les cheveux. Personne ne fait attention à moi. Tant mieux. Mes yeux survolent le mur de gauche, où s'étalent toutes les couvertures du magazine, dont la dernière. Je souffle par le nez. Cette fois, il ne va pas s'en sortir aussi facilement !

Je fais un pas dans sa direction en criant :

— Liam Grandjean, comment as-tu osé ?

Ma voix est montée dans les aigus, comme chaque fois que je suis énervée. Liam sursaute et se retourne. Dès qu'il me voit, son visage se décompose.

Oh oui, tu fais bien de trembler !

J'ai une folle envie de lui planter des cure-dents en plein milieu de ses magnifiques yeux bleus. Tous ses collègues ont cessé leurs activités et se concentrent sur nous. Peu importe. Je vais lui faire regretter d'avoir menti !

— Je te rappelle, Christian, dit-il rapidement avant de raccrocher.

Liam s'éclaircit la gorge et un pli soucieux se forme sur son front.

— Qu'est-ce que tu fiches ici, Émilie ?

Je rêve ! C'est moi qui suis en colère et non lui !

— C'est quoi ce ramassis de cochonneries que tu as écrit, hein ?

Il jette un œil alentour, et toutes les têtes se baissent en faisant semblant d'être absorbées par leur travail. Soudain, la porte du bureau au fond s'ouvre et une sublime jeune femme en sort. Je la reconnais et réprime la réplique acerbe qui me brûle la langue. Toujours aussi bien habillée, Julia nous tourne le dos et fait la bise à un homme d'âge mûr.

— Qu'est-ce que...

— Viens avec moi, murmure Liam qui me tire avec lui dans un couloir.

Sous le choc, je me laisse entraîner. Sa poigne est ferme et commence à me faire mal. Il pousse la porte des toilettes des hommes. Deux jeunes sont en train de terminer de se soulager, quand la voix de Liam gronde :

— Dehors ! Tout de suite !

Sans attendre leur reste, les jeunes hommes sortent avec précipitation. Je me retrouve seule avec Liam qui fulmine. C'est le monde à l'envers !

— Pourquoi tu es là ?

— Pourquoi *elle* est là ?

— Tu réponds à ma question par une autre ?

— Pas seulement. Pourquoi tu as écrit ça ? Tu sais que ce n'est pas vrai ! Je ne pensais pas que tu t'abaisserais à mentir ! C'est vraiment pitoyable ce que tu as fait ! Tu devrais...

D'un mouvement souple, Liam franchit l'espace entre nous et plaque sa main sur ma bouche. Mon pouls s'emballe face à cette proximité. Nos yeux s'aimantent et le temps se suspend.

— Est-ce que tu veux bien me laisser t'expliquer ?

Je hoche la tête et il me libère. Ses mains viennent se poster de part et d'autre de mes hanches.

— Tu ne sais pas qui est Julia, n'est-ce pas ?

— Non, et alors ?

Liam lève la tête et ses épaules s'affaissent quelques secondes avant qu'il ne se reprenne.

— C'est la fille de Georges Constant, le grand patron.

Je fronce les sourcils. Cela n'explique pas son comportement à lui et pourquoi il a publié cette critique assassine envers mon salon de thé. À moins que...

— Laisse-moi terminer avant de t'emporter encore façon folle furieuse.

— Je ne...

Sa main revient tout de suite me faire taire. Son visage s'approche du mien. Je sens son haleine mentholée quand il reprend la parole en murmurant :

— Je t'ai demandé de me laisser finir. Ce que tu ne sais pas non plus, c'est que Julia est une très bonne amie d'Élodie.

Mes yeux s'écarquillent. C'est bien ma veine ! Il n'existe pas un service après-vente pour le karma ? Je crois que le mien est défectueux. Un échange, c'est envisageable ? Non, vraiment, aucune possibilité ?

— Tu commences à voir où je veux en venir ? susurre Liam.

Il retire sa main et la place légèrement plus près de ma hanche droite. Nos corps se frôlent presque. Je suis tendue et ce n'est pas seulement en raison de ces révélations.

— Ce n'est pas moi qui ai écrit cet article, Émilie. Je n'aurais jamais fait une chose pareille. Je suis peut-être un crétin, mais je reste un mec intègre. Julia a trafiqué ça. Et crois-moi, ce n'est pas la première fois qu'elle utilise son passe-droit ici pour une vengeance personnelle.

La sincérité perce dans sa voix, qui se brise sur la fin. Je me rends compte qu'il est autant en colère que moi.

— Pourquoi tu ne l'as pas dénoncée ? C'est un véritable poison, cette femme !

— C'est compliqué. Il s'agit de mon job. J'ai sué pour en arriver là. Elle est capable de pire encore. Si je veux faire les choses bien, j'ai besoin de preuves solides. De simples accusations n'auront aucun effet.

— Tout ça car tu m'as confondue avec Élodie au mariage ! C'est beaucoup pour une vengeance.

— Ce n'est pas la raison principale, avoue Liam en fermant les yeux.

Sa respiration devient saccadée. L'atmosphère change et devient plus lourde. Je prends conscience que nous sommes toujours dans les toilettes et que je suis adossée au lavabo. Pourtant, je n'ai aucune envie de partir. Il soulève ses paupières et un océan de sentiments me submerge.

— Julia ne supporte pas la concurrence. Elle n'accepte pas notre séparation.

— Je suis perdue, là. Quel est le rapport ? Si elle croit que tu en pinces pour moi, elle se trompe, non ?

Liam ne répond rien. Son silence vaut tous les aveux du monde. Nier qu'il m'attire serait mentir. Malgré

le fait que ma vie soit sens dessus dessous depuis notre rencontre, ce mec me fascine. Liam est une étoile filante. Une supernova qui brille de mille feux. Seulement, j'ai peur de me brûler les ailes à ses côtés.
Il pousse un profond soupir et recule de quelques pas.

— La vérité, c'est que je n'en sais rien. Enfin, je veux dire que je ne suis pas certain d'être prêt pour une histoire sérieuse. Avec Julia, et toutes les autres, ce n'étaient que des aventures sans lendemain sans aucune attache. Aucun avenir. Mais avec toi, j'ai la sensation que...

Je retiens mon souffle et le laisse se dévoiler. L'endroit est certes peu adéquat, cependant l'instant n'en est pas moins magnifique. Cet homme qui joue les séducteurs se révèle vulnérable et fragile. C'est comme si mon cœur résonnait à l'unisson avec le sien. Je peux sentir des blessures qu'il essaie de camoufler. Une lourde peine qu'il transporte sur ses épaules. Enchaîner les conquêtes représente son bouclier afin de se protéger. « Aucune attache » signifie pour lui aucun risque de souffrir.

— Je ne sais pas comment l'exprimer... tu m'as touché, Émilie, chuchote Liam. Quelque chose en toi m'a complètement happé et ne me lâche plus. Appelle cela comme tu veux, un coup de foudre, un béguin... Tout ce que je sais, c'est que j'aimerais que nous ayons une chance.

Je suis prise au dépourvu. Sa confession fait resurgir les promesses d'amour de David, avant que celui-ci ne me trahisse et réduise mon cœur en miettes. Suis-je prête pour replonger dans une histoire ? Pour laisser un homme me toucher ? Pour me mettre à nu, corps et âme, devant lui ? C'est trop tôt. Je n'arrive plus à parler et je n'ose pas bouger. Je sais pourtant que je le devrais. Mais c'est plus fort que moi. Une larme brille dans les yeux de Liam. Mon Dieu, que cet homme est sublime à cet instant ! Seulement, il m'en demande trop. Tout va tellement vite. Beaucoup trop vite pour moi.

— Je suis désolée, dis-je, la voix tremblante. Je... ne peux pas.

J'évite de le regarder par peur de flancher. Lorsque je franchis la porte, j'entends les paroles qu'il prononce avec une détermination sans faille.

— Je vais tout arranger, Émilie. Je te le promets.

7

Trois semaines, cinq jours, six heures et vingt-deux minutes exactement se sont écoulés depuis ma dernière rencontre avec Liam. Plus aucun contact depuis. Néanmoins, il ne quitte pas mes pensées. Je me rappelle ses paroles à chaque seconde. Tout tourne en boucle dans mon esprit. Je ne sais plus quoi faire. Ma raison me dicte une chose, mais mon cœur me crie l'inverse. Chaque jour, je viens travailler presque comme un automate. Ce mec m'a chamboulée.

— Qu'est-ce que tu fais ? m'interpelle Lucie, qui me sort de mes pensées.

— Pardon ?

Mon employée croise les bras et désigne du menton le plateau devant moi. Je baisse les yeux et m'aperçois que je suis en train de verser du sel au lieu du sucre glace sur le gâteau.

— Oh non !

Lucie vient m'aider à nettoyer et pose sa main sur mon bras. Elle m'écarte du comptoir et s'occupe de jeter la pâtisserie devenue immangeable. Quel gâchis !

— Tu devrais aller boire un café derrière, suggère-t-elle. Tu as l'air épuisée depuis le début de la semaine.

Je lui offre un sourire contrit. La nuit, je ne trouve plus le sommeil. Et dès qu'il s'invite, c'est presque déjà l'heure du réveil. Les clients sont revenus au compte-gouttes, même si *Sweet Cake* n'a pas encore retrouvé sa clientèle d'antan. Malheureusement, je pense que cela n'arrivera plus jamais. Cette critique a été relayée par plusieurs médias. Maudite soit cette Julia ! Je pénètre dans le laboratoire, sans grande conviction. Oscar vient directement se blottir contre mes jambes. Lui aussi sent que quelque chose ne va pas.

Je lui caresse la tête en chuchotant :

— Ça va aller, ne t'en fais pas. Ça finit toujours par aller.

Mon café termine de couler quand Lucie passe la tête par la porte entrebâillée.

— Émilie, désolée de te déranger, mais quelqu'un voudrait te voir.

Mon cœur fait un bond. L'espace d'une minute, j'espère qu'il s'agit de Liam. Pathétique, ma fille ! Lorsque j'arrive dans la salle, ce n'est pas lui. Forcément.

— Bonjour, Émilie, dit Claire, debout devant le comptoir.

Que fait-elle ici ? Ses longs cheveux châtains tombent en cascade sur ses épaules. Claire est toujours aussi belle, même sans sa robe de mariée. Elle triture son alliance en un geste nerveux. Je n'esquisse pas un mouvement.

— Je peux te parler ?

J'hésite. Le salon est vide et la critique n'a pas pu lui échapper. Vient-elle sur la demande de son beau-frère ?

— Je vais faire un tour dans le labo, nous n'avons plus de pépites de chocolat, ni de chantilly, déclare Lucie avant que je ne décide quoi que ce soit.

Claire la remercie d'un sourire avant de sortir de son sac un magazine. Non, pas un magazine. LE magazine. J'avoue que depuis cette mésaventure, je me suis désabonnée.

— Tu devrais jeter un œil à la page dix-sept, m'enjoint Claire qui me le tend.

La curiosité est un vilain défaut. Mais comme je suis loin d'être parfaite, je le prends dans mes mains et tourne les feuilles jusqu'à arriver à la bonne page. Je survole le texte quand soudain, j'ai une exclamation de surprise.

« ERRATUM

Nous avons subi un piratage dans notre numéro précédent et nous sommes sincèrement désolés pour le désagrément. Afin de rétablir la vérité, nous vous faisons part d'une nouvelle critique culinaire parfaitement intègre :

Sweet Cake ou le paradis des gourmands. »

Mon cœur fond. Je n'arrive pas à croire ce que je lis. Claire conserve le silence le temps de ma lecture, me laissant pleinement profiter de ce moment. Je lui en suis reconnaissante.

« L'endroit est si accueillant que vous ne voudrez plus en repartir. Les gourmandises, aussi jolies que délicieuses, enchanteront vos papilles. Tout est absolument parfait jusqu'à sa propriétaire, la jolie Émilie. La pétillante Émilie qui confectionne tout elle-même avec passion. Son seul et unique souhait : rendre les gens heureux et leur offrir une parenthèse enchantée. Un pur moment de bonheur. Croyez-moi sur parole si je vous dis que les pâtisseries ont un petit goût de paradis. »

— Je suis sincèrement désolée pour tout ce qui s'est passé, intervient Claire. Je ne savais pas qu'Élodie et Julia étaient capables de telles choses. L'amitié, comme l'amour, peut rendre aveugle.

— Tu n'y es pour rien.

— Ce numéro paraîtra demain. J'espère vraiment qu'avec ça tu retrouveras toute ta clientèle et ta réputation. Tu le mérites, Émilie.

— Merci, c'est gentil.

Je me mords l'intérieur des joues. Une question ne cesse de me tarauder. Pile ou face ? Bon, trêve de tergiversations, je me jette à l'eau.

— Dis-moi, comment Liam a-t-il fait pour que la vérité éclate ?

Ses yeux s'assombrissent d'un voile de tristesse quelques secondes. Elle s'éclaircit la voix avant de me répondre :

— Il a démissionné.

— Pardon ? Mais ce job comptait tellement pour lui !

— C'était la condition pour que Julia se dénonce auprès de son père. Si j'avais su ça, je lui aurais lancé ma coupe de champagne au visage lors de mon mariage !

Un rire s'échappe de mes lèvres quand je l'imagine faire ça. Je serre le magazine entre mes mains. Liam a abandonné ce travail pour que la vérité éclate. Il a tenu sa promesse. Au fond de moi, je suis persuadée qu'il l'a fait pour moi. Je dois le voir. En avoir le cœur net. Maintenant. Tout de suite.

— Je dois encore te dire quelque chose, ajoute Claire, embarrassée. Liam ne sait pas que je suis là. Je crois que quand il le saura, je passerai un sale quart d'heure, mais peu importe. Si Liam a consenti à démissionner, c'est parce qu'il a accepté un autre travail.

Heureuse pour lui, je m'exclame :

— Voilà une formidable nouvelle !

La grimace qui s'affiche sur son visage me dégrise.

— En fait, il s'agit d'un travail en free-lance de trois mois qui se passe en Angleterre.

Mon sang se glace dans mes veines. Le karma, je vous le répète, ce foutu karma est défectueux !

— Ce n'est pas tout, continue Claire. Il part ce soir.

— Quoi ? Quand ?

Un regard sur sa montre et elle pince les lèvres.

— Son avion décolle dans quelques heures.

— Non ! Je dois le voir ! Donne-moi son adresse. Il ne peut pas partir comme ça.

8

Je cours aussi vite que je le peux. Le sport, ce n'est pas mon fort. L'immeuble de Liam est en vue. J'accélère la cadence et poursuis ma course. Un taxi s'arrête devant la porte d'entrée. *Oh oh*. J'aperçois le chauffeur aider un homme à mettre une grosse valise dans le coffre. Mon cœur se serre. Le souffle me manque et aucun son ne parvient à traverser mes lèvres. Je vois l'homme, qui ne peut être que Liam, s'installer sur le siège à l'arrière et le conducteur reprendre sa place derrière le volant. Non, non, non ! Ça ne va pas du tout ! Pour couronner le tout, la pluie commence à tomber. Génial. Vraiment. Sous mes yeux, la voiture démarre et s'éloigne tandis que j'arrive à peine devant le bâtiment.

— Non, c'est pas possible ! dis-je, à bout de souffle.

Les gouttes s'écrasent sur moi, telles des pointes glacées. Mes cheveux dégoulinent mais ça m'est égal. *Pourquoi est-ce toujours comme ça ?* J'ai l'air d'une folle à parler toute seule sous la pluie et je ne ressemble plus à rien. La nuit tombe.

Je hurle en pointant mon index vers le ciel :

— Toi là-haut, tu me le paieras, tu sais ça ? Ce n'est pas une fée qui s'est penchée sur mon berceau, c'est Gollum ! Sérieusement, tu n'aurais pas pu me fournir un meilleur karma ? Non, bien sûr ! C'est trop demander, hein ? J'ai toujours fait ce qu'il fallait, pourtant ! J'ai toujours suivi les règles et qu'est-ce que j'ai récolté en retour ? Un ex-fiancé qui m'a trompée avec ma meilleure amie et maintenant Liam qui s'envole pour l'Angleterre sans que je puisse le voir avant son départ ! Espèce de...

Un rire grave et sexy m'interrompt dans mon monologue. Je sens sa présence bien avant de le voir. Lorsque je me retourne, il est là, sous le porche avec une lueur de malice dans les yeux. Je cligne plusieurs fois des yeux. Non, je ne rêve pas. On dirait bien que mon karma essaie de se rattraper. Ça ira pour cette fois. Liam descend les marches sans se soucier un seul instant d'être mouillé par la pluie. Je prends conscience de mon apparence et le rouge inonde mes joues. Il s'approche de moi, sa valise à la main.

— Tu peux me dire ce que tu fais là, à passer un savon au ciel ? me demande-t-il d'une voix rocailleuse.

Son regard ne me quitte pas. Je suis hypnotisée par ses prunelles d'un bleu sombre, ce soir. Cet homme m'envoûte comme jamais. Les papillons s'agitent dans mon ventre. Sensation que je n'ai plus ressentie depuis des mois.

— Tu es là depuis longtemps ?

— Assez pour savoir que ton ex est un crétin.

J'éclate de rire. Impossible de me retenir. La situation est tellement irréaliste. Lui. Moi. Sous la pluie. Son avion qui va partir dans quelques heures maintenant.

— Alors, c'est vrai ? Tu as démissionné ?

Liam hoche la tête. Je baisse les yeux dans l'espoir de camoufler ma déception. Je m'attendais à quoi ? Il ne va pas tout remettre en question pour moi, alors que nous nous connaissons à peine. Toutefois, une étincelle s'allume dans mon cœur. Infime, mais bien là. Depuis David, personne n'a produit chez moi un tel effet. Être agaçant au point de me faire tourner en bourrique et en même temps de m'emprisonner dans un regard. Avec lui je me sens plus vivante que jamais.

— Je suis heureux que la vérité soit rétablie à propos de ton salon de thé.

— Merci.

Émilie, trouve quelque chose à prononcer ! Vite ! Ma gorge reste nouée, entravée par des ronces. J'aimerais lui dire à quel point notre rencontre impromptue m'a bouleversée. À quel point ce quiproquo a été une des plus belles choses qui me soit arrivée, car grâce à cela, j'ai pu le rencontrer, lui.

— Tu mérites d'être heureuse, Émilie. Vraiment heureuse.

Mon cœur a un raté quand il fait encore un pas vers moi. Malgré la pluie. Malgré le froid. Je sens la chaleur de son corps envelopper le mien. La sensation est merveilleuse. Nos regards sont aimantés l'un à l'autre. Un lien invisible nous unit. Liam pose sa main sur ma joue et la caresse de son pouce. Il se penche vers moi.

— Émilie, souffle-t-il à quelques centimètres à peine de mes lèvres.

Puis, il m'embrasse. Le frôlement d'ailes d'un papillon. J'oublie tout. Où je suis. Qui je suis. Plus rien ne compte que cet instant. Lui et moi. Ici et maintenant. La sensation est délicieuse. Exquise. Un véritable goût de paradis. J'entends vaguement une voiture se garer à proximité. Je n'ose plus bouger, alors c'est lui qui rompt ce moment. Liam s'écarte de moi, un sourire en coin. Il recule et je me rends compte que son taxi est arrivé. Sans parler, il fait un signe au chauffeur et range sa valise dans le coffre. Je dois lui dire quelque chose. Je dois réagir. J'aimerais l'implorer de rester, seulement je ne peux pas. Je ne veux pas être aussi égoïste. Je n'ai pas le droit de lui demander de tout quitter encore une fois. C'est pourquoi je ne dis rien. Je reste là et le vois s'en aller tandis que mon cœur pleure.

— Sois heureuse, Émilie, souffle Liam avant de monter à bord de la voiture.

La portière claque. Le moteur démarre. Je suis toujours immobile sous la pluie, qui semble s'être calmée. Le taxi part en direction de l'aéroport.

Bravo, Émilie, tu le laisses filer juste comme ça !

Soudain, la voiture freine dans un crissement de pneus. J'écarquille les yeux quand je vois Liam sortir en trombe et remonter la rue en courant.

— Viens avec moi ! déclare-t-il quand il arrive devant moi.

— Quoi ?

— Je n'ai pas envie de regretter. Je n'ai pas envie de ne pas essayer. Je sais que nous pouvons construire quelque chose, seulement, si nous n'essayons pas, nous ne le saurons pas. Je veux juste avoir une chance. Nous laisser une chance. Je sais que c'est fou, que c'est rapide. Car après tout, la vie est courte, non ? Alors faisons-le ! Essayons, tous les deux. Viens avec moi en Angleterre ! L'Univers s'arrange pour faire se rencontrer les personnes quand elles en ont besoin. Et moi, j'ai besoin de toi, Émilie. Je sais que je peux être un sacré abruti, mais je t'en…

Je le coupe en pleine tirade :

— Oui ! Oui !

Liam est aussi stupéfait que moi. Ses yeux brillent. J'y décèle tellement de promesses que je rougis. Je ne savais pas moi-même ce que j'allais répondre. J'ai simplement laissé parler mon cœur. Au diable la raison. J'ai bien le droit de prendre des vacances. Nous sourions comme deux collégiens amoureux. Il me prend dans ses bras et me fait tournoyer dans les airs. Légère. Épanouie. Et, heureuse. Les quiproquos peuvent vraiment donner quelque chose de merveilleux. Croyez-moi sur parole. Après tout, je suis la fille au karma défectueux, ne l'oubliez pas. Comme quoi, sur un malentendu, tout peut arriver.

Un an plus tard

— Si jamais tu le fais tomber, je te promets que tu devras le manger en entier ! dis-je, menaçante, à Liam tandis qu'il transporte le superbe gâteau que j'ai réalisé pour l'anniversaire de mariage de Claire et de son frère, Maxime.

— Relax, chérie, je gère !

— Attention à la porte !

Liam évite la catastrophe de justesse. Ouf ! Il était moins une ! Claire et Maxime nous attendent dans leur salon. Ils ont tenu à fêter ce jour uniquement avec nous. Mon amoureux pose enfin le gâteau sur la table, sous les regards gourmands.

— Il est vraiment magnifique ! s'exclame Claire, émue.

J'ai tenu à reproduire leur *wedding cake* en miniature. Même Maxime semble touché. J'en suis heureuse. Liam passe son bras autour de mes épaules et me serre contre lui. J'aimerais prendre en photo ce moment pour m'en souvenir encore et encore. Me rappeler ce sentiment de bonheur simple qui m'inonde.

— Alors, il paraît que vous avez une bonne nouvelle à nous annoncer ? s'impatiente Liam.

Les yeux de Claire se remplissent d'étoiles lorsqu'elle pose la main sur son ventre.

— Oh mon Dieu ! Tu es enceinte !

— De trois mois, avoue-t-elle, aux anges.

Les félicitations fusent. La profusion de joie explose. Les deux frères se prennent dans les bras. C'est tellement beau une vie qui se crée. Je coupe les parts. Nous rions. Nous buvons et, surtout, nous mangeons. La soirée est parfaite. Vraiment. Elle ne pouvait pas être plus belle. Liam et moi n'oublions pas que c'est aussi l'anniversaire de notre rencontre. Lorsque nous évoquons en souriant le fameux malentendu qui a permis cette rencontre, son frère et sa belle-sœur échangent un étrange coup d'œil.

— À ce propos, commence Maxime. Il faut que l'on vous avoue quelque chose.

Il s'éclaircit la gorge et détourne les yeux. Claire l'encourage en mettant sa main sur son bras. Ce contact lui donne le cœur de poursuivre :

— Eh bien, tu te souviens quand je t'ai affirmé que tu t'étais trompé de demoiselle d'honneur lors du mariage ?

Liam fronce les sourcils et me lance une œillade. Je hausse les épaules. Là-dessus, je n'en sais pas plus que lui.

— Disons que j'ai menti.

— Pardon ? Tu veux dire quoi exactement par là ?

Claire laisse échapper un petit rire absolument adorable et prend le relais.

— Pour faire simple, il ne t'a jamais demandé d'aller chercher Élodie. Maxime a clairement prononcé Émilie.

J'en reste estomaquée et Liam pose la seule question qui me vient à l'esprit.

— Pourquoi ?

— Oh c'est évident, continue Claire. Vous étiez faits pour vous rencontrer. Nous savions que ça collerait entre vous. Si nous vous avions simplement présentés, ça n'aurait pas fonctionné. Liam, tu enchaînais les aventures et toi, Émilie, tu refusais de laisser entrer l'amour dans ta vie. Dès la préparation du mariage, lors de nos discussions, j'ai su. Alors, nous avons décidé de donner un coup de pouce au destin.

— Je n'arrive pas à croire que vous ayez fait ça ! rétorque Liam, amusé.

Il me fait un clin d'œil avant de reporter son attention vers eux.

— On voulait vous le dévoiler plus tôt, mais vous étiez tout le temps en train de raconter que c'était le destin qui avait engendré votre rencontre, argumente Maxime.

— Vous étiez tellement mignons, qu'on ne voulait pas tout gâcher, renchérit Claire, désolée.

— Et puis, honnêtement, reprend son mari, on ne se doutait pas que tu allais l'amener jusqu'à l'autel !

Je ris aux éclats en les regardant. Quand je pense que j'étais persuadée que le destin nous avait réunis. Finalement, j'ai bien deux bonnes fées qui se sont penchées sur moi. Elles n'avaient simplement ni baguette magique ni chapeaux pointus. Au bout du compte, tout cela n'a pas d'importance. La seule chose que je retiens, c'est que grâce à eux, j'ai pu rencontrer Liam. Et pour ça, je ne les remercierai jamais assez. Je lève mon verre, imitée par tout le monde.

— Au malentendu !

Mon karma n'est peut-être pas si défectueux que cela. La vie est tellement plus belle quand nous regardons au-delà du voile gris qui nous entoure. Si nous nous donnons les moyens de trouver le bonheur, celui-ci arrive à se frayer un chemin jusqu'à nous. Ou alors, de gentils lutins aident le destin.

Sandra Mézière

Une bouteille à la mer

Alain

Le pays tout entier avait les yeux braqués sur la salle des mariages de la mairie de la petite ville, réquisitionnée pour l'événement. Le soleil était accablant, exceptionnel pour un mois de juin dans le nord de la France, et cette météo caniculaire renforçait encore le sentiment d'incongruité et la fébrilité fiévreuse de l'assistance. Au premier rang de la salle comble, un fringant quadragénaire, Alain Duval, maire de la ville de son état, observait la curiosité carnassière des journalistes qui s'étaient déplacés pour l'occasion. Même si, depuis l'éclosion de l'affaire, la salle des mariages avait connu une inhabituelle effervescence avec la recrudescence des unions qu'elle avait engendrée, jamais autant de médias n'y avaient été concentrés. Nombreuses étaient en effet les chaînes d'information à avoir envoyé leurs reporters. Tandis que les journalistes prenaient place, les membres de l'assistance se regardaient avec suspicion, se demandant si l'auteur de la chanson à l'origine des exaltants malentendus qui agitaient la ville depuis six mois était parmi eux. Pour canaliser sa nervosité, au moins aussi prononcée que celle de ses administrés, le maire focalisa son attention sur un journaliste d'une chaîne d'information française qui avait bousculé sans ménagement un reporter de CNN et qui, victorieux, se tenait devant l'estrade où allait avoir lieu la révélation du nom de « la personne dont la créativité a transformé la ville en quiproquo géant », expliquait ce dernier, des trémolos dans la voix.

— C'est là, poursuivit le journaliste, que l'auteur des mots qui ont bouleversé tant de destins et même celui d'une ville entière va, enfin, sortir de l'anonymat. Dans quelques minutes montera sur scène l'auteur de la chanson qui a converti la tranquille bourgade en symbole national du romantisme, lui permettant de sortir de la torpeur à laquelle elle semblait condamnée. Qui aurait cru, il y a six mois encore, que cette ville de province que personne ne savait placer sur une carte serait le centre du monde ? Qui aurait pensé qu'une simple chanson pouvait changer le cours d'autant de destinées et, oserais-je le dire, le cours du monde ? Qui aurait supposé, à l'heure d'Internet et des réseaux sociaux, qu'un artiste de talent resterait ainsi caché pendant six mois ? Imaginez-vous que c'est là, juste derrière moi, que va s'élancer dans quelques instants celui ou celle dont la France entière fredonne la chanson depuis des semaines. Entre les imposteurs qui en ont revendiqué la paternité et ceux qui sont convaincus d'en être les destinataires, sans doute cette révélation va-t-elle provoquer bien des désillusions. Alors... Un vieillard ? Un enfant ? Un collectif ? Le maire de la ville pour se faire un coup de pub ? Le célèbre chanteur Fred, lui-même, qui aurait inventé toute l'histoire ? De nombreuses hypothèses ont été émises concernant son identité. Nous sommes probablement à la fois très proches et éloignés de la vérité, conclut-il avant de rendre l'antenne tout en pestant contre ces « endroits paumés », se reprenant bien vite en croisant le regard de monsieur le maire que le sens aigu de l'hyperbole et de la dramatisation du journaliste avait plus diverti que courroucé.

En voyant l'édile se lever, le courageux journaliste redouta un instant une vive réaction du maire qui, au lieu de cela, se sentant suffoquer, se contenta d'ouvrir les fenêtres qui donnaient sur la cité parée de mille couleurs pour l'occasion. Combien de fois, de cet endroit, tel un démiurge qu'il avait parfois le sentiment d'être, avait-il observé le mouvement de la vie, cette vie qu'il avait l'impression de ne jamais vraiment étreindre, comme s'il la regardait toujours ainsi, d'en haut et de derrière une fenêtre ? De là, toute la ville était perceptible. La place du Jet-d'Eau. La poste. Les quelques commerces qui subsistaient encore, dont l'ultime boulangerie. Parmi la foule, il aperçut Candice. Son anxiété ne fit que redoubler, d'autant plus que tous les habitants ou presque étaient présents pour assister à LA révélation qu'il attendait et redoutait, comme tout le monde. Quelques-uns, bien sûr, étaient venus pour le célèbre Fred qui avait popularisé la chanson, mais la majorité de ses administrés était là pour l'inconnu du jour qui, enfin, allait dévoiler son identité. Une clameur soudaine s'éleva de la foule. Un haut-parleur grésilla les notes que tous connaissaient si bien. Fred qui, avec son sens de la mise en scène, s'était glissé incognito parmi les curieux, surgit en jetant au loin un chapeau et une cape qui lui masquaient le visage et le corps puis, micro à la main, il fendit la foule d'un pas altier tout en commençant à fredonner l'air qui retentissait sur toutes les ondes depuis six mois. En chœur, les habitants entonnèrent avec lui le texte qui avait changé le cours de l'existence de bien d'entre eux et qui allait encore faire basculer plus d'un destin…

Candice

Six mois plus tôt…

Candice ne savait plus si elle devait en rire ou en pleurer. Elle avait envie de partir pour oublier. Elle avait envie de se cacher à l'autre bout du monde. Elle ne le pouvait pas : il y avait la maison de retraite de son père à payer et son chat Mascotte à nourrir. Il lui était impossible de quitter son emploi. En plus, à son âge, avoir trouvé un travail à la mairie avait été une chance inespérée. « À son âge » : elle répétait inlassablement ces trois mots intérieurement. Elle estimait n'avoir plus l'âge de rien, plus l'âge des élans du cœur, surtout. Plus l'âge de s'enamourer de celui qu'elle devait avant tout respecter. Il lui fallait reprendre ses esprits. Dans dix minutes, elle arriverait à son poste. Comment avait-elle pu être si distraite ? Dire « je suis tombée en amour avec vous » à la place de « je suis tombée d'accord avec vous » ? Sa psychologue de sœur, du temps où elles se parlaient encore, aurait certainement conclu à un lapsus révélateur. Elle aurait ensuite épilogué, une fois de plus, sur ces prénoms qui prédestinent un caractère. « Candice candide », comme elle s'obstinait à l'appeler. Comment, en plus, justifier ce lapsus quand la phrase qu'elle avait voulu prononcer n'était guère plus correcte ? Le téléphone avait sonné. Il avait décroché. Elle n'avait pas eu le temps de rectifier. Et elle avait quitté le bureau sans un mot. À cette pensée, elle sentit le rouge lui monter aux joues. Oui, fuir pour oublier.

Il lui restait encore cinq kilomètres à parcourir avant d'arriver à la mairie, avant de devoir affronter son regard, avant de se liquéfier sur place. D'un geste furieux, elle enclencha la radio. Elle était condamnée à toujours écouter la station locale, la seule que l'autoradio de sa voiture brinquebalante daignait encore diffuser. Le présentateur annonçait une chanson de Fred, en précisant que l'artiste, autrefois si populaire, n'avait plus rien sorti depuis dix ans. Selon l'animateur, il fallait écouter attentivement les paroles car cette chanson concernait directement les habitants de la petite ville, comme il l'expliquerait ensuite. Candice s'apprêta à éteindre la radio. Tout ce dont elle avait envie était de s'évader de cette ville et non qu'une chanson l'y ramenât mais une sensation ineffable la retint dès les premières notes de violon sur lesquelles se posa la voix suave et cassée de Fred, qui prononçait chaque mot comme si sa vie en dépendait. Sa voix déchirait l'âme, chatouillait le cœur, remuait les entrailles. Candice se concentra sur les paroles :

Malgré les volets clos, guidés par cette certitude insensée d'un amour invincible, mes mots indociles enfiévrés s'élancent

Moi, l'invisible anonyme, je vis de l'indicible espoir d'impossibles retrouvailles, d'une sublime coïncidence

Que, comme cette orageuse passion qui me dévore, cette chanson ravage ton cœur tel un ouragan dévastateur

Je veux qu'inlassablement tu la fredonnes, qu'elle devienne ton obsession, en m'ignorant coupable de ce tourbillon enjôleur

Malgré l'ombre et le silence retentissent mes mots amants, aimant jeté comme une bouteille à la mer
L'esprit alors exalté, je rêve que chantés par un autre ils te foudroient comme un poème de Verlaine ou Baudelaire
Qu'ils t'ensorcellent et s'insinuent en ton âme et te fassent chavirer où que tu sois, rêve fatal
Je veux que vers toi vogue mon vague à l'âme, que vole ma bouteille vers ton âme royale

Sache que par-delà le temps, les mers, les galères, dans mon cœur une joyeuse peine saigne
Recouvrant les années écoulées, les larmes tombées, les regrets amers, les médiocres haines
Que te contaminent ces battements, ce vertige, cette folle croyance, cette joie douloureuse
Que ces mots soient ma parade amoureuse, qu'ils t'enlacent de leur danse langoureuse

Malgré eux, malgré tout, pour toi je pourrai tout franchir, maudire, trahir, mentir, comme un antihéros à la Gabin
Ton visage, seule lueur dans ma nuit, adoucit même mes deuils chagrins assassins
Tu illumines mon « Quai des brumes », fais vaciller, exsangues, mes yeux, ma plume, ma raison
Je veux par la force de mes mots bientôt n'être pour toi qu'un incontournable horizon

Malgré cette époque insatiable, avide d'amours automates qui se jettent, se zappent, se cliquent
Je crois aux amours éternelles, aux destins parallèles, défiant la science, se rejoignant comme dans un film romantique
Qu'importe tout ce qui nous sépare : le temps, les autres, la banalité, la réalité et son vacarme
Je veux que ces mots te saisissent, te foudroient, te fourvoient, t'amènent à moi, te charment l'âme

Sache que j'envisage cet amour comme un art, un film de Truffaut, où joie et souffrance s'entremêlent

Je t'écris comme je pense à toi, avec mes mots qui dansent à la limite de l'indécence, rebelles

Même s'il y a les autres, le cours de la vie, j'ai toujours cru qu'on n'aimait qu'à la folie

Que, si un jour on se retrouvait, ce serait comme pour Ingrid et Cary et, comme dans un film, sur des ralentis

Malgré ce que je suis, je ne vis de rien d'autre que de ce désir envahisseur de ta peau, de tes mots, de ta voix

Vertige hypnotique saisissant qui paralyse et exalte mes pensées et même mon désarroi

Toutes ces années, mon ange démoniaque, à ne survivre qu'en me disant que le hasard me conduira à toi

Je veux oublier que la vie n'est pas cinéma, que les bouteilles à la mer s'y noient.

La musique s'achevait sur une tornade étourdissante de violons, sorte de paroxysme extatique. Candice, qui pensait déjà avoir atteint le summum de l'émotion, en fut tellement bouleversée qu'elle ne s'aperçut pas qu'elle était arrivée sur le parking de la mairie et que, dans sa course folle, elle entraînait le rétroviseur d'une voiture qui y était garée. Ces mots non seulement traduisaient ses propres sentiments mais en plus contenaient des références troublantes à son histoire. Le tempo de cette chanson sans refrain allait crescendo comme un cœur qui s'emballe.

Fred la chantait au début comme un slam et l'achevait en une mélodieuse complainte. Le présentateur expliquait que le chanteur Fred avait reçu par la poste cette chanson, cette « déclaration d'amour fou », disait-il. Le seul indice sur l'identité de l'auteur était le nom de sa ville écrite en majuscules avant le texte, délibérément mis en exergue. Rien ne permettait de savoir s'il s'agissait d'un adulte ou d'un adolescent même si certaines références faisaient penser à une personne d'un âge certain. Tout dans le texte semblait aussi concourir à le rendre assez universel et à brouiller les pistes sur le sexe de l'auteur(e) et du destinataire.

Il ajoutait que c'était là la première diffusion sur les ondes et que c'était un projet audacieux pour ce chanteur habitué des succès populaires plus commerciaux. Candice coupa le moteur. Cette écoute avait retardé le moment fatidique de cinq minutes mais maintenant elle ne pouvait plus reculer. Elle avait une réunion de travail prévue avec le maire, son patron devant qui elle s'était ridiculisée la veille, son ancien voisin qui n'avait jamais posé un regard sur elle, l'amour secret de sa jeunesse qui n'en avait rien su, celui qu'elle avait soupçonné trois décennies plus tôt d'avoir laissé à sa porte la cassette de *Quai des brumes*, ce classique du cinéma avec Gabin, tel un message subliminal. Comme d'habitude, son imagination lui jouait des tours. Elle avait 45 ans. Elle n'avait plus l'âge de ces enfantillages. Et c'est la main et les jambes tremblantes qu'elle tourna la poignée de la porte du bureau du maire. Et si c'était lui, l'auteur de la chanson ? s'interrogea-t-elle.

Lydie

Tout le personnel de la maison de retraite Les Amandiers l'avait remarqué. Leur plus discrète pensionnaire, Lydie, arborait depuis peu un air malicieux, comme si elle fomentait un complot. Elle était heureusement seule quand la chanson de Fred résonna dans la petite chambre. Si ses jambes le lui avaient encore permis, elle aurait fait le tour des Amandiers en sautant à pieds joints et en criant de joie. Elle qui, depuis dix ans, n'était pas sortie de la maison de retraite, voyait soudain tout un univers s'ouvrir à elle. Parfois, au réfectoire, ses voisins de table évoquaient l'affaire et émettaient une multitude d'hypothèses sur le nom de l'auteur de la chanson. Certains soupçonnaient même la timide aide-soignante Simone de l'avoir écrite parce qu'elle passait ses journées à la fredonner, et parce que sa discrétion les conduisait à penser qu'elle dissimulait d'ombrageux secrets. Lydie jubilait car elle, elle savait, et elle se sentait riche de ce secret qui était à la une de l'actualité. Comme à son habitude quotidienne, elle approcha un petit tabouret de l'armoire de sa chambre, y posa péniblement un pied puis deux et tendit les bras jusqu'en haut du meuble pour en récupérer une boîte à chaussures. Elle la jeta sur le lit et, une fois revenue péniblement à terre, en retira un petit carnet sur lequel était écrit « Journal intime, année 1991 ». Elle s'assit, l'ouvrit précautionneusement et, les larmes aux yeux, relut la chanson qui figurait sur la première page. Le chanteur Fred n'avait, semblait-il, pas changé un mot et pas une virgule au texte envoyé, constatait-elle pour la énième fois. Une sonnerie retentit et interrompit sa lecture. Encore cette fichue alerte incendie ! Un de ces jours, un des pensionnaires aurait une crise cardiaque. Elle ne bougerait pas. Elle voulait rester avec ces mots, elle n'avait pas envie de se mêler à ceux qu'elle appelait intérieurement « la cour des Miracles ».

— Madame Duval ! Lydie ! Il faut y aller !

Simone était venue la chercher. Lydie l'aimait bien, Simone. Elle ne parlait pas à tort et à travers.

C'était la seule qui ne s'adressait pas à elle comme si elle était une enfant capricieuse ou une grabataire. Il n'empêche qu'elle était entrée sans frapper, qu'elle observait Lydie, et qu'elle avait certainement remarqué ce qu'elle avait sur ses genoux. La vieille femme se leva précipitamment, du moins autant qu'elle le put, et se dirigea vers l'armoire pour y ranger le précieux carnet.

— Laissez cela, Lydie ! S'il y a réellement un incendie, vous n'avez le temps de rien ranger. Votre vie vaut plus que cet objet.

Lydie n'était pas une enfant. Elle savait bien qu'il n'y avait pas d'incendie et ce carnet comptait plus que sa vie mais elle obtempéra. À regret, elle le laissa sur le lit et suivit Simone. Quand elle revint dans sa chambre, éreintée d'avoir dû répondre aux sourires édentés des habitants de la cour des Miracles, elle crut bien défaillir. Elle en était certaine, le carnet avait changé de place. Elle n'eut pas le temps de se remettre de ses émotions : on frappait à sa porte.

Elle l'ouvrit sur un grand gaillard dégingandé que surplombait une tête aux joues incurablement rougies par les embruns, vêtu d'un costume d'officier de marine. Du moins d'un costume de marin. Le commandant. C'était ainsi que tout le monde l'appelait, pourtant elle le soupçonnait de n'avoir commandé qu'un bateau de pêche dont il aurait été l'unique passager. C'était son voisin de table. Depuis cinq ans. Elle se souvenait encore de ce qu'elle s'était dit en le voyant la première fois : qu'il avait de l'allure. Depuis cinq ans ils n'avaient pas échangé un mot, simplement un petit sourire courtois en s'asseyant. Maintenant, il était là, devant elle, l'air solennel, lui tendant le bras pour l'emmener au réfectoire. Lydie en fut tellement surprise que par réflexe elle glissa son bras sous le sien. Après tout... Elle en éprouva une étrange sensation. Elle n'avait plus l'habitude de la proximité corporelle masculine. Ses fils n'avaient jamais été tendres. Elle chassa bien vite cette pensée qui toujours la plongeait dans un abîme de tristesse pour se concentrer sur ce que lui disait le commandant.

— J'ai eu des soupçons dès le début. Avec un titre pareil ! « Une bouteille à la mer ». Je savais que vous aviez des talents cachés. Je savais que nos sourires et nos échanges silencieux en disaient long. J'espère que vous me pardonnerez d'être venu dans votre chambre. Notre bonheur en dépendait.

En un éclair, Lydie comprit la source du quiproquo et passa par toutes les palettes de l'émotion.

Elle fut un temps tentée de démentir, de retirer son bras et de partir aussi vite que ses jambes le lui permettaient. Mais elle se dit que cela en serait fini de son petit plan. Elle ne pouvait pas faire machine arrière maintenant. Alors, au lieu de cela, elle se tut, peut-être aussi parce qu'un élan de vie la poussait à rester accrochée à ce bras complice.

— Ce sera notre secret. Promettez-moi de ne rien dire, se contenta-t-elle de répondre.

Le commandant serra sa main, trop ému pour parler, au paroxysme de la rougeur et du bonheur et, tel un roi avec sa dulcinée, l'emmena cérémonieusement jusqu'à sa table du réfectoire.

Fred

Dans les coulisses de l'émission *La chanson romantique de l'année*, d'un air faussement détaché, Fred observait maquilleurs, coiffeurs, danseurs s'agiter autour de lui. À travers les vitres du camion qui servait de loge de maquillage, il apercevait la place du Trocadéro où aurait lieu l'émission et où, déjà, de nombreux spectateurs étaient massés. Il se paya le luxe de refuser un autographe à la maquilleuse, lui qui, deux mois plus tôt, aurait fait n'importe quoi pour qu'on lui quémandât ne fût-ce qu'un seul regard. Il se souvenait parfaitement du jour où tout avait basculé. Comme chaque mois, il s'était rendu chez son nouvel agent, Paul Leduc, le quatrième en trois ans, si attentionné et préoccupé par ses intérêts qu'il l'appelait plus souvent Jeff que Fred. Sur son bureau était éparpillé le courrier destiné à Fred, envoyé à l'agence. Son agent le triait lui-même. Selon lui, la moitié était destinée à la poubelle. Alors que Leduc s'était absenté pour répondre au téléphone, Fred avait extrait négligemment une lettre du tas indigne de lui être transmis, attiré par le timbre suranné qui représentait Jacques Brel, son idole. Tout aussi négligemment, il l'avait ouverte. C'était une chanson écrite à la main d'une écriture fine et appliquée. En guise d'introduction ne figuraient que le nom d'une ville et ces quelques mots :

Cette chanson est pour vous. Je vous la donne. Je ne réclamerai pas de droits d'auteur. Ma seule rétribution sera le plaisir de penser qu'elle puisse arriver jusqu'aux oreilles de la personne pour qui je l'ai écrite. Cela vaut bien tout l'or du monde.

Dès les premiers vers, Fred en fut persuadé, cela pouvait plaire au plus grand nombre. C'était différent de ce qu'il avait l'habitude de chanter mais cela pourrait lui permettre de revenir sur le devant de la scène. Soudain, l'horizon sembla s'éclaircir. Quand Paul revint et que Fred lui fit part de son idée, l'agent éclata de rire, qualifiant avec mépris la chanson de « truc pour midinette ».

— T'as passé l'âge, mon vieux, ajouta-t-il. C'est un truc de jeune. Ou alors à l'inverse, c'est pour un slameur. T'entres pas dans les cases. Et puis personne ne croira que t'as écrit ça. Le vocabulaire est trop élaboré. Ou alors faudrait inventer une histoire à faire pleurer dans les chaumières, qu'un gars du fin fond de la France a imaginé ça pour attirer l'attention d'une donzelle. Mais, j'en suis persuadé, c'est juste une admiratrice qui fait son intéressante. Tu vois, tout n'est pas perdu. C'est écrit par une fille, ce truc. Je t'en mets mon cigare à couper.

Fred était un instinctif et son instinct l'avait rarement trompé. Cette chanson serait un succès, il le savait, comme il avait su dès leur première rencontre que Paul ne lui apporterait pas grand-chose de bon, surtout occupé à se donner un genre et des airs de caricature de producteur américain avec son indéfectible cigare et ses vestes à carreaux. Alors, il s'était levé, sans un mot, sans un regard pour Leduc. Il avait seulement pris la lettre sur laquelle figurait la chanson et était parti en claquant la porte. Fier de redevenir la star orgueilleuse qu'il avait été, celui qui avait fait devenir un prénom un nom. Fred. Et maintenant, quelques mois plus tard, il était là, à concourir pour *La chanson romantique de l'année*. Il n'était pas dupe : ce succès était autant dû à la chanson qu'au mystère qui l'entourait. Des centaines de page Facebook avaient été créées pour retrouver l'identité de l'auteur. Lui-même recevait des dizaines de lettres par jour de personnes qui en revendiquaient la paternité. Certaines étaient aussi persuadées que la chanson était écrite pour elles. C'était le cas de Sarah, son amour de jeunesse, son premier amour, qu'il n'avait pas revue depuis lors. Elle lui avait écrit. Elle lui avait assuré qu'elle serait présente ce soir. C'était elle qui lui avait inspiré son premier succès. Pourquoi reviendrait-elle maintenant ? Il observa à nouveau la maquilleuse. Et si c'était elle, Sarah, la reconnaîtrait-il ? Il ne se souvenait que de ses yeux malicieux et du goût salé de leur baiser. Dans le doute, il s'empara du kleenex qu'elle avait utilisé pour le maquillage et lui signa un autographe « Pour Sarah » sur celui-ci.

Sarah

Sarah n'avait pas dormi de la nuit. Elle se devait pourtant d'être en forme pour le concert mais cela faisait des mois qu'elle ne dormait plus. Une sorte de transe nébuleuse la maintenait éveillée, portée par ces mots qu'elle entendait partout, ressentant chaque fois, dès les premières notes, et plus encore dès que la voix de Fred s'y posait, comme une décharge électrique. Elle avait passé cinq ans en Patagonie, par amour pour un Français qu'elle avait suivi là-bas et qui, après être tombé amoureux de l'Argentine, avait rapidement succombé pour une Argentine. Il lui avait fallu cinq ans pour oser en partir, pour admettre qu'elle s'était trompée et qu'elle avait tout quitté pour quelqu'un qui ne le méritait pas ; ces mêmes cinq années au cours desquelles Fred avait connu un succès soudain avec son tube. Il y racontait un amour de vacances, simple et fulgurant, entre deux jeunes gens de dix-sept ans, Sarah et Fred, lors d'une traversée entre la France et la Corse. Ce succès n'avait pourtant pas franchi les frontières et il avait fallu cette dernière chanson pour que Sarah entendît la précédente. Elle avait alors établi le lien entre ce premier amour vécu en pleine mer dont elle se demandait encore parfois s'il était réel ou fantasmé et le chanteur. Elle n'avait jamais rien oublié de ce jour, de ces quelques heures hors du temps. À la suite d'une dispute avec ses parents, furieuse et désemparée, elle était allée errer sur le pont du ferry où un jeune musicien à la voix rocailleuse avait attiré son attention. Elle s'était assise par terre à ses côtés. Quand Fred avait posé sa guitare, ils avaient échangé un sourire, puis leurs noms, puis le récit de leurs vies. Et enfin un baiser au goût d'éternité, juste avant l'arrivée qui avait mis fin à cette parenthèse enchantée à laquelle elle avait si souvent repensé. C'était ainsi d'ailleurs que s'appelait la chanson. « Parenthèse enchantée ». Elle l'avait entendue par hasard à son retour en France. La chanson était sortie depuis des années déjà, Fred était alors tombé dans l'oubli et elle avait à ce moment-là beaucoup trop de problèmes à régler pour tenter de le contacter. Elle s'était dit aussi qu'il était trop tard pour cela et qu'elle serait rejetée une fois de plus. La nouvelle chanson de Fred avait ravivé ces souvenirs et surtout, elle était persuadée qu'elle lui était destinée. À cause de son titre, « Une bouteille à la mer » qui, selon elle, ne pouvait que faire expressément référence à leur histoire. Un jour où elle s'était senti pousser des ailes en l'écoutant, elle avait écrit ce mot sur une carte postale de la Corse. Elle l'avait envoyée à son attention à sa maison de disques. Elle espérait qu'elle lui parviendrait et que Fred lirait ceci :

> Je suis Sarah. La Sarah de la traversée. La Sarah de la Méditerranée. La Sarah de ta chanson. Je serai là à l'émission du Trocadéro. Je serai là, pour toi, à t'attendre.

Elle trouvait ses mots impertinents, ils ne lui ressemblaient pas, mais elle savait aussi que c'était le moment ou jamais pour oser, pour croire un peu à nouveau en des lendemains plus joyeux. Elle ne savait pas écrire aussi bien que lui. Elle était devenue avocate, elle s'occupait des droits des expatriés. Le seul langage qu'elle connaissait à la perfection était juridique et il était plutôt dénué de poésie. Un ami lui avait trouvé cette place parmi le public de l'émission du Trocadéro. Ce public qui chanterait cette chanson écrite pour elle. Comme une adolescente qu'elle n'était plus depuis longtemps, elle était arrivée la première pour être au pied de la scène. Fred était en concurrence avec dix autres chanteurs. Il ne chanterait qu'une seule chanson. Sa bouteille à la mer.

Quand il s'était avancé sur la scène avec en arrière-plan la tour Eiffel scintillante, elle avait retenu son souffle, avec cette sensation ébouriffante de remonter le temps, de revenir à ses premiers émois. La foule n'existait plus. Elle était avec lui sur le pont d'un ferry au milieu de la Méditerranée où, malgré les nombreux passagers, ils avaient la sensation d'être seuls au monde. Seulement, au fur et à mesure que la chanson progressait, son enthousiasme s'émoussait car pas une fois il n'avait manifesté de l'attention pour elle. C'est seulement lorsqu'il avait chanté « Je t'écris comme je pense à toi, avec mes mots qui dansent à la limite de l'indécence, rebelles », qu'elle avait senti ses yeux perçants sur elle et son cœur, son âme, son corps, le sang dans ses veines tressaillir. Son regard s'était accroché au sien et ne s'en était plus détaché. Ils étaient seuls au monde à nouveau. Cela ne faisait aucun doute : il avait écrit cette chanson pour elle.

Elle le contempla quitter la scène avec le sentiment que son cœur partait avec lui. Elle ne pouvait pas renoncer. Elle avait entendu dire que, quelques jours plus tard, il serait dans la petite ville évoquée dans la lettre de l'auteur de la chanson pour la révélation de son nom. Elle y serait. Elle, elle savait. Elle était comme tous, pourtant, bien éloignée de la vérité. Tandis qu'il revenait sur scène pour recevoir le prix de *La chanson romantique de l'année*, les yeux perdus dans le vague, comme un peu égaré, elle se dit que son air mélancolique n'avait qu'une explication : il la cherchait, elle, l'amour de sa vie, pour qui il avait composé deux chansons. Oui, ils se retrouveraient, quand ce serait l'heure et le moment. Elle s'y appliquerait avec acharnement.

Simone

C'est en chantant que Simone entra dans la chambre de Lydie. Elle aimait bien Lydie.

Ces moments passés avec elle étaient toujours une récréation. C'était la grand-mère qu'elle aurait aimé avoir. Bienveillante. Douce. Malicieuse. Surtout depuis ces derniers temps, depuis que le commandant et elle s'étaient rapprochés. Avant chaque repas, il venait la chercher dans sa chambre. Ils parlaient peu mais dans leurs regards passait tant de complicité qu'ils semblaient se connaître depuis toujours. Simone n'avait pourtant pas eu la chance d'avoir une grand-mère comme Lydie. Elle avait passé son enfance de famille d'accueil en famille d'accueil, et son travail dans cette maison de retraite remuait sans cesse le couteau dans la plaie. Elle avait constamment envie d'étriper ces enfants et petits-enfants qui venaient y accomplir une corvée, inconscients de détenir ce qui était si précieux et qu'elle n'avait jamais eu : une famille. Bon, il faut admettre aussi que certains anciens étaient particulièrement acariâtres et mesquins. Pas comme Lydie.

Quand elle entra dans sa chambre, Simone chantait, donc : « Sache que j'envisage cet amour comme un art, un film de Truffaut, où joie et souffrance s'entremêlent. »

— Vous aussi, vous aimez cette chanson ? lui demanda Lydie avec un air de conspiratrice.

Simone n'y avait pas prêté attention. Simone chantait tout le temps, sans s'en rendre compte. Elle avait entendu la chanson en arrivant, dans les couloirs de la maison de retraite. C'était le succès du moment. On l'entendait partout, tout le temps, a fortiori à la radio locale sur laquelle étaient branchés Les Amandiers, alors, machinalement, elle l'avait chantonnée. Il y avait pourtant bien longtemps qu'elle ne croyait plus à toutes ces niaiseries mais elle aimait la voix de Fred et les violons qui l'accompagnaient, les mots qui, alliés à la musique, lui procuraient une sensation exaltante, le sentiment d'être vivante.

— Je ne sais pas... Je ne crois plus à tout ça, et pourtant, cette chanson, c'est comme une sorte de drogue douce, une sorte de pansement sur les blessures de l'âme.

— C'est très joli ce que vous dites là, ma petite Simone. L'auteur serait certainement heureux de vous entendre.

Un bruit de table roulante interrompit leur conversation. Lydie remarqua alors Simone s'empourprer à la vitesse de la lumière. Martin Meyer, le nouveau sous-directeur, venait de faire son entrée. Malgré ses 40 ans et sa fonction, il avait un visage poupin qui était comme une invitation à la tendresse et à la confidence, cependant, c'était souvent lui qui se confiait à Lydie. Depuis son divorce, il était devenu un vrai bourreau des cœurs. Il jouait un rôle qui ne lui allait pas. Elle le savait, elle, Lydie, que Martin était très attentionné. La preuve, malgré les directives de la directrice qui estimait que servir un thé et un gâteau aux pensionnaires l'après-midi, c'était trop écouter leurs caprices et les inciter à l'immobilisme, à tel point qu'elle en avait fait interdire le principe dans le règlement, il continuait à apporter thé et gâteaux à chaque résident. Il posa une tasse sur la table de chevet en adressant à Lydie un sourire à faire fondre les glaces restantes de l'Antarctique, et lui tendit une part de gâteau. Heureusement qu'il ne gratifia pas Simone du même sourire, elle se serait sans doute enfuie en courant. Son simple « Bonjour, Simone ! » l'avait déjà incitée à s'agiter en tous sens dans la pièce, comme le remarqua avec amusement l'octogénaire.

— Vous pouvez reprendre un rythme normal, ma petite Simone. Le beau Martin est parti.

— Je ne vois pas... commença Simone au bord de l'implosion, mais son regard croisa celui de Lydie, si espiègle, et elles éclatèrent toutes deux de rire. Enfin si, je vois très bien, c'est comme avec cette chanson, vous voyez, c'est machinal, un réflexe... physiologique. Mais je ne crois plus à tout cela.

— À votre âge ! Regardez-moi donc ! Même ici, enfermée, infantilisée, je sens mon cœur battre à nouveau. L'amour n'a pas d'âge, pas de frontières, pas de barricades, c'est vous qui en construisez ! Et, croyez-en mon expérience, la vie est trop courte pour cela.

— D'abord, il accumule les conquêtes, et ensuite, je ne suis rien pour lui, qu'une vulgaire employée.

— Alors, déjà vous êtes le contraire même de la vulgarité : la délicatesse. Et ça, je peux vous garantir qu'il l'a remarqué. Et votre bourreau des cœurs est un romantique contrarié.

— Qu'est-ce qui vous fait dire ça ?

— Ce que je sais de lui, et, depuis peu, je me pose même une question. N'avez-vous pas remarqué ?

— Quoi ?

— Votre prénom...

— Oui, je sais, j'ai un prénom de vieille. Même ça, mes parents ne l'ont pas fait correctement !

— Non, c'est très beau, Simone, comme Simone de Beauvoir. C'est féministe et moderne.

— Peut-être. Qu'est-ce qu'il a mon prénom ?

— Et le sien, vous avez vu ? Martin...

— Oui. Et alors ? Martin-pêcheur ?

— On ne l'a pas trouvé, l'auteur de la chanson, poursuivit Lydie comme si elle n'avait rien entendu. Et, vraiment, vous n'avez pas remarqué ? « Malgré » et « Sache » qui reviennent sans cesse dans la chanson. Malgré. M. Martin. Sache. S. Simone.

— Vraiment, Lydie, je vais finir par croire que vous perdez la tête. C'est la chose la plus absurde qu'il me soit arrivé d'entendre. Et puis, ça ne colle pas du tout avec le personnage !

— En êtes-vous certaine ? Qui a demandé que soit projeté *Le Dernier Métro*, le film de Truffaut, au ciné-club des Amandiers ? Cette chanson ne parle-t-elle pas de Truffaut ? Qui, l'autre jour, vous étiez là, quand je le remerciais d'avoir renoué avec cette tradition du thé, a répondu : « Une bonne action, c'est comme une bouteille à la mer, il y a une chance sur des milliers pour qu'elle atteigne le cœur, mais cette infime chance vaut la peine d'être tentée » ? Hein ? Qui ? Une bouteille à la mer, il a dit.

— Lydie, vraiment, vous perdez la tête, répéta Simone, tout en révisant intérieurement les paroles de la chanson, et se disant que vraiment, ça ne collait pas. Et puis, reprit-elle, toutes ces années écoulées évoquées dans la chanson, tout ça, ça ne correspond pas du tout.

— C'est pour noyer le poisson !

— Le martin-pêcheur...

Elles éclatèrent toutes les deux de rire, à nouveau interrompues par une autre arrivée intempestive. L'allure de la personne qui franchit le seuil de la chambre n'avait plus rien de celle de Martin.

C'était celle, rigide, de Mme Vitord, la directrice.

— Mademoiselle, on ne vous paie pas pour perdre du temps à rire. C'est quoi ce thé ? Et ces gâteaux ! Vous leur servez ça ! Après, ils s'écoutent et n'ont plus le courage pour quoi que ce soit, poursuivit-elle sèchement, comme si Lydie n'était qu'un meuble. Suivez-moi, le maire est arrivé. Comme d'habitude, il n'a pas le temps de faire le tour des chambres. Avec sa belle gueule, il se croit tout permis celui-là. Il veut passer en revue tout le personnel. À croire qu'il se prend pour un général. Bon, alors, vous venez ?

— Oui, oui, répondit Simone qui n'avait qu'une envie, serrer Lydie dans ses bras.

Brutalement, le visage de la vieille femme s'était fermé, toute lueur s'en était retirée, comme éteint sous l'effet de ces paroles. Savoir son fils en ces lieux et, comme d'habitude, qu'il ne passera pas la voir, doit être une torture pour elle, songea Simone. Évidemment, la directrice, qui ne connaissait déjà ni le prénom ni le nom de ses pensionnaires, pouvait encore moins savoir que le maire était le fils de Lydie. Simone était d'ailleurs la seule à le savoir. Instinctivement, Simone posa un baiser furtif sur la joue de Lydie.

— Mais enfin, c'est quoi ces enfantillages ? Si en plus maintenant il leur faut des nounous ! Il faut maintenir de la distance, mademoiselle, tempêta la directrice qui avait surpris son geste. De la distance !

Simone se contenta de la suivre, sans rien rétorquer, non sans s'être retournée une dernière fois pour adresser un sourire rempli de tendresse à son amie qui, la porte refermée, fondit en larmes.

Bernard

Bernard posa sa tête sur le manche de sa pelle et admira son œuvre. Les parterres de tulipes multicolores égayaient indéniablement la place du Jet-d'Eau de la ville, parée en l'honneur de la venue du chanteur Fred. Son regard s'attarda un instant sur un couple d'amoureux enlacés qui se prenaient en photo devant ses fleurs.

— Je veux que ces mots te saisissent, te foudroient, te fourvoient, t'amènent à moi, te charment l'âme, chantait le jeune homme à son amoureuse.

Bernard se dit que cela lui rappelait quelque chose. Il était incapable de se remémorer ce qu'elles évoquaient pour lui mais ces paroles lui serrèrent le cœur. Lui aussi avait écrit des poèmes, dans sa jeunesse. La même femme, toujours, les lui avait inspirés. Que pouvait-elle être devenue aujourd'hui ? Il se revoyait, derrière la fenêtre de sa chambre, l'observant quitter la maison voisine, à rêver qu'elle lui adressât ne serait-ce qu'un coup d'œil. Cela n'arriva jamais car pour elle, il n'existait pas. C'était l'histoire de sa vie. Être invisible. Être inaudible. Tout ça à cause de cette infirmité, qui s'était déclarée à l'âge de 7 ans. Parce qu'il préférait la compagnie de son piano et des livres à celle des autres enfants de son âge, ceux-ci le lui avaient fait méchamment payer. Surtout ce jour où, lors d'une baignade dans un lac, ils lui avaient volé ses vêtements ; il avait alors dû rentrer nu à la maison, soit un kilomètre à parcourir, humilié. Plus encore que la honte, c'était la colère qui l'avait submergé. À la vue de son frère qui riait avec les autres. C'était ce jour-là que son bégaiement s'était déclaré. Il n'avait rien révélé à personne, pas même à tous les psychologues qui avaient essayé de trouver la cause de son handicap et qui avaient finalement conclu à une anomalie vocale, sans source psychologique. Heureusement, il y avait la nature, le jardin, où il se réfugiait avec son chien.

Gonzague. C'est grâce à lui qu'il l'avait remarquée, sa petite voisine. Elle était venue le caresser à travers la grille qui séparait les deux maisons de leurs parents et, pendant dix ans, il l'avait regardée grandir, se transformer, sans jamais oser lui adresser la parole, s'enfuyant quand elle s'approchait, se contentant de l'observer de loin caresser son chien et de lui adresser des messages indirects dont elle ne sut probablement à aucun moment qu'il en avait été l'auteur. Instantanément, la tendresse de ses gestes l'avait foudroyé. La candeur qui se dégageait d'elle aussi. Depuis, pas une fois il n'avait ressenti cela. Cette folle certitude. Ce bouleversement de l'âme et des sens. Ce vertige délicieux.

— Regarde-moi ça, déjà qu'ils n'ont rien à fiche, ils se font des pauses, prononça une voix nasillarde derrière lui.

— C'est pas sorcier, il ne faut pas en avoir beaucoup dans le crâne pour jardiner, tu sais, lui répondit une voix tout aussi désagréable.

Bernard aurait aimé répliquer, leur montrer qu'il en avait dans le crâne, même peut-être plus qu'eux, mais, comme chaque fois qu'il était ému, les mots s'arrêtèrent aux frontières de ses lèvres. Il se retourna. C'était un couple de septuagénaires qui le fixaient avec dédain, comme s'il était un moins-que-rien. La femme ressemblait à sa mère, enfin dans l'allure générale. Il songea que cela ferait bientôt un an qu'il n'était pas allé la voir. Il n'osait plus. La dernière fois, elle discutait avec une sympathique aide-soignante quand il était arrivé. Simone, elle s'appelait. Il s'en souvenait encore. Il l'avait trouvée très affable. Et avec l'émotion (la gentillesse lui en inspirait toujours), il n'avait pas pu dire quoi que ce fût. Il avait vu sa mère se décomposer. Elle, l'ancienne prof de français, avait un fils incapable d'aligner trois mots, un fils jardinier municipal. Un fils qui lui faisait honte, certainement. Pas comme son frère qui avait brillamment réussi. Il ramassa sa pelle qui était tombée à terre, regarda les fleurs, puis la mairie en arrière-plan, et se dit que la vie était sacrément injuste avec les âmes sensibles. Il repensa à son amour d'enfance et songea qu'elle était sûrement devenue comme les autres, une dure à cuire. Au moins, elle s'en serait sortie.

Domitille

Depuis la veille, jour du fameux lapsus, Candice n'avait pas eu d'autre réunion de travail en tête à tête avec le maire. Même intérieurement, elle s'efforçait de l'appeler monsieur le maire, pour ne pas risquer un nouvel impair en le nommant involontairement Alain. Elle l'avait bien aperçu dans une manifestation officielle, mais elle avait soigneusement évité de s'approcher de trop près. Elle ressassait sans cesse chaque mot et chaque instant de ce moment désastreux.

Comme d'habitude, quand elle entra dans son bureau, il ne la regarda pas, penché sur ses dossiers, laissant entrevoir sa nuque qu'elle trouvait si sensuelle. Elle se dit qu'elle devait à tout prix chasser ces pensées de son esprit si elle ne voulait pas provoquer une nouvelle catastrophe. Pendant cinq minutes, elle attendit. Il resta focalisé sur ses dossiers. Alors, elle toussota pour signifier sa présence.

— Ah pardon, vous êtes toujours si discrète. J'avais oublié que vous étiez là.

Voilà, c'est en quelques mots le résumé de l'histoire de ma vie, se dit Candice, au bord de l'évanouissement. Il se tourna vers elle, la fixant d'un air inquisiteur par-dessus ses lunettes, comme s'il la voyait pour la première fois. Si elle voulait s'excuser pour le lapsus, c'était le moment ou jamais. Seulement, revenir sur ses propos de la veille, c'était les mettre en lumière, leur donner une importance qu'il ne leur avait peut-être pas attribuée. Mieux valait se taire. Et puis, après tout, il ne les avait peut-être même pas entendus.

Tout en l'examinant, Alain fouillait dans sa mémoire. Depuis la veille, son lapsus, qui l'avait d'abord amusé, lui trottait dans la tête. Depuis son embauche, il la considérait comme la nouvelle responsable d'un service de sa mairie, non pas comme une femme séduisante dont la beauté singulière le happait soudain. Certes pas une beauté éclatante sur laquelle les hommes se retournent dans la rue, mais une beauté discrète qui, une fois débusquée, ne quitte plus votre esprit. Ces quelques mots involontaires de la veille et le trouble qu'ils avaient provoqué chez lui l'avaient interpellé. En la regardant attentivement, c'était désormais une autre impression qui le troublait. Il avait la sensation de l'avoir connue. De l'avoir toujours connue.

— Nous sommes-nous déjà vus quelque part ? demanda-t-il, plus comme s'il réfléchissait à haute voix que pour obtenir une réponse de l'intéressée.

— Eh bien, oui, ici même, hier, et les jours précédents, répondit bêtement Candice, se demandant s'il avait perdu la tête ou si cette question faussement naïve était destinée à lui faire passer un message.

— Non, je veux dire avant cela ?

Voilà. Elle en avait maintenant la confirmation. Il n'avait jamais établi le lien avec son ex-petite voisine. Celle qui caressait le chien à travers la grille qui séparait les jardins des deux maisons de leurs parents. Celle qui, de sa fenêtre, l'observait. Ce n'était pas lui l'auteur de la chanson. Son imagination lui avait encore joué des tours.

— Sauf erreur de ma part, prit-elle la précaution de commencer, comme si elle avait eu un quelconque doute, elle qui ne l'avait pas oublié toutes ces années, j'étais votre voisine, celle qui caressait votre chien.

— Ah oui, cet idiot de Gonzague ! C'était le chien de mon frère, répondit-il stupidement, sous l'effet du trouble.

Candice se dit que sa sœur aurait certainement eu beaucoup à dire sur quelqu'un qui prénommait son chien Gonzague.

Alain se souvenait maintenant. La petite voisine au sourire étincelant. Il lui devait ses premiers émois d'adolescent. Elle lui disait toujours bonjour timidement en s'approchant du chien. Autant parce qu'il avait peur de l'animal que parce qu'il trouvait déshonorant de s'abaisser à sa hauteur, il se contentait de la toiser sans répondre tandis que, accroupie, elle caressait le chien de son frère. Elle était fille d'ouvriers, lui fils de professeurs, s'estimant promis à un brillant avenir. Non, il ne pouvait pas s'abaisser. Ce qui ne l'empêchait pas, une fois dans sa chambre, de l'observer discrètement, et souvent même, de rêver d'elle. Il se souvint avoir un jour trouvé le film avec Gabin, *Quai des brumes*, à la porte de la maison familiale et s'être demandé si cela venait d'elle, non sans plaisir. Pourquoi donc cette anecdote surgissait-elle ainsi des tréfonds de sa mémoire ?

— Je n'ai jamais aimé les animaux, dit-il machinalement pour briser le silence gêné qui s'était installé, tout en continuant à réfléchir et à fouiller dans sa mémoire. Bien, que ce point commun ne vous empêche pas d'accomplir correctement votre travail, reprit-il sèchement. Qu'attendez-vous ? Vous avez à faire, non ? conclut-il d'un ton cassant.

Il n'était pas à l'aise avec les émotions, et celles qu'il sentait soudain l'envahir ne lui étaient pas coutumières. Toute sa vie, il avait été dans le contrôle. Il n'allait pas se laisser décontenancer par une employée de mairie, fille d'ouvriers. Il avait le sentimentalisme en horreur.

— Comme nous n'avions pas terminé hier, je pensais que nous pourrions...

— Vous pensez trop. Vous êtes payée pour appliquer, non pour penser.

Furieuse, sans un mot parce que incapable de dire quoi que ce soit, elle sortit avec l'impression d'avoir été congédiée. Humiliée. L'époque des esclaves et des vassaux était révolue. Pour qui se prenait-il ? Comment avait-elle pu penser un instant qu'il était l'auteur de cette chanson sublime ? Comment pouvait-elle éprouver de tels sentiments pour un être aussi condescendant ? Le pire était que plus il la rudoyait, plus elle désirait briser sa carapace, et plus il l'attirait. Mais c'était bel et bien fini. D'ailleurs, à bien y penser, plus encore que de lui, c'était de cette chanson qu'elle était amoureuse aujourd'hui. Or, il ne pouvait pas en être l'auteur. Il y avait tant d'âme et de cœur dans ces paroles. C'était l'auteur d'un tel texte qu'elle méritait. Un être capable d'un amour inconditionnel, absolu.

À l'heure du déjeuner, c'est avec cette ferme résolution de cesser de l'aimer qu'elle était arrivée à sa voiture. En découvrant que le rétroviseur de la voiture garée à côté de la sienne était arraché, effarée, elle se souvint tout à coup que dans sa course, à son arrivée sur le parking, son rétroviseur en avait entraîné un autre. Et cet autre appartenait à la voiture de monsieur le maire.

Quand Alain arriva à sa voiture, il constata que son rétroviseur pendait lamentablement contre la portière, en lambeaux, comme une vieille loque. Alors qu'il s'apprêtait à retourner à la mairie pour demander les images des caméras de surveillance, il remarqua un petit mot sur le pare-brise : « Désolée, Alain. Je ne l'ai pas fait exprès. Même si l'idée aurait pu m'effleurer.

Une employée payée pour appliquer, hypnotisée par une bouteille à la mer. »

Alain n'avait pas été aussi en colère depuis bien longtemps. En colère contre lui. Quand il arriva à son domicile, il embrassa machinalement son épouse sur le front, ainsi qu'il en avait l'habitude. Comme chaque midi, en guise de réponse, la placide Domitille avait allumé la radio.

Cela leur évitait de parler car ils n'avaient plus grand-chose à se dire, cependant les apparences étaient sauves. Ils continuaient à cohabiter et Domitille était toujours parfaite dans les représentations officielles. Elle adorait cela, être la femme du maire.

À la radio, le présentateur annonçait la fameuse chanson qui provoquait tant de folles rumeurs et qui, d'après lui, avait été écrite par « une belle âme, discrète ». Depuis peu, à chacun de ses déplacements, les interlocuteurs d'Alain en venaient systématiquement à aborder ce sujet. Il ne s'était pas vraiment penché sur l'histoire mais il commençait à devoir répondre à des interviews à ce propos. C'était bien la première fois qu'on s'intéressait ainsi à sa ville. Il se dit qu'il était temps d'écouter attentivement la radio. Il monta le son et, pour la première fois, prêta l'oreille à chaque mot. Tout au long du passage à l'antenne, Alain sentit son cœur s'emballer, de concert avec le rythme de la musique. Si son épouse avait regardé son visage à ce moment-là, elle y aurait découvert une expression qu'elle ne lui connaissait pas. Celle d'un homme en train de tomber amoureux. Celle d'un homme qui réalisait qu'on avait sans doute écrit cette chanson pour lui. Dont les paroles évoquaient un film de Gabin, comme celui déposé à sa porte dans son enfance. Dont tous ses administrés fredonnaient la mélodie. Il ressentait une fierté qu'il n'avait pas même éprouvée en gagnant la mairie, lui qui avait toujours estimé que se trouvait là le bonheur suprême. Il lui avait fallu toutes ces années pour comprendre que le bonheur était ailleurs, qu'il l'attendait depuis l'enfance. De l'autre côté de la grille.

— Que cette chanson est mièvre. Évidemment il a fallu que ce soit un de tes administrés qui la commette, trancha Domitille. Tu dois en avoir assez que tout le monde te bassine avec ça. Enfin, pour une fois qu'on parle de ta ville.

Il ne répondit pas. Il était ailleurs. Domitille en avait l'habitude. Toujours la tête dans ses dossiers. C'était pire qu'une maîtresse. Elle le savait, elle n'avait rien à craindre de ce côté-là : Alain était incapable d'aimer. Il n'aimait que lui-même. Il n'était qu'ambition. Elle remarqua qu'une larme pointait au coin de son œil. Si elle ne l'avait pas mieux connu, elle aurait pensé que la chanson « Je suis malade » qui avait succédé à « Une bouteille à la mer » l'avait ému. Si elle avait su…

Martin

« Une bouteille à la mer » avait été diffusée pour la première fois sur les ondes six mois auparavant. L'intérêt pour l'histoire mystérieuse de la chanson s'essoufflait un peu. Les retombées économiques avaient été indéniables pour la ville évoquée en exergue dans la lettre reçue par Fred. Médias et curieux, certes un peu moins nombreux qu'au début, parcouraient toujours la cité à la recherche de l'indice qui leur permettrait de trouver qui en était l'auteur.

À l'exception de la boulangère, les commerçants se plaignaient que le regain d'activité n'eût été qu'éphémère. À 50 ans, elle avait retrouvé une seconde jeunesse, persuadée que la chanson était écrite pour elle puisque l'une de ses baguettes s'appelait depuis longtemps « bouteille à la mer ». Dans le doute, elle lançait des regards enamourés à chaque client qui franchissait le seuil de la boutique (cela avait eu pour conséquence de nombreuses crises conjugales).

C'est le premier adjoint au maire qui en avait eu l'idée : c'était aux membres de l'équipe municipale de trouver l'auteur et de préparer une grande fête autour de cette annonce. C'était à eux de le mettre à l'honneur et de lui offrir une tribune. S'il avait ainsi indiqué le nom de sa ville dans la lettre envoyée à Fred avec son texte, c'était qu'il voulait obtenir une reconnaissance de la municipalité. Cela permettrait de braquer à nouveau les projecteurs sur la ville, de mettre fin à certains quiproquos et de limiter les fâcheux incidents qui se multipliaient. Bien sûr, il y avait ces sourires béats sur certains visages d'habitants persuadés que la chanson avait été écrite pour eux, ou qui en avaient l'espoir, mais il y avait aussi les couples qui s'étaient séparés, soit parce que l'un des deux avait la conviction que l'autre l'avait composée pour un tiers, soit parce qu'elle leur révélait la médiocrité de leur vie et leur donnait envie de déclarer leur flamme à un amour secret ou de retrouver un amour de jeunesse.

Alain, que cette idée de dévoiler le nom de l'auteur en public ne réjouissait guère, s'était pourtant rallié à l'idée de son premier adjoint. J'ai perdu de mon autorité, je suis devenu velléitaire, constatait-il à regret, rejetant la faute de ce changement de caractère sur Candice. Il ne lui avait adressé aucune remarque au sujet du rétroviseur moribond mais il était plus froid que d'habitude avec elle. Elle l'obsédait à tel point qu'il se trompait parfois de prénom et appelait sa secrétaire Candice. Et cette chanson que l'on entendait sur toutes les ondes et dont on lui rebattait les oreilles chaque jour n'arrangeait rien. Et Domitille qui lui faisait remarquer constamment qu'il était encore plus absent que d'habitude… Oui, vraiment, il fallait faire cesser cela. De toute façon, si elle était l'auteure de la rengaine, Candice n'oserait probablement pas l'avouer devant la ville entière. Mais, au moins, si c'était quelqu'un d'autre, il le saurait, et en plus, ce serait bon pour la ville. Par chance, la veille de la grande manifestation, Fred avait obtenu le prix de *La chanson romantique de l'année* avec « Une bouteille à la mer ». L'intérêt des médias pour l'événement avait encore redoublé. Mis à part lors de la victoire de la France en finale de la Coupe du monde 1998 puis 2018, ou des rassemblements en mémoire des victimes des attentats de 2015, jamais la ville n'avait connu un tel mouvement spontané. Il ne fallait pas décevoir l'attente. Tout avait donc été organisé pour que l'événement arrivât aux oreilles de l'intéressé. Et tout le monde attendait cette date avec crainte et espoir. Les hypothèses les plus abracadabrantesques circulaient partout. La ville était devenue le centre du monde.

Tout se déroule à merveille, se disait Lydie, même si la pensée de briser le cœur du commandant ne la réjouissait guère tant sa compagnie lui était devenue essentielle. Veuve depuis vingt-cinq ans, elle avait rayé de son existence la possibilité même de l'amour depuis lors. Et voilà que, alors qu'elle ne croyait plus en rien, chaque jour, elle se parfumait et s'apprêtait pour aller au réfectoire, se sentant animée par une vigueur nouvelle. Les doux silences du commandant la comblaient. Son regard plein de tendresse lui procurait des sensations qu'elle croyait perdues pour toujours. Le simple contact de sa main sur son bras lui faisait oublier son arthrose, son âge et parfois, l'absence de ses fils. Et même Les Amandiers lui semblaient auréolés d'une magie nouvelle. Décidément, cette chanson possédait tous les pouvoirs. Lydie savait pourtant que lorsque la vérité éclaterait, ce serait comme une déflagration dans plusieurs existences, à commencer par la sienne. Mais, après tout, une chanson n'avait jamais tué personne et comment aurait-elle pu prévoir un tel retentissement ? Il y aurait forcément des déçus, des malheureux, des mécontents. Toute la ville était ainsi invitée à être présente le jour de la révélation en personne de l'auteur de la chanson, du moins si celui-ci daignait être présent. L'intéressé devrait présenter un document prouvant sa bonne foi. Nul doute que des imposteurs se présenteraient néanmoins.

Le commandant était plus tendre que jamais. Chaque jour, il venait la chercher en prononçant cette phrase d'un air taquin : « Quand ils vont savoir... » Elle avait envie de répondre : « Mais oui, mon pauvre ami. » Elle se contentait de lui tapoter la main et il prenait alors pour un acte de tendresse ce qui n'était que le geste que l'on effectue pour rassurer un enfant.

Lydie avait fait part à Simone de son désir d'aller à la mairie et lui avait demandé de l'accompagner. Simone ne pouvait pas lui refuser ça ; il s'agissait de l'événement du siècle dans la petite ville, d'autant qu'elle tentait en vain d'inciter Lydie à sortir depuis des années. Simone savait pertinemment l'idée que Lydie avait derrière la tête. La vieille dame était persuadée que Martin était l'auteur de la chanson et que Simone en était la destinataire. Depuis cette révélation, Simone avait rajeuni de dix ans, et Lydie observait avec stupéfaction le pouvoir de l'imaginaire et de l'espoir sur le moral, surtout quand cet espoir est celui d'un amour. Elle se disait que cela aurait été un bel exemple de cristallisation pour la professeure de français qu'elle avait été. Elle s'amusait à observer Martin et Simone se rapprocher sans même le savoir. Elle s'arrangeait pour retenir Simone quand l'heure du thé approchait, toujours apporté par Martin, malgré les multiples tentatives d'intimidation de la directrice. Elle demandait un petit service à Simone et comme l'aide-soignante avait bon cœur, elle ne savait le lui refuser. Il s'agissait parfois d'une tâche à effectuer à deux, et elle s'amusait alors de leur gêne réciproque lorsque leurs mains se frôlaient. Elle profita ainsi de la présence de Martin pour remettre sur le tapis son désir d'aller à la mairie, Simone ne lui ayant pas donné de réponse définitive.

— Dites, ma petite Simone, je prends Martin à témoin, vous ne m'avez toujours pas dit si vous acceptiez de m'emmener à la mairie demain. Notre sous-directeur va croire que vous malmenez les résidents.

— Je ne croirai jamais une chose pareille de la part de Simone, mais cela m'étonne qu'elle vous refuse quoi que ce soit, ne put s'empêcher de répondre Martin.

— Peut-être a-t-elle peur de connaître la vérité, enchaîna Lydie.

— C'est vrai qu'elle est le genre de personne à pouvoir inspirer une telle chanson, répondit Martin, enhardi par la présence innocente de Lydie.

— Vous voyez, Simone, insista Lydie en lui adressant un coup d'œil, profitant que Martin déposait la tasse sur son bureau.

— Ce n'est pas cela. Moi, les rassemblements, la foule, je les redoute toujours. M. Meyer pourrait peut-être vous emmener.

— Très bien. Je vous y emmènerai, Lydie. Je vous y emmènerai toutes les deux.

— Vous ne pouvez pas refuser un ordre de votre supérieur, s'empressa d'enchaîner Lydie, ravie de la tournure que prenaient les événements.

Simone répondit par un haussement d'épaules qu'elle accompagna d'une petite moue que Martin ne put s'empêcher de trouver très séduisante.

L'auteur de « Une bouteille à la mer »

Alain était resté dix bonnes minutes à observer la foule sous les fenêtres de la mairie : impassible puis emportée par la même vague de musique et de gaieté, bercée par la voix de Fred. Il avait senti des frissons le parcourir, lui qui croyait cette sensation réservée aux seules victoires électorales. Il songea qu'il administrait toute cette marée humaine et, soudain, tout cela lui semblait ne plus avoir aucun sens. Il considéra les parterres de fleurs sur la place du Jet-d'Eau. À leur vue, un remords l'étreignit. Ce n'était pas le moment de flancher. Il prit conscience que la musique s'était tue : le chanteur Fred venait d'entrer dans la salle de la mairie sous les acclamations. Il observa Domitille qui se tenait droite comme un piquet au premier rang et se demanda ce qu'ils avaient bien pu partager. Il se souvint que lorsqu'elle l'avait invité à dîner après l'avoir rencontré, dix ans plus tôt, alors qu'il n'était qu'un simple conseiller municipal, il s'était dit qu'elle n'était pas si laide, au vu de son carnet d'adresses de fille de notable de la ville, ou en tout cas que cela méritait bien quelques concessions esthétiques. Alain sursauta. Au comble de la nervosité, le premier adjoint venait de lui désigner l'estrade. Il était temps. L'heure de la révélation avait sonné. Il entreprit de s'y diriger pour aller déclamer son discours d'introduction quand il s'arrêta net sous le regard stupéfait du premier adjoint. Candice venait d'entrer dans la salle, charmante. Son expression exhalait des réminiscences d'enfance. Il lui sembla entendre ses éclats de rire qui, depuis son jardin, s'insinuaient jusque dans sa chambre. Il songea au petit mot laissé sur la voiture. C'était à l'enfant qu'il avait été qu'elle s'adressait en l'appelant Alain. Ou plutôt l'enfant qu'il n'avait pas pris le temps d'être. Celui qui aurait dû s'accroupir et caresser le chien avec la troublante petite voisine au lieu de la toiser à cause de stupides préjugés sociaux, celui qui aurait dû faire abstraction de son orgueil et de la peur que lui inspirait Gonzague. Brusquement, il eut irrésistiblement envie d'être à ses côtés, de la séduire. Il lui sembla que cette victoire importait plus que toutes les autres. Tout le reste lui parut soudain dérisoire.

Candice avait hésité à venir. Elle aurait pu regarder la diffusion télévisée avec son chat Mascotte, alanguis devant la télévision. C'était absurde d'être là, mais au fond d'elle subsistait un espoir incurablement romantique qui défiait toute logique. C'était d'autant plus absurde que le maire (elle arrivait maintenant à ne plus l'appeler qu'ainsi) ne lui inspirait désormais que de la déception. Elle ne supportait pas sa manière de s'adresser au personnel. Son obstination à l'éviter. Son arrogance. Elle avait tant regretté son petit mot après l'épisode du rétroviseur. C'était son cœur d'enfant, blessé et plein d'espoir encore, qui s'était adressé à lui pour l'attendrir. « Tendresse », voilà un mot qui ne faisait certainement pas partie de son vocabulaire. Ce qu'elle pouvait être naïve ! Elle hésita à partir mais elle se souvint que son père espérait la voir à la télévision, sachant que l'événement serait retransmis en direct sur toutes les chaînes d'information. Sa maison de retraite était à neuf cents kilomètres de là. Ils se voyaient si peu souvent. Impossible de lui refuser cela. Le premier adjoint lui fit signe de s'installer au premier rang, à la seule place laissée vacante, à côté de l'épouse du maire. Elle n'eut pas le temps de trouver une alternative car Alain arrivait sur scène. Elle sentait son regard insistant sur elle. Elle se trompait certainement, d'autant plus qu'elle avait l'impression qu'il lui souriait. Elle s'écroula plus qu'elle ne s'assit et, dans une sorte de brouillard, le vit déchirer le discours prêt sur son pupitre, puis l'entendit dire ceci, les yeux indécemment fixés sur elle :

— Monsieur le Préfet, mes chers collègues, mes chers amis, Fred, je vous remercie d'être tous ici présents pour ce grand jour pour notre ville. En acceptant les fonctions qui sont aujourd'hui les miennes, je n'aurais jamais imaginé qu'elles me conduiraient à une réception comme celle-ci et encore moins à vous délivrer ce discours qui me semble plus important que tous ceux que j'ai prononcés durant ma carrière. Ces imprévus sont aussi le bonheur de la fonction. Il y a d'ailleurs beaucoup de choses que je n'aurais pas imaginées. Que ce qui me semblait essentiel à ma vie soit soudain devenu accessoire. Que l'enfance puisse revenir ainsi en pleine face, telle une vague impétueuse, à l'âge adulte. Qu'une chanson change le cours de plusieurs existences. Celle d'une ville. Celle de ses administrés. La mienne, peut-être. La mienne en tant que maire, puisque la ville suscite un tel intérêt en France, et même dans le reste du monde. La mienne en tant qu'homme. En tant qu'homme qui découvre tardivement le sens de la vie. De sa vie. En tant qu'homme qui a écrit cette chanson.

Un murmure fébrile parcourut la salle.

— Qui aurait aimé écrire cette chanson ! Pardonnez ce lapsus qui en a sans doute déçu certains, se reprit-il, déstabilisé par le regard soudain baissé de Candice.

Un autre lapsus, n'est-ce pas ? ajouta-t-il, sachant pertinemment que dans la salle une seule personne pouvait comprendre cette phrase. J'aurais aimé l'écrire pour susciter les élans qu'elle a inspirés. Pour gagner des cœurs. Un cœur, du moins. Mais je sais que ce n'est pas moi que vous attendez. Comme je ne suis pas l'auteur de la chanson, ainsi que certains esprits perspicaces l'ont imaginé, je vais maintenant m'effacer et demander au véritable auteur de monter sur l'estrade. Comme nous l'avions spécifié, Fred et mon premier adjoint établiront la véracité ou non des preuves apportées. Nous tenions à effectuer cela devant vous afin qu'il n'y ait pas de contestation possible.

Les cameramen s'étaient tous massés au plus près de l'estrade, se bousculant sans ménagement pour avoir en premier les réactions du mystérieux auteur, pour ne pas manquer un rictus, une larme, un mot. Personne n'avait réellement prêté attention au caractère ambivalent des paroles du maire. Seule Domitille trouvait qu'il était soudain bien sentimental et que son regard, qu'elle crut tout d'abord posé sur elle, paraissait dévier vers sa droite. À sa droite, justement, Candice n'osait plus bouger. Elle avait bien compris le message. Elle aurait dû être aux anges. Elle devait pourtant s'avouer que si son cœur battait la chamade, c'était plutôt par embarras, pas comme chaque fois qu'elle entendait ce texte chanté par Fred, ainsi que cela avait été le cas devant la mairie quelques minutes plus tôt. Avec ce sentiment fou qu'il était écrit pour elle, tant cela la troublait chaque fois, tant cela l'avait troublée à nouveau. C'est absurde, se dit-elle. La moitié de la France pense aussi que la chanson a été écrite pour elle. Domitille, du coin de l'œil, observait Candice vers laquelle le regard de son mari lui avait semblé être dirigé pendant son discours, et elle en conclut que si lui, l'ambitieux, avait voulu la tromper, cela n'aurait certainement pas été avec cette petite employée de mairie. Elle mit donc ses paroles sur le compte des verres d'apéritif qu'elle l'avait vu enchaîner.

Aux murmures qui parcouraient précédemment la salle succéda un silence absolu. Un gringalet, quinquagénaire, chauve, et tremblotant de la pointe des pieds à la racine des cheveux qu'il n'avait plus, venait de monter sur scène et de prendre place devant le micro. Tout le monde le connaissait, et tout le monde connaissait aussi sa timidité légendaire. C'était l'employé de la poste.

— Je voudrais dire... Je voudrais dire, répéta-t-il, surpris par la puissance de sa voix dans le micro, je voudrais juste dire que je suis ensorcelé par la dame aux lunettes roses et aux pommettes bleues... euh... aux pommettes roses et aux lunettes bleues, qui vient chaque lundi à 14 heures depuis un an au bureau de poste. Elle me sourit avec une tendresse avec laquelle personne ne m'a jamais souri. Son bonjour est comme la plus douce des caresses et...

L'assistance écoutait ses paroles, et tous les regards semblaient dire leur incrédulité et leur déception.

— Vous avez la preuve que vous avez écrit la chanson ? le coupa le premier adjoint, partageant l'incrédulité et la déception générales.

— ... Que ces mots soient ma parade amoureuse, qu'ils t'enlacent de leur danse langoureuse, cita le postier comme s'il n'avait rien entendu. Je les ressens, ces mots. Hélas, je ne les ai pas écrits.

Un nouveau murmure, cette fois de soulagement, parcourut la salle.

— Je ne les ai pas écrits, pourtant j'aurais tant aimé. Et surtout ils m'ont donné le courage de faire aujourd'hui cette déclaration.

— Bien, il y a certainement des pommettes roses dans l'assistance mais, aucune femme aux lunettes bleues ne s'étant manifestée, je vais vous demander de regagner votre place, cher monsieur. Si certains doutaient encore du pouvoir romantique de cette chanson, les voilà servis, s'énerva le premier adjoint.

Deux ou trois caméras se précipitèrent sur le pauvre homme qui descendait de l'estrade et qui tremblait de plus belle. Et déjà l'attention de l'assemblée se focalisait sur la scène. Cet incident avait encore accentué l'attente impatiente. Les médias étaient toujours agglutinés et, la chaleur et le stress échauffant les esprits, les insultes fusaient entre ceux qui, sans ménagement, essayaient de se frayer un chemin au plus près de la scène, tandis que d'autres tournaient leurs objectifs vers la salle.

Personne pourtant n'avait prêté attention à une femme d'environ 80 ans qui venait de s'emparer de la place laissée vacante par le postier. Certains, plus tôt, s'étaient pourtant retournés, interloqués, quand l'homme au costume de marin qui l'accompagnait avait crié « Ce n'est pas lui ! » en voyant le gringalet s'avancer sur la scène. À leurs côtés étaient assis une femme au sourire bienveillant et un homme au visage curieusement enfantin qui paraissaient soigneusement s'appliquer à s'éviter, même si la proximité des chaises les obligeait parfois à se frôler. Sans un regard pour la jeune femme qui semblait lui dire « Vous voyez bien… », ni pour son voisin le marin qui semblait lui dire « Ne vous dégonflez pas maintenant ! », la vieille femme s'était levée et d'un pas aussi assuré que le lui permettait son âge s'était dirigée vers la scène.

Le commandant se rehaussa sur son siège et, si la fierté avait dû avoir un visage, à cet instant, cela aurait été le sien. Arrivée devant l'estrade, elle refusa la main que le premier adjoint lui tendait pour l'aider et leva fièrement la jambe pour grimper sur la scène, entraînée par ses semaines d'ascension de l'armoire de sa chambre où se trouvait le précieux texte. Elle se tourna vers Alain qui lui adressa une mimique entre courroux et stupéfaction. Lentement, soigneusement, elle sortit un papier dissimulé dans son corsage puis tout aussi soigneusement elle le déplia. Elle le tendit à Fred qui sortit le texte de la chanson, compara les écritures, et les tendit ensuite au premier adjoint.

— Madame, ces écritures sont parfaitement dissemblables. Nous avons déjà eu un imposteur, pesta le premier adjoint qui déjà poussait sans ménagement la vieille femme vers le bas de l'estrade. Personne n'a de temps à perdre, conclut-il.

Le maire s'empara des deux papiers que le premier adjoint avait déposés sur le pupitre. Et soudain, il comprit l'invraisemblable vérité.

— Attendez. Je souhaiterais que ma… que cette personne s'exprime, dit-il, alors que le commandant s'était déjà levé, prêt à crier à tous ce qu'il pensait sans le moindre doute être la vérité.

Pendant quelques secondes qui semblèrent durer une éternité, Lydie et Alain s'adressèrent un sourire qui contenait tant d'émotions que tout le monde comprit qu'ils se connaissaient intimement. Lydie reprit ses esprits et sa place derrière le pupitre.

— Oui, en effet, Fred, ces deux écritures sont dissemblables, pourtant c'est bien moi qui ai écrit la lettre que vous avez reçue.

Une déception encore plus grande que lors du discours du postier se lisait sur les visages. Les reporters des chaînes d'information se réjouissaient de ce revirement inattendu, néanmoins pas assez croustillant pour certains qui, de crainte de manquer l'unique train pour Paris à attraper à cinq kilomètres de la ville, avaient déjà rangé leurs caméras et s'apprêtaient à quitter la salle. Simone ne savait que faire. Si Martin avait écrit cette chanson, c'était à lui de l'annoncer. Pas à Lydie. À quoi donc s'amusait son amie ? Dans son désarroi, elle n'avait pas retiré sa main de celle de Martin qui venait de la saisir tendrement. Fred profita du remue-ménage généralisé pour s'emparer du micro.

— Je sais que ce n'était pas prévu, et pourtant, j'ai moi aussi un aveu à vous faire. Si vous permettez, madame, quel est votre prénom ? demanda Fred.

— Lydie, répondit l'octogénaire, désemparée.

— Lydie, si vous permettez, Lydie, reprit Fred.

Lydie opina du chef.

— Cette chanson… moi aussi, je l'ai écrite.

Cette fois, ce n'était plus un murmure mais un brouhaha invraisemblable qui parcourait la salle. Lydie le considéra d'un air circonspect. Le commandant était au bord de l'implosion.

— Du moins, je l'ai écrite en pensée. C'est sans doute pour ça que je l'ai chantée avec autant de conviction, qu'elle a touché autant de monde, autant d'âmes et de cœurs. Et, moi le premier, lorsque je l'ai lue par hasard dans le bureau de mon ancien agent Leduc dont je salue au passage le flair légendaire, s'il nous regarde. Je crois que nous avons tous dans notre mémoire un amour secret, inabouti, inoubliable… Et finalement, peut-être les plus belles histoires sont-elles celles que nous n'avons pas vécues. Si je me permets de prendre la parole, c'est parce qu'il y a une personne en particulier pour qui j'aurais aimé avoir écrit cette chanson. Ah, monsieur le maire n'est plus là ? Je voulais lui demander… Alors, vous, monsieur le premier adjoint, pouvez-vous demander à la femme au troisième rang, celle avec la frange brune, oui, cette femme, pouvez-vous lui demander son prénom, simplement son prénom, et après c'est promis, Lydie, je vous rends le micro.

Le premier adjoint se fraya un passage au milieu de l'assistance. Il tendit son micro à la femme qui le repoussa. Elle avait l'habitude de s'exprimer en public, sans micro. Elle se leva, s'éclaircit la voix, et sans quitter Fred des yeux, déclara :

— Je suis Sarah.

Fred lui sourit, d'un sourire dans lequel passa toute la folle insouciance de la jeunesse retrouvée.

Elle répondit à son sourire. Le temps et la salle suspendaient leur souffle. Il ne s'était pas trompé. C'était bien ce regard surgi du passé auquel il s'était accroché au Trocadéro puis qu'il avait perdu de vue, dévasté. Il songea à toutes ses conquêtes qu'il avait enchaînées depuis ce premier amour. Elles lui apparurent en une sorte de kaléidoscope qui formait la femme parfaite, parfaite parce que liée à une émotion ineffable, celle de la vie devant soi. Et cette femme était là, face à lui, des années plus tard.

Les cameramen ne savaient plus où donner de l'objectif, les uns visant Sarah, les autres Fred.

Après quelques longues secondes, Fred s'approcha à nouveau du micro.

— Malgré ce que je suis, je ne vis de rien d'autre que de ce désir envahisseur de ta peau, de tes mots, de ta voix. Vertige hypnotique saisissant qui paralyse et exalte mes pensées et même mon désarroi. Toutes ces années, mon ange démoniaque, à ne survivre qu'en me disant que le hasard me conduira à toi, récita Fred avec plus de passion encore que lorsqu'il chantait. Lydie, je n'ai plus rien d'autre à ajouter. Je vous laisse la parole. Je crois que tout le monde est impatient de connaître la clé du mystère.

Lydie reprit sa place derrière le pupitre alors que tous observaient Sarah qui était restée debout, au milieu de la salle. Elle se rassit pour se remettre de la bouffée de bonheur qu'elle sentait l'envahir.

— Je ne pensais pas, commença Lydie, s'interrompant en constatant que les regards et les caméras étaient toujours dirigés vers Sarah. Je ne pensais pas, reprit-elle, qu'une simple chanson envoyée à un agent un triste jour de janvier changerait le cours de tant de destins, à commencer par le mien.

Les uns après les autres, les regards se tournèrent à nouveau vers elle.

— Je n'avais rien imaginé, d'ailleurs. J'ai juste agi selon mon cœur. Selon mon cœur de mère.

Elle s'arrêta à nouveau et scruta le fond de la salle. Simone lui adressait un regard implorant et le commandant la fixait avec un amour démesuré qui lui broya le cœur.

— Pardon d'avance à ceux que cette révélation va décevoir. Pardon d'abord à celle qui porte un magnifique prénom, même si elle en doute, et à qui je voulais affirmer qu'elle a trouvé une famille et que je suis même persuadée qu'elle en fondera une avec celui qui la contemple actuellement comme toute femme aimerait l'être. Je ne devrais d'ailleurs pas prononcer de telles paroles parce que je suis aussi cette femme et j'espère que toi que je n'espérais plus, tu me pardonneras aussi. Et puis à tous, je voudrais vous dire, n'ayez pas peur de dévoiler et suivre vos sentiments. Croyez-en mon expérience. La vie est trop courte et imprévisible pour cela. N'ayez pas peur de lancer vos bouteilles à la mer. La mienne, je l'ai trouvée dans le cahier d'un jeune homme, au fond d'une caisse, dans l'armoire de ma maison de retraite, un jour de janvier. Elle avait été transportée avec le reste lors de mon déménagement aux Amandiers et je n'avais jamais pris le temps d'en examiner le contenu. Au milieu de beaucoup d'autres textes écrits par un homme de talent, oublié, y compris, j'en suis certaine, par son auteur, figurait celui-ci.

Elle marqua un temps. Tous se dévisageaient dans l'assistance, dévorés d'excitation. Seul un homme, en costume de marin, semblait abattu et ailleurs.

— Je ne le vois pas et pourtant, je sais qu'il est là, qu'il m'entend, ici, ou un peu plus loin, parmi la foule, à l'extérieur. Je ne lui demande pas de parler. Il l'a déjà fait mieux que quiconque à travers ses mots écrits qui clament le pouvoir inestimable de l'écriture et la force de son amour. Je lui demande juste de venir à mes côtés. Parce que je voudrais lui clamer à quel point je suis fière de lui. À quel point il mérite tout cet amour que cette chanson a généré. Et à quel point je regrette de ne pas l'avoir aimé à sa juste valeur.

Le silence dominait à nouveau, et cette fois, c'était un silence ému. À l'extérieur, la foule qui entendait la cérémonie à travers des haut-parleurs installés pour l'occasion se taisait aussi. Soudain, des pas dans l'escalier qui menait à la salle des mariages brisèrent le silence. Tout le monde retenait son souffle. Les caméras se braquèrent sur l'entrée de la salle. Le regard de Lydie s'embua. Le premier adjoint était au bord du malaise. Et même le commandant se retourna, oubliant sa déception, bouleversé par les paroles de la nouvelle femme de sa vie. À la surprise générale, celui qui franchit le seuil avait quitté la salle quelques minutes plus tôt et était connu de tous. C'était Alain. Le maire. Mais quelque chose en lui avait changé. Comme si brusquement son visage était davantage marqué par le poids des ans. Il n'en était pas moins beau. Au contraire. Il était plus expressif, plus vivant, vibrant de vie. Vêtu auparavant d'un élégant costume, il était alors habillé beaucoup plus simplement. Il s'était arrêté au fond de la salle. Plusieurs caméras l'entouraient déjà. Lydie, en larmes, lui fit signe de s'avancer vers elle. Il hésita puis, d'un pas chancelant, franchit les quelques mètres qui les séparaient. Il s'arrêta à nouveau devant l'estrade et monta finalement sur scène, aux côtés de Lydie. Le premier adjoint essaya de parler sans qu'aucun son sorte de sa bouche. La salle et même la France entière étaient plongées dans la perplexité. Lydie prit son fils dans les bras. Ils restèrent ainsi à s'étreindre un moment qui sembla à tous interminable. Elle l'entraîna par la main avec elle, derrière le pupitre. Candice sentit que son cœur se remettait à battre la chamade de plus belle.

— Je vous présente Bernard. Mon fils. Je vous présente l'auteur de la chanson, dit Lydie la voix étranglée par l'émotion.

Après tant de revirements, la salle était en état de sidération et personne ne savait quelle attitude adopter, d'autant que le Bernard en question, véritable sosie du maire, secouait la tête en tous sens en signe de dénégation.

— Si, Bernard, même si tu ne t'en souviens pas. Comme quelqu'un qui n'a jamais eu conscience de son talent. Qui n'a jamais eu la reconnaissance qu'il méritait. Fred, la feuille que vous tenez, c'est moi qui l'ai écrite, recopiée d'un cahier, le journal intime d'un de mes fils, retrouvé par hasard il y a six mois. J'ai juste modifié une phrase, à propos des amours qui se cliquent. Internet n'avait pas cette importance à l'époque. L'homme qui a écrit cette déclaration il y a des années, pour notre petite voisine pour qui je le voyais se consumer d'amour, cet homme, vous l'avez devant vous. Il ne savait rien de tout ceci. Je lui ai simplement envoyé un mot hier pour lui demander de se tenir aujourd'hui à côté des fleurs de la place du Jet-d'Eau, ses fleurs, sachant qu'avec les haut-parleurs non loin, il m'entendrait.

Bernard, qui ne savait plus que faire, tendit le mot à Fred. Celui-ci se concluait par : « Votre passé vous attend. Venez avec une page manuscrite. Et vous comprendrez. » Bernard sortit de sa poche le texte qu'il avait écrit pour l'occasion. Lydie s'en empara et le donna à Fred avec la page du journal intime sur laquelle figurait le texte de la chanson. Par-dessus son épaule à laquelle il se raccrocha, se sentant défaillir, le premier adjoint constata que les deux écritures étaient absolument semblables et le confirma à la salle.

— Arrêtez toute cette mascarade. Nous avons bien reconnu le maire. Bien joué, le coup de pub ! lança un journaliste.

— Ce n'est pas un coup de pub. Cet homme n'est pas le maire. C'est son frère jumeau, répondit placidement Lydie.

— Alors pourquoi ne parle-t-il pas ? Et où est le maire ? insista le journaliste.

Bernard avait l'impression d'être une bête de foire. Il n'avait qu'une envie : retrouver ses fleurs, le silence des jardins, la tranquillité, l'anonymat. Il s'apprêtait à redescendre de la scène lorsque son portrait craché sortit des coulisses.

— Attends, Bernard ! cria Alain. Tu vois, comme toujours, j'ai été lâche. J'ai préféré fuir. Oui, Bernard est mon frère. Il ne s'exprime pas parce qu'un jour, dans son enfance, il est devenu bègue par ma faute. À cause de ma lâcheté. Cette même lâcheté à cause de laquelle je ne vais plus voir ma mère dans sa maison de retraite. Cette même lâcheté qui fait que je ne parlais plus à mon frère, jardinier de la ville. Cette même lâcheté qui fait que j'aurais été incapable d'écrire une telle chanson pour la femme qui m'en fait prendre conscience, celle-là même, sans doute, pour qui mon frère l'a écrite.

Domitille crut bien qu'elle allait s'étouffer. Les yeux de Candice allaient d'Alain à Bernard. Bernard s'était arrêté devant l'estrade. Pendant le discours de son frère, il avait aperçu une femme pour laquelle, instinctivement, il avait éprouvé un indicible élan. Il n'arrivait plus à détacher son regard d'elle. Il y avait toujours cette candeur dans ses yeux. Son cœur et ses sens l'avaient reconnue immédiatement. C'était Candice, son amour d'enfance, la petite fille qui caressait Gonzague à travers la grille du jardin. Candice pour qui il se souvenait maintenant avoir écrit cette chanson lorsqu'il avait une vingtaine d'années.

— Un coup monté, moi, je vous dis ! reprit le journaliste.

Quelques personnes commençaient à siffler à sa suite. Lydie et Alain ne bougeaient plus.

Candice fixait Alain, pétrifiée. Bernard attendait un signe qui ne venait pas. Alors, dans le chaos général, sans avoir dit un mot, ce dont il aurait été de toute façon incapable, Bernard prit la direction de la porte. Ne sachant que faire, le premier adjoint réenclencha la musique qui résonna dans la salle et à travers les haut-parleurs dans toute la ville. Fred comprit et, ne quittant pas Sarah des yeux, il recommença à chanter avec plus de vigueur et de passion que jamais.

— Allez, Candice, ne le laisse pas partir, lui intima Alain depuis la scène, oubliant qu'ils n'étaient pas seuls et qu'un pays entier avait les yeux braqués sur eux. Ne t'inquiète pas pour moi. J'ai retrouvé la raison, à défaut de l'amour. Mon frère a su à l'instant même où il t'a vue, il y a des années de cela, ce que j'ai mis trente ans à comprendre.

Ils échangèrent un exquis sourire. Candice se dit qu'elle avait été injuste en le croyant incapable de tendresse. Elle hésita un instant mais les mots qui s'élançaient dans la salle avec une ferveur langoureuse l'hypnotisaient et l'envoûtaient au-delà de tout. Sans prêter attention ni aux caméras, ni à l'air haineux de Domitille, elle se leva pour crier le prénom qu'elle n'avait jamais prononcé dans son enfance. Bernard s'arrêta au seuil de la salle et se retourna. Candice était là, face à lui, le regard débordant de reconnaissance. Les autres et le temps n'existaient plus. Il n'y avait plus qu'eux deux. Cette scène digne du romantisme de *Quai des brumes* qu'il avait déposé à la porte de la maison de Candice, il l'avait tant imaginée dans son enfance que lorsque Candice courut pour le rejoindre et se blottir dans ses bras, il eut l'impression de l'avoir déjà vécue, rêvée, sans aucun doute. Plus aucune grille ne les séparerait. Plus rien ne les séparerait. Ils quittèrent la salle, puis la mairie, puis la rue, main dans la main. Les habitants leur firent une haie d'honneur. La foule si dense pourtant s'ouvrait ainsi sur leur passage, admirative. Personne n'osait les déranger ni leur parler. C'est en tout cas l'image que gardèrent toutes les chaînes d'information.

À neuf cents kilomètres de là, un vieux monsieur, dans une maison de retraite, devenu la star des lieux, zappait d'une chaîne à l'autre pour revoir encore et encore ces images. Il leur avait bien dit aux autres pensionnaires, devant leurs yeux incrédules, que sa fille passerait à la télévision. Il pensait à peine l'apercevoir, elle avait dépassé ses espérances.

Dans un petit bureau parisien, un agent soudain devenu célèbre à cause des railleries de son ancien artiste, en avait avalé son cigare, et avait bien failli s'étouffer.

Dans la salle des mariages, Simone n'avait pas quitté la main de Martin qu'elle caressait doucement, envahie par un bien-être exaltant qu'elle pensait lui être interdit.

À la fin de la chanson, Sarah avait rejoint Fred, sous les acclamations tonitruantes. Après la retenue respectueuse avec laquelle la salle avait salué le départ de Bernard et Candice, chacun exprimait enfin l'émotion débordante qu'avait suscitée cette scène.

Personne, à l'exception d'un vieux monsieur habillé en commandant, ne prêtait attention au maire qui essuyait les larmes d'une vieille femme dont les joyeux quiproquos suscités par sa bouteille à la mer avaient bousculé tant de destins. À commencer par le sien.

Enfin, elle qui en avait tant rêvé, serrait son fils dans ses bras.

Une vague de romantisme envahit le pays tout entier. Il demeurait bien sûr quelques cyniques pour dire que tout cela était une vaste mascarade créée de toutes pièces par une municipalité en mal de notoriété. Subsistèrent aussi quelques obstinés toujours persuadés que la chanson était écrite pour eux. D'autres enfin ne voulaient pas admettre que celui qu'ils avaient toisé et méprisé pendant tant d'années était un auteur si talentueux et désormais adulé. Loin de toute cette agitation, dans une petite maison à la lisière de la ville, bordée d'un jardin fleuri avec un goût rare, où gambadait joyeusement un jeune chiot, un couple se moquait bien de tout cela. Eux savaient. Ils savaient que lorsqu'un amour est aussi fort que le leur, alors tout est possible : la vie devient du cinéma, les bouteilles à la mer arrivent à destination. Et même l'enfance, alors, est éternelle.

Audrey Perri

L'amour en retard

C'est tout d'abord sa silhouette élancée qui attira mon regard. Puis je notai son allure décidée, sa démarche assurée. Quelque chose se passa en moi. Comme une étincelle, mais en plus discret. Un petit instant de flottement. Un sentiment de déjà-vu. Une vague réminiscence d'autant plus étrange que je le rencontrais pour la première fois, en cette éprouvante fin d'après-midi.

J'aurais pu m'en réjouir ou du moins, voir en cette apparence agréable une sorte de compensation à mon malheur. J'y vis surtout un drôle de coup du sort. Une fois n'est pas coutume, j'aurais préféré qu'il soit vieux, laid et gros car ainsi, j'aurais pu avoir l'infime espoir de garder la tête froide. Là, c'était certain : j'étais foutue.

Alors que je le regardais approcher dans le rétroviseur intérieur, ma fébrilité, que j'avais crue maximale quelques secondes plus tôt, sembla encore monter d'un cran, me donnant l'impression d'être au bord de l'implosion.

Je me mis à tapoter d'autant plus vivement sur le volant, suivant du bout des doigts le rythme du dernier Lady Gaga qui passait à la radio. À moins que ce ne soit Katy Perry. Ou Rihanna. Je ne savais pas vraiment, d'ailleurs, c'était franchement sans importance. L'une ou l'autre ferait l'affaire. De toute manière, je déteste viscéralement la radio, les chanteuses populaires, les animateurs qui rient bêtement à leurs propres blagues, les tsunamis de publicités qui nous inondent tous les quarts d'heure, et n'avais choisi cette station que parce qu'elle me paraissait être la plus bruyante de toutes. Or, j'avais justement besoin de son bruit pour calmer ma fureur intérieure et devais reconnaître que, jusque-là, la station avait rempli son office à la perfection.

Depuis des heures, les mêmes jingles et les mêmes tubes tendance m'accompagnaient tandis que les kilomètres défilaient inlassablement sous mes roues. Je n'avais presque pas fait de pause, ne consentant à m'arrêter que pour le bien-être d'une vessie qui rappelait son existence un peu trop souvent à mon goût. Mes ravitaillements étaient tristes et dénués de toute cette excitation qui m'avait si souvent habitée quand, enfant, je réalisais de longs trajets en voiture. Tout en choisissant un sandwich au poulet que je ne mangerais certainement pas, j'avais dû me rendre à cette triste évidence : avec l'âge, ma passion pour la gastronomie des autoroutes avait sérieusement perdu en intensité.

En somme, j'étais passée en mode automatique, me concentrant sur un but : arriver chez Delphine et Xavier avant 17 heures, ce qui me laisserait alors largement le temps de prendre une douche, de me reposer un peu et, dans le meilleur des cas, d'avoir l'air à peu près fraîche pour la soirée qui suivrait.

Car si, quatre mois plus tôt, j'avais levé les yeux au ciel en recevant l'invitation à fêter leur un an de mariage, par un malheureux concours de circonstances, la perspective de passer un week-end dans les Cévennes était devenue beaucoup plus intéressante depuis les dernières vingt-quatre heures. L'idée avait doucement fait son chemin. Et si, la veille encore, prendre la route me paraissait être aussi fou qu'organiser un pique-nique sur les toits de Notre-Dame de

Paris, les premières heures du matin s'étaient chargées de me remettre les idées en place : je pouvais partir.

Mieux encore : je le devais.

Toc, toc, toc.

Alors que je me replongeais dans des souvenirs vieux de seulement quelques heures mais qui me semblaient déjà aussi anciens que mon sixième anniversaire, l'homme avait eu le temps de parcourir la faible distance qui nous séparait et toquait à présent à la vitre de ma voiture. Sans doute m'observait-il depuis quelques secondes.

— Madame ? Ouvrez, s'il vous plaît !

Ces mots, plus que le bruit de ses phalanges tambourinant sur la vitre, me firent enfin réagir. À regret, j'ouvris la fenêtre, faisant dès lors disparaître la dernière barrière entre moi et ce magnifique représentant de la gent masculine et, accessoirement... des forces de l'ordre. Cela, je ne devais pas l'oublier et ce, même si le potentiel de séduction dudit représentant semblait plus puissant à présent qu'il se tenait à seulement quelques centimètres de moi.

Dans d'autres circonstances, j'aurais pu me contenter de me pâmer devant lui en battant des cils telle une jeune biche qu'à 32 ans passés je n'étais plus. Mais je n'avais même plus le cœur à ça. Pour m'en sortir, je devrais faire fi de la chaleur ambiante, de ma faiblesse, de mon cœur en miettes, et m'estimer heureuse qu'il ne m'ait pas arrêtée en pleine crise de larmes. Une heure plus tôt, je pleurais tant que la route était devenue floue, et seuls les klaxons des autres automobilistes m'avaient fait comprendre que, non, contrairement au sentiment qui m'habitait alors, je n'étais pas seule sur terre.

Je lui lançai un « Bonjour ! » retentissant et à l'enthousiasme exagéré, essayant de ne pas trop m'attarder sur le trouble que ses yeux – dont la couleur et la froideur m'évoquaient un M. Freeze à la menthe – faisaient monter en moi.

— Papiers du véhicule, s'il vous plaît. Et permis.

OK. Pas de « bonjour ». Monsieur lançait directement les hostilités. J'étais fixée.

Sans doute était-il d'un naturel peu avenant, à moins qu'il n'ait été un chouia agacé d'avoir dû me courser sur plusieurs kilomètres avant que je ne daigne m'arrêter. Il est vrai que, trop occupée par mes pensées sombres et perturbée par les miaulements hystériques – que d'autres dénommeraient « chants » – qui sortaient des baffles, j'avais mis un certain temps pour comprendre que les grands mouvements de cet enfoiré de motard qui me suivait m'étaient en réalité destinés.

— Madame ? Vos papiers !

La voix était sèche. Sans appel. Monsieur craignait certainement que je ne fasse du zèle. J'en profitai pour demander, dans un sursaut d'espoir :

— Vraiment ? On est obligés d'en venir là ? Est-ce qu'il ne serait pas possible de...

— Oui, vraiment. Vous savez à combien vous rouliez ?

— Hum. Peut-être légèrement trop vite ?

— Légèrement n'est pas le terme que j'utiliserais, non. *Beaucoup* trop vite serait plus indiqué. Et maintenant, pour la troisième fois, les papiers du véhicule, s'il vous plaît ! Sinon...

— Sinon, quoi ?

— Sinon, vous allez devoir me suivre au poste.

Tout comme il l'avait sans doute escompté, la menace eut le mérite de me réveiller et je plongeai, avec bien peu de grâce, j'en ai peur, en direction de la boîte à gants d'où j'extirpai une partie des documents que je lui tendis. Puis, je me mis cette fois en quête de mon permis. Une fois qu'il aurait tout en main, peut-être se montrerait-il un peu plus enclin à la conversation. Nous avions sensiblement le même âge et…

Mes doigts, qui furetaient à la recherche de mon portefeuille, se figèrent brusquement à mesure que l'information, terrible, se frayait un chemin jusqu'à mon cerveau. Je commençai par la rejeter en bloc tellement elle me semblait impossible et pourtant, pourtant… Plus j'y pensais et plus je devais me faire à l'affreuse évidence qui tentait de s'imposer à moi : mon permis, je ne l'avais pas ! Et pour cause, il était resté sagement sur la commode de l'entrée, là où je l'avais posé plus d'une semaine plus tôt.

— Un problème ?

Mon instant d'hésitation n'avait pas échappé à mon bourreau qui me regardait à présent avec une impatience teintée de condescendance. Sans doute devait-il me juger.

Voyait-il ma lèvre supérieure trembler légèrement, comme chaque fois que j'étais en proie à une angoisse terrible ? Avait-il noté ma crispation ? Le spasme qui faisait vibrer mes jambes ? Peut-être me trouvait-il carrément louche ? Et il aurait eu raison ! Rien, de ma mine fatiguée – j'avais à peine dormi la veille – à mon look – s'il n'en avait pas vraiment l'air, le haut que je portais n'était autre qu'un haut de pyjama –, n'était très engageant. Quant à mon pantalon… il était trempé, et pour cause : je venais de me renverser une bouteille d'eau sur les genoux.

Haussant les épaules, je fis le choix de garder le silence. J'avais vu assez de séries policières pour savoir que tout ce que je pourrais dire pourrait être retenu contre moi.

Autant pour me donner une contenance que pour avoir le temps de trouver une parade, je n'en fis pas moins mine de continuer à chercher et attrapai tout bonnement mon sac afin d'en examiner chaque petite poche. Si je savais pertinemment que je n'y trouverais rien d'autre que quelques miettes d'un goûter écrasé, un paquet de mouchoirs et deux ou trois de ces satanés rouges à lèvres que je pensais avoir perdus, rendre visite au fond de mon sac me permettait au moins d'éviter encore un peu le regard sans concession qui, j'en étais bien consciente, était braqué sur moi.

— Madame ? Vous ne l'avez pas, c'est ça ?

Le ton était si désagréable que j'oubliai mes bonnes résolutions et explosai :

— Bien vu, Sherlock ! On ne peut décidément rien vous cacher !

— Pardon ?

L'inconnu haussa un sourcil interloqué et les coins de sa bouche restèrent désespérément figés entre indignation et incompréhension.

Je me renfrognai immédiatement. J'avais espéré un sourire ou une réaction positive, or, je venais visiblement d'aggraver mon cas. En conséquence, une chape de plomb familière tomba soudainement sur mes épaules.

— Vous pouvez m'expliquer ce qui se passe ?

— Ce qui se passe ? Oui ! Pour résumer je suis totalement paniquée. Je sens que je vais faire un malaise.

— Arrêtez tout de suite ! Vous ne vous en tirerez pas comme ça, vous savez ? Inutile de faire tout ce cinéma. J'en ai suffisamment sur votre compte. La menace du malaise n'y changera absolument rien.

Un instant plus tôt, j'étais presque prête à rire mais à présent, j'avais plutôt envie de pleurer. Encore. Comme souvent, le chagrin et le découragement me sautèrent à la gorge tels des chiens affamés et je m'affaissai profondément dans mon siège.

Loin de paraître touché par la scène misérable que je devais lui offrir, l'homme semblait avoir atteint le summum de l'agacement. Je le voyais à sa bouche

– aux lèvres bien dessinées, il fallait l'admettre – qui se tordait d'impatience, mais également à sa posture. Car il avait fait un pas en arrière, se reculant légèrement, comme pour avoir une meilleure vue d'ensemble sur moi, ma voiture, mes yeux de chien battu et… mon absence de permis.

Un instant – très court –, il eut l'air gêné. Terriblement embarrassé, même. Comme s'il s'était fait une réflexion étrange à mon sujet et qu'il ne savait plus trop à quoi la rattacher.

— En effet, je ne l'ai pas, me sentis-je alors obligée de répondre, plus penaude que jamais. Je l'ai laissé chez moi, à Paris. Je… C'est un oubli regrettable… Je vous jure que je ne recommencerai pas et… Je suis presque arrivée à destination, vous savez ? Il me reste une vingtaine de minutes de trajet, à peine ! C'est vraiment trop bête et…

— Ce qui est trop bête, me coupa-t-il en bon goujat qu'il était, c'est de rouler aussi vite sur un axe limité à quatre-vingt-dix. C'est de feindre de ne pas me voir et de continuer comme si je n'étais pas en train de gesticuler dans votre dos. C'est de ne pas avoir vos papiers avec vous et, qui plus est, ajouta-t-il comme si c'était le pire du pire, d'avoir un phare arrière complètement démoli !

Ah, le phare arrière, je l'avais zappé, celui-là…

Sur le moment, j'avais pourtant bien entendu un gros crac mais j'avais fait le choix de ne pas m'y attarder. Il y avait beaucoup de choses que j'oubliais, j'étais très douée pour ça. Il fallait croire que, syndrome de l'autruche ou pas, Nicolas ne l'avait pas loupé…

Reportant mon regard sur mes mains, à présent crispées comme des serres d'oiseau sur le volant, je me souvins de la hargne avec laquelle il m'avait suivie dans le parking de l'immeuble, me conjurant de rester, pour finalement passer sa colère sur ledit phare.

— Oh ça... C'est un détail, je crois, soufflai-je, un peu sonnée.

— Pas vraiment non. Mais en effet, au vu de vos autres infractions, ce n'est qu'un « détail » de plus. Vous savez ce que vous risquez, madame ?

Je le regardai à nouveau sans réellement le voir et fus submergée par une vague de chaleur. Ma nuque, humide de transpiration, me semblait brûlante et je ramenai mes cheveux sur mon épaule pour la dégager, en vain. Ma bouche était sèche, mes lèvres tremblaient et de petites taches dansaient devant mes yeux lorsque j'ouvris enfin la bouche :

— Je ne me sens pas bien. Je crois que je vais faire un malaise.

— Inutile de jouer à ça avec moi ! Je vous ai déjà dit que...

Je n'écoutai pas la suite, préférant de loin me concentrer sur celui qui me faisait face et dont le physique, si particulier, exerçait indubitablement une attraction sur moi et ce, malgré les circonstances navrantes. Son crâne rasé, ses grands yeux verts, sa mâchoire carrée et ces tatouages étranges sur ses bras, que je voyais apparaître au niveau de ses poignets quand il bougeait les mains... Tout cela était étrange. Il était étrange. Étrangement beau.

J'eus envie de sortir. Autant pour prendre l'air que pour me jeter dans ses bras. Comme ça, sans préambule. Sûr qu'il me repousserait aussi sec ! À cette idée, mon cerveau ralenti envoya une sorte de rictus sur mes lèvres. Mon bourreau se méprit évidemment sur sa cause.

— Ah parce que, en plus, ça vous fait rire ?

Je n'avais même plus la force de protester. Dans un dernier effort, j'essayai d'atteindre le bouton pour actionner la clim. J'y parvins au bout de trois malheureux essais qu'il observa d'un air dubitatif puis m'affalai sur le volant avec la grâce d'un chiot épuisé.

— Vous faites quoi, là ? Veuillez sortir de...

Je n'entendis pas la suite.

Quand j'ouvris à nouveau les yeux, je ne vis tout d'abord que le bleu du ciel parsemé de quelques nuages si beaux qu'ils semblaient tout droit sortis d'un dessin animé. Tout là-haut, juste au-dessus de moi, un oiseau décrivait de grands cercles. Il attendait certainement que mon corps rende son dernier souffle puis il me dévorerait, comme la créature cruelle qu'il était.

Puis je sentis la dureté du sol sur lequel j'étais allongée et la griffure douce de l'herbe, déjà brûlée par le soleil de juillet, qui me piquait la peau.

Puis il y eut ces mains... L'une passée avec délicatesse sous ma nuque et qui la soutenait comme s'il s'était agi d'un oisillon tombé du nid. L'autre, qui me tapotait doucement la joue pour que je daigne revenir à la vie. Le contact était si agréable, si rassurant que je n'esquissai pas un seul mouvement, me contentant d'en profiter comme un chaton avide de petites tapes amicales. J'étais en confiance, en sécurité. J'étais si bien qu'un instant je me crus de retour dans mon lit, chez moi. La dernière dispute avec Nicolas n'avait été qu'un cauchemar. Nous nous aimions comme au premier jour. La vie était douce et...

Une voiture, qui passa en trombe sur la petite route de campagne me fit pourtant vite revenir à la réalité.

Levant les yeux, je croisai enfin le regard de l'autre créature cruelle qui m'avait visiblement traînée jusqu'au bas-côté de la route où je m'étais arrêtée en catastrophe un peu plus tôt. D'emblée, je fis un geste pour me dégager, ce qui le poussa, par réflexe, à resserrer son étreinte avant de consentir à la relâcher un peu. Dire que je manquais de recul sur la situation était un euphémisme mais j'en avais assez pour reconnaître la panique dans ses yeux lorsqu'il demanda :

— Vous êtes si pâle ! Est-ce que ça va ? J'ai pris l'initiative de vous sortir de votre voiture quand vous avez perdu connaissance. Je ne savais pas si... Je suis vraiment, vraiment désolé ! Est-ce que vous voulez que j'appelle les secours ?

Nous nous assîmes face à face au bord du bitume ; nous étions ridicules. *Drôle d'endroit pour un pique-nique* devaient penser les rares automobilistes à nous passer devant le nez.

Je plissai les yeux dans le soleil de fin de journée, reprenant peu à peu contact avec mon environnement. En vérité, j'étais presque bien tandis que l'homme qui me faisait face, accroché à mon regard avec la vigueur d'un alpiniste sur le point de dévisser, semblait croire que j'étais à deux doigts de défaillir. Dans sa voix, il n'y avait plus aucune trace de menace, plus aucune tension, juste de la crainte et une inquiétude terrible dont je saisis subitement le potentiel.

J'avais tout intérêt à jouer la carte de la faiblesse.

Cependant, il fallait agir finement. Lui demander d'alerter les pompiers, le Samu, enfin n'importe qui capable d'arriver très vite jusqu'à nous et de me faire quitter la scène tout aussi rapidement me tenta avant que je ne me ravise : une telle décision aurait entraîné bien trop de complications et une fin d'après-midi au milieu de médecins ne me tentait guère.

Si je lui avouais que tout allait bien, que j'étais juste un peu fatiguée, les hostilités reprendraient. J'en étais certaine. Il était désolé, oui, mais pas au point de m'épargner. Il fallait donc que je trouve une excuse capable de m'ouvrir pour de bon les portes de la liberté sans porter à conséquence.

Tandis que je gardais le silence, l'esprit embrumé par des centaines de mots, des centaines de sensations, la réponse idéale s'imposa soudain à moi :

— Il n'y a rien de grave, murmurai-je alors d'un ton que j'espérais doux et mesuré. C'est juste que... Je suis enceinte.

— La rose ou la jaune ?

Delphine, silhouette impeccable dans un ensemble de lingerie mauve, se tenait au milieu de la pièce avec une robe dans chaque main. Affalée dans un fauteuil, près de la fenêtre qui donnait directement sur le vaste jardin, je me contentais d'observer ce corps sans complexe aller et venir dans la pièce tout en me sentant plus que jamais incapable de donner une réponse digne de ce nom.

— Hum... La jaune ? lançai-je finalement d'une voix hésitante, histoire de clore une bonne fois pour toutes le chapitre vestimentaire.

— Et pourquoi pas la rose ? Xavier dit qu'elle me fait un cul d'enfer !

Tenant ladite robe à bout de bras, Delphine faisait la moue et semblait attendre un signe, un mot ou même un clin d'œil de la part du tissu qui resta évidemment de marbre, la laissant seule face à un problème de taille.

— Va pour la rose, alors ! Je ne voudrais pas contrarier Xavier, ni ses délicates réflexions sur ton postérieur ! Bien qu'en réalité je sois certaine qu'il l'aimerait dans n'importe laquelle de tes robes.

— Oui, je sais, mais... D'un autre côté, la jaune met franchement ma taille fine en valeur. Je fais tellement mince dedans, c'est complètement dingue !

Je retins un soupir agacé. Pour ma part, j'avais pris quatre bons kilos au cours des trois derniers mois et entendre quelqu'un s'extasier sur son physique parfait ne me rendait que plus amère quant à mon propre relâchement.

— La jaune est bien aussi, concédai-je sans grand enthousiasme. Quoi qu'il en soit, tu devrais te dépêcher, tes invités sont censés arriver dans quelques minutes et toi, tu parades à moitié nue dans ta chambre.

Étouffant un gloussement, Delphine disparut finalement dans un immense dressing flambant neuf et dont elle était très fière.

Tout comme la piscine, la cuisine ultramoderne et les deux luxueuses salles de bains, il faisait partie des concessions que Xavier avait consenti à faire lorsque sa belle avait accepté l'idée saugrenue de quitter Montpellier pour s'installer dans la demeure familiale.

— Je renonçais à mes boutiques et à mes restos préférés en plus d'un accès presque direct à la plage ! Il fallait bien que je compense d'une manière ou d'une autre ! m'avait-elle expliqué lors de l'une de nos rares conversations téléphoniques.

Depuis, la maison avait peut-être perdu un peu en authenticité mais n'en était que plus confortable, et j'avais dû faire preuve de la meilleure volonté du monde pour ne pas piquer une crise de nerfs – et de jalousie – au milieu du hall d'entrée. Couple parfait, maison parfaite… Pourquoi fallait-il que certains chanceux réussissent tout quand les autres devaient lutter pour conserver le peu qu'ils avaient ?

— Tu es contente d'être ici, au moins ? lança la chanceuse en question. Comment vas-tu ? Je n'ai pas voulu en parler devant Xavier : tu n'avais pas vraiment l'air dans ton assiette, en arrivant.

— Je ne vois pas du tout pourquoi tu dis ça ! ironisai-je tout en me gardant bien de développer le sujet.

Bien qu'encore très troublée par l'épisode de l'arrestation et ce qui avait suivi, j'avais tenu à garder le silence au sujet de cet épisode afin de ne pas ternir davantage l'image que j'avais passablement écornée, un an plus tôt. Au-delà de ces considérations, j'avais moi-même préféré éviter de m'attarder plus longuement sur les sentiments ambivalents qui m'avaient envahie lorsque j'avais enfin quitté le justicier de la route.

Était-ce parce qu'il avait si bien pris soin de moi ? Ou bien parce que la sollicitude et la douceur qui émanaient de lui étaient telles que, brisée comme je l'étais, je ne pouvais que me sentir touchée ? Le fait est qu'au moment de le quitter je n'éprouvais qu'une envie : rester. Si Delphine ne m'avait pas envoyé un SMS à ce moment-là pour me demander où diable j'étais passée, nous serions certainement restés là un bon quart de siècle, les bras ballants, sans dire un mot. Le pire, dans l'histoire, était sans doute que je m'en voulais atrocement de lui avoir menti. J'étais décidément irrécupérable.

Delphine ressortit enfin du dressing, finalement habillée d'une petite robe noire.

— Je me sens mieux dans celle-là, s'excusa-t-elle, penaude. Parfois, il faut savoir opter pour les basiques.

Puis, tournant le dos, elle se dirigea vers une immense étagère garnie de chaussures afin d'y choisir la paire idéale, autre « petit détail » que je ne pus m'empêcher de relever en pensant aux quelques paires qui se battaient en duel dans le placard surchargé de mon minuscule hall d'entrée.

— Alors, dis-moi ? reprit Delphine tout en semblant hésiter entre deux paires d'escarpins noirs qui, de loin, semblaient absolument semblables. Nicolas ne va pas se pointer, c'est certain ? Il ne va pas débarquer à l'improviste, comme la dernière fois ? Parce que si je me souviens bien, tu m'avais assuré qu'il ne viendrait pas au mariage et puis tu sais comment ça s'est terminé…

Je me sentis rougir. De honte. De colère. De tristesse.

— Non, cette fois, il ne viendra pas. Tu peux en être certaine.

— Ah. Donc, c'est sûr ? C'est fini pour de bon entre vous ?

— C'est fini.

— Vraiment ?

Delphine se retourna avec un air douloureux qui m'étonna. Après tout, elle connaissait à peine Nicolas et on ne pouvait pas dire que ces deux-là aient franchement sympathisé au cours des dernières années.

— Oui, vraiment ! Ne prends pas cet air désolé, ça me va très bien comme ça. C'est pour le mieux, comme on dit !

— Tu es sûre ? À te voir, là, maintenant, ce n'est pas absolument flagrant...

— Ça reste un choc pour moi, c'est tout. C'est franchement difficile de faire un choix pareil après avoir essayé d'y croire pendant tant de temps. Et puis, pour tout t'avouer, je suis complètement crevée par le trajet.

— Tu m'étonnes ! Venir en voiture ! Tu as traversé la moitié du pays en seulement quelques heures, ou presque ! Tu n'as pas dû t'arrêter souvent !

— Presque pas, en effet.

— Tu es complètement folle.

— Merci.

— Mais je suis contente que tu sois là.

— Moi aussi.

Nous échangeâmes alors notre premier vrai sourire sincère depuis longtemps.

— Profite de la soirée pour te changer les idées, me conseilla Delphine tout en s'asseyant pour enfiler sa paire de chaussures. Mange. Parle avec les gens. Tu vas voir, tu vas vite te sentir mieux. Et puis tu as raison, ça fait trop longtemps que vous vous entredéchirez tous les deux, c'est d'ailleurs étonnant que ça ait duré si longtemps entre vous. Combien de temps déjà ? Six ans ?

— Quatre.

— Seulement ? J'aurais dit plus.

— Oh oui, moi aussi... D'ailleurs, j'ai l'impression d'être avec lui depuis si longtemps que je doute de pouvoir un jour être avec quelqu'un d'autre. De toute façon, vu ma sale mine, ce n'est pas ce soir qu'un homme va s'intéresser à moi. À moins d'être fou.

Delphine, magnifique, se releva et s'approcha de moi d'un pas à la fois léger et terriblement sexy, me posa la main sur l'épaule et me susurra :

— Tu es très jolie malgré ta « sale mine ». Tu es si pâle, tes cheveux sont si sombres, ton regard si... mélancolique. Tu ressembles à ces femmes éplorées qu'on voit parfois sur les tableaux chiants dans les musées. Tu vois ?

— Je vois.

— Il y a des hommes qui aiment ça, tu sais ? Tu vas sans doute en faire craquer plus d'un ce soir, je n'en doute pas une seconde.

— Merci. Ce n'est pas du tout mon but.

— Foutaises ! Toutes les femmes adorent voir les regards braqués sur elles ! Toi aussi, quoi que tu en dises ! Par contre, si je peux me permettre...

Je lui fis signe de continuer.

— Tu sais, ce n'est pas parce qu'on fête aujourd'hui notre premier anniversaire de mariage qu'il fallait remettre exactement la même robe que le jour J.

— Eh bien, je...

— Tu as cru qu'il fallait venir habillé à l'identique ? Tu es mignonne, ricana Delphine avec une certaine condescendance, sans me laisser le temps de me justifier. Au moins, on te reconnaîtra facilement sur les photos ! Allez, viens, j'entends parler sur la terrasse, les invités doivent certainement commencer à arriver et Xavier va devenir dingue si je ne suis pas là pour les accueillir. Je sens que je vais encore courir partout toute la soirée.

Légèrement vexée, je quittai la chambre sur ses talons sans rien ajouter. Maintenant que j'y pensais, remettre la même robe était en effet ridicule mais j'étais partie si vite et j'avais si peu de vêtements sophistiqués dans mon armoire que sur le moment, ce choix m'avait paru tout simplement logique. Avec du recul, je reconnaissais que ce n'était pas forcément l'idée du siècle. Cela dit, est-ce que j'étais vraiment à ça près ?

Ainsi qu'elle l'avait prédit, Delphine n'eut bientôt plus aucune minute à m'accorder et je me retrouvai seule avec mon eau gazeuse et mon inquiétude pour toutes compagnes.

Grandes tables pleines de victuailles, accueillantes tentes blanches sous lesquelles se mettre à l'abri en cas d'intempérie, jolies guirlandes de lampions colorés, tout avait été fait pour rendre l'événement convivial, et les grandes pelouses qui s'étendaient à l'avant de la maison du couple invitaient à la fête et à la détente. Les convives s'y pressaient à présent par dizaines mais je n'osais aller vers aucun d'entre eux. Je craignais leurs regards et surtout, que l'un d'entre eux ne se souvienne un peu trop clairement de moi et de ma fameuse robe bleue…

N'était-ce pas ainsi que tout le monde m'avait surnommée, l'année dernière ? « La tarée à la robe bleue » ?

Heureusement – du moins était-ce ce que je pensai de prime abord –, certains semblaient désireux de nouer des liens avec moi. Jérôme était de ceux-là. Très élégant, pas très grand mais de belle prestance, il rattrapa de justesse les verres que je menaçais de renverser avec ma maladresse habituelle. Je le trouvai drôle et agréable, bien qu'étrangement familier avec moi. Cependant, heureuse d'avoir de la compagnie et peu désireuse de paraître froide ou désagréable, j'acceptai ce comportement sans trop rechigner puis essayai tout bonnement de le semer au milieu des invités, en vain. Quoi que je dise, quoi que je fasse, quelle que soit ma tactique pour l'éviter ou le fuir, il finissait toujours par me retrouver. Et il me le prouvait encore une fois :

— Ah, te voilà ! Dis donc ! Tu me fuis ou quoi ? On n'avait pas dit qu'on se retrouvait vers les macarons au saumon fumé ? Enfin qu'importe, je suis là ! Mon instinct ne m'a pas trompé, ajouta-t-il.

Il semblait à deux doigts de se taper le torse avec le poing, tel le mâle victorieux qu'il était.

— Bravo ! J'avoue être impressionnée. Tu as un vrai sixième sens ! Tu as sans doute été chien de chasse dans une autre vie, ou alors, tu traquais les pauvres gueux sur les terres des grands seigneurs pour les ramener jusqu'au gibet.

— Tu crois vraiment à ça ? Aux vies antérieures ?

— Je crois que rien n'arrive par hasard.

Il me jeta un regard peu convaincu puis secoua la tête comme pour évacuer toutes mes bêtises et reprit, triomphant :

— Voici ce que j'ai pour toi !

Et il me brandit sous le nez la coupe qu'il tenait à la main et que je refusai poliment.

— Pourquoi ?

— Je n'ai pas envie de boire, ce soir.

— Mais tu dors ici, non ?

— Euh, oui...

— Moi aussi ! Ce n'est pas un hasard !

— Si, justement.

— Allez, bois ! Tu n'as même pas à prendre ta voiture.

— Non, n'insiste pas. Je ne bois pas.

— Aller ! C'est juste une coupe ! Pour toi, ce n'est rien !

Comme pour me prouver que ce geste était sans conséquence, il eut un petit rire et, m'enlevant délicatement mon verre d'eau des mains, le remplaça tout naturellement par la coupe qu'il m'avait réservée. Je n'eus ni le réflexe de relever sa dernière réplique, ni l'occasion de la lui rendre car il tournait déjà les talons.

— Bois ! répéta-t-il tout en s'éloignant. Je vais m'en chercher une. Et ne bouge pas, hein !

Sans plus lui accorder la moindre attention, j'observai avec envie les fines bulles remonter avec légèreté le long du verre rendu un peu opaque par la condensation. Quelles que soient les règles de conduite que je m'étais fixées plus tôt, il me serait bien difficile de résister à une telle invitation.

Le champagne, j'y avais succombé, un an plus tôt, lentement puis goulûment. Une coupe en appelant une autre. Une coupe en exigeant une autre. Force était de constater que le désastre qui avait suivi n'avait pas entaché le souvenir que j'avais gardé de la première gorgée et de la douce euphorie qui m'avait envahie à ce moment-là.

Pourquoi pas, après tout ?

Je posai les yeux sur l'assemblée qui se pressait sur les pelouses et, pour la première fois depuis mon départ, regrettai mon coup de folie. Les rois de la fête avaient encore une fois vu les choses en grand mais ces hommes et ces femmes, de tous âges, venus de partout, ne me renvoyaient que plus durement à ma propre solitude. J'étais totalement en décalage. À côté de la plaque. Pas du tout dans l'ambiance… Après tout, Jérôme avait raison. Boire un peu me ferait du bien. Boire une coupe, ce n'était pas s'enivrer. Oui. Je saurais m'arrêter à temps, cette fois.

Résolue, j'approchai le verre de mes lèvres quand une voix, venue de ma gauche, s'éleva :

— Vous ne devriez pas !

Je me figeai. Cette voix. Ce timbre si particulier. Si chaud et à la fois, si froid… Cela ne pouvait pas être…

C'est alors que je le vis. Le flic. L'homme qui m'avait tenue dans ses bras quelques heures plus tôt et que j'avais cru ne jamais revoir. Il était là, devant moi. Toujours aussi grand, toujours aussi mince, bien habillé, à présent qu'il avait troqué son uniforme de patrouilleur contre un pantalon sombre et une chemise blanche dont les manches, roulées sur les avant-bras, laissaient apparaître les tatouages que je n'avais fait que deviner un peu plus tôt.

Je sentis un sourire illuminer mon visage, réaction instinctivement remplacée par une grimace de dépit quand je le vis attraper ma coupe pour mieux en déverser le contenu dans l'herbe. Depuis quand les hommes décidaient-ils de ce que je devais boire ou ne pas boire ?

— Vous êtes sérieux ?

M'entendant glapir, quelques personnes se retournèrent sur nous, ce qui me fit immédiatement baisser d'un ton.

— Je le voulais, moi, ce champagne ! Il est gâché ! C'est un vrai sacrilège !

Il leva les mains en signe de reddition et néanmoins, il répliqua :

— Je sais que cela ne me regarde pas mais dans votre état, c'est juste inconscient !

— Comment ça, dans mon état ?

Comment cet homme pouvait-il savoir que j'étais désespérée, que j'avais le cœur en miettes, que j'avais à peine dormi la veille, que j'étais à deux doigts de la crise de nerfs, que...

Puis tout me revint. Bien sûr... Il faisait référence à ma prétendue grossesse...

Mon indignation, alors prête à sortir toutes griffes dehors, retourna sagement se coucher en rond dans sa cage et je me renfrognai un peu, ce qu'il prit comme une nouvelle marque d'hostilité.

— Désolé, je ne pouvais vraiment pas vous laisser faire. Ce sont des choses que je ne peux pas cautionner.

— Tout comme les excès de vitesse ?

— Notamment. C'est mon travail de traquer les personnes comme vous.

— Les personnes comme moi ?

— Oui, ceux et celles qui se croient dans *Mario Kart* et qui oublient que dans la vraie vie, rentrer dans les murs peut avoir des conséquences autrement plus graves que de perdre la course.

— Je ne joue pas à *Mario Kart*.

— Évidemment. C'est inutile puisque vous y jouez déjà sur la route !

— Vous exagérez.

Il plissa légèrement les yeux.

— Après la scène de tout à l'heure, vous vous croyez vraiment en position de tenir de tels propos devant moi ?

— Non, concédai-je.

— Je me suis montré clément avec vous, ce n'est pourtant pas dans mes habitudes, croyez-moi. C'était juste... un concours de circonstances.

— Oh ça, je n'ai aucun mal à le croire !

— Ah bon ?

Nous échangeâmes un long regard durant lequel je cherchai vainement une réplique sans la trouver, certaine qu'il devait lire le vide affreux de mon cerveau au fond de mes yeux. Dans les siens, je crus voir beaucoup d'interrogations et peut-être un peu de contrariété. J'éprouvai soudain l'envie terrible de remonter dans son estime. De me faire mieux voir. Car je pouvais être autre chose qu'une automobiliste dingue qui roulait à fond en écoutant du Lady Gaga.

— Vous avez l'air d'être un homme sérieux, lançai-je alors. D'être un homme fiable. Mais vous avez aussi l'air un peu moralisateur. Avec vous, j'ai toujours l'impression d'avoir fait une grosse bêtise.

— Peut-être parce que c'est justement le cas.

J'allais répliquer que bêtise ou pas, je n'avais pas besoin de son avis ni même de sa bénédiction quand Jérôme vint nous interrompre. Il tendit immédiatement la main vers l'homme.

— Jérôme, un ami de Xavier. Et vous ?

— Axel. Un ami de Delphine.

— Ah oui ? Vous n'étiez pas là le jour du mariage, je me trompe ? Je me souviendrais de vous.

— Oui, moi non plus je ne vous aurais pas oublié ! me sentis-je obligée de préciser à mon tour.

— Ce n'est pas si certain, répondit Axel.

Se désintéressant de lui avec autant de facilité qu'il en avait eu à l'aborder, Jérôme ne poussa pas plus loin son interrogatoire et, se tournant à nouveau vers moi, reprit d'un ton plus jovial :

— Oh ! Tu as déjà fini ta coupe ? Petite coquine ! Juliette a une bonne descente, comme on dit, ajouta-t-il à l'adresse d'Axel. On retourne s'en boire une autre tous les deux ? demanda-t-il finalement tout en passant son bras sur mes épaules. Tous les deux, en amoureux ? Tu vois, ça rime !

— Je vais vous laisser.

Je n'eus pas le temps de me dégager de l'étreinte de Jérôme ou même de protester qu'Axel avait disparu au milieu des invités. En plus de me croire enceinte, maintenant, il me croyait en couple avec cet imbécile de Jérôme. Cet état de fait me contrariait prodigieusement.

Comment m'étais-je débrouillée pour en arriver là et pour ajouter un peu de difficulté supplémentaire à une situation personnelle déjà compliquée ? Qu'avais-je fait pour mériter ça ? Si au vu de mon piètre sens de l'orientation, je n'avais certainement pas été chien de chasse, sans doute avais-je fait un truc horrible dans une vie antérieure, comme mener Jeanne d'Arc au bûcher ou fournir quelques innocentes victimes à la comtesse Báthory. Ce n'était pas possible autrement.

Après avoir repoussé les ardeurs de Jérôme avec agressivité, il faut bien l'avouer, je tentai de rattraper Axel mais, dans ma hâte, me pris les pieds dans un câble. Je tombai dans l'herbe, me relevai, tout en abandonnant au sol le peu de dignité qu'il me restait, rajustai tant bien que mal ma robe sur mon postérieur – que nul n'avait décrété « d'enfer » depuis un certain temps –, traversai la terrasse entière pour rejoindre l'intérieur de la maison et découvris, dans un miroir, que je m'étais, au passage, étalé la moitié de mon rouge à lèvres sur la joue droite. Incident dont nul n'avait songé à me prévenir. Certes, j'avais bien noté les regards appuyés que certains convives m'avaient lancés au passage mais je les avais pris pour de discrètes condamnations de mon comportement passé, non comme une réaction à la situation présente.

Une fois les dégâts rectifiés, je fus tentée de rejoindre ma chambre. Axel ne voulait plus me voir. Jérôme non plus. Xavier était bizarre et Delphine mettrait certainement des heures avant de réaliser que sa « copine de Paris » – celle que j'étais devenue depuis mon déménagement dix ans plus tôt – n'était plus dans le paysage.

À l'idée d'échanger ma robe contre un pyjama confortable et mes tristes pensées contre une heure ou deux de lecture, je me sentis frémir d'allégresse. Je ne l'aurais avoué à Axel pour rien au monde mais si j'avais oublié le fameux papier rose, j'avais quand même pensé à glisser un roman dans mon sac avant de prendre le large. Il fallait croire qu'en matière d'urgence, comme pour le reste, j'avais mes priorités.

Puis, une fois encore, je revins à la réalité : finir comme une pauvre fille alors que tout le monde festoyait dehors ne me posait aucun problème. Cependant, craignant d'être submergée par les tristes pensées qui allaient de pair avec cette solitude, je préférai m'abstenir. La compagnie des gens, quels qu'ils fussent, restait préférable.

En sortant, j'eus l'heureuse surprise de tomber nez à nez avec Delphine. Puis j'eus un léger mouvement de recul qui n'échappa pas à son acolyte du moment. Axel, bien sûr.

Si le second sirotait un verre de Coca comme s'il s'agissait d'un grand cru, la première, de toute évidence, ne carburait pas au soda et, une fois n'est pas coutume, semblait un peu pompette.

— Tiens, ma belle ! s'écria-t-elle un peu trop vivement. Je te cherchais ! Je te présente Axel !

— Nous nous connaissons déjà, répondit immédiatement ce dernier. J'ai discuté avec Juliette et son compagnon il y a quelques minutes.

— Quoi ? Nicolas est venu, finalement ?

Delphine avait tourné son beau visage éméché dans ma direction et écarquillait ses grands yeux sombres.

— Pas du tout ! J'étais avec un certain Jérôme. Que je ne connais pas, précisai-je à l'intention d'Axel. Ce n'est pas du tout mon mec ! Il s'est juste montré assez familier avec moi et...

— Mais si, tu le connais ! ricana alors Delphine, hilare. L'année dernière... Tu ne t'en souviens vraiment pas ?

— Non.

— Tu avais...

Malgré son léger état d'ébriété, Delphine comprit parfaitement le sens du regard noir dont je la gratifiai. Préférant reporter son attention sur les coupes déjà remplies qui se trouvaient sur une table – sacré budget champagne, au passage ! –, elle en attrapa maladroitement trois et s'écria :

— Bah on s'en fout ! Allez hop ! Tournée générale ! Trinquons à mon anniversaire de mariage !

— Je ne bois pas, déclara Axel tout en reposant immédiatement sa coupe. Désolé, Delphine, tu le sais très bien.

— Eh bien toi, Juliette ! Toi, tu bois ! Trinque avec moi ! On ne laisse pas la reine de la soirée boire toute seule !

Quand, plus par automatisme que par réelle envie, je m'apprêtais à avaler une gorgée, une fois encore, Axel me retira mon verre au dernier moment.

— Mais c'est pas possible ! marmonna-t-il entre ses dents. Arrêtez de tous vouloir la faire boire ! Dans son état ! C'est inconscient !

Un ange passa.

J'eus l'impression que le monde, autour, s'était arrêté de tourner. Puis, aussi subitement qu'elle s'était arrêtée, la vie reprit et c'est en sentant l'air à nouveau entrer dans mes poumons que je réalisai que j'avais retenu mon souffle.

Delphine, elle, sautillait sur place comme une gamine, pleine d'enthousiasme et de surprise. Pour un peu, elle aurait applaudi la nouvelle.

— Mon Dieu, Juliette ! C'est vrai ?

— Non, je...

— Tu es enceinte ? Oh d'accord ! Je me disais bien aussi ! Ta robe ne te va presque plus, tu sais ? Je n'ai pas voulu te le dire tout à l'heure mais...

Delphine gonfla les joues, ne laissant aucun doute sur la nature de ses réflexions au sujet de ma silhouette.

— Et cette histoire d'eau gazeuse ! Toi, la picoleuse ! J'y croyais pas ! Je pensais que tu voulais te surveiller par rapport à... Bref ! Oh ! la la ! C'est génial !

— Baisse d'un ton, s'il te plaît ! l'implorai-je, me sentant de plus en plus mal à l'aise.

Delphine, pour qui la demi-mesure semblait être une notion absolument abstraite, reprit en chuchotant :

— Non ? C'est pas génial ?

Son sourire, qui s'étirait jusqu'alors jusqu'aux oreilles, disparut en un centième de seconde et j'eus nettement l'impression de voir la révélation monter jusqu'à ses neurones pour y éclore dans un feu d'artifice qui n'avait rien de réjouissant.

— Oh non, finit par déplorer Delphine, c'est pas génial du tout ! Nicolas ne le sait pas ? Nicolas ne le veut pas, peut-être ? C'est pour ça que tu es partie ? Oh mais, comment tu...

— Chut ! Arrête ! Je...

Je jetai un coup d'œil à Delphine puis aux personnes qui, de l'autre côté du buffet, ne manquaient pas une miette de la scène. Mes yeux se posèrent enfin sur Axel. Il n'avait pas ouvert la bouche et m'observait avec une intensité que j'aurais qualifiée de brûlante dans un autre contexte mais qui, en l'occurrence, me donnait juste envie de mourir de honte. J'avouai enfin, tout en regardant mes pieds :

— Je ne suis pas enceinte.

— Quoi ?

Mes yeux se relevèrent sur Delphine qui avait à présent l'air d'une enfant à qui l'on aurait promis une glace et qui se la voyait finalement refuser.

— Ben alors, pourquoi il dit un truc pareil ?

Elle se retourna vers son ami, visiblement dépitée.

— C'est ma faute ! éclatai-je alors. Il se trouve qu'il m'a arrêtée en plein excès de vitesse, plus tôt dans l'après-midi. J'étais très mal, j'ai paniqué. J'ai même fait un malaise...

— Un malaise ! Qu'est-ce que tu lui as fait, Axel ? Le coup de la convocation au poste ? Du retrait de permis ?

— Elle ne l'avait même pas ! fulmina-t-il avec un air absolument atterré.

— Je ne voulais pas mentir ! tentai-je d'expliquer. C'est le premier truc qui m'est passé par la tête. Je voulais éviter la contravention, rien d'autre ! Je suis vraiment...

Je me tournai alors plus résolument vers Axel avec un sourire d'excuse qu'il ne vit pas. Et pour cause, une fois encore, il avait déjà tourné les talons. Je n'avais cependant pas besoin de voir son visage pour deviner ce qu'il devait penser de moi.

Alors que je me lamentais intérieurement sur ma bêtise, je vis Xavier arriver au loin, aviser la foule, poser les yeux sur sa femme et faire légèrement dévier sa trajectoire de manière à ne pas avoir à la rejoindre, petit manège qui n'échappa visiblement pas à cette dernière.

Dans d'autres circonstances – et avec un peu moins d'alcool dans le sang –, Delphine aurait accusé le coup en silence, préférant sauver les apparences. Fidèle à elle-même, elle n'en tenta pas moins de se maîtriser. Je la vis lutter quelques secondes contre un dépit immense puis les barrages cédèrent soudain et elle éclata en sanglots bruyants.

— C'est juste un con, lança Delphine entre deux hoquets.

Plantée au milieu de la cuisine, complètement désertée depuis que l'équipe engagée avait fini de préparer le buffet, elle faisait peine à voir et je ne savais plus quoi faire ni quoi lui dire pour la consoler.

Après la scène du jardin, le mensonge dévoilé et l'esquive pas vraiment discrète de Xavier, très lasses, nous nous étions finalement réfugiées à l'intérieur de la maison. Retombée aussi rapidement qu'elle était née, l'euphorie de Delphine s'était transformée en une mélancolie terrible qui la transfigurait. Envolée, la belle brune au teint doré, elle n'était plus qu'une pâle version d'elle-même.

— Tu as vu comme il m'a évitée ? Hein ? Il est parti le plus vite possible dès qu'il m'a vue ! C'était horrible ! À ton avis, combien de gens s'en sont rendu compte ?

— C'est tout ce qui t'importe ? Les gens n'ont rien vu, ne t'inquiète pas, ajoutai-je pour compenser la dureté de ma première réplique. Ce n'est rien. Il a subitement dû penser à quelque chose d'important et sera allé régler le truc. Tu sais, tu n'es pas seule à recevoir, ce soir. Lui aussi a pas mal d'obligations.

Que n'avais-je pas dit. Delphine, soudain remontée, redressa les épaules sous le coup de l'affront. Pour un peu, elle aurait tapé du poing sur la table.

— Et quelles obligations, je te prie ? À part celle de rigoler avec ses potes et de vider le bar ?

— Peut-être pas ce soir mais durant les jours qui ont précédé, il a dû…

— Non ! Il ne m'a pas aidée ! Il n'a rien fait ! Rien du tout ! J'ai eu l'impression de préparer la soirée toute seule comme si… Comme si j'étais la seule à qui ça tenait à cœur. Tu te rends compte ? Du coup, j'ai supprimé la moitié des invitations ou presque. J'avais tellement peur qu'il me demande d'annuler au dernier moment !

Je retins de justesse une petite exclamation d'étonnement.

— Annuler au dernier moment ? C'est vrai, Delphine ? Est-ce que ça va si mal que ça entre vous ?

Delphine, qui s'était entre-temps affalée sur une chaise, leva les yeux vers moi. Ses larmes brouillaient tant son regard que je n'y lus rien de spécial, si ce n'est une terrible lassitude.

— Oui. Non. Je n'en sais rien, en fait. Parfois, je crois que ça va et puis… Il suffit qu'il se passe une scène de ce genre pour que je sois pleine de doutes. Et cela fait plusieurs années, maintenant.

— Quoi ? Vous vous êtes pourtant mariés en grande pompe il y a un an...

— Eh bien, j'espérais que cela arrangerait les choses entre nous. Et ça a marché un temps... C'était marrant, tu vois, de jouer aux jeunes mariés ! Mais ça, comme le reste, n'a pas duré.

— Oh... Je ne comprends pas, commençai-je en secouant la tête, plus incrédule que jamais. Vous êtes LE couple parfait ! Vous êtes beaux, intelligents, vous vous aimez, vous voyagez à l'autre bout de la planète plusieurs fois par an, vous vivez dans une maison fantastique... Avec un super dressing ! ajoutai-je avec un sourire, histoire de détendre un peu l'atmosphère.

Delphine fit un geste de défaite.

— Oh, tout ça, les voyages, la maison, on s'en fiche. Le dressing, c'est un détail.

— Un détail ? Tu en profites toute l'année ! Cela ne serait pas un détail pour la plupart d'entre nous.

— Non, c'est un détail dans le sens où ça n'a finalement aucune importance. Un dressing ne console pas quand on vient de s'engueuler pour la troisième fois du week-end.

Je m'assis à mon tour, sonnée.

— Je... Je suis désolée, Delphine. Je ne savais pas. Je croyais que... Enfin je pensais que tu avais une vie parfaite et... je suis même un peu jalouse de toi, ajoutai-je en ricanant sottement.

— Jalouse ?

Delphine éclata de rire, ce qui ne rendit ses larmes – qui coulaient toujours, intarissables – que plus tristes.

— Crois-moi, il n'y a rien de très enviable dans ma vie. C'est moi qui suis jalouse de toi, oui.

— De moi ?

— Oui. De ta liberté, de ton intelligence, de ta vie de Parisienne… Depuis que tu as quitté la région, je n'ai pas retrouvé une amie aussi proche, tu le sais ? J'ai toujours l'impression de ne pas être assez cool pour toi et…

— Pffff, n'importe quoi, franchement. Ma vie parisienne ? C'est du vent. Mon intelligence ? Sérieusement ? Ma vie est un vrai bordel ! Il n'y a jamais rien qui va et quand les choses s'arrangent, crois-moi, ce n'est que pour un temps. Je ne contrôle rien du tout.

— Oui, mais au moins, tu avais un couple de folie. Malgré vos éclats, Nicolas et toi, vous vous aimiez tellement. Non ? Tu ne peux pas dire le contraire.

Delphine semblait si catégorique que je n'eus pas le cœur à la contredire. Après tout, ce n'était pas si faux. Nicolas et moi, nous avions eu du bon temps.

— Oui, lui répondis-je alors, Nicolas est l'homme de ma vie.

Les mots étaient sortis de ma bouche avec un naturel déconcertant. Ils me semblèrent immédiatement ridicules une fois prononcés.

— Enfin non, me repris-je. Il a été l'homme d'une période de ma vie mais il n'a plus de place dans ma nouvelle. C'est indéniable, et j'aurais tort de m'acharner encore longtemps. Nous n'avons plus vraiment de points communs, nous ne partageons plus rien, si ce n'est nos disputes. Il vit la nuit, je vis le jour. Nous n'aimons pas les mêmes films. Je n'apprécie pas ses amis. Il connaît à peine les miens. Il ne m'emmène jamais chez ses parents et n'est jamais partant pour voir les miens. Et mes problèmes, eh bien, il s'en contrefiche…

— Et les siens ? demanda Delphine, tu t'intéresses aux siens ?

— Sincèrement ? Non. Je me fiche de ses problèmes pour la simple et bonne raison que je ne me sens plus concernée. Il ne m'émeut plus.

— Il ne t'émeut plus ? C'est-à-dire ?

Delphine ne pleurait presque plus à présent mais ses joues, humides, témoignaient encore de l'immense chagrin qui avait été le sien. Avachie comme elle était sur sa chaise, avec son maquillage dégoulinant et ses reniflements incessants, elle me fit terriblement de la peine.

— Je ne suis plus émue, c'est tout. Je ne le trouve plus touchant, mignon, adorable... C'est fini, tout ça. Et... je peux t'avouer quelque chose ?

— Bien sûr.

— Axel, ton pote... Eh bien, lui, je le trouve émouvant.

— Axel ? Sérieusement ?

Delphine paraissait atterrée.

— Comment c'est possible ? Ce mec, c'est l'antithèse de Nico. C'est le gars un peu rigide, avec des principes, des valeurs super *old school*. Je croyais que tu aimais les artistes torturés ? Lui, il traque les gens sur la route pour leur coller des contraventions et, le pire dans l'histoire, c'est qu'il adore ça.

— Chacun ses vices.

— Il court tous les matins.

— Je veux me remettre au sport.

— Il est végétarien.

— Tant mieux, j'ai envie de changer mes habitudes alimentaires.

— Il est tatoué. Il a le crâne rasé. Tu aimes ça ?

— Il est atypique. J'aime les personnalités rebelles.

— Rebelle ? Lui ? Il a commencé à perdre ses cheveux à 25 ans. Et ses tatouages, tu as vu ce qu'ils représentent ?

— Non.

— Des arbres. Ce mec a une forêt tatouée sur les deux avant-bras ! Tu parles d'un rock'n'roll !

— Peut-être. N'empêche qu'il m'a fait un certain effet.

— Mais tu...

— Oh ! Te voilà, ma princesse !

Delphine ne termina jamais sa phrase. Xavier, visiblement un peu éméché lui aussi, débarqua dans la pièce avec l'enthousiasme d'un marin qui vient de retrouver sa femme après plusieurs mois passés en mer. Se précipitant jusqu'à la chaise de Delphine, il l'attrapa puis la souleva de terre comme si elle ne pesait pas plus qu'un chaton de trois semaines. Ce qui devait être à peu près le cas.

— On m'a dit que tu pleurais dans la cuisine et j'accours ! Mais c'est vrai, confirma-t-il en tapotant les joues de sa femme du bout des doigts, tu as pleuré ! Pourquoi ? À cause de quoi ?

— À cause de toi, imbécile.

— Moi ?

— Oui, tu es nul. Tu te fiches de tout. Et... Et tu ne m'aimes plus !

Et Delphine éclata à nouveau en gros sanglots.

— Bien sûr que si, je t'aime ! lui assura Xavier en resserrant encore son étreinte autour d'elle. Je t'aime tellement ! Je suis désolé, je...

Je commençais à trouver la scène un peu gênante quand une main m'attrapa doucement par le poignet et me fit quitter la pièce. J'eus peur que Jérôme ne soit revenu à la charge avant de réaliser que c'était Axel qui m'entraînait à travers la maison.

De la cuisine, nous passâmes dans le vaste hall d'entrée puis dans un petit salon. Je crus que nous allions nous y installer mais Axel poursuivit sa route, ouvrit une des portes-fenêtres et nous débouchâmes sur la terrasse située à l'arrière de la maison, où il n'y avait ni invités, ni petits-fours, ni coupes de champagne, et pas l'ombre d'un Jérôme.

Comme s'il était un habitué des lieux, Axel s'assit sur un banc en fer forgé et m'invita à faire de même.

— J'ai pensé qu'il valait mieux laisser ces deux-là seuls un moment, pour autant, je n'avais aucune envie de ressortir de l'autre côté. Je n'ai jamais été très fan de ce genre de soirées. Trop de monde. Trop de musique. Je ne sais même pas pourquoi je suis venu... Bien qu'un instant, quand je t'ai vue tout à l'heure, j'aie été content d'avoir lutté contre mon envie de passer la soirée sur mon canapé... Tu permets que je te tutoie ?

J'acquiesçai et lançai :

— Seulement un instant ?

— Quoi ?

— Tu as été content, seulement un instant, de me revoir ?

Il haussa les épaules.

— On ne peut pas dire que nous ayons vraiment eu l'opportunité de beaucoup parler et...

— Je t'ai déçu.

— Un peu. Dis-moi, pourquoi m'as-tu raconté cette connerie au sujet de cette fausse grossesse ?

— Oh... Je ne sais pas. J'ai paniqué. J'ai dit le premier truc qui me passait par la tête.

— Et ça t'arrive souvent ? De dire le premier truc qui te passe par la tête ?

— Quand je suis crevée, oui.

— Tu t'es bien fichue de moi, en tout cas.

— Ce n'était franchement pas le but, tu sais ? Et j'étais contente, moi aussi. De te revoir, tout à l'heure, insistai-je afin qu'il comprenne où je voulais en venir.

Je fus heureuse qu'il fasse assez sombre pour qu'il ne me voie pas rougir puis, comme il ne répondait rien, je repris :

— Je sais qu'aucune raison ne te semblera valable mais j'ai eu pas mal de soucis ces derniers temps, et j'étais un peu en mode... survie.

— Oui, j'ai cru comprendre que ce n'était pas la joie.
— Comment ça ?
— À ton avis, qui est allé chercher Xavier pour qu'il aille ramasser sa femme à la petite cuillère ?
— Oh, tu étais là ?
— Oui.
— Et...
— Et j'ai entendu votre conversation, oui.

Cette fois, je ne me contentai pas de rougir et me laissai tout bonnement envahir par une vague de chaleur qui me fit presque défaillir. S'il disait vrai et qu'il avait bien entendu notre conversation, il savait que je le trouvais « émouvant ». Pourquoi étais-je allée sortir un truc pareil ?

— C'est bon, ce n'est pas si grave, déclara-t-il, se méprenant sur mon long silence. Je n'ai pas fait exprès non plus. Ce n'est pas comme si j'étais resté tapi dans votre dos pour vous écouter. Ensuite, je suis allé chercher Xavier car j'avais l'intime conviction que Delphine en avait besoin.
— Ça, ce n'est pas faux.
— J'espère qu'ils vont en profiter pour parler, tous les deux. Et remettre les choses au point.

Puis il se tut et, habitée par les mille et une pensées qui tournoyaient dans mon esprit, je n'eus pas le cœur à relancer la conversation.

Si Axel avait écouté tout ce que j'avais dit à Delphine, s'il avait entendu ma petite confession à son sujet, il savait que j'étais désormais célibataire et que j'avais un coup de cœur pour lui. Même l'homme le plus timide ou le moins entreprenant aurait pris cette confession – bien que volée – comme un appel à l'action. À condition d'être intéressé, bien sûr. Sans trop savoir pourquoi, j'avais cru qu'il l'était mais, au vu de sa passivité actuelle, il fallait se rendre à l'évidence : j'avais pris mes propres envies pour ses désirs à lui. À moins que je ne sois finalement trop infréquentable à ses yeux...

— Je suis désolée, déclarai-je, en désespoir de cause, faute d'oser lui dire autre chose.

— De quoi ?

— D'avoir menti.

— C'est déjà oublié, voyons. J'en ai vu d'autres.

Un nouveau silence s'abattit entre nous. D'ici, nous n'entendions presque rien de la fête qui avait lieu à l'avant de la maison, et le ciel paraissait d'autant plus immense sans éclairage artificiel pour en ternir la beauté.

— C'est curieux, la vie, parfois, reprit finalement Axel. On se rencontre par hasard sur la route tout à l'heure, tu me fais une peur terrible, je suis très inquiet à l'idée de te voir partir, et je te retrouve quelques heures plus tard, chez des amis communs... Tu vis à Paris, je ne suis de retour dans la région que depuis peu, on n'était vraiment pas faits pour se croiser et on se retrouve seuls sur une terrasse, une nuit de juillet...

Et là, il se tourne vers moi, et il m'embrasse, pensai-je alors, toute frémissante, c'est forcé.

Hélas, j'avais sans doute vu trop de comédies romantiques car... rien ne vint. Axel resta immobile et moi d'autant plus figée que je me sentais totalement dépassée par la situation.

Ma vie allait mal, c'était indéniable et j'aurais bien aimé trouver un peu de douceur et de réconfort auprès de celui qui m'avait fait tant de bien, plus tôt dans la journée. Cependant, j'étais allée un peu vite en besogne comme quand, adolescente, j'imaginais qu'un garçon était fou de moi juste parce qu'il m'avait fixée plus longtemps que ne l'y aurait autorisé la politesse la plus élémentaire. Axel avait pris soin de moi parce que j'avais fait un malaise sous ses yeux mais rien, de ses caresses ou de ses regards tendres, n'avait été dicté par autre chose que le professionnalisme qui le caractérisait.

Mue par une impulsion soudaine, je n'en déclarai pas moins, feignant la légèreté :

— En effet ! Cela sera une anecdote amusante à raconter à nos petits-enfants quand ils nous demanderont comment on s'est rencontrés !

Je n'avais pas terminé ma phrase que déjà, je m'en voulais.

— Juliette ?

Alors que je m'apprêtais à affirmer que je plaisantais, Delphine apparut subitement sur notre droite.

— Je te cherchais, c'est... un peu bizarre...

Elle s'éclaircit bruyamment la gorge puis déclara, comme pour se débarrasser au plus vite de la mauvaise nouvelle qu'elle apportait :

— Nicolas est là. Il t'attend dans le bureau de Xavier. Je lui ai dit que je te ramenais...

Après un coup d'œil à Axel qui me fit signe d'y aller, je quittai précipitamment la terrasse, le cœur en berne.

C'est les poings et la gorge serrés que je pénétrai dans le bureau.

J'avais eu peine à la croire mais, ainsi que l'avait annoncé Delphine, Nicolas était bien là. Il n'avait pas allumé le plafonnier, se contentant d'une petite lampe de bureau qui n'éclairait que très faiblement la pièce. De là où je me tenais, je ne voyais presque pas son visage. Cela m'arrangeait car si j'étais certaine de ne plus vouloir de lui, je n'étais pas sûre de résister à son charme.

— Juliette...

— Qu'est-ce que tu fiches ici, Nicolas ?

J'avais tenté de modérer mon ton sans parvenir à le rendre aussi neutre que je l'aurais souhaité, loin de là, même.

— Eh bien ! Quel accueil !

Il ricana, avec cette légèreté coutumière qui m'agaçait tant et contre laquelle je ne savais que faire.

— Tu étais un peu plus câline, l'année dernière. Il faut dire que tu avais sacrément picolé. Tu m'as l'air plutôt sobre, ce soir. Je me trompe ?

— Nous ne sommes plus l'année dernière. Aujourd'hui les choses sont... Elles sont différentes.

— En quoi ?

— Eh bien...

Je fis quelques pas dans la pièce.

— L'année dernière, je voulais que tu viennes. Cette année, j'avais peur que tu me suives.

— Ne me fais pas croire que tu n'es pas contente que je sois ici. Tu adores ça ! Qu'on bataille, qu'on se chamaille, puis qu'on se réconcilie. Est-ce que tu as déjà oublié comme on s'est bien réconciliés, la dernière fois ?

Des images éparses et interdites aux moins de 18 ans éclatèrent alors dans mon esprit mais je fis le choix de les refouler à l'entrée, tel un videur intraitable.

— Ce que je t'ai dit hier et ce matin, je le pensais. C'est fini.

— Pffff. Arrête ça ! Viens là ! Qu'on reprenne à zéro et...

— Non, il n'y aura pas de remise des compteurs à zéro, cette fois. Je ne te conviens pas, tu ne me conviens pas, nous n'avons plus de raisons d'être ensemble.

— C'est Delphine qui t'a monté la tête ?

— Pas du tout ! Pourquoi tu dis un truc pareil ?

— Parce que cette fille est un sketch à elle toute seule. Non mais sérieux, Juliette... Qu'est-ce que tu fabriques ici, avec ces gens ? On aurait gagné du temps si tu étais restée à la maison, bien sagement. Tu sais tout ce que je loupe, moi, pour faire plaisir à madame ? Hein ? Tout ça pour que tu te prennes pour l'une de ces héroïnes de tes histoires à l'eau de rose... Voilà, tu les as eus ton drame, ton départ précipité et ton chevalier servant qui est venu te chercher. Clap de fin !

J'étais à présent tout près de lui, si près que dans une autre vie, j'aurais pu plaquer mes lèvres sur les siennes en un de ces longs baisers de cinéma qui n'avaient aucun intérêt, si ce n'est d'être sacrément esthétiques à l'écran. Au lieu de cela, je lui donnai une petite tape sur la joue puis déclarai :

— C'est justement là où tu te trompes, Nicolas. Je n'ai pas envie de vivre dans une comédie romantique et j'en ai assez de jouer à l'héroïne tourmentée, en pleine idylle passionnelle. Je veux juste... une histoire d'amour normale. Quelqu'un avec qui je sois bien...

Lui tournant le dos, je fis de mon mieux pour marcher droit malgré ma fébrilité et posai la main sur la poignée de la porte que j'avais pris soin de refermer derrière moi en entrant.

— C'est toi qui te trompes, ma belle ! clama Nicolas, sans faire l'esquisse d'un geste. Tu n'as jamais su ce que tu voulais. Tu es complètement paumée et ce, depuis toujours. Tu vas regretter d'être partie mais ne viens pas pleurnicher à ma porte quand tu auras repris tes esprits.

— Pas de risque !

Je sortis alors dans le couloir comme une furie, bousculant au passage mon cher Jérôme et deux autres hommes qui, pour une raison étrange, avaient certainement écouté à la porte.

— C'est elle ? lança le premier.

— Ouais, c'est elle ! répondit Jérôme, d'un air mauvais. La tarée à la robe bleue !

— Mais, elle est pas à poil ! T'avais dit qu'elle était strip-teaseuse, non ?

— Quoi ? Je ne suis pas strip-teaseuse ! C'est quoi ces conneries ?

Le second gars secoua la tête en me regardant comme si je le décevais atrocement :

— Il avait raison le mec tatoué, c'est pas une strip-teaseuse.

— Le mec tatoué ? Au crâne rasé ? demandai-je avec un drôle de pressentiment.

— Ouais.

— Où est-il ?

— Il s'est barré.

— Quand ?

— J'sais pas. Il y a quelques minutes !

Je me jetai littéralement au cou de l'homme en question et lui arrachai quelques réponses vagues. Je ne m'en précipitai pas moins comme une folle en direction du parking, espérant intercepter Axel avant qu'il n'ait disparu pour de bon, cette fois. J'avais certaines choses à lui dire.

Envoyant valser mes escarpins, je me mis à courir dans l'herbe fraîche et déjà couverte de rosée.

Comme j'arrivais au bout du parking sans avoir croisé la moindre âme qui vive, j'osai prolonger ma course jusqu'à l'extérieur de la propriété. Avec la chance que j'avais, j'allais seulement avoir le temps de voir sa voiture disparaître au loin et ce serait le clap de fin, comme dirait Nicolas.

Alors que mon cœur pleurait déjà dans ma poitrine, un peu plus loin, je vis la silhouette d'un homme sur le point d'enfiler un casque de moto. Évidemment. Axel n'était visiblement pas du genre à conduire un quatre-roues.

— Axel ! Attends !

Faisant des gestes désordonnés tout en courant vers lui, j'avais sans doute l'air de la tarée à la robe bleue que j'étais indéniablement mais ne pouvais pas m'arrêter en si bonne voie. Arrivée à sa hauteur, je ne parvins pas à interpréter l'expression de son visage – surprise ?

joie ? fatigue ? – d'autant plus que l'obscurité, bien que déclinante, n'arrangeait absolument rien.

— Ne pars pas, s'il te plaît !

— Pourquoi ?

— Parce que. Je ne veux pas. J'ai… J'ai des choses à te dire !

Mon cœur tambourinait dans ma poitrine et mes mains papillonnaient devant moi sans que je parvienne à les contrôler. J'allais certainement faire une crise cardiaque avant d'arriver à la fin de mon exposé mais je ne pouvais plus reculer.

— Je… Je ne suis pas strip-teaseuse ! Pas plus que je ne suis la pochtronne de service, c'est juste… En fait, l'année dernière, j'étais déprimée et j'ai trop bu au mariage de Delphine et Xavier. Je me suis donnée en spectacle et j'ai fini complètement bourrée dans le jardin. Quelques spectateurs particulièrement chanceux m'ont même vue me débarrasser de ma robe… et de mon soutien-gorge, ajoutai-je un ton plus bas, espérant qu'il n'entendrait pas.

— Heureusement, Nicolas était là ! répliqua-t-il d'un ton amer.

Je lui jetai un coup d'œil étonné.

— Oui. Il m'a ramenée à la raison.

— Vous avez l'air d'être un couple particulièrement solide.

— Nous venons de nous quitter ! répliquai-je en éclatant de rire.

— Ce n'est pourtant pas ce que tu as dit tout à l'heure…

— Quand ça ?

— Dans la cuisine. Tu as dit qu'il était l'homme de ta vie.

— Tu as écouté ce que j'ai dit ensuite ?

— Non, je suis parti.

Donc, il n'avait pas entendu ma petite confession... Je pris mon courage à deux mains.

— Ensuite, j'ai dit que c'était terminé entre nous, que je ne voulais plus de lui dans ma vie. Et que...

Un énorme insecte passa sur ma gauche avec un bourdonnement qui me fit frissonner.

— Et que quoi, Juliette ?

— Que j'avais eu une sorte de petit coup de foudre pour toi. En fait, j'ai complètement craqué sur toi dès que je t'ai vu apparaître dans mon rétroviseur, précisai-je dans une volonté de ne pas mâcher mes mots. Et ça n'a pas arrangé mon état du moment, crois-moi ! C'est pour ça, insistai-je alors qu'il ouvrait la bouche pour me répondre, que j'étais heureuse de te revoir ce soir. J'ai eu l'impression que c'était une seconde chance de t'approcher.

— C'est bien cela, tu as complètement oublié, hein ?

— Oublié quoi ?

— Nous nous sommes déjà rencontrés.

— Eh bien oui. Sur la route, cet après-midi...

— Non, il y a à peu près douze ans.

Je fronçai les sourcils, dubitative.

— Tout à l'heure, tu disais que tu n'aurais pas pu m'oublier si tu m'avais déjà rencontré et pourtant, c'est bien le cas.

— Quand ça ?

— Été 2006. Place de la Comédie. Tu avais cassé la bride de ta sandale et je t'ai aidée à la réparer. Je t'ai proposé d'aller prendre un café avec moi le lendemain. Tu as accepté mais...

— Mais je ne suis jamais venue.

Je faillis perdre l'équilibre sous le coup de la révélation.

Me revint à la mémoire ce jeune homme très pâle, très brun et aux longues mains délicates qui avait pris très au sérieux mon problème de chaussure.

À l'époque, j'étais célibataire et heureuse de l'être. Je n'en avais pas moins apprécié son attention et serais certainement allée au rendez-vous que nous avions fixé si je n'avais pas perdu l'adresse qu'il m'avait donnée. Nous n'avions échangé ni nos noms, ni nos numéros de téléphone si bien que nous n'avions jamais pu nous retrouver. Très vite, j'avais fait une autre rencontre et oublié Axel, considérant ce rendez-vous comme un acte manqué sans conséquence. Aujourd'hui, je me demandais si ce premier malentendu n'était pas la pire de mes erreurs...

— Désolée pour ça aussi, murmurai-je.

— Ce n'est pas grave. Je t'ai dit que j'en avais vu d'autres.

— Tu dois avoir une bien belle image de moi, maintenant, tiens ! Tu as vu un beau florilège de mes qualités en seulement quelques heures. Sans parler du lapin posé il y a douze ans, évidemment.

— En effet, c'est très impressionnant.

Le nez fixé en direction de mes pieds, je sentais les larmes poindre au bord de mes paupières. Je m'étais ridiculisée une fois de plus et...

— Mais tu sais, quand je t'ai vue tout à l'heure, dans ta voiture, tu...

Il eut un petit rire puis reprit :

— Tu m'as fait le même effet que douze ans plus tôt. Un instant, j'ai cru que tu te souvenais de moi et puis j'ai compris que non. Ensuite tu as fait ton malaise et...

— Tu aurais pu me le dire. Je me serais souvenue de toi.

— Je n'ai pas osé. Tu n'étais pas venue, tu devais avoir tes raisons et je ne voulais pas passer pour un mec pathétique...

— Je t'ai trouvé tout, sauf pathétique...

— C'est donc vrai ?

— Quoi ?

— Que tu as eu un coup de cœur pour moi ?

— Oui, Axel, c'est vrai. Cette fois ce n'est pas un mensonge pour me tirer d'affaire, je te jure sur la tête de mon chat.

— Tu as vraiment un chat ?

— Bien évidemment !

— Je te crois. Bon, allons le boire, ce café ! Étant donné l'heure matinale, ce n'est pas dit qu'on trouve grand-chose d'ouvert mais ça vaut le coup d'essayer, non ?

Alors, ce fut comme s'il m'avait proposé un voyage à l'autre bout du monde, comme s'il m'avait offert la plus belle bague, un chiot adorable ou le plus beau dressing de la planète. Rien que la perspective d'aller boire ce fichu café – douze ans en retard, quand même ! – me mettait en joie.

Il fit un pas vers moi et cette fois, je n'attendis rien. Ni mot doux, ni bras enjôleurs et encore moins ce baiser que j'avais espéré un peu plus tôt. Je ne voulais ni être déçue, ni calquer mes envies sur ces satanées romances que Nicolas m'avait reproché d'aimer un peu trop.

Et finalement c'est là que le tremblement de terre eut lieu. Que le ciel me tomba sur la tête. Que le sol se déroba sous mes pieds, bref : ce fut le moment où la scène, si importante soit-elle, bascula dans un nuage duveteux. Le moment où, encadrant tendrement mon visage avec ses deux mains, il m'embrassa. Pas comme au cinéma mais comme dans la vraie vie. Avec nos souffles mêlés, nos yeux fermés, nos bouches maladroites.

Après un temps qui me parut infini, il se décolla doucement de moi, se baissa pour ramasser quelque chose au sol et me colla son casque entre les mains.

— La sécurité avant tout, madame ! Quittons cet endroit !

Complètement sonnée, j'étais heureuse de ne pas avoir à conduire et d'avoir pour seule mission celle de me coller contre le dos chaud de mon chauffeur matinal.

Il démarra et bientôt, la maison de Delphine et Xavier, Jérôme, Nicolas, la rumeur des derniers invités qui s'attardaient encore, la longue et éprouvante journée de la veille... Tout cela fut loin derrière moi. Emplie d'une joie immense, comme seules peuvent être les joies du début, j'affermis encore un peu ma prise sur le torse d'Axel et me détendis enfin. Tout autour de nous, la beauté des Cévennes se déployait dans toute sa majesté. Au-dessus, le ciel passait lentement de son beau bleu indigo à un violet soutenu. Bientôt, il serait mauve, rose puis d'un bel orangé.

Une belle journée allait commencer.

Amélie Petitpas

L'inconnu qui avait un nom

— Il fait chaud… Lucas ? Reviens par ici, s'il te plaît !

Le petit garçon sauta de son rocher en faisant jaillir des gerbes de sable blond. Il courut vers sa tante, un seau en plastique rempli à ras bord de ses trouvailles du jour dans une main et un petit filet vert dans l'autre.

Il déposa avec soin son seau au pied de la serviette de Jeanne alors qu'il avait renversé un bon tiers de son contenu sur le chemin. Pendant que sa tante le tartinait pour la troisième fois de crème solaire et rajustait sa casquette et ses lunettes de soleil, le gamin lui fit part de ses découvertes. Dans le petit seau, des bulots et des bigorneaux tentaient péniblement de remonter sur les rebords d'un bleu criard, tandis que flottaient dans l'eau des algues de toutes les nuances de vert et de toutes formes. Dans ce microcosme d'un litre d'eau de mer, se cachait un minuscule poisson qui ressemblait à s'y méprendre à un morceau de rocher.

Jeanne s'extasia devant cette pêche miraculeuse, puis félicita son neveu quand il lui expliqua qu'il allait remettre le petit poisson à l'eau, à présent. Maintenant qu'ils l'avaient observé, il fallait le relâcher dans la mer, sinon, il mourrait. Cependant, il demanda si on pouvait garder les bulots et les bigorneaux pour les manger avec de la mayonnaise au persil.

La jeune femme en sélectionna quelques-uns pour lui montrer la taille minimum des coquillages. Les autres, Lucas pouvait leur rendre leur liberté.

— On a encore le temps ; si tu veux, va en chercher d'autres aussi gros que ceux-là et on les mangera en entrée ce soir.

— Tu viens avec moi ?

— Non, je suis déjà venue tout à l'heure, vas-y, toi. Je suis sûre que tu y arriveras tout seul.

Le garçonnet courut vers les rochers avec enthousiasme non sans arroser de sable la serviette du voisin au passage.

— Excusez-le, il ne se rend pas compte, j'ai beau lui seriner qu'il ne faut pas courir, il oublie aussitôt...

— Pas de problème, répondit le jeune homme avec un grand sourire complice.

Il sembla vouloir ajouter quelque chose, mais se ravisa, se contentant de lui jeter par moments des regards furtifs.

Jeanne s'allongea sur le ventre et retourna à son livre. Elle tenta de lire, mais se concentrer sur les mots lui était impossible : les lignes se confondaient les unes avec les autres. Elle relut plusieurs fois les mêmes phrases sans même s'en rendre compte. Chaque fois que l'histoire prenait forme dans sa tête, une pensée venait la dissiper, dans l'esprit de Jeanne.

Cet homme, je crois que je l'ai déjà vu quelque part...

L'idée s'insinua si bien en elle qu'elle finit par abandonner son histoire, sans pour autant ranger son livre. Il lui fallait quelque chose pour garder contenance. Quoi de mieux qu'un livre à la plage ? Derrière ses lunettes de soleil, il était impossible de savoir ce qui se tramait dans ses yeux noisette. Pour parfaire l'illusion jusqu'au bout, elle tourna une page et laissa ses pensées agir à leur guise.

Où aurais-je bien pu le voir ? À la plage ? Non, je l'aurais reconnu. Ça doit être ailleurs, donc il était habillé. Comment ? En survêtement ? En costume-cravate ? En tenue de ville ?

Curieuse de nature, elle ne pouvait laisser ce mystère entier. Il lui fallait des indices.

Elle se retourna et dirigea son regard vers les rochers. Lucas était toujours là, accroupi dans les flaques pour récolter ses coquillages. Elle resta un moment à le contempler ; il était beau, innocent et heureux. Puis, elle jeta un coup d'œil sur son voisin. Elle se ravisa rapidement car il était en train de l'observer, le sourire toujours aux lèvres. Jeanne ne put s'empêcher de rougir et masqua son embarras derrière son livre.

Flûte ! On se connaît peut-être vraiment, du coup ?

Jeanne essaya d'imaginer le jeune homme au caleçon de bain jaune ailleurs qu'à la plage. Où aurait-elle bien pu le rencontrer ? Au supermarché ? Chez le poissonnier ? À la bibliothèque ? Au travail ? À la piscine ?

— Jeanne ?

La jeune femme sursauta, surprise que l'inconnu l'appelle par son prénom.

— Tu ne me reconnais pas ?

Son regard vert et franc était empreint de perplexité. Jeanne se surprit à noter à quel point elle le trouvait beau. Il n'était pas parfait, avait un nez un peu long, la peau claire parsemée de taches de rousseur et des cheveux bruns bouclés coupés court. Mais sa manière de la considérer et surtout son sourire avaient fini de charmer Jeanne.

— Oh, si, si, bien sûr, je ne voulais pas t'embêter, c'est tout...

— Jeanne, tu ne m'embêteras jamais !

Le cerveau de la jeune femme fourmillait à présent. Il était urgent d'activer sa mémoire, et ce, le plus rapidement possible pour éviter de se couvrir de honte. Une part d'elle lui hurlait qu'elle ferait mieux de lui avouer qu'elle ne savait pas qui il était, et l'autre, sa fierté, sans doute, freinait des quatre fers en s'insurgeant. Il était évident que les souvenirs allaient faire surface dans quelques millisecondes et qu'elle pourrait sauver la face sans avoir à révéler qu'elle avait oublié ce si charmant jeune homme.

— Tu deviens quoi ? demanda Jeanne en espérant que cette question l'aiderait.

— Oh, pas grand-chose... J'habite en région parisienne maintenant.

Ah, ça veut dire que ça fait un moment que l'on ne s'est pas vus... Et on se tutoie, ce qui veut dire que l'on a dû être proches à un moment donné...

— Tu es parti là-bas pour le travail ?

— Oui, ou plutôt, c'est mon ex, Julie, qui en avait trouvé là-bas ; je l'ai suivie. Je n'aurais peut-être pas dû puisqu'on n'est plus ensemble, mais je ne le regrette pas. J'ai eu de la chance, j'ai trouvé un super job.

Qui est cette Julie ?

Plus ils discutaient, plus le cerveau de la jeune femme patinait dans la semoule. Pourtant, elle afficha un sourire confiant et relança la conversation en le regardant droit dans les yeux.

— Tu bosses dans quoi ?

— Je suis responsable marketing pour une entreprise de cosmétiques.

— Ah, ça doit être sympa...

Trouver d'autres questions, le faire parler ; je vais bien trouver un truc qui m'indiquera d'où je le connais...

— Et toi ? Tu fais quoi maintenant ?

— Eh bien... Je travaille aux Thermes, répondit Jeanne en désignant l'élégant bâtiment blanc qui surplombait la plage.

— Formidable !

Un blanc s'installa pendant lequel le jeune homme cherchait ses mots. Jeanne, elle, s'efforçait désespérément de mettre un nom sur la personne avec qui elle discutait depuis maintenant cinq bonnes minutes. Un coup d'œil à Lucas permit au jeune homme de trouver un sujet de conversation.

— C'est ton fils ?

— Mon neveu.

— Il te ressemble en tout cas.

— C'est ce qu'on dit.

Jeanne tenta un coup risqué ; si c'était un ancien camarade d'école, il devait avoir grandi dans la région.

— Tu es en vacances dans ta famille, alors ?

— Oui, madame ma mère Jocelyne Guillard est ravie d'avoir son fils pour quelques jours ! Tu l'entendrais : « Thomas, mange un peu plus, Thomas, prends un pull, Thomas, ne rentre pas trop tard... » J'ai l'impression d'avoir 15 ans !

Thomas Guillard ? Ça ne me dit rien ! Je ne connais pas ce nom. J'aurais oublié un camarade d'école ? Comment est-ce possible ?

Cette fois-ci, son désarroi avait dû finir par transparaître car Thomas s'inquiéta.

— Tout va bien ?

— Absolument !

Lucas choisit ce moment pour entrer en scène, son seau plein à ras bord. Jeanne en profita pour donner le signal du départ et demanda à son neveu de rassembler ses affaires. Elle enfila rapidement sa robe de plage et souhaita une bonne soirée à Thomas Guillard.

— À bientôt ! lui lança le jeune homme avec un sourire qui fit battre le cœur de Jeanne un peu plus fort.

— À bientôt !

Vingt minutes plus tard, son sac de plage posé dans un coin, Jeanne s'affala dans une chaise longue sur son balcon, un verre de rosé frais dans une main, son smartphone dans l'autre. Il fallait absolument qu'elle découvre qui était cet inconnu.

Elle rentra dans la barre de recherche de plusieurs réseaux sociaux « Thomas Guillard ». Mais aucun profil ne semblait correspondre.

Jeanne commençait à s'impatienter ; ce n'était pas son genre d'oublier quelqu'un, quand même ! Bon, en fait, si. Elle avait déjà répondu au salut de personnes qu'elle n'avait pas reconnues sur l'instant pour finir par les identifier quelques secondes, voire quelques minutes plus tard. Jamais elle n'oubliait complètement les gens. Non, on n'oubliait pas les personnes comme ça, surtout quand il s'agissait d'un homme aussi mignon.

— Tata ! Tu fais la mayonnaise trop bonne ?

— Plus tard, mon chat.

— Tata ! S'il te plaît ! En plus, il faut cuire les coquillages sinon ils vont être trop chauds quand maman va arriver ! Je vais t'aider… supplia-t-il en posant sa petite main sur l'épaule de sa tante.

Jeanne soupira et abdiqua. Alors qu'elle était en train de battre la mayonnaise, une idée lui vint à l'esprit :

Et si c'était le frère de Mickaël ?

L'image du petit frère d'un ami de son ex quand elle avait 19 ans se plaqua dans ses pensées. Oui ! C'était lui, ça ne pouvait être que lui.

— Je fais quoi, moi ?

— Tu n'as qu'à mettre la table sur le balcon.

— Je veux faire la mayonnaise avec toi !

— Pas aujourd'hui, mon chat, elle est presque finie, de toute façon. Allez, mets la table.

Lucas prit les couverts en bougonnant, tandis que Jeanne souriait de toutes ses dents ; mais oui, c'était forcément lui, Thomas Guillard ! Comment s'appelait son frère déjà ? Julien ? Martin ?

La sonnette et le brouhaha qui s'ensuivit interrompirent ses réflexions.

— MAMAAAAANNN !

Le cri de Lucas se déversa dans l'appartement et éclata en un feu d'artifice de rires devant la porte d'entrée.

Bientôt, une jeune femme à l'air harassé entra dans la cuisine.

— Bonjour, Aurélie ! lui lança Jeanne.

— Salut, souffla la jeune maman en lâchant son sac à main sur une chaise. Je suis crevée. Merci d'être allée chercher Lucas à l'école, je ne sais pas ce que j'aurais fait sans toi.

— Tu parles ! C'est moi qui devrais te remercier : grâce à Lucas j'ai enfin pu récupérer mes heures sup et même en profiter pour aller à la plage. Ça s'est passé comment cet entretien ?

Aurélie haussa les épaules, signe qu'elle n'en savait rien. Jeanne comprit qu'elle ne voulait pas en parler et la réconforta.

— Ne t'en fais pas, je suis sûre que tu seras prise. Allez, ce soir on se fait livrer des pizzas, mais avant, un verre de rosé ?

— Tu es la meilleure !

— Va t'asseoir dehors, j'arrive.

Pendant qu'Aurélie écoutait les exploits de Lucas à la plage, Jeanne sortit quelques tomates cerises pour l'apéritif et un verre de rosé pour sa sœur.

Alors qu'elle s'installait auprès d'Aurélie et de Lucas, son portable vibra et émit un léger son de clochette. Ça devait certainement être l'une de ses amies, elle répondrait plus tard. Pourtant, par acquit de conscience, elle jeta un coup d'œil rapide.

— Tu en fais une tête ! Qu'est-ce qui se passe, ma belle ?

— Oh, ce n'est rien, c'est juste que cet après-midi, j'ai rencontré un garçon et...

— Il est mignon ? coupa Aurélie avec un air gourmand.

— Carrément ! fit sa sœur avec un clin d'œil. Mais je ne l'ai pas reconnu tout de suite, tandis que lui avait l'air de très bien me connaître. Cela t'est déjà arrivé, à toi, de discuter avec des gens qui te connaissent sans savoir qui ils sont ?

— Tout le temps, avoua Aurélie en riant.

— En attendant, il vient de m'envoyer une demande d'amitié... lança Jeanne en agitant son téléphone sous le nez de sa sœur.

— La cachottière ! Avec tes airs de ne pas y toucher, on pourrait te prendre pour une sainte, eh bien non, en fait !

Jeanne lui donna un petit coup de pied, pas très fort, juste assez pour que sa sœur crie, dosage parfaitement calculé après des années de combats fraternels.

Aurélie reprit son air sérieux et continua :

— C'est qui, alors ?

— Je crois que c'est le frère d'un des copains d'Arnaud.

— Arnaud... Ton ex ? Celui qui se moquait en permanence de tes cheveux ?

— Oui, j'avais rompu à cause de ça, d'ailleurs !

— Ah oui, c'est vrai ! Quelle idée, aussi !

Elles rirent, ravies d'être ensemble. Elles s'étaient un peu éloignées en arrivant à l'âge adulte, mais depuis un an ou deux, elles avaient retrouvé la complicité de leur enfance. À leurs yeux, aucune journée ne pouvait mieux se terminer que lorsqu'elles étaient réunies.

— Tiens, voilà sa photo.

Jeanne fit glisser sur l'écran de son smartphone la photo de profil d'un jeune homme souriant en train de faire un saut de joie dans l'escalier de la fameuse butte Montmartre.

— Beau gosse ! Oui, sa tête me dit quelque chose, ça pourrait être lui.

— Ah, tu vois ! Thomas Guillard...

Jeanne fit glisser son doigt sur la surface lisse de son smartphone.

— Il a été au collège et au lycée à Cancale, il a étudié à Rennes 2... Son frère devait être un copain d'Arnaud, ça ne peut être que ça. Comment il s'appelait, déjà, ce copain ?

— Je me souviens de Thomas. Vous aviez passé un week-end en camping à Saint-Malo... Maman était folle car vous étiez venus à vingt pour prendre des douches à la maison. Il ne portait pas toujours un bob sur la tête ?

— Si ! C'est ça ! s'écria Jeanne en appuyant ce souvenir avec son index pointé sur la table comme si elle voulait y enfoncer une punaise.

Lucas vint les interrompre en grognant qu'il avait faim et qu'il voulait manger les bulots tout-de-suite-maintenant car sinon il allait mourir de faim, d'ailleurs, il ne sentait déjà plus ses doigts de pied et en plus son ventre était vide, hyper vide, même.

Cette révélation obligea Jeanne à commander les pizzas sur l'instant et à sortir du frigo la pêche miraculeuse de son neveu, accompagnée de sa mayonnaise et de pain frais. Lucas avait raison, c'était hyper-méga-bon !

Le temps d'engloutir les coquillages, les pizzas étaient déjà livrées. Thomas resta le sujet de conversation principal de la soirée. Jeanne donna tous les détails qu'elle avait pu repérer dans l'après-midi, et son profil Internet fut décortiqué minutieusement.

Ce soir-là dans son lit, Jeanne trouva le courage de cliquer sur le bouton « accepter l'invitation ». Elle sourit en se demandant ce que ce petit geste pourrait induire dans le futur à plus ou moins long terme.

Il alait mieux ne pas y penser. Elle vérifia son réveil sur son téléphone, le mit en veille et le posa sur sa table de chevet.

Cinq minutes plus tard, la main posée sur le smartphone, elle hésitait à vérifier s'il lui avait envoyé un message. Non, ce n'était pas une bonne idée. À la place, elle se força à détendre chacun de ses muscles en commençant par les pieds. Quand elle fut arrivée au niveau du nombril, elle s'était déjà endormie.

Jeanne s'éveilla un peu avant la sonnerie et en profita pour s'étirer tranquillement dans le lit, comme un chat après une longue sieste. Elle alluma l'écran de son téléphone et éteignit l'alarme, elle n'en aurait pas besoin aujourd'hui. Ce faisant, elle vit qu'elle avait une nouvelle notification. Avec un sourire, elle posa son index sur l'icône et son sourire s'élargit encore plus quand elle lut les deux mots sur l'écran.

8:02/ Thomas : Bonjour Jeanne…

Il avait mis trois petits points !

8:03/ Jeanne : Bonjour Thomas…

8:03/ Thomas : Bien dormi ?

Jeanne posa son smartphone sur sa table de chevet et prit le temps de s'habiller avant de répondre. Cela faisait déjà plus de huit mois, trois jours et quatre heures qu'elle était célibataire. Était-ce une bonne idée de se laisser aller à flirter ainsi ?

8:12/ Jeanne : Oui et toi ?

Ça faisait du bien de se faire courtiser ainsi de temps en temps. Pourquoi se priverait-elle de ce plaisir ?

8:13/ Thomas : Pas trop j'ai beaucoup repensé à hier…

Aïe, ça allait beaucoup trop vite pour Jeanne. Ne sachant que répondre, elle rangea son téléphone dans son sac ; elle devait se préparer pour aller travailler.

Une heure plus tard, devant son vestiaire, elle hésitait encore sur ce qu'elle pourrait lui répondre.

Sa responsable venant d'arriver, elle laissa son téléphone dans son casier et courut à son bureau. Elle y réfléchirait pendant sa pause déjeuner.

La matinée passa si vite entre les coups de fil, les réservations en ligne à valider, à organiser et à classer qu'elle n'eut pas vraiment le loisir de penser à Thomas. Quand vint l'heure du repas, comme le temps était magnifique, elle prit sa *lunch box* et alla sur l'un des bancs qui faisait face à la Manche. La marée haute avait recouvert presque toute la plage, mais la mer était calme. C'était à peine si une petite brise venait faire danser les mèches brunes s'échappant de la tresse de la jeune femme. Les vaguelettes étincelaient comme des milliers d'émeraudes éblouissantes, si bien que Jeanne déposa sur son nez bronzé une paire de lunettes de soleil blanche.

Tout en dégustant sa salade melon-tomate-jambon-de-pays-basilic, elle consulta sa messagerie.

10:46/ Thomas : Tu connais la blague de la chaise ?

Jeanne laissa échapper une exclamation de surprise, mais joua le jeu.

12:32/ Jeanne : Non

Elle regarda son écran avec un air dubitatif et se replongea dans la contemplation du paysage. Un léger son de clochette lui indiqua qu'il avait déjà répondu, elle fouilla dans son sac et ralluma l'écran.

12:34/ Thomas : Elle est pliante… XD

Il pensait réellement la séduire avec des blagues niveau primaire ? Le portable sonna de nouveau.

12:34/ Thomas : Tu connais l'histoire du lit vertical ?

12:35/ Jeanne : C'est une histoire à dormir debout !

Cette fois-ci, la jeune femme rit franchement, elle avait toujours aimé les blagues un peu nunuches. Elle releva le nez et contempla la promenade qui surplombait le sable. Près d'elle, une petite fille léchant goulûment sa glace, le visage tout barbouillé, s'arrêta tout net en entendant le rire joyeux de Jeanne, ce qui amusa encore plus la jeune femme.

12:36/ Jeanne : Bon ok tu as gagné, ça m'a fait rire XD

12:37/Thomas : Gagné ! Quel est mon prix ?

12:37/Jeanne : Je ne sais pas…

12:38/ Thomas : On pourrait faire un truc sympa ensemble. Ce soir ? Je te laisse choisir.

Jeanne se crispa. Elle ne s'attendait pas à le revoir si vite. Elle fit en vitesse un point sur ses vêtements et toucha ses cheveux. Elle avait bien fait de les laver le matin même. Mais elle ne se sentait pas prête pour un rendez-vous au restaurant, trop officiel, trop rapide, trop… Trop, quoi ! Car même s'ils se connaissaient soi-disant depuis longtemps, elle avait le sentiment que cela ne datait que de la veille.

Déconcertée, elle laissa son regard traîner dans le vague ; il s'arrêta sur la petite fille au visage barbouillé qui, une fois la stupéfaction passée, avait repris la dégustation de sa crème glacée.

Jeanne se ressaisit et envoya un message à Thomas.

12:45/ Jeanne : D'accord. Je termine à 17h. Tu peux m'inviter pour une glace à Intra-Muros.

Ils échangèrent leurs numéros et le jeune homme conclut avec enthousiasme :

12:45/ Thomas : J'ai hâte !

La jeune femme reposa son téléphone, pour de bon cette fois-ci. C'était une bonne idée, une glace. Tout le monde aimait cela et ça n'engageait à rien. Ce serait en fin d'après-midi, elle pourrait même être rentrée chez elle pour la soirée. Oui, c'était parfait.

Elle termina son déjeuner le sourire aux lèvres et le cœur battant la chamade. C'était la première fois que ce genre de chose lui arrivait. Elle était déjà tombée amoureuse, bien sûr, mais chaque fois de quelqu'un qu'elle connaissait bien. Elle avait d'ailleurs été presque toujours amie avec ses ex-petits copains avant de finir par sortir avec eux. Elle avait une peur irrationnelle de l'inconnu. Elle avait toute sa vie vécu près de Saint-Malo, fréquenté invariablement le même cercle d'amis... Son petit monde la rassurait, elle s'y sentait en sécurité. Pour la première fois, elle sautait dans l'inconnu. Depuis son petit bout de banc blanc face à la mer, elle avait accompli l'une des choses les plus folles qu'elle eût jamais faites. Elle sentit son cœur battre fort contre sa poitrine.

Son repas terminé, elle repartit vers les Thermes en sautillant, légère et anxieuse à la fois. Enivrée par cette sensation d'être sur un merveilleux petit nuage, elle revint à son travail la tête un peu ailleurs. Ce fut sans doute à cause de ces rêveries qu'elle ne se rendit pas compte que ses collèges l'observaient avec insistance et chuchotaient sur son passage. Quand elle arriva devant son bureau, elle n'en crut pas ses yeux. Un magnifique bouquet de marguerites, ses fleurs préférées, l'attendait bien en évidence au milieu de ses dossiers multicolores. Jeanne vérifia autour d'elle, stupéfaite. Ça ne pouvait pas être pour elle, si ? Elle en eut la confirmation quand elle vit les sourires et les regards curieux autour d'elle.

— Alors on a un amoureux ? la taquina sa responsable.

Encore hébétée par la surprise, Jeanne fouilla délicatement dans les marguerites à la recherche d'un carton, sans succès. Comment savait-il qu'elles étaient ses fleurs de prédilection ? Peut-être en avait-elle fait mention devant lui à l'époque. Cela voudrait dire qu'elle lui plaisait déjà à ce moment-là ? Il se serait souvenu de ce détail ?

Isabelle, une de ses collègues et amie, vint lui demander sur le ton de la confidence qui était l'heureux élu.

— Un vieux copain que je n'ai pas revu depuis des années, j'ai rendez-vous avec lui tout à l'heure pour manger une glace...

— Waouh ! Il a l'air sympa, en tout cas... lui souffla Isabelle en fixant les fleurs avec un sourire d'envie.

L'arrivée du bouquet mit une bonne ambiance dans les bureaux cet après-midi-là. Ses collègues et elle passèrent un si bon moment qu'ils en oublièrent l'heure.

Quand elle s'en rendit compte, Jeanne se sentit complètement stressée. Elle avait déjà plus d'une demi-heure de retard. Elle sortit de l'imposant bâtiment blanc en courant, son sac en bandoulière et son bouquet à la main. Elle vérifia encore une fois l'heure sur son portable. Il avait tenté de l'appeler quatre fois.

— Flûte-de flûte-de-flû-teuhhh...

Elle posa son doigt sur la touche d'appel et une fois arrivée, chercha frénétiquement des yeux Thomas. Non seulement il ne répondait pas mais en plus il n'était pas au rendez-vous. Il était peut-être parti car il détestait les gens en retard ? Il avait changé d'avis ? Et s'il avait rencontré une autre fille dans l'après-midi ?

Tout en ayant conscience de penser à des choses nulles, elle ne put s'empêcher de se dire dans un recoin de sa tête – celui où se cache la petite fille qui n'a pas du tout confiance en elle – qu'elle ne méritait pas un homme qui lui envoyait ses fleurs préférées au travail.

En désespoir de cause, Jeanne écouta sa messagerie : « Jeanne, c'est Thomas. Je suis désolé, je ne pourrai pas être là tout à l'heure, j'ai un empêchement. Je suis désolé, on remet ça à demain ? »

Elle raccrocha, aussi inerte qu'une méduse abandonnée sur la plage par la marée descendante, grillant au soleil sur le sable bouillant.

Une fois chez elle, elle décida qu'elle n'avait pas à se laisser aller ainsi. Ils se verraient le lendemain de toute façon, rien de grave. Elle allait pouvoir profiter de ce beau vendredi soir ensoleillé. Par réflexe elle appela sa sœur mais tomba directement sur sa messagerie. Tant pis. Et si elle allait à Cancale ? Cela faisait longtemps qu'elle n'y était pas retournée. Elle appela une de ses amies d'enfance, Sylvaine, qui lui proposa de la retrouver dans l'un des bars du port de la Houle.

Après s'être changée et avoir fait un saut dans la salle de bains, Jeanne était déjà sur la route. Elle retrouva Sylvaine en terrasse, les lunettes de soleil en serre-tête et le sourire aux lèvres.

Alors qu'elles étaient en train de rire en évoquant leurs mémorables batailles de purée dans la cantine de l'école primaire, son amie s'arrêta tout à coup pour lui montrer du doigt deux hommes qui marchaient vers elles.

— Ce ne serait pas ton ex ?

— Arnaud…

Jeanne aurait voulu se cacher sous la table, or c'était ridicule, elle était en plein milieu de la terrasse et surtout, il l'avait reconnue.

— Jeanne, ça fait un bail !

— Vous voulez boire un verre avec nous ? proposa Sylvaine.

Jeanne lui jeta un regard noir, mais Sylvaine ne le vit pas, trop occupée à admirer l'ami d'Arnaud.

— Eh bien… on ne voudrait pas déranger une soirée entre filles, ça ne t'ennuie pas, Jeanne ?

Cette dernière, rougissante et ne voulant pas avoir l'air de l'éviter, accepta en lui désignant le siège à côté d'elle. Sylvaine fit la conversation et Jeanne put se mettre en retrait et finalement apprécier la soirée. Un plateau de charcuteries et de fromages fut commandé, et ce fut en dégustant un morceau de morbier que Jeanne se jeta à l'eau.

— Arnaud, tu te souviens de Thomas, le frère de Julien ?

— Le frère de Julien ?

— Oui, Thomas, celui qui avait toujours un bob sur...

— Ah ! Le frère de Benjamin !

— Oui, c'est ça ! Je me suis trompée de prénom.

— Oui, oui, je vois très bien. Pourquoi ? demanda Arnaud en plissant les yeux.

— Comme ça. Je me suis souvenue de lui l'autre jour en regardant les touristes avec leurs tenues bizarres et je me demandais ce qu'il était devenu, mentit-elle en essayant de noyer le poisson.

Arnaud gesticula sur sa chaise pour lui faire face, les yeux rendus brillants par la conversation, l'alcool, et peut-être parce qu'il était content de retrouver Jeanne.

— Benji m'a dit que c'était un salaud avec les nanas et, je ne veux pas rentrer dans les détails, mais ce qu'il a fait à sa dernière conquête est vraiment ignoble... Le petit garçon timide serait devenu un séducteur sans pitié !

— Qu'est-ce qu'il a fait ?

— C'est surtout sa manière d'agir. Il l'a traitée comme si elle n'était rien et s'est permis les pires horreurs.

Les yeux de Jeanne se firent accusateurs et Arnaud le prit pour lui. Il lui caressa doucement sa tresse pendant quelques secondes avant d'ajouter :

— Tu sais, je ne me suis jamais vraiment excusé de m'être moqué autant de tes cheveux, c'était stupide...

— Je sais, c'est pour ça que j'avais rompu avec toi, admit-elle avec franchise.

— Oh, s'exclama-t-il en retirant sa main. Je me suis toujours demandé pourquoi... Je suis désolé. Sincèrement.

— Ce n'est rien, tu es pardonné à présent, dit-elle en reprenant son verre de vin, c'est du passé ! J'aurais dû t'en parler plutôt que de te quitter comme ça, sans explications !

Elle leva son verre pour l'inviter à trinquer, Arnaud ne se fit pas prier et prit le sien à son tour.

— Aux amours retrouvées !

Ce toast claqua désagréablement aux oreilles de la jeune femme. Elle détailla Arnaud : grand, brun, la peau bronzée, les yeux bleus, le regard brillant. Il était beau et séduisant. Pourtant elle se devait d'admettre pour elle-même que, bien que la tentation soit grande, elle n'avait aucune envie de renouer avec lui. Il y avait certainement du désir, mais pas une once d'amour, pas même une étincelle. Avant d'entrechoquer son verre avec le sien, elle annonça :

— Aux copains retrouvés !

Arnaud ne se départit pas de son sourire ; néanmoins, la flamme dans ses yeux s'éteignit. Faisant mine de ne rien voir, Jeanne trinqua ensuite avec Sylvaine et l'ami d'Arnaud.

De retour chez elle, dans son lit, malgré l'heure tardive, Jeanne ne parvenait pas à s'endormir. Et si Thomas était un coureur de jupons ? Qu'avait-il vraiment fait d'aussi horrible ? Elle aurait pu demander plus de précisions, mais elle n'avait pas voulu qu'Arnaud se doute de quelque chose. Avait-elle raison de le voir le lendemain ? Non, c'était forcément une mauvaise idée, elle ne devrait pas...

Sur sa table de chevet, l'écran de son téléphone s'alluma :

`02 :06/ Thomas : Tu dors ?`

02 :06/ Jeanne : Non, je viens de rentrer

02:07/ Thomas : Je suis vraiment désolé de t'avoir fait faux bond cet après-midi. Ma mère avait invité des amis pour déjeuner et ils viennent seulement de partir. Ça n'en finissait pas ! C'est toujours d'accord pour demain ?

Jeanne étouffa un cri d'accablement dans son oreiller. Elle était complètement perdue. Et s'il mentait ? Et s'il avait rencontré une autre fille ? Quand son esprit tournait ainsi en rond, elle avait besoin de marcher pour remettre son cerveau dans le bon sens. Elle se leva donc et fit le tour de son petit appartement, le couloir, le salon, la cuisine, le balcon... Trônant au milieu de la table d'extérieur, le bouquet de marguerites finit par venir à bout de ses angoisses. Personne ne lui avait jamais offert de bouquet de fleurs, et qui plus est, de ses fleurs préférées. Plus que la galanterie, c'était l'attention qui l'avait touchée. C'était la première fois qu'elle rencontrait un homme qui avait cherché ainsi à lui faire plaisir.

02:22/ Jeanne : D'accord, où veux-tu que l'on se retrouve ?

02:22/ Thomas : Je te laisse le choix, ce qui importe c'est que l'on se voie.

Jeanne sourit malgré la petite voix suspicieuse dans un recoin de sa tête qui lui conseillait d'être vigilante, que c'était peut-être le discours d'un baratineur. Puis, un vieux souvenir à propos de Thomas lui donna une idée. Elle vérifia les horaires des marées avant de lui envoyer :

02:27/ Jeanne : RV à 9h25 devant la porte de Dinan alors. Bonne nuit !

02:27/ Thomas : J'y serai sans faute, promis.

Quand Jeanne retourna dans son lit, elle n'eut besoin d'aucun exercice de relaxation. À peine sa tête toucha-t-elle l'oreiller qu'elle s'endormit aussitôt.

Le lendemain matin, malgré une nuit écourtée, Jeanne se réveilla d'une bonne humeur à toute épreuve. Elle se prépara en chantant complètement faux, ravie du soleil radieux qui dissipait déjà la brume matinale. Elle arriva avec quelques minutes d'avance sur le lieu du rendez-vous et sa gaieté s'envola pour laisser place au doute. Peut-être était-ce trop romantique pour un premier tête-à-tête ? Et s'il avait déjà fait ce genre d'escapade avec quelqu'un d'autre ? Il comparerait les qualités de chacune ? La nuit passée, cela lui avait semblé être une bonne idée, mais là, au pied des remparts de Saint-Malo, face au port, elle se demandait si elle n'aurait pas dû proposer d'aller manger une glace à la place. Une glace, ça aurait été bien une glace...

Elle était si absorbée par ses craintes qu'elle sursauta quand il lui tapota l'épaule.

— Oh, excuse-moi, je ne voulais pas t'effrayer ! lui dit-il en souriant.

Il était encore plus charmant que sur la plage. Avec son bermuda gris, son tee-shirt beige et son panama, il avait tout pour plaire à la jeune femme.

Comme Jeanne ne disait rien, il continua :

— Alors, que fait-on, mademoiselle ?

— Oh, eh bien, j'ai pensé que l'on pourrait faire une excursion à Chausey, répondit-elle en désignant le bateau prêt à partir derrière elle. J'ai pensé que ce serait sympa de...

Elle s'arrêta en voyant un nuage obscurcir les yeux verts de Thomas.

— Tu préférerais autre chose ? On n'est pas obligés, tu sais, on peut changer de plan... reprit-elle précipitamment.

— Non ! J'ai dit que c'était à toi de décider, on s'y tient ! Rien ne me fera plus plaisir que de profiter de cette belle journée avec toi à Chausey. Allons-y ! poursuivit-il en l'invitant à passer devant d'un geste de la main.

Quand ils eurent embarqué, malgré la fraîcheur matinale, Thomas insista pour qu'ils s'installent sur le pont. Bientôt, le bateau se mit en mouvement, dépassa le môle des Noires qui protège le port et ils purent jouir d'une vue imprenable sur la côte, intra-muros, les îles du Grand et du Petit Bé, de Cézembre, mais aussi de l'immensité d'eau qui brillait de mille feux à perte de vue. L'odeur de l'iode pénétrait leurs poumons, vivifiait leur teint, les enivrant d'une douce sensation d'aventure. Grisés par le départ, ils ne cessaient de se sourire. Jeanne se félicita de son idée ; elle s'était souvenue que les parents de Benjamin étaient pêcheurs et que lui et son frère allaient souvent sur le bateau les aider. Jeanne dégaina son smartphone et prit quelques clichés de ces magnifiques paysages dont elle ne se lassait jamais. Oui, ils allaient vivre une magnifique journée. Ou peut-être pas... Au bout d'une demi-heure, Thomas changea de couleur, alternant du blanc au vert. Il courut aux toilettes et y resta jusqu'à la fin du voyage. Jeanne dut rester seule pendant quarante-cinq minutes durant lesquelles elle regretta finalement amèrement son choix. Pour se consoler, elle tenta d'appeler sa sœur et tomba encore sur la messagerie. Un peu inquiète, elle composa le numéro de ses parents. Ces derniers lui apprirent qu'Aurélie avait finalement décroché le poste de ses rêves et qu'elle était partie en week-end à Disneyland avec son fils pour fêter ça. Quand Jeanne raccrocha, elle se sentit déçue. C'était elle qui avait gardé Lucas pour qu'Aurélie puisse passer son entretien et celle-ci n'avait même pas pris le temps de lui apprendre la nouvelle avant de partir. Elle se leva, impatiente d'arriver. Il fallait qu'elle bouge. Entre le fait qu'elle ait infligé des nausées au garçon qu'elle appréciait et sa sœur qui l'ignorait, elle avait besoin de se changer les idées.

Thomas ressortit prendre l'air quelques minutes avant l'accostage. Jeanne se confondit en excuses mais il ne voulut pas en entendre un mot : seules la fatigue et la nourriture trop riche que sa mère lui faisait ingurgiter depuis plus d'une semaine étaient les causes de son mal de mer. Maintenant qu'ils étaient presque arrivés, ils allaient pouvoir profiter de leur journée.

Ils débarquèrent dans le port minuscule de Chausey. La saison touristique battant son plein, de nombreux touristes se déversèrent des bateaux qui faisaient la queue pour accoster au quai. Une fois sur la terre ferme, Jeanne pensait que Thomas irait mieux, ce qui fut loin d'être le cas. Il avait encore l'impression d'être sur le bateau et tanguait dangereusement. Elle lui proposa donc d'aller reprendre un peu de force au pub.

Malgré son état, Thomas insista pour que la jeune femme aille s'asseoir tandis qu'il allait commander au bar un café pour elle et un thé pour lui.

— Et voilà ! dit-il en posant les boissons sur l'antique table de bois polie par des années de bons et loyaux services.

— Merci. Tu te sens mieux ? demanda-t-elle.

— Oui, ça va aller, ne t'en fais pas.

Jeanne acquiesça sans pour autant croire une seconde qu'il était rétabli ; Thomas avait encore le teint d'un fantôme écossais et même le serveur l'avait regardé d'un drôle d'air.

Un silence gênant s'installa pendant lequel Jeanne se demanda ce qu'ils allaient pouvoir faire pendant six heures sur cette île si son compagnon restait dans cet état. Thomas, lui, buvait son café à petites gorgées tout en parcourant du doigt les rainures de la table.

— Pourquoi les escargots traversent-ils la route quand il pleut ? demanda-t-il dans un murmure tout en fixant sa tasse.

Jeanne demeura un moment interdite, puis secoua la tête pour montrer qu'elle n'en savait rien.

— Pour aller de l'autre côté.

Le mince sourire qui se peignit sur le visage de la jeune femme incita Thomas à reprendre :

— Que dit un poussin d'une tonne ?

Cette fois-ci, Jeanne chercha vraiment, mais finit par abdiquer.

— PIOU-PIOU ! cria Thomas d'une grosse voix grave en mettant ses mains sous les aisselles pour imiter un poussin géant.

Jeanne ne put s'empêcher d'éclater de rire. Thomas riait aussi, heureux d'avoir su casser la glace.

La journée se déroula finalement magnifiquement bien. Malgré la faiblesse persistante du jeune homme, ils purent se promener sur l'île où ils s'émerveillèrent des centaines d'oiseaux marins qu'ils purent observer. Ils retournèrent déjeuner au bar en terrasse, face à la mer. Parfois, un ange passait entre eux, Thomas s'empressait alors de le chasser avec l'une de ses blagues enfantines qui ne manquaient jamais de faire rire Jeanne. Dans l'après-midi, ils allèrent visiter le sémaphore, puis ils firent une petite promenade pendant laquelle ils admirèrent le château Renault mais surtout le paysage bouleversé par la marée basse. La mer s'était retirée sur des kilomètres, les dizaines d'îlots qui entouraient la grande île étaient à présents accessibles à pied et des centaines de personnes pêchaient mollusques et crustacés. Heureusement, un chenal permettait toujours le passage des navires.

Finalement, ils s'installèrent sur le quai pour attendre le bateau avec une bonne heure d'avance. Thomas s'excusa et la laissa seule les pieds ballants dans le vide au-dessus de la mer. Elle commençait à croire qu'il était encore malade quand il revint avec deux belles glaces à l'italienne, l'une vanille-chocolat et l'autre vanille-fraise.

— Je voulais me rattraper pour hier. J'ai pris des valeurs sûres, laquelle veux-tu ?

Jeanne fut ravie de cette attention et choisit celle au chocolat.

— J'adore le chocolat, je pourrais en avaler des tonnes !

Tout en dégustant sa glace, elle repensa à la petite fille qui avait le visage tout barbouillé de crème glacée et se dit qu'en ce moment elle était aussi heureuse qu'une enfant. Elle était contente de sa journée, mais sa petite voix suspicieuse lui criait derrière l'oreille qu'il n'était pas normal que Thomas n'ait pas tenté une approche plus sérieuse de toute la journée. Les occasions n'avaient pas manqué et même là, alors qu'ils étaient prêts à repartir, il avait choisi de rester à distance respectueuse. Voulait-il qu'ils soient simplement amis ? Ou bien, une fois la journée terminée, peut-être n'aurait-elle plus jamais de nouvelles de lui ? Ils dégustèrent leurs glaces encore une fois en silence, et cette fois-ci, Thomas ne chercha pas à le briser. Du coin de l'œil, Jeanne l'observa. Il semblait apaisé, plutôt heureux et se régalait de sa glace comme un petit garçon, à grands coups de langue, sans aucune retenue. Il dut sentir son regard car il se tourna vers elle et dit :

— Deux pizzas sont dans un four, l'une des deux se plaint : « Pffiou... Fait chaud ici... » Et l'autre : « ARRRGH ! Une pizza qui parle ! »

Jeanne rit tellement que la moitié de sa glace tomba dans l'eau dans un *plouf !* retentissant. Thomas sauta sur ses pieds pour aller lui en chercher une autre malgré les protestations de Jeanne. Il revint quelques minutes plus tard avec une seconde glace, cette fois-ci, uniquement au chocolat. Jeanne se pencha vers lui pour le remercier. Il aurait pu en profiter pour l'embrasser, mais non. Il se contenta de lui tendre la joue en contemplant le paysage.

Jeanne revint à sa glace convaincue qu'elle n'était pas son type de femme. Ce n'était pas possible : tout être de la gent masculine normalement constitué aurait saisi l'occasion, contrairement à ce qu'il venait de faire. Elle n'avait pas été aussi contrariée par un homme depuis bien longtemps. Ce qui la déstabilisait le plus, c'était qu'il l'ignore ainsi.

Elle savait que le moment était très mal choisi pour évoquer le sujet, pourtant les mots jaillirent de sa bouche sans qu'elle puisse s'en empêcher.

— Ton ancienne petite amie... Cette Julie et toi, ça fait longtemps que c'est terminé ?

Tout le corps de Thomas se raidit, puis les yeux vissés sur l'horizon, il répondit :

— Un peu plus d'un an...

— La rupture venait de qui ?

Les mots de la jeune femme étaient faussement détachés, toutefois, son ton âpre transparaissait sous un sourire froid.

— De moi... finit-il par répondre après quelques secondes de silence.

Le sujet le mettant visiblement mal à l'aise, un nouveau silence s'installa. Et là, ni blagues, ni rires ne vinrent le troubler jusqu'à l'arrivée du bateau.

Jeanne finit de se renfrogner tout à fait quand Thomas courut à nouveau aux toilettes lors de la traversée. Malgré l'excellente journée qu'elle venait de passer, elle se sentait minable et rejetée. Cependant, elle espérait qu'ils pourraient passer la soirée ensemble, tout n'était peut-être pas perdu. Cet espoir fut vite déçu après leur débarquement à Saint-Malo. Thomas invoqua son mal de mer pour s'éclipser et ne lui fit même pas la bise avant de partir.

En colère, elle était prête à rentrer chez elle se morfondre sous la couette. Et puis non, il était hors de question qu'elle se laisse aller ainsi pour un garçon.

Elle fit demi-tour et avança sous l'immense arche granitique de la porte de Dinan pour rentrer dans intramuros.

Elle se faufila parmi les ruelles bondées de touristes en short et en claquettes qui faisaient du lèche-vitrines, cherchant leurs noms sur les fameux bols bretons ou admirant les tableaux et les œuvres d'art des artistes de la région. Quelques minutes plus tard, un peu essoufflée par la pente et son pas vif, elle pénétrait dans l'entrée de la chapelle Saint-Sauveur.

— Je suis désolée, madame, nous allons fermer dans quelques minutes.

— Je sais ! C'est pour ça que je viens, Michelle ! On va boire un verre ensemble ?

L'employée de la galerie d'art qui avait établi ses quartiers dans la chapelle ouvrit les yeux de surprise et rit de bon cœur.

— Oh, excuse-moi, Jeanne, je ne t'avais pas reconnue ! Carrément, on va aller le boire, ce verre ! On a eu beaucoup de monde aujourd'hui... Je suis crevée !

Quelques minutes plus tard, après avoir traversé la ville fortifiée, elles se posèrent place Chateaubriand, à la terrasse ensoleillée d'un café. Quelques secondes de plus et un serveur en habit traditionnel noir et blanc leur apportait leurs boissons.

— Alors, Jeanne ? Qu'as-tu fait de beau aujourd'hui ? Tu es encore restée toute la journée à la plage ? Tu es toute bronzée !

— Je suis allée à Chausey... répondit Jeanne avec un petit sourire entendu.

Les yeux bleus de Michelle pétillèrent. Elle posa son verre de soda en le faisant claquer sur la table et se redressa dans son fauteuil en osier.

— Quoi ? Avec qui ?

— T'affole pas comme ça, il ne s'est rien passé, et je pense qu'on ne se reverra plus, donc...

Jeanne lui raconta sa journée et aussi tout ce qui s'était déroulé depuis ses retrouvailles avec Thomas, sans oublier les propos d'Arnaud.

— Je ne sais pas quoi te dire... dit finalement Michelle à la fin des explications de son amie.

La regardant droit dans les yeux, elle essayait de résumer la situation en comptant sur ses doigts :

— (pouce) Il est gentil quand vous vous voyez, ça c'est bien. (index) Il te fait porter des fleurs, ça c'est hyper bien ! (majeur) Il te pose un lapin... Beaucoup moins bien. (annulaire) Selon Arnaud, c'est un salaud avec les femmes, et ça, si c'est vrai, il faut que tu prennes la poudre d'escampette. Cela dit, potentiellement, Arnaud aurait pu te raconter des craques pour te reconquérir, non ?

Jeanne en doutait sérieusement. Il ne savait pas qu'elle avait des vues sur Thomas quand elle lui en avait parlé et n'aurait eu aucun intérêt à mentir. Et surtout, Thomas lui-même avait confirmé que c'était lui qui avait mis fin à sa relation avec Julie. D'autant plus que son comportement prouvait que tout cela le mettait très mal à l'aise. Étrangement, cela ne semblait pas affecter Michelle plus que ça tandis qu'elle continuait ses déductions.

— (auriculaire) Il est drôle, enfin selon toi, mais c'est l'essentiel, ça c'est bien. (pouce gauche) Il a le mal de mer. Ça c'est juste bête et ça n'a pas d'incidence sur le reste... (index gauche) Et enfin, le plus important, il ne t'a pas touchée de la journée. Moi j'avoue que de tous les points, c'est celui-là qui m'ennuie le plus... dit-elle en agitant son index d'un air sérieux. Il est mignon, au moins ? s'exclama-t-elle comme si cette donnée pouvait tout changer à l'équation qu'elle tentait de résoudre.

Jeanne s'empressa d'allumer son smartphone pour lui montrer une photo de Thomas.

— Hé ! Je le connais ! On était ensemble à la fac !

— C'est vrai ? s'étonna Jeanne.

— Oui, il était en cours de japonais avec moi. OK, je sais pourquoi il n'a rien tenté avec toi ! C'est un grand timide ce gars-là.

— Comment ça ?

— À l'époque, on s'entendait bien. En gros, ton Thomas, c'est un grand romantique, et pas du tout le genre à faire des coups bas. Pas du tout. Il n'avait jamais embrassé une fille quand je l'ai connu. Bon, il est peut-être différent aujourd'hui, mais je ne pense pas que les personnes puissent changer du tout au tout.

Satisfaite d'avoir résolu l'énigme, Michelle se laissa aller dans son fauteuil et interpella le serveur pour commander une seconde tournée tandis que Jeanne restait pensive. Ce qu'elle venait d'apprendre ne collait pas. Elle se souvenait clairement de Thomas, avec son bob sur la tête, qui embrassait goulûment leur voisine de tente. Peut-être l'alcool avait-il joué un rôle à l'époque ?

Le serveur arriva et Michelle lui adressa un sourire lumineux ; avec ses yeux bleus et son visage angélique, elle charmait qui lui plaisait. Jeanne rit en l'observant, même si elle n'aurait jamais osé se jeter à l'eau comme son amie le faisait ; elle songeait qu'elle avait bien raison, qu'il ne fallait pas laisser le bonheur filer pour des broutilles.

Elle saisit son smartphone et envoya un message à Thomas. Si c'était vraiment la timidité qui l'avait empêché de l'embrasser ce jour-là, elle se devait de lui laisser une chance.

20:38/ Jeanne : J'ai passé une excellente journée. On se voit demain ?

20:38/ Thomas : Moi aussi c'était vraiment bien. Où et quand ?

Jeanne lança un coup d'œil à Michelle qui badinait toujours avec le serveur, le sourire accroché aux lèvres.

20:39/ Jeanne : A ton tour de choisir ce que nous ferons demain !

En agissant ainsi, elle espérait avoir pris la bonne décision et ne pas se faire avoir par quelqu'un de peu scrupuleux, comme c'était plutôt son habitude. Mais, comment en être sûre ?

20:44/ Je peux venir te chercher demain matin vers 10h30 si tu veux. A moins qu'on se retrouve directement à Rothéneuf ?

Jeanne confirma qu'elle serait prête pour 10 h 30 et lui envoya son adresse. À son tour, elle se laissa aller dans le fauteuil en osier qui émit un petit son plaintif. Son cœur enfla dans sa poitrine, il débordait d'envie d'aimer tandis que son ventre se recroquevillait sur lui-même, craignant d'être à nouveau rejeté. C'était une sensation troublante et exaltante qui lui rappela ce qu'elle avait ressenti sur son banc de pique-nique la veille. Il s'était déjà produit tant de choses. Elle avait ressenti tant d'émotions que tout lui semblait déjà très loin et très proche à la fois.

— Tu sais quoi, Michelle ?

Son amie détourna ses yeux du serveur pour se poser sur Jeanne, attendant la suite avec un sourire impatient.

— J'ai une faim de loup ! Je t'invite ?

Les deux jeunes femmes passèrent la soirée dans un restaurant japonais qui délecta leurs papilles. Puis Jeanne rentra chez elle tandis que Michelle retournait au bar où elles avaient bu un verre en début de soirée. C'était la fin de service pour son serveur...

Brrrr... brrrr... brrrr...

Une main émergea des draps rayés rose pâle et s'aplatit comme une crêpe sur la table de chevet pour trouver le coupable de ce bruit détestable.

— Allô ? demanda Jeanne d'une voix enrouée.

— C'est moi, Thomas. Hum... Je suis en bas.

La jeune femme se souleva d'un coup, les cheveux en pétard et le tee-shirt bouchonné.

— Quoi ? Tu es déjà là ? Oh ! Mon Dieu ! Je n'ai pas mis mon réveil hier soir, je suis désolée, je...

Elle fit une pause pendant laquelle elle essaya de forcer ses méninges à s'activer, mais le démarrage de la machine était lent et laborieux.

— ... tu peux m'attendre ? Je vais faire vite, promis. J'arrive !

— Pas de problème, lui répondit la voix de Thomas.

Elle avait à peine raccroché son téléphone qu'elle sautait déjà de son lit jusqu'à sa douche tout en se déshabillant.

Dix minutes plus tard, elle dévalait l'escalier en courant, les cheveux encore mouillés et à peine maquillée. Elle chercha des yeux le jeune homme qui lui fit signe de la main dans sa voiture. Il allait descendre pour l'accueillir quand Jeanne s'empressa d'entrer dans la petite auto rouge.

— Je suis vraiment, vraiment désolée, dit-elle en lui faisant la bise. Je ne comprends pas, ça ne m'arrive jamais d'habitude, jamais.

— Ne t'en fais pas, zéro problème. On a tout notre temps, et puis tu as été très rapide !

Tandis qu'il mettait le contact, elle s'enfonça dans son siège en soupirant. C'est alors qu'un effluve nauséabond vint lui chatouiller les narines. Discrètement, elle mit la main devant sa bouche. Ses joues rosirent de honte lorsqu'elle se rendit compte qu'elle avait oublié de se laver les dents. Elle farfouilla dans son sac à la recherche des chewing-gums qui pourraient lui sauver la mise. Quand elle les trouva enfin, elle en fourra trois dans sa bouche dans l'espoir qu'ils suffiraient à masquer sa mauvaise haleine.

— Tu as mangé quelque chose ? demanda Thomas en la voyant mastiquer avec frénésie.

— Non, je n'ai pas eu le temps, mais ne t'inquiète pas, je ne prends quasiment rien le matin, de toute façon.

— Mme Guillard ma mère te dirait que le petit déjeuner est le repas le plus important de la journée et qu'il ne faut surtout pas le sauter !

Alors, il se gara près d'une boulangerie et descendit de la voiture. Lorsqu'il revint, il présenta à Jeanne un gobelet de café chaud et un sachet contenant un pain au chocolat et un pain au raisin. Il prit ce dernier et le cala entre ses dents avant de redémarrer le moteur.

Jeanne, rassasiée et son café à la main, finit par se détendre tandis que Thomas l'emmenait vers l'inconnu. Du coin de l'œil, elle épia sa manière de conduire. C'était fluide, sans à-coups et sans agressivité aucune. Elle avait toujours pensé qu'observer quelqu'un conduire pouvait révéler beaucoup de choses sur la personnalité du conducteur : s'il était scrupuleux des règles, rebelle, sûr de lui, généreux ou bien égoïste… Il dut sentir son regard sur lui car il se tourna vers elle et lui adressa un sourire qu'elle lui rendit. Ils s'engagèrent dans les ruelles bordées de murs en granit de Rothéneuf et bientôt, Jeanne devina leur destination.

— Les rochers sculptés ?

— Ça te plaît ? demanda Thomas avec un peu d'appréhension dans sa voix rocailleuse.

— C'est une super idée ! Cela fait des années que je veux les voir sans jamais trouver quelqu'un qui aimerait partager cela avec moi.

— Je suis content que ça te plaise, s'exclama Thomas avec un large sourire, visiblement soulagé.

Un vent iodé et chargé d'humidité les accueillit lorsqu'ils sortirent de la voiture. Contrairement aux jours passés où il avait fait un temps radieux, la météo était en train de changer. Le ciel se chargeait de nuages gris mais heureusement pour eux, le soleil avait encore assez de force pour les percer de ses rayons. Ils se dirigèrent vers la guérite qui faisait office de réception où un jeune homme à l'air affable leur souhaita la bienvenue. Ils descendirent le petit chemin escarpé et bientôt, les rochers s'évanouissant dans la Manche furent sous leurs pieds.

En raison de l'heure matinale et du temps peu apprécié des touristes, il n'y avait que très peu de monde.

— Regarde ! s'exclama Jeanne en montrant du doigt le dragon féerique qui dormait sous les semelles du jeune homme.

Thomas recula, éberlué par l'œuvre titanesque qui s'étalait sur chaque morceau de granit de cette partie de la côte. À la merci des éléments, ces personnages grotesques et ces animaux fantastiques étaient fidèles à leurs postes, veillant à ce que la mémoire de leur créateur reste intacte depuis plus d'un siècle.

Jeanne désigna ensuite la tête d'un bonhomme.

— Lui, il s'appelle Jean-Luc, affirma-t-elle, sûre d'elle-même.

— Ah oui ? Je te présente sa femme Augustine, répliqua Thomas en montrant une petite bonne femme grimaçant dans la roche.

— Elle est très moche et a l'air méchante, pauvre Jean-Luc...

— Oui, c'est pour ça qu'il aimerait demander le divorce, mais ce n'est pas facile parce qu'ils ont été frappés par une malédiction qui les a condamnés à rester figés dans le granit jusqu'à ce qu'un prince embrasse sa princesse...

— Comme dans le conte de fées ?

Un peu hésitant, Thomas se rapprocha de Jeanne qui s'était accroupie pour mieux observer les sculptures. Quand elle se releva, il lui saisit la main avec délicatesse et avant même qu'ils ne s'en rendent compte, leurs bouches se pressaient déjà l'une contre l'autre avec une douceur et une tendresse que Jeanne n'avait jamais ressenties auparavant. Leur baiser dura si longtemps que Jeanne se laissa complètement emporter par la sensation qui parcourait chaque partie de son corps, chaque partie de son esprit. Quand ils se séparèrent, elle eut le tournis le temps d'une seconde, le temps de revenir à la réalité.

Ils se sourirent, complices, et se prirent la main. Ils allèrent un peu plus loin, près de l'endroit où la mer dévorait la roche petit à petit, vague après vague, lui arrachant ces minuscules parts d'elle qui bientôt deviendraient des grains de sable, puis des plages entières. Là, ils s'assirent l'un près de l'autre, et, admirant les nuages qui défilaient à la vitesse du vent telle une armée prête à en découdre contre les rayons du soleil, toujours main dans la main, ils appréciaient le moment présent. Jeanne était bien, miraculeusement bien. Mais bientôt, derrière cette douce sensation de bonheur, un doute vint lui tarauder l'esprit. Cependant, cette fois-ci, elle ne voulait pas le laisser tout gâcher comme la veille.

— Je ne voudrais pas t'embêter avec ça… pourtant, il faut que je sache : Arnaud m'a dit que tu étais devenu un homme à femmes et…

Devant l'air incrédule de Thomas, sa voix se tarit au fond de sa gorge.

— Excuse-moi, qui est Arnaud ?

— Eh bien, l'ami de ton frère Benjamin ! C'est lui qui a raconté cela à Arnaud qui à son tour m'en a parlé l'autre soir…

— Oh.

Un sourire mêlé d'embarras vint illuminer le visage du jeune homme. Il tenait la main de Jeanne comme un oiseau blessé, amoureusement et fermement à la fois, comme s'il avait peur qu'elle ne s'envole.

— Je n'ai pas de frère. J'ai une petite sœur, Morgane, qui a 15 ans. Pas de frère.

Jeanne fronça les sourcils, regardant le ressac des vagues dans un trou de rocher, sans comprendre.

— Hier tu m'as bien dit que tu avais rompu avec Julie...

— Parce que j'ai découvert qu'elle m'avait trompé, pas parce que je suis devenu un Don juan !

— Tu avais un bob, et tu étais venu avec nous camper, et...

Elle s'interrompit en voyant Thomas hocher la tête de gauche à droite.

— Oh... Qui es-tu, alors ?

— Thomas Guillard. Je ne sais pas comment ton autre Thomas s'appelle, mais je ne suis pas celui-là.

Un ange passa à nouveau entre eux. Pendant ce moment, le jeune homme fixa à nouveau la main qu'il détenait avec appréhension. Il finit par se ressaisir et se tourna vers Jeanne.

— Voilà ce que je te propose : il y a un restaurant en haut du chemin, je t'invite. Ça te dit ? Après, je devrai retourner chez moi, on est dimanche, et ma mère a déjà très mal supporté que je les abandonne pour le traditionnel repas avec toute la famille...

Jeanne, un peu interloquée, accepta. Ils remontèrent le sentier et entrèrent dans une vaste salle de restaurant. Le serveur les installa devant une baie vitrée qui donnait sur la mer couleur émeraude à présent complètement assombrie par les nuages. Toutefois, Jeanne était trop en proie à ses réflexions pour y faire attention.

— Je reviens, je n'en aurai pas pour longtemps, s'excusa-t-elle.

Elle se faufila à l'extérieur et saisit son smartphone. Elle farfouilla dans sa liste de contacts et finit par trouver le numéro d'Arnaud. Elle pressa la touche verte et attendit.

— Allô ?

— Arnaud ? Bonjour, c'est Jeanne.

— Oh, salut, beauté ! Je pensais justement à toi.

— C'est gentil, répondit-elle avec un sourire forcé. Dis-moi, je voulais savoir, Benjamin et Thomas… Quel est leur nom de famille ?

— Faucheux. Pourquoi tu me parles encore d'eux ? Je…

Jeanne ne lui laissa pas le temps de répondre et s'excusa en disant qu'elle avait un double appel avant de raccrocher précipitamment.

Elle revint à table d'un pas vif, décidée à comprendre la situation.

— Tu n'es pas Thomas Faucheux, dit-elle comme une évidence.

— Non.

— Qui es-tu, alors ?

— Thomas Guillard.

Elle réfléchit un instant, contrariée. Elle revenait à la case départ quand, trois jours auparavant, elle l'avait rencontré sur la plage sans savoir qui il était.

— Tu connais Michelle ? Michelle Petit ?

— Oui, nous étions ensemble en japonais à la fac. Tu la connais, toi aussi ?

Elle balaya la question d'un geste impatient du poignet et mit la main sur celle de Thomas, posée sur la table.

— Comment savais-tu pour les fleurs ?

— Les fleurs ?

— Les marguerites que tu m'as fait livrer vendredi midi.

Thomas sourit d'un air d'excuse et avoua qu'il n'avait jamais envoyé de fleurs.

— Dis-moi… On se connaît, non ? Sur la plage, tu m'as bien appelée par mon prénom, je n'ai pas rêvé ?

Thomas balança la tête de gauche à droite en souriant. Il n'avait plus peur qu'elle s'en aille ; si elle l'avait voulu, elle se serait enfuie en découvrant le pot aux roses. Elle ne savait plus qui il était, et pourtant, elle était toujours là, lui tenant la main.

— Ça te fait rire de me voir me creuser les méninges, hein ? Depuis combien de temps sais-tu que je ne t'avais pas reconnu ?

— Depuis le début, en fait, avoua-t-il.

Le serveur arriva avec un plateau de fruits de mer. En temps normal, Jeanne n'aurait pas aimé que l'on commande à sa place, mais elle n'en dit pas un mot pour deux raisons. Tout d'abord, elle était trop occupée à chercher une trace de Thomas dans les moindres tiroirs oubliés et poussiéreux de sa mémoire. Ensuite, elle adorait les fruits de mer. Elle prit une tranche de pain et la tartina généreusement de beurre salé.

— C'est l'histoire de deux bonbons qui se font arrêter par les policiers, dit Thomas.

Il marqua un temps d'arrêt, attendant patiemment que Jeanne relève les yeux vers lui.

— Papiers, s'il vous plaît !

La jeune femme émit une sorte de grognement mêlé à un rire. Elle se sentait bien avec lui.

— Mange au lieu de dire des bêtises !

Une heure plus tard, une petite voiture rouge se gara au pied d'un immeuble moderne. Avant de sortir de la voiture, la jeune femme embrassa tendrement le jeune homme et lui murmura à l'oreille.

— Bon après-midi, Thomas Guillard…

Elle monta ensuite l'escalier en sautillant, les yeux rêveurs et les neurones en action. Elle allait trouver d'où elle le connaissait, et surtout, essayer de comprendre comment un homme aussi charmant avait pu passer inaperçu dans sa vie au point de n'en avoir aucun souvenir.

Tout l'après-midi, elle éplucha scrupuleusement le profil Internet de Thomas, fit une liste de tous les endroits qu'elle avait fréquentés depuis son enfance, du stage de karaté de deux semaines pendant les vacances de Pâques à 8 ans, au moindre job étudiant, et bien sûr, tous les établissements scolaires qu'elle avait fréquentés. Elle sollicita le moindre souvenir, plissa les yeux sur toutes les anciennes photos de groupes qu'elle put collecter sur le Web… En fin de journée, elle n'avait toujours aucune piste valable.

Elle s'apprêtait à se mettre à table quand on toqua à la porte. Elle jeta un coup d'œil à son reflet dans le miroir et se peigna rapidement les cheveux de ses doigts. Comment avait-il deviné dans quel appartement elle vivait ? Elle ouvrit la porte en grand, ravie de pouvoir lui exposer toutes ses théories farfelues.

Mais ce n'était pas lui. À sa place, sa sœur, radieuse, bien que visiblement épuisée, lui tomba dans les bras.

— J'ai déposé Lucas chez son père. Il était complètement exténué, le pauvre ! Tu m'offres un verre ?

Jeanne garda le sourire, malgré sa déception. Elle l'invita à s'installer sur le balcon tandis qu'elle allait chercher les verres. Quand elle la rejoignit, Aurélie désigna le bouquet de marguerites qui trônait sur la table :

— Elles te plaisent ? Je suis contente, ils ont fait un beau bouquet…

— Elles viennent de toi ?

Aurélie s'étonna.

— Bien sûr ! Je voulais te remercier d'avoir gardé Lucas pendant mon entretien. Tu sais, c'est aussi grâce à toi si j'ai obtenu ce travail. Tu n'as pas eu mon mot ?

— Non, il n'y avait rien dans le bouquet… J'ai cru qu'elles venaient de Thomas.

— Et comment aurait-il pu savoir que tu adores les marguerites, petite sœur ? se moqua Aurélie en tapotant la joue de Jeanne.

— Justement, je trouvais ça bizarre…

— Alors ? Vous vous êtes revus ? Tu me racontes ?

Elles passèrent une excellente soirée. Jeanne se sentait à nouveau entière quand sa sœur était dans les parages, sans elle, ce n'était plus pareil. Aurélie raconta son week-end à Disneyland et le ravissement de Lucas devant les parades. Jeanne décrivit son week-end avec précision et sa sœur lui donna sa bénédiction pour cette relation qui lui semblait fort prometteuse. Malheureusement, Aurélie dut partir tôt car elle entamait son nouveau job le lendemain, mais elles se reverraient bientôt autour d'un verre, sur cette même terrasse.

Jeanne se coucha apaisée. Même si le mystère restait entier, elle était obstinée, et elle savait qu'elle finirait par trouver.

— Il fait chaud… Lucas ? Reviens par ici, s'il te plaît !

Jeanne gronda son neveu. Il venait d'arriver en courant en arrosant la serviette de Thomas de sable.

— Ce n'est pas grave. Va te baigner, je vais m'occuper de lui.

— Merci, mon cœur.

Elle embrassa son fiancé et partit s'enfoncer dans l'eau fraîche.

Lucas regardait Thomas le tartiner de crème solaire. Il fronça les sourcils.

— Comment on fait pour avoir une amoureuse, tonton Thomas ?

— Ce n'est pas facile, mais je vais te donner un conseil. En plus d'être très gentil avec une fille, tu peux aussi la faire rire. Maintenant que tu sais bien lire, je pourrais t'offrir mon livre de blagues, je les connais toutes par cœur, maintenant. Ça pourrait t'aider. Tu le veux ?

Le petit garçon acquiesça avec joie.

— Tata dit que tu la connaissais avant sauf qu'elle ne se souvient plus de toi, c'est vrai ?

Thomas resta silencieux quelques secondes avant de répondre :

— Tu saurais garder un secret ?

— Oui !

Thomas prit sur le sac de plage de sa fiancée le livre qu'elle y avait posé et l'ouvrit. À l'intérieur de la couverture, on pouvait lire à l'encre bleue « Jeanne Beaulieu ».

— Tu vois ? À l'intérieur de chacun de ses livres, elle écrit son nom. L'année dernière quand je l'ai vue sur la plage, je l'ai trouvée très jolie, alors quand elle est partie jouer avec toi dans les rochers, j'ai emprunté son livre pour pouvoir en discuter avec elle. C'est là que j'ai vu son nom… Ensuite, j'ai fait comme si je la connaissais. En vrai, nous ne nous étions jamais rencontrés auparavant.

— Ce n'est pas beau de mentir.

— Oui, tu as raison, mais je n'ai pas vraiment menti. J'ai plutôt… bluffé. Tu garderas le secret ?

Lucas regarda droit dans les yeux son nouveau tonton préféré et promit qu'il ne dirait rien. À ce moment-là, la plus magnifique jeune femme du monde aux yeux de Thomas vint s'allonger sur sa serviette, invoquant le soleil pour qu'il la sèche. Les yeux fermés, ses doigts tâtonnèrent pour trouver ceux de l'homme qu'elle aimait.

— À la boulangerie « Mimi » ?

— Non, répondit Thomas en souriant.

De temps en temps, un nouveau lieu venait à l'esprit de Jeanne et elle tentait de trouver où elle avait bien pu rencontrer Thomas dans le passé. Elle lui énumérait donc tous les endroits qu'elle avait fréquentés depuis son enfance. Elle l'avait même réveillé plusieurs fois au milieu de la nuit pour lui faire part d'une de ses nouvelles idées. Mais chaque fois elle faisait chou blanc. Devant son insistance, Thomas lui avait proposé de lui donner la solution seulement une semaine après le jour où ils s'étaient embrassés pour la première fois. Ce qu'elle avait refusé, voulant trouver par elle-même. C'était devenu un jeu qu'ils partageaient.

— Je trouverai un jour, tu sais ?

— Je sais. Tu es têtue, mon amour...

Colombine Rosier

La mission de Noël

— Mademoiselle Houblon, un coursier a livré un paquet pour vous !

Mme Rosa, la gardienne de l'immeuble, s'égosillait derrière la porte de Blandine Houblon, sans même penser à sonner.

— Une seconde, madame Rosa, je vous ouvre.

Blandine offrit à la concierge un visage encore chiffonné de sommeil.

— C'est pour le travail ? demanda, curieuse, la concierge.

— Comme d'habitude, madame Rosa. Il faut bien gagner sa vie. Merci, à plus tard.

Blandine ferma la porte au nez de la curieuse, coupant court à toute discussion. Inutile de s'appesantir sur le sujet. Depuis que la jeune femme avait prétendu exercer la profession de « mannequin pieds », elle limitait les échanges avec la gardienne de peur d'être démasquée. Car en réalité, le métier de Blandine était d'une tout autre nature. Elle préférait laisser les gens dans l'ignorance. Pourtant, son activité n'était ni illégale, ni immorale. Disons qu'elle pouvait prêter à confusion ou tout simplement prêter à parler, voire même à commérer. Blandine ouvrit en hâte le colis envoyé par sa patronne, Noëlle Blanchard, surnommée la Mère Noëlle. Des sandales de luxe vernies, rouges, à talons, pointure trente-neuf. Des sandales destinées à des cours de danse, qui finiraient sur une piste de bal. Blandine était employée comme cavalière de bal chez *Les lutins de la Mère Noëlle*, une entreprise de services à la personne. Les employés étaient recrutés sur recommandation et sur cooptation. Chaque *lutin* était embauché pour ses compétences exceptionnelles dans un domaine particulier tel que la danse, la cuisine, le tricot, le dessin, les langues, mortes ou vivantes, le sport, le soin à apporter aux tortues, aux iguanes ou aux plantes carnivores… Bref, l'éventail des prestations était large. Étaient ciblés des particuliers désirant se former en toute discrétion avec des professionnels triés sur le volet. Les interventions avaient un prix et la société était confidentielle, tant par le nombre réduit de ses employés que par son mode de diffusion. Les clients venaient à la Mère Noëlle par le chemin du bouche-à-oreille. Blandine y travaillait depuis sept ans et gagnait très bien sa vie.

Ce jour-là, elle s'apprêtait à remplir une nouvelle mission et s'en réjouissait. Elle essaya les sandales, esquissa quelques pas chassés puis revint vers la boîte, farfouilla avec délices dans le papier de soie afin de trouver le billet sur lequel figuraient les coordonnées du client ainsi que le déroulement des opérations. Elle déplia le message et prit connaissance de sa mission avec attention.

Mission urgente chez Monsieur Léopold Sergent :
Adresse : 15, rue Vauquelin, 75005
5e étage, porte gauche
Code de l'entrée 29B516
5 séances d'une heure et demie, pour apprendre les rudiments de la valse et du rock acrobatique. Le client ne pratique aucune danse.

Commencement de la mission : le 14 décembre à 18h au domicile du client.

Les autres cours auront lieu les 15, 16, 17 et 18 décembre dans les mêmes conditions.

À l'issue des cours, tu accompagneras Monsieur Sergent au bal des souliers rouges qui aura lieu le 20 décembre à 19h dans les locaux de son ancien lycée.

Bon pour mission.

La Mère Noëlle

Nom d'une guirlande ! Léopold Sergent, son ex, faisait appel aux *lutins* pour apprendre à danser ! Blandine avait quitté le jeune homme de manière quelque peu discourtoise. Un simple texto, destiné à annoncer la rupture au terme d'une histoire longue d'une année. Le procédé n'était guère glorieux, elle en était bien consciente. Elle s'était montrée lâche, Léopold ne méritait pas cela. Certes, Léopold respirait la convention, le classicisme, mais il recelait par ailleurs des trésors de gentillesse et de patience. S'il avait été moins pétri de préjugés, Blandine aurait peut-être osé lui avouer sa véritable profession. Lui aussi avait eu droit à la version du « mannequin pieds ». À l'époque, elle avait craint que Léopold ne se méprenne sur son activité. Elle avait eu peur qu'il la considère comme une sorte d'escort girl. En tout cas, il était hors de question qu'elle se rende chez lui. Oui mais se dérober à la dernière minute ne serait pas du goût de la Mère Noëlle. Qui plus est, Blandine était probablement la seule danseuse disponible actuellement. Alors, l'unique solution se trouvait derrière la porte de l'appartement qui faisait face au sien. En la personne de Marion Cocher, 33 ans, célibataire endurcie, amie et confidente de Blandine. Bien sûr, convaincre Marion d'effectuer un remplacement au pied levé ne serait pas une mince affaire, d'autant que celle-ci était loin d'être une sportive accomplie. Elle était même l'antithèse de Blandine. L'une était farfelue, libre, bien dans sa peau, tandis que l'autre était classique, coincée dans des principes d'un autre âge et complexée par quelques rondeurs héritées de son amour immodéré pour la pâtisserie. Même si Marion n'était pas la personne idéale pour le job de professeure de danse, Blandine ne voyait qu'elle pour la remplacer. Sa voisine avait d'ailleurs tout intérêt à accepter. Elle était au chômage depuis un certain temps. Bientôt, elle serait en fin de droits. Et quand cela arriverait, les quelques gardes d'enfant qu'elle effectuait par-ci, par-là, ne suffiraient pas à payer les factures. Un petit apport financier imprévu tomberait à point, surtout en cette période de fêtes. Et puis, un ou deux pas valsés assoupliraient son amie, au propre comme au figuré. Convaincue par son argumentaire, Blandine actionna avec entrain la sonnette de sa voisine. Marion ouvrit, un fer à lisser à la main.

— Tu changes de look ? demanda Blandine.

— Oui, mes cheveux sont horribles, de toute manière.

— Tu devrais peut-être en profiter pour changer de jupe ? se hasarda Blandine, un brin moqueuse.

— Il ne te plaît pas, mon kilt ? Dommage, j'en ai acheté un lot lors de ma virée chez Emmaüs. Je sais, ce n'est pas très fashion, mais moi, j'aime me démarquer.

— Je vois ça, approuva perfidement Blandine. Allez, trêve de papotages. Ce n'est pas pour cette raison que je te dérange. Tu dois ab-so-lu-ment m'aider. C'est une question de vie ou de mort.

— À ce point ? ironisa Marion.

— Oui, si je ne mène pas à bien la mission que la Mère Noëlle m'a attribuée, je risque le renvoi ou tout au moins, un blâme.

— Ah bon ? On blâme dans ton boulot ?

— Qu'est-ce que tu crois ?

— Pourquoi ne peux-tu pas la mener à bien ?

— Parce que le client est un de mes ex.

— Lequel ?

— Tu ne le connais pas. Je n'habitais pas l'immeuble à l'époque. Nous n'étions pas encore amies. Il s'agit de Léopold Sergent. Nous avons rompu il y a cinq ans. Plutôt, *je* l'ai quitté, de manière très incorrecte. J'ai honte, je me sens incapable de le revoir.

— Je comprends. Ne peux-tu pas prétendre que tu es malade ? La Mère Noëlle peut sûrement organiser ton remplacement ?

— Que nenni, nous sommes actuellement en sous-effectif. Tu es la seule à connaître la nature de mon activité. Tu ne peux pas me lâcher.

— Travailler pour ton organisation secrète ne me tente toujours pas.

— Je le sais. Tu as résisté à toutes mes offres d'emploi, même les plus alléchantes. Pourtant, une pâtissière aussi douée que toi apporterait un vrai plus à la boîte. Mais aujourd'hui, il ne s'agit pas de cela. Je suis dans la panade et je compte sur toi, ma douce amie.

— Bon, je te laisse une chance de m'expliquer la mission.

— Elle se découpe en cinq séances d'une heure et demie, au domicile de Léopold. Tu es chargée de lui apprendre la valse et le rock acrobatique.

— Quoi ? Tu veux me couvrir de ridicule ? Je danse comme une quiche !

— Ce n'est pas grave. Lui ne danse pas du tout. Il n'y verra que du feu. Il faudra juste que tu portes une paire de sandales rouges à talons. Nous faisons sensiblement la même pointure.

— Génial ! Habituellement, je ne porte que des baskets. Sur des talons, je vais ressembler à un faon faisant ses premiers pas. Le port des sandales à talons est vraiment indispensable ?

— Il l'est. Au terme des cinq séances, tu accompagneras Léopold au bal des anciens élèves de son lycée.

Le dress code est strict : sandales rouges à talons pour les femmes et chaussures vertes pour les hommes.

— Drôle de convention que celle-là !

— Les préparatifs de Noël battent leur plein. J'imagine que les couleurs choisies font écho à la fête.

— Sûrement. Et je commence quand ?

— La première séance a lieu ce soir.

— Comment ? Je ne serai jamais prête !

— Mais si. Fais-toi confiance, bombe le torse. Au pire, tu peux garder ton kilt si cela te rassure. N'oublie pas de te présenter sous mon nom professionnel, Daphné. Pour toute la durée de la mission, tu es moi. Si ma patronne apprend que tu me remplaces, elle me tue.

— Tu es certaine qu'elle mérite le surnom de Mère Noëlle ?

Cette remarque les fit rire toutes les deux. Marion consentit à se faire passer pour Blandine qui, après toutes les explications nécessaires s'en retourna chez elle, rassérénée.

Marion essaya les sandales, mais ses pieds se révélèrent plus dodus que ceux de son amie. Les lanières, rigides, occasionnaient des douleurs au moindre mouvement. Dans l'espoir d'atténuer le mal, Marion décida de conserver ses collants de laine, même durant le cours. Elle jeta un coup d'œil sur son dressing. Il était famélique et désuet. Elle pouvait aussi bien conserver son kilt. À 17 heures, elle commença à stresser. Après tout, elle se rendait chez un inconnu. Sait-on jamais, des idées étranges pourraient venir à l'esprit de ce garçon. Marion ne possédait pas de bombe lacrymogène. Elle réfléchit. Simon, un petit garçon qu'elle gardait à l'occasion, avait oublié son pistolet à eau. Elle le prit, le remplit de rhum et le glissa dans sa besace. En cas de geste déplacé, elle serait parée. Un jet dans les yeux découragerait l'agresseur. Et dans le cas où Léopold se comporterait en parfait gentleman, elle pourrait toujours boire le rhum pour se requinquer en cas de besoin. Marion se munit du bon de mission, chaussa ses vieilles baskets jaune moutarde, emporta les sandales dans un sac à dos et partit. Elle arriva près de l'immeuble de Léopold avec une demi-heure d'avance. Elle se rendit dans un bistro tout proche, commanda un expresso et changea de chaussures. Mieux valait s'entraîner à marcher avec des talons sur quelques mètres, même si le mariage des collants et des sandales paraissait incongru. Marion choisit de faire abstraction de l'entourage. Elle se leva et avança le plus dignement possible, provoquant de nombreux sourires en coin. Elle décida que les regards attachés à ses pieds ne la déstabiliseraient pas davantage que ces maudits talons. Lorsqu'elle atteignit le palier de Léopold, elle ouvrit son sac, sortit le revolver en plastique vert moulé, plaça ses lèvres autour du canon et appuya sur la détente.

À cet instant, l'occupante de l'appartement d'en face, une dame âgée prénommée Agatha, ouvrit sa porte. Le spectacle d'une jeune femme mal fagotée, sur le point de se suicider au revolver factice lui fit rebrousser chemin. Décidément, le monde devenait de plus en plus fou. Était-ce une terroriste ? Une dingue échappée de l'asile ? Une artiste en train de réaliser une de ces performances auxquelles personne ne comprenait rien ? La vieille dame, postée derrière son judas, évalua la situation. La personne remit son arme dans son sac avant de sonner chez M. Sergent. Elle le salua, se présenta comme étant Daphné, puis lui tendit un papier. Il était, semblait-il, question de mission, mais la dame n'aurait pu jurer de rien. Le papier sembla satisfaire le voisin puisqu'il laissa entrer l'étrange créature. Ce M. Sergent était moins ennuyeux qu'il n'y paraissait, finalement. Agatha rit sous cape et reporta sa promenade. Elle préféra téléphoner à son amie Gerda pour lui conter cette aventure.

De son côté, Léopold détailla Marion de la tête aux pieds. Qui ne s'en formalisa pas le moins du monde. Elle ôta tranquillement sa doudoune, son bonnet à pompon et ses gants épais. Le tout était dans différents tons de jaune : citron, moutarde, soleil.

— Cessez de me fixer avec une telle insistance ! Vous pensez si fort que je peux vous entendre. Vous vous dîtes probablement que je suis bizarre. Une personne de mon âge, toute de jaune vêtue, en kilt de surcroît, est sans aucun doute un peu dérangée ? Eh bien non, mon cher monsieur. Je suis Daphné, artiste danseuse. En ce moment, je m'inspire d'un tableau de Bonnard, *Le Golfe de Saint-Tropez au couchant,* peint en 1927, et dans lequel le jaune domine. La monochromie m'aide à me recentrer et à nourrir ma pratique de la danse.

— Je saisis l'intention, mais pourquoi ne pas avoir opté pour un look totalement rouge, puisque les sandales sont vermillon ?

— Ne cherchez pas à comprendre mon âme d'artiste. Contentez-vous de profiter de ma pratique. Il est indiqué sur mon bon de mission que vous débutez. J'ai donc adapté ma pédagogie à votre niveau. Pour ne pas vous décourager, je ferai mine d'être novice. Nous agirons comme si nous découvrions ensemble la danse. Aujourd'hui, je vais voir comment votre corps bouge. Je vais évaluer votre souplesse, votre résistance, votre sens de la poésie.

Elle demanda à Léopold de mettre la *Valse de l'Empereur* de Strauss, l'attrapa par la taille et entama des mouvements chaotiques au milieu du salon.

— Aïe ! Pouvez-vous arrêter de me détruire les pieds et les tibias ! hurla Léopold. Pourquoi vous accrochez-vous à mon cou comme à une bouée de sauvetage ?

— Détendez-vous, abandonnez-vous à la danse.

— Ouille ! J'ai surtout envie d'abandonner tout court. Vous n'êtes pas plus danseuse que je ne suis éleveur d'autruches. J'ai bien envie d'appeler la Mère Noëlle pour lui faire part de ma déception.

— Ne faites pas cela, je vous en prie ! J'avoue, je ne suis pas Daphné. Je la remplace, elle est grippée. La Mère Noëlle n'est au courant de rien. Elle croit que Daphné remplit sa mission. Je ne travaille pas pour cette société. Je ne travaille pas du tout, en fait. Il n'y avait aucune danseuse du niveau de Daphné disponible en cette période de fêtes. Alors j'ai accepté de remplir la mission clandestinement. La Mère Noëlle aurait été furieuse d'apprendre le désistement de sa danseuse fétiche. Elle lui aurait sûrement collé un blâme.

— Ah bon ? Il y a des blâmes dans cette profession ?

— Ne vous montrez pas aussi méprisant. Bien entendu qu'il y a des blâmes. Vous allez tout raconter à la Mère Noëlle ?

— Je ne sais pas.

À ces mots, Marion s'écroula sur le canapé brun. Léopold eut soudain la vision d'un poussin en sucre posé sur une barre chocolatée. Cette fille godiche paraissait si vulnérable. Des larmes coulaient sur ses joues rondes et parsemées de taches de son. Si l'on mettait de côté le kilt, elle était plutôt jolie. Son charme était, disons, inénarrable, et à cet instant précis, assez bruyant. Marion pleurait à gros sanglots. Léopold tendit à la jeune femme, dont le nez rougissait, un mouchoir en papier. Elle essuya ses larmes et sortit de son sac le pistolet en plastique vert. Elle mit le canon du jouet dans sa bouche sous le regard médusé de Léopold.

— N'imaginez pas m'attendrir avec une tentative de suicide au pistolet à eau !

— Je n'en avais pas l'intention. J'avais juste besoin d'une rasade de rhum. Laissez tomber, vous ne comprendriez pas.

— Ce que je comprends, c'est que vous êtes très perturbée, peut-être même un peu givrée. Mais comme nous sommes en période de Noël, je ne vous dénoncerai pas. Je vous propose de prendre un doigt de porto et de réfléchir à la manière dont vous allez m'apprendre à danser. Dites, sans vous offenser, vous sentez-vous capable de m'enseigner des pas de danse ?

— Pour être honnête, pas vraiment. Mon violon d'Ingres, c'est plutôt la pâtisserie.

— En tout cas, en ce qui vous concerne, la danse, ce n'est pas du gâteau.

— Vous avez raison. C'est pourquoi je vous propose que nous apprenions ensemble à valser à l'aide de tutoriels. Nous éviterons le rock acrobatique, trop sportif pour moi.

— Cela va poser problème. J'ai parié avec un ami de lycée que je serais capable d'effectuer un rock endiablé durant le bal des anciens élèves. Je ne tiens pas à passer pour un menteur.

— Bon, je vous ai mis dans l'embarras, je dois trouver une solution. Un de mes amis d'enfance est médecin. Il peut, si je le lui demande, vous plâtrer le bras. Ainsi, vous serez dispensé de figures acrobatiques. Votre honneur sera sauf et le pari n'aura plus lieu d'être.

— Excellente idée ! J'accepte vos propositions, à deux conditions. Premièrement, dans le but, louable, de préserver l'intégrité de mes pieds, je vous interdis de porter vos sandales durant les leçons. Deuxièmement, vous vous engagez à m'apporter des pâtisseries, que vous ferez vous-même, tant que dureront nos rencontres.

— C'est entendu ! Je vous dois bien ça. Trinquons à la réussite de notre plan.

Marion et Léopold passèrent encore un peu de temps à chercher des tutoriels sur la toile. La préparation de la soirée, l'idée du plâtre, tout les amusait désormais, comme des enfants qui ourdissent la trame d'une bonne blague. Ils se quittèrent complices et heureux à l'idée de se retrouver le lendemain. Ils se firent la bise.

La vieille dame, l'oreille aux aguets, entendit la porte de Léopold s'ouvrir et revint précipitamment se poster derrière son judas. La bizarre écervelée avait les joues écarlates. Elle ne portait plus ces sandales ridicules. Le voisin lui mettait la main sur l'épaule. Le doute n'était plus permis, une certaine familiarité s'était instaurée entre les jeunes gens. Décidément, aujourd'hui, le palier surpassait *Les Feux de l'amour*. Pour une fois, il se passait des choses sur le paillasson d'en face. Et elle avait dans l'idée que ce n'était que le début. Puis, la visiteuse disparut du champ de vision d'Agatha. La vieille dame se hâta de téléphoner à son amie Gerda.

Marion repartit soulagée et heureuse. Léopold gagnait à être connu. Non seulement il avait fait preuve d'humanité en couvrant la supercherie, mais il s'était montré drôle et plutôt ouvert d'esprit. Il ne correspondait pas au portrait qu'en avait dressé Blandine. Marion se félicita d'avoir accepté la mission. Elle ne s'était pas amusée autant depuis des années. Il lui tardait d'être au lendemain. Elle se lèverait tôt pour pâtisser, ferait peut-être un effort sur le plan vestimentaire. Il était possible que Léopold lui plaise un peu. Cependant, elle ne devait pas se faire d'illusions. Il avait vécu une histoire avec Blandine, une vraie bombe, une beauté absolue, la Daphné de la série *Scooby-doo Mystères Associés*. À côté d'elle, Marion se sentait minable. Si elle devait incarner un personnage du dessin animé, elle serait Véra. Petite, ronde, mal attifée. Depuis toujours, Marion appartenait à la catégorie des bonnes copines, de celles qui font rire et qui excellent dans l'art de se rendre ridicules. Dans ces conditions, Léopold, le sosie de Fred dans *Scooby-doo*, serait toujours beaucoup trop beau pour elle. Elle soupira. Elle se contenterait du bonheur apporté par la mission, et cela, même si ses pieds devaient finir en bouillie sous l'effet de la valse. Toute à ses pensées, Marion ne vit pas le temps du trajet de retour passer. Tandis qu'elle s'apprêtait à rentrer chez elle, Blandine surgit à ses côtés.

— Alors, Daphné bis, raconte à ta vieille copine tes péripéties.

— Je n'ai rien à raconter, hormis que Léopold est un homme merveilleux, gentil, mignon. Je ne comprends pas pourquoi tu l'as laissé tomber. Il a deviné que j'étais une usurpatrice et malgré tout, il a accepté que je revienne demain et les autres jours. Il a vraiment du cœur.

— Et qui sait, un cœur qui bat pour toi ? En tout cas, il semble te faire beaucoup d'effet.

— Bon, j'avoue qu'il est craquant. Mais il est bien trop séduisant pour moi.

— Je crois surtout que tu te déprécies. Demain après-midi, je viendrai chez toi pour une séance de mise en beauté.

— Je ne refuse pas. Une question : cela ne te gêne pas que je sois sensible au charme de ton ex ?

— Au contraire ! T'aider est une jolie façon de me racheter. Je me suis vraiment mal comportée avec Léopold. Et puis, vous formeriez un couple formidablement assorti. Bon, je te laisse rêvasser. À demain !

Marion peina à trouver le sommeil. Tant d'événements s'étaient produits en quelques heures. Et si, d'aventure, elle tentait de détourner ses pensées du merveilleux après-midi qu'elle avait passé, ses pieds endoloris se chargeaient de la maintenir dans l'émotion de la journée écoulée. Elle s'endormit brutalement pour se réveiller vers midi, un sourire béat aux lèvres. Voilà qu'elle affichait les premiers symptômes idiots de l'amour, alors qu'elle avait passé des années à ériger autour d'elle un mur anti-sentiments. Les vêtements stricts, l'absence de maquillage, les complexes, avaient été des matériaux d'édification efficaces. Et Léopold était parvenu à fissurer son œuvre en un rien de temps. Marion soupira. Tout cela n'était pas grave, puisque Léopold, lui, ne ressentait rien d'autre que de la sympathie ou de la pitié. Elle avala un café, puis se lança dans la confection de sablés en forme de chaussures. Elle achevait de les enduire d'un glaçage rouge quand Blandine arriva, une mallette de maquillage sous le bras.

— Mmmm ! Ça sent rudement bon ! Je te vole deux sablés pour compenser le fait que tu portes mes belles sandales rouges.

— Tu ne manques pas de culot ! Ne t'avise pas d'en prendre un autre. Ils sont promis à Léopold.

— Ma parole, tu rosis ! Tu es trop mignonne. Puisque tes biscuits sont cuits, je te propose de nous lancer dans la séance maquillage. Pour les fringues, je ne peux rien pour toi, malheureusement. Je t'aurais bien prêté une jupe un peu plus sexy que ton vieux kilt mais je n'ai rien à ta taille dans ma garde-robe, sans vouloir t'offenser, bien sûr. En général, le client fournit les chaussures de son choix, et la société prête la robe. J'irai te choisir une tenue de bal dès que possible. Quelle taille fais-tu ?

— Du quarante-sup.

— Plaît-il, jeune fille ? Je ne connais pas de quarante-sup.

— Eh bien, c'est plus que quarante et moins que cinquante.

— Ah bon, d'accord. Je vais voir ce que je peux trouver. En attendant, poulette, allons te faire une beauté dans la salle de bains.

Quand Blandine eut terminé, Marion se reconnut à peine. Le maquillage, discret, faisait ressortir le bleu lavande de ses yeux. Un rouge à lèvres foncé soulignait la teinte auburn de ses cheveux.

— Tu te plais ? Je te trouve magnifique. Comme tu vas manger le rouge à lèvres rapidement, je te laisse le tube.

— Merci, tu es une fée.

— Un lutin plutôt, mais on ne va pas chipoter. Il reste la coiffure à arranger. Je te propose de dégager un peu ton visage qui gagne à être pleinement visible. J'ai apporté une ou deux barrettes.

Quelques fous rires plus tard, Marion était fin prête. Blandine avait attaché les cheveux de son amie, en prenant soin de laisser s'échapper quelques mèches. Marion était métamorphosée. Plus sensuelle, plus rayonnante. Bien sûr, dans ce contexte, un kilt risquait de déparer, cependant, Léopold ayant déjà vu Marion en porter, il ne serait pas surpris. Blandine chaparda un autre biscuit et laissa Marion pantoise devant son dressing toujours aussi minimaliste. Et si le kilt jaune laissait place au kilt bleu ? Changer de couleur amènerait un élément de surprise. C'est ainsi que Marion partit toute de bleu vêtue. Doudoune, bonnet, gants collants de laine, pull, baskets... Aucun élément de la tenue n'échappait à la volonté affichée de Marion d'explorer les différentes nuances de cette couleur. Outremer, azur, marine, ardoise... Marion sourit. Léopold serait surpris. Hier jaune, aujourd'hui bleue. Elle arriva pile à l'heure devant la porte de Léopold et sonna avec vigueur.

Agatha, la vieille dame de l'appartement d'en face, reprit son poste devant l'œilleton. Elle se réjouissait du retour de la jeune femme excentrique. Elle ne la voyait malheureusement que de dos. Mais tout ce bleu était fort amusant. Elle devait acheter ses vêtements en gros. M. Sergent semblait heureux de la revoir. Il lui fit deux bises. Les débuts étaient prometteurs. Elle raconterait tout à Gerda.

Marion confia les biscuits à Léopold et se mit à l'aise. Elle ôta son bonnet sans précaution particulière. Son chignon s'effondra comme une glace fondue. Le rendu fit sourire Léopold et s'empourprer Marion.

— Daphné, vous êtes maquillée ? Vous êtes ravissante. Vos yeux sont si bleus, comme tout le reste d'ailleurs.

— C'est ça, moquez-vous. Je n'y peux rien si j'aime aller au bout d'une couleur.

— On s'y noierait. En l'honneur de votre talent de coloriste, j'ai choisi la *Valse brune* pour notre entraînement. Allons danser.

Au bout de quarante-cinq minutes d'exercices, Marion et Léopold déclarèrent forfait. Le bilan était lourd : des pieds en compote et les zygomatiques douloureux à force de rire de leur maladresse. L'heure était venue de faire honneur aux sablés. Léopold prépara du thé et invita Marion à s'asseoir sur le canapé.

— Je suis content de cesser de gigoter, même si vous tenir dans mes bras est un vrai plaisir. Vous êtes incroyable, vous savez. Ravissante, même en kilt, excellente pâtissière, merveilleuse écraseuse de pieds. Vous avez d'autres qualités cachées ?

— Mangez au lieu de dire des bêtises et appelez-moi Marion.

La jeune femme n'en croyait pas ses oreilles. Elle, ravissante ? Léopold avait bu, ou pris une drogue hallucinogène ? À moins que la danse n'ait agi comme une transe ? Marion se sentait trop laide, trop « tout », pour mériter un tel compliment, surtout émanant de la bouche d'un garçon aussi séduisant. Une belle stature, des épaules carrées, un sourire éclatant, des dents bien alignées, de grands yeux noisette pailletés de vert, des fossettes accroche-cœur : pas étonnant que Blandine et lui soient tombés amoureux. Léopold avait ce que Marion appelait la formule complète, à savoir l'heureux mariage de la beauté et de l'intelligence. Discuter avec lui était un véritable plaisir. Les points communs ne cessaient d'émerger au fil de la conversation. Ils appréciaient les mêmes auteurs, les mêmes peintres, écoutaient le même style de musique. Ce n'était pas qu'une question d'âge, c'était plus que cela. Peut-être la magie de Noël ? pensa Marion. Celle qui saupoudre les choses de milliers de paillettes pour les rendre plus belles durant les fêtes. Pour le moment, il s'agissait plutôt de prendre la poudre d'escampette. L'heure de la fin du cours avait sonné depuis longtemps. Marion se leva, un peu à regret. Demain, ils se reverraient, demain elle apporterait de nouvelles pâtisseries, des étoiles à suspendre dans le sapin. Encore faudrait-il qu'il y en ait un. Demain était plein de promesses. Marion remit ses baskets, sa doudoune, prit son bonnet à pompon. Agatha, l'oreille toujours aux aguets, entendit le bruit d'une porte qui s'ouvrait. Elle regagna aussi vite que ses vieilles jambes le lui permettaient son poste d'observation. L'œil collé au judas, elle vit son voisin donner à Daphné un baiser sur la bouche. Puis la porte se refermer. La jeune femme demeura un court instant hébétée sur le paillasson. Elle avait un chignon tout fondu. Décidément, les critères de beauté avaient bien changé depuis la jeunesse d'Agatha. Qu'importe, une histoire d'amour naissait et elle en était le témoin direct. Gerda n'allait pas en revenir. Elle la jalouserait peut-être ? Agatha se dit qu'elle aimerait bien susciter un peu d'envie. Après tout, les petites mesquineries faisaient partie de la vie, tout comme l'amour, le mensonge et les jeunes filles ébouriffées. Quelle belle soirée en perspective !

C'est exactement ce que pensait Léopold. Cette fille lui administrait la dose de bonheur dont il avait besoin en ce moment. Son travail de gestionnaire de patrimoine ne le satisfaisait plus vraiment. Pourtant, il rechignait à rentrer chez lui, redoutant la solitude. Bien sûr, il avait des amis. Ceux-ci étaient presque tous en couple et ne songeaient qu'à une chose : le caser. Ils estimaient qu'à son âge, 35 ans, il était grand temps. Léopold avait fini par refuser les propositions à dîner. Il craignait chaque fois de devoir faire la conversation à une inconnue, une personne comme par hasard célibataire et placée à sa droite. Il ne rencontrait aucune difficulté à aborder des femmes. Mais depuis son histoire avec Blandine, il ne parvenait plus à éprouver de réel intérêt pour qui que ce soit. Enfin, c'était vrai jusqu'à l'arrivée de Marion. Au départ, Léopold avait été plutôt furieux. Elle s'était fait passer pour Daphné ! Il avait payé une prestation pour rien, la fausse Daphné ne maîtrisant pas l'art de danser. Qui plus est son allure était étrange. Une créature toute jaune avait fait irruption dans son existence morne. Jaune comme le soleil. Et aujourd'hui bleue comme le bleu de ses yeux. Léopold avait hâte de revoir son *écrabouilleuse de pieds*, sa *casse-pieds* tellement singulière, tellement attachante. Il se demandait s'il n'était pas en train de tomber un peu amoureux. Demain, il irait acheter un sapin. Il le décorerait avec Marion, si elle en avait envie.

Dehors, la neige commençait à tomber. Marion prit le métro. Elle souriait toute seule, son bonnet à la main. Il fallut qu'une dame jette une pièce dans son couvre-chef pour qu'elle se rende compte qu'elle affichait un air étrange. Elle empocha la pièce, mit son bonnet sur la tête, rangea son sourire insolite et rentra chez elle, l'âme en fête. Blandine ne tarda pas à sonner. Son premier regard se porta sur le chignon fondu, son second sur la mine radieuse de son amie.

— À voir ta tête, inutile de te demander comment s'est déroulé le cours ? A-t-il seulement eu lieu ? Avoue, tu es complètement dingue de Léopold et c'est réciproque.

— Tu vas un peu vite en besogne. D'accord, on s'est embrassés. Je ne t'en dirai pas plus. J'y crois à peine moi-même.

— Je t'ai répété cent fois que tu devais te faire confiance. Tu es une fille coincée et formidable, Léopold est coincé et formidable. Je me souviens d'une formule de maths. Si l'on multiplie un nombre négatif par un autre nombre négatif, le résultat est positif. C'est tout Léopold et toi, ça. Vous deux, c'est (-a) x (-b) = (+ab), ou un truc comme ça.

— Génial ! Je suis a ou b ? Certainement le b. Alors (- amour) x (- bête) = amour bête. Bof ! Je ne donne pas cher de notre histoire. Et toi, tu n'étais pas un nombre négatif ?

— Ben non justement ! Moi, j'étais positive. Le résultat était négatif. Léopold et moi étions incompatibles.

— Tu me rassures. Tu veux bien revenir demain pour me maquiller ?

— Si tu me paies en gâteaux, j'accepte.

— Avec Léopold, vous avez au moins l'art du chantage aux gâteaux en commun. C'est d'accord.

Marion se coucha plus tôt que prévu. Elle avait tenté de regarder un film, mais le visage de Léopold prenait d'assaut l'écran. Elle s'était repliée sur la lecture d'un roman quand, au fil des pages, tous les personnages masculins prenaient invariablement les traits de Léopold, qu'ils soient jeunes ou chenus, musclés ou décharnés. Puisque penser à lui semblait la seule activité accessible à Marion, elle s'était résignée à se mettre au lit. Autant rêvasser dans des conditions de confort maximum. Et, qui sait ? Elle pourrait peut-être emporter l'image de Léopold dans son sommeil, la faire croître en rêves délicieux et romantiques.

Si Marion rêva, elle n'en eut malheureusement aucun souvenir au moment du réveil. Le temps passa rapidement jusqu'au rendez-vous. Elle confectionna des étoiles à la cannelle et des lutins à accrocher dans un sapin. Blandine maquilla son amie comme la veille, avec parcimonie. Elle proposa à Marion une autre coiffure, moins fondante que le chignon. Des tresses remontées en macarons, piquées de fleurs en laine cardée. Marion avait revêtu une tenue verte, pour surprendre Léopold. Kilt vert sapin, pull vert menthe à l'eau, collants de laine et baskets vert amande, veste tyrolienne kaki, achetée pour trois francs six sous chez le fripier du quartier. Pas de bonnet pour aujourd'hui. Il ne fallait pas abîmer les délicats macarons fleuris qui auréolaient son joli minois. Un dernier regard en direction du miroir, un peu de rouge foncé sur les lèvres. Marion quitta son domicile à la hâte.

Quand elle arriva sur le palier de Léopold, Agatha stationnait déjà derrière son œilleton, prête à engranger la moindre information. Tiens, Daphné avait des macarons parés de fleurs. Décidément, elle avait toutes les audaces. Et ce camaïeu de vert, quel choix étrange ! Soit cette petite Daphné était visionnaire en matière de mode, soit elle était totalement à côté de la plaque. Quoi qu'il en soit, cette excentricité affichée avait l'air de plaire à Léopold puisqu'il embrassa son invitée avec fougue. Un vrai baiser de cinéma, voilà ce qu'Agatha rapporterait à Gerda. Agatha compta les secondes. Près de douze à se bécoter avec passion. Un jeune homme en chemise cintrée enserrant une fille extravagante au léger embonpoint. Si ce n'était pas de l'amour, cela lui ressemblait fort. Agatha rit sous cape et fila faire chauffer le téléphone.

— Entre vite, tu dois avoir froid. Le look sapin te va bien.

— Oh ! Je parie que tu trouves ma tenue horrible ? Je sais, le vert est difficile à porter. Je voulais t'étonner.

— De ta part, rien ne peut véritablement me surprendre. Tu restes ravissante, en poussin, en océan ou en champ de laitue. Je crois que je t'aime bien.

— Moi aussi je t'aime bien, chuchota Marion. Et rassure-toi, je n'ai pas d'autre kilt. Allons mettre à mal nos pieds, maintenant.

Le travail des danseurs semblait porter ses fruits. Le travail, ou peut-être leurs corps qui s'exprimaient d'un même élan. Toujours est-il qu'au bout de trente minutes, ils estimèrent qu'ils maîtrisaient suffisamment la valse.

— On fait bien d'arrêter. J'ai une surprise pour toi. Elle sent bon, elle pique, elle s'enguirlande.

— Un sapin !

— Bien joué, Sherlock. Il nous attend près de la cheminée.

— Une minute ! Je sors les biscuits à suspendre.

— J'ai le droit d'en manger ?

— Oui mais, comme dit le proverbe, tout sablé mangé vaut un baiser.

— En ce cas, je vais les dévorer tous.

Ils rirent, grignotèrent, s'embrassèrent, discutèrent, s'embrassèrent encore, sous le gui, sur le canapé, dans les parfums subtils des épices de Noël, sur le pas de la porte alors que Marion était rhabillée en lutin tyrolien.

Agatha était aux anges. Tant d'amour à portée d'œil, c'était inespéré. Gerda serait aussi verte que les vêtements de Marion. Verte de ne pas être présente, derrière l'œilleton, verte de devoir se contenter du témoignage de son amie. Agatha tendait l'oreille pour capter les échanges du couple. Elle avait nettoyé ses prothèses auditives et y avait mis des piles neuves dans l'espoir qu'aucune parole ne lui échappe. Et ce qu'elle entendit augurait de mystères à résoudre. Il était question d'un faux plâtre ou d'une orthèse de la main et du poignet et cela concernait le voisin. Enfin, au moment de se séparer, Léopold nomma sa chérie « Marion ». Or, lors de sa première visite, la jeune fille avait prétendu se prénommer Daphné. Daphné avait peut-être une sœur jumelle prénommée Marion ? Mais cela n'expliquait pas la pose d'un plâtre. Amour et polar, Agatha était comblée. Rectification faite, Gerda ne serait pas verte, elle serait sans voix. Pour une fois qu'Agatha pouvait faire l'intéressante, elle ne bouderait pas son plaisir.

Marion rentra chez elle à pied. Elle ressentait le besoin de se clarifier les idées. Et rien de tel qu'un bon bol de neige pour remettre les pendules à l'heure. Elle était tombée amoureuse d'un garçon merveilleux et ses sentiments semblaient réciproques. L'esprit de Noël avait soufflé et balayé sa vie en deux petits jours. Elle appela Virgile, son ami médecin, pour qu'il s'occupe de Léopold avant le bal. Il promit de se rendre chez lui le surlendemain. Blandine téléphona dans la foulée. Elle ne viendrait pas ce soir, elle sortait avec un copain. Mais elle voulait tout savoir. Elle la bombarderait de questions, demain, entre deux gâteaux et trois applications d'ombre à paupières. Et elle lui apporterait la robe de soirée. Blandine avait emprunté la plus belle, rouge, en soie sauvage, taille quarante-sup. Marion rentra, sirota un porto tandis qu'elle se replongeait avec délices dans les souvenirs des moments passés avec Léopold. Ils avaient décoré le sapin comme l'aurait fait un vrai couple, complice, dans l'amour, le partage. À minuit, elle reçut un texto :

`Je pense à toi ma grenouille`
`Ton prince Lu`

Le cœur de Marion fit un salto.

`Moi aussi`
`Ta princesse grenier`

Zut et re-zut ! Le correcteur automatique avait encore fait des siennes. Elle était la reine des maladroites. Elle rectifia aussitôt le tir en espérant ne pas passer pour une cruche aux yeux de Léopold.

`Désolée ! C'est le correcteur automatique`
`C'est grenouille et pas grenier`

Elle attendit, anxieuse, une réponse qui ne vint pas. Elle craignait qu'un mot, un souffle ne vienne gâcher sa belle histoire avec Léopold. Si elle avait pu voir l'élu de son cœur, elle aurait été pleinement rassurée. Léopold adorait Marion pour ses kilts, ses coiffures dignes d'un personnage de conte et ses textos tronqués. Il n'avait jamais rencontré de fille semblable. Et pour cause, elle était unique. Il n'était pas loin de penser qu'elle était faite pour lui. L'avenir le lui dirait. Il avait peu de temps à attendre. L'avenir, c'était demain.

En ce quatrième jour de cours, Marion se sentait fébrile. Rentrerait-elle dans sa robe ? Léopold l'embrasserait-il encore après son SMS raté ? Ses gâteaux du jour seraient-ils réussis ? Elle serait bientôt fixée. Les pâtisseries achevaient de cuire et Blandine allait arriver sous peu. Marion avait réalisé des petits bonshommes en pain d'épice. Elle était en train de les retirer du four lorsque son amie sonna. Blandine sortit la robe de la housse. Le tissu était doux, soyeux, pareil à un pétale de coquelicot. Le haut de la robe était ajusté et le bas flottant.

— J'ai pris la seule en taille quarante-sup. Ça devrait coller, ajouta Blandine, la bouche pleine de gâteau.

La robe paraissait avoir été cousue pour Marion. Blandine exigea de son amie qu'elle lui raconte par le menu son rendez-vous de la veille avec Léopold. Ensuite, elle la maquilla, lui fit deux nattes dans lesquelles elle glissa des rubans de satin cerise. Enfin, elle lui conseilla de se rendre chez Léopold vêtue de sa robe. Rien de tel qu'une entrée fracassante en tenue de soirée pour épater un homme. Elle n'était pas trop sûre de l'association doudoune jaune et robe de bal mais Léopold en avait vu d'autres et les usagers du métro itou. Après avoir lacé ses baskets jaunes, Marion partit.

Cela faisait déjà dix minutes qu'Agatha patientait derrière le judas quand l'ascenseur laissa sortir Daphné ou Marion en tenue de bal. La robe semblait bien aller à l'une comme à l'autre, même si l'effet princesse était un peu gâté par la présence de collants de laine, de baskets et d'une doudoune. Pourquoi un tel accoutrement ? Cela avait-il un lien avec le plâtre ? Agatha ne savait plus quoi penser. Elle tendit l'oreille.

— Bonsoir, ma princesse grenouille. J'étais tellement pressé de te revoir. Tu es splendide dans cette robe. C'est un cadeau de la Mère Noëlle ?

— Non, elle me la prête, ou plutôt, elle la prête à Daphné. Mais elle ou moi, c'est pareil.

— Je ne suis pas d'accord. J'aime l'une bien plus que l'autre, bien que je vous paie toutes les deux. Tu as apporté ma drogue ?

— Bien sûr ! Plein de pains. On va kiffer je te le dis ! Bon, tu me laisses entrer ?

— Pas avant que tu m'aies embrassé.

Agatha ne pensa pas à chronométrer le baiser. Ce qu'elle avait entendu l'avait plongée dans un abîme de perplexité. Daphné et Marion recevaient de l'argent de Léopold. Pourquoi ? Parce qu'elles lui livraient de la drogue ? Dans du pain ? Qui était la Mère Noëlle ? La trafiquante en chef ? Elle ne pouvait pas raconter tout cela à Gerda. Agatha se contenterait de parler de la robe de bal et du baiser. Durant sa jeunesse, les histoires d'amour étaient plus simples. Ah ça oui !

Marion et Léopold entrèrent dans l'appartement enlacés, lèvres contre lèvres.

— Et si on faisait l'école buissonnière aujourd'hui ? proposa Léopold. On a acquis les rudiments de la valse classique. Je goûterais bien à ces petits pains qui m'ont l'air délicieux. J'ai préparé une marmite de vin chaud pour accompagner ta création. J'adore l'odeur. Alors, tu acceptes ?

— C'est que... Je ne bois pour ainsi dire jamais, ou très peu. Un verre par-ci par-là pour me détendre.

— Nous pourrons fêter notre rencontre en mangeant un peu de toi et en buvant un peu de moi.

— Présenté de cette façon, je ne peux pas refuser.

L'alcool aidant, la discussion des deux tourtereaux prit bientôt un tour nostalgique. Marion s'épancha sur ses rares relations amoureuses, qui s'étaient soldées par des échecs cuisants. Léopold entreprit d'évoquer son histoire avec Blandine.

— Tu vois, je suis resté un an en couple avec cette femme. Je l'aimais à un point que tu n'imagines pas. Tu sais ce qu'elle a osé faire ? Me jeter par texto, ni plus ni moins. Je n'ai pas compris ce qui m'arrivait. Pour toute raison, elle a prétendu que j'étais coincé. Tu te rends compte ?

Désinhibée par le vin chaud, Marion ricana.

— Ah oui, c'est ce que Blandine m'a dit à ton sujet.

Devant l'air ahuri de Léopold, Marion se rendit compte de ce qu'elle venait de révéler. Elle plaqua sa main contre ses lèvres et attendit. La réaction de Léopold ne se fit pas attendre. Il demanda, avec un calme inquiétant :

— Je n'ai pas rêvé ? Tu viens de parler de Blandine. Non seulement tu la connais, mais vous parlez de moi, et pas vraiment en bien, à ce que je comprends.

— Tu n'y es pas du tout. Et puis l'alcool me fait raconter n'importe quoi.

— Je ne crois pas, non.

Marion tenta de saisir les doigts de Léopold. Il la repoussa sèchement, avec une moue de dégoût.

— Vous vous êtes bien moquées de moi toutes les deux. Vous avez peut-être monté ce coup-là ensemble ? Je ne sais pas trop comment et cela m'importe peu, finalement. Ce que je constate, c'est que je suis de nouveau dans le rôle de la pauvre poire. Ce qui est lamentable, c'est que j'y ai cru. Je te trouvais différente des autres. Je te croyais généreuse, authentique, sincère dans tes sentiments. Avec toi, je me sentais de nouveau heureux, j'osais de nouveau croire en l'amour. Foutaises que tout cela ! Tu ne danses pas mais tu as bien su me faire tourner en bourrique. Je ne veux plus jamais te revoir.

— On se voit demain, pourtant ?

— Tu es sourde ? Je veux t'oublier pour toujours. Si ton souci est d'ordre pécuniaire, pars tranquille. Je ne te causerai aucun souci. Me plaindre auprès de la Mère Noëlle me rendrait encore plus ridicule. J'ai juste envie d'oublier toute cette affaire.

— Et le bal ?

— Je me fiche du bal ! Je t'ai dit de débarrasser le plancher. Et ne remets plus un pied chez moi.

— Virgile, mon ami médecin, doit venir demain soir.

— Je te conseille de le prévenir du changement de programme.

La vieille dame de l'appartement d'en face s'émut de ce vacarme. À tous les coups, ces disputes étaient dues à la consommation des pains de drogue. Elle avait lu dans un magazine que cela pouvait rendre fou. Agatha se rendit au judas. Elle vit Daphné ou Marion sortir de l'appartement de Léopold en trébuchant. Ce dernier avait l'air furieux d'un drogué. Il lançait sur la pauvre fille tout ce qui lui tombait sous la main. Il lui envoya même un sac en pleine figure. D'après les dires de son voisin, il contenait le reste des pains. Ce qui, selon Agatha, était une bonne chose. Au moins, il ne serait plus tenté d'en consommer de nouveau. Il ajouta également qu'il paierait la *Mère Noëlle*. Que de rebondissements ! Agatha décida finalement de ne rien cacher à Gerda de ce qui s'était produit. Elle tenait le scoop de l'année.

Marion repartit la tête basse, les larmes dévalant sur ses joues pleines. Elle venait de gâcher leur belle histoire. Quelle andouille elle faisait ! Néanmoins, elle ne désespérait pas totalement de rattraper la situation. Elle avait les coordonnées de Léopold. Elle attendrait que sa colère retombe. Ensuite, elle pourrait s'expliquer. Il comprendrait. Il l'aimait, il le lui avait dit. Il faudrait du temps pour recoller les morceaux mais elle voulait garder confiance. Elle ne pouvait pas renoncer à tout ce bonheur. En tout cas, le choc avait eu le mérite de la dessoûler. Seule son haleine trahissait les abus de la soirée. Lorsque Marion monta dans la rame du métro, les gens s'écartèrent. « Encore une pocharde », entendit-elle, suivi d'un « Si c'est pas malheureux, à son âge ». Elle fit la sourde oreille et se mura dans son chagrin. Marion envoya un message à Blandine pour lui demander de ne pas venir le soir. Elle espérait recevoir un texto de Léopold, hélas, il ne se manifesta pas. Marion ne dormit pas de la nuit. Au petit matin, elle avait tant pleuré que ses yeux brûlaient. Le vin avait asséché sa bouche. Elle se prépara du thé en grande quantité pour se réhydrater et pour lutter contre la fatigue qui commençait à l'assaillir. Lorsque Blandine sonna, vers midi, Marion se jeta dans ses bras et expliqua le déroulement de la soirée entre deux hoquets larmoyants.

— Bon, ce n'est guère brillant, cela dit, gardons espoir. Il tient à toi. L'esprit de Noël est dans tous les foyers. Imagine que tu es en pleine comédie romantique : les héros rencontrent des obstacles mais la fin est toujours heureuse. Enfin, normalement.

— Le problème est que nous ne sommes pas dans une comédie romantique. Nous sommes dans la vraie vie et je suis en plein vrai chagrin d'amour : il veut m'oublier pour toujours, il me l'a dit. Tu sais, Léopold est réellement quelqu'un de bien. Il ne nous dénoncera pas à la Mère Noëlle et paiera la prestation. J'ai tout fichu en l'air.

— Attends jusqu'au 20 décembre avant de désespérer totalement. Ce n'est que dans deux petits jours. D'ici là, essaie d'appeler, envoie-lui des messages, ne te fais pas oublier, même s'il l'a clairement exprimé.

Pendant que Marion se confiait à Blandine, Léopold prétextait une fièvre soudaine et annulait ses rendez-vous pour la semaine. Il se sentait totalement abattu, trahi par son passé, son présent et par le futur qu'il commençait à envisager avec Marion. Il s'alita, regarda des films d'horreur d'un œil distrait et se complut dans l'autoapitoiement une bonne partie de l'après-midi. Il reçut quatre textos de Marion, qui le suppliaient de lui donner une chance. Il n'en avait nulle envie. Ses réserves d'espoir, de bienveillance, de patience étaient épuisées. L'unique lien qu'il avait encore avec Marion tenait dans ce chèque au montant exorbitant, libellé à l'ordre de Noëlle Blanchard, alias la Mère Noëlle. Il lui tardait de le poster, de s'en débarrasser pour effacer toute trace de cette lamentable aventure. Il se força à s'habiller et se traîna jusqu'au bureau de poste le plus proche. Il poussa un soupir de soulagement lorsque la lettre s'engouffra dans la boîte. Symboliquement, plus rien ne le reliait à Marion. Sauf quelques sablés. Il restait des biscuits accrochés dans le sapin. Il les donnerait à sa voisine de palier. La vieille dame recevait très peu de visites. Un petit geste, à l'approche de Noël, serait sans doute apprécié. De retour chez lui, Léopold empila les sablés dans une boîte et sonna chez Agatha. La vieille dame ne lui sembla pas comme d'habitude. Plus réservée, méfiante, avec une pointe de peur dans la voix. Il n'en fit pas cas et lui tendit la boîte en tâchant de sourire.

— Bonjour, Agatha, voilà des petites douceurs. C'est une amie à moi qui les a confectionnées. Je sais que vous êtes gourmande. Régalez-vous bien !

La voisine remercia Léopold d'un air pincé. Il était hors de question qu'elle goûte à ces gâteaux, probablement drogués. Elle avait déjà vu cela dans un film. Les dealers offraient des aliments contenant un peu de drogue à des gens afin de les rendre dépendants. Elle offrirait un de ces sablés au facteur, pour se venger : il avait mis la carte de sa petite-fille dans une autre boîte aux lettres par manque d'attention. Agatha aurait pu ne jamais la récupérer. Tout cela par la faute d'un employé des postes distrait. Elle se sentit soudain grisée par le pouvoir que lui donnaient ces biscuits. Elle les rangea dans son placard et se promit de ne les utiliser qu'à bon escient. Elle pourrait même en goûter un à l'occasion. À son âge, elle ne risquait plus grand-chose.

Léopold rentra chez lui, fourbu. On sonna à la porte vers 19 heures. Il ne se leva pas de son canapé. Il craignait que ce ne soit Marion. La personne finit par parler.

— Je suis Virgile, l'ami médecin de Marion. Je viens vous apporter une orthèse de traumatologie de la main et du poignet.

Léopold ouvrit, un sablé à la main.

— Marion ne vous a pas prévenu ? Tout est annulé, le bal, mes espoirs, mes amours, tout. Alors fichez le camp et dites à Marion qu'elle est, qu'elle est… Je ne sais pas, mais déguerpissez avant de prendre mon poing dans la figure.

— Vous êtes complètement cinglé. Dire que Marion est amoureuse de vous. Je comprends mieux le proverbe, qui dit que l'amour rend aveugle.

Agatha avait gagné son œilleton au pas de course dès les premiers coups de sonnette. Elle vit Léopold croquer dans un sablé qui ressemblait fort à ceux qu'il lui avait offerts. Elle s'inquiéta de l'état d'énervement de son voisin. Elle détacha son œil du judas, sortit la boîte de biscuits, enfila des gants en latex et émietta les sablés maudits. Ensuite, elle ouvrit la fenêtre et dispersa les brisures de gâteaux au vent. Les pigeons s'en régalèrent. Agatha se dit qu'elle avait bien fait. Les oiseaux parisiens étaient bien trop apathiques. Les biscuits drogués leur donneraient un bon coup de fouet. Gerda et le facteur l'avaient échappé belle. Et elle aussi du reste. Agatha devait se résoudre à pratiquer des activités de son âge. Le crochet, le bridge, les thés dansants, les commérages, mais pas la drogue. Sur ces bonnes pensées, elle partit allumer son poste de télévision.

La rage de Léopold était un peu retombée, surtout depuis qu'il repensait aux propos de Virgile concernant les sentiments de Marion à son égard. Malgré tout, il n'envisageait pas de revenir en arrière. La confiance était rompue. Il effaça les messages de Marion, et bloqua son numéro. Elle ne s'en rendit pas compte immédiatement. Elle était bien trop occupée à écouter Virgile, qui était venu se plaindre après l'accueil musclé que lui avait réservé Léopold.

— Tu aurais pu me prévenir hier que vous aviez rompu et que de ce fait, le rendez-vous d'aujourd'hui était annulé.

— Ce n'est pas si simple. J'étais bouleversée, j'avais trop bu.

— Bon, ce n'est pas si grave au fond. Tu m'as l'air mal en point. J'espère que tu ne restes pas seule ce soir ?

— A priori si. Mais je peux demander à ma voisine de me tenir compagnie si tu penses que c'est mieux.

— Je préférerais.

Blandine accepta. Virgile demeura une partie de la soirée avec les filles. Marion tenta de se raccrocher à ce que son ami lui avait rapporté de sa rencontre avec Léopold.

— Tu es sûr qu'il était anéanti ? Cela signifie qu'il tient à moi. Il y a de l'espoir, non ?

— Absolument, intervint Blandine. Je te l'ai dit. Attends le 20. Ce que le vin chaud a abîmé, le 20 chiffre peut le réparer.

— La signification de ce proverbe mystérieux m'échappe, avoua Virgile.

— C'est simple. Marion a révélé des secrets inavouables parce qu'elle avait consommé trop de vin chaud. Or, demain, nous sommes le 20 décembre, date du fameux bal pour lequel tu avais mis de côté une orthèse.

— Ne l'écoute pas, conseilla Marion. Blandine est totalement irrationnelle. Elle a comparé le couple que nous formions Léopold et moi à une formule mathématique.

— Je trouve cela intéressant, répliqua Virgile. En plus, cela part d'un bon sentiment. Blandine cherche à te réconforter.

— Cela ne sert à rien. Je viens de tenter de joindre Léopold. Il a bloqué mon numéro.

— Ne t'en fais pas, ma belle, je dormirai avec toi ce soir.

— Me voilà rassuré, Marion. Tu as la chance d'avoir près de toi une véritable amie. Je te laisse entre de bonnes mains. Je vous quitte. Je suis enchanté de vous connaître, Blandine. Les amis de mes amis sont mes amis. J'espère vous revoir très vite.

— Je l'espère aussi, chuchota Blandine.

Une fois Virgile parti, les deux filles entamèrent un énorme pot de glace, comme dans les téléfilms américains. Puis, repues, elles partirent se coucher. Marion était épuisée, Blandine, songeuse. Virgile était sympathique, beau garçon. Mais ce n'était pas le moment idéal pour obtenir des renseignements sur lui auprès de Marion. Elle attendrait. Elle attrapa Marion par la taille et s'endormit comme un bébé.

Le lendemain matin, Marion découvrit le lit vide. Blandine avait regagné ses pénates. Un petit mot annonçait que le café était prêt et qu'elle repasserait dans la matinée. Marion avala le contenu d'une tasse mais ne put se résoudre à manger. Son estomac était noué. Vers 10 heures, Blandine arriva, une lettre à la main.

— Le coursier de la Mère Noëlle m'a remis cette enveloppe. C'est étrange. Lorsque je suis en mission, elle ne me contacte jamais par courrier. La démarche me paraît très formelle, trop formelle pour être honnête. Elle me demande de passer à son bureau à 15 heures.

— Tu penses que Léopold a dévoilé notre stratagème ?

— Je le saurai bien assez tôt.

— Je t'accompagne. Après tout, je suis en grande partie responsable des dégâts.

— Merci, cela me soulage. Je passerai te prendre vers 14 heures.

Marion imaginait déjà la scène. Blandine, blâmée, ou, pire, renvoyée par sa faute. Léopold aurait-il révélé l'imposture ? Il avait bien rayé Marion de sa liste de contacts. Tout était possible. En ce cas, Marion se dénoncerait. Elle était prête à affronter des avocats, un procès et même à aller en prison ! En attendant, elle rangea soigneusement la robe dans sa housse, replaça les sandales rouges dans leur boîte. Puis elle enfila sa tenue bleue. Elle avait plus que jamais besoin de couleur.

Léopold dormit d'un sommeil d'ivrogne. La veille au soir, il avait fait taire sa douleur en buvant le reste du vin chaud. Pour son malheur, une espèce d'imbécile l'avait réveillé aux alentours de midi. C'était un coursier, chargé de lui remettre un pli. Léopold se prépara un café et prit connaissance du contenu de la lettre. La Mère Noëlle lui demandait de passer à 15 heures afin de faire le point sur la mission. Une rumeur courait selon laquelle une personne se faisait passer pour Daphné. Le témoignage de Léopold se révélait indispensable et une confrontation entre lui et la véritable Daphné était prévue. Elle espérait qu'il pourrait se libérer. Dans le cas contraire, elle se verrait obligée de régler le problème en interne. L'usurpatrice, si elle existait, risquait gros. La Mère Noëlle travaillait avec des avocats chevronnés et réputés pour défendre au mieux les intérêts de leurs clients.

Léopold hésita. Il en avait soupé de cet imbroglio. Cependant, il ne pouvait contester avoir sa part de responsabilité. Il avait consenti à cet échange de rôles. Il était complice. Il devait assumer. Heureusement qu'il s'était fait porter pâle pour la semaine. Une petite voix lui soufflait qu'il était loin d'en avoir fini avec cette histoire.

Blandine et Marion arrivèrent les premières au rendez-vous. La Mère Noëlle les fit patienter dans un petit bureau attenant au sien.

— Pourquoi te fait-elle attendre ? demanda Marion. Tu crois qu'elle te laisse mijoter dans l'espoir que tu perdes tes moyens ?

— Qui peut savoir ? La Mère Noëlle est une femme d'affaires redoutable. Tu entends ? Quelqu'un arrive. Un homme. Sa voix ne m'est pas inconnue…

Soudain, la porte de communication située entre les deux pièces s'ouvrit. Blandine se retrouva face à Léopold.

— Blandine ? C'est une blague ? s'écria-t-il en se tournant vers la Mère Noëlle.

— Je vous présente la véritable Daphné, lui annonça-t-elle.

— Je vous en prie, n'incriminez pas Blandine, plaida aussitôt Marion en suppliant la Mère Noëlle du regard. Ne la blâmez pas non plus. Revoir Léopold en tant que client alors qu'elle s'était mal comportée avec lui était au-dessus de ses forces. Blandine est mon amie. Je voulais juste l'aider.

— Vous savez, je me suis rendu compte très rapidement que Marion n'était pas danseuse, précisa Léopold à son tour. Mais elle était si touchante que j'ai cautionné la supercherie. Et puis je vous ai réglé l'ensemble des prestations. Elle n'a fait qu'écouter son cœur. Je vous demande de ne pas lui créer d'ennuis.

— Blandine avait raison. Vous êtes adorables tous les deux ! Tranquillisez-vous, je ne ferai rien de la sorte. D'autant que vous semblez sur le point de réussir la mission que Blandine et moi avions concoctée pour vous. Nous l'avons appelée *La mission de Noël*. Mais je vous en prie, passons dans mon bureau afin que je vous explique ce qui s'est joué à votre insu et je m'en excuse.

Une fois que tout le monde fut confortablement installé, la Mère Noëlle reprit la parole.

— Lorsque Blandine s'est aperçue que son client était son ex-petit ami, elle m'a immédiatement contactée. Elle m'a raconté qu'elle vous avait quitté de manière inélégante, monsieur Sergent. Elle savait par des amis communs que cette rupture semblait vous avoir profondément marqué, au point de ne plus pouvoir envisager une relation amoureuse. De ce fait, Blandine ne s'imaginait pas travailler pour vous. Je la tranquillisai. Je pouvais assurer le remplacement, ayant reçu moi-même une formation de danseuse. Au lieu d'accepter cette solution, Blandine me fit une proposition audacieuse. Et si elle sollicitait sa voisine pour remplir la mission à sa place ? Blandine avait besoin de se racheter. Elle vous connaissait bien tous les deux et s'était mis en tête que l'occasion de vous découvrir vous serait donnée au travers de cette mission. Ce en quoi elle n'avait pas tort. Quant à moi, qu'y gagnais-je ? Tout d'abord la possibilité de vous intégrer, vous, Marion, à mon équipe. Cela fait des mois que je demande à Blandine de vous persuader de devenir un de mes lutins. Vous êtes, paraît-il, une pâtissière hors pair.

— Je confirme, intervint Léopold.

— Bref, j'espérais qu'une fois embringuée dans la mission, pour peu qu'en plus vous tombiez amoureuse, mon offre d'embauche aurait enfin une chance de vous intéresser. Tel était mon pari. Et puis, nous sommes en période de fêtes, cela ne vous aura pas échappé. Quand on porte le surnom de Mère Noëlle, il me semble que réaliser une bonne action en décembre appartient à la tradition. Je ne pouvais pas laisser Blandine se débattre avec son sentiment de culpabilité sans réagir. Je dois dire que son intuition m'a sidérée. D'après ce qu'elle m'a raconté, vous vous êtes trouvé des tas de points communs au cours de cette mission.

— Oui, confirma Léopold. Désolé si j'ai mal réagi sur la fin. À vous entendre, je comprends mieux. Vous nous avez manipulés, Marion et moi. Vos intentions étaient bonnes, mais le procédé un peu contestable.

— Certes, reprit la Mère Noëlle, pourtant, si nous n'avions pas forcé le destin, vous ne vous seriez pas rencontrés et ne seriez pas tombés amoureux. C'est bien le cas, n'est-ce pas ?

Pour toute réponse, Léopold et Marion s'enlacèrent.

La Mère Noëlle s'adressa à Blandine.

— Notre mission de Noël est presque remplie. Il ne reste plus qu'à persuader Marion de travailler pour moi.

— Je suis d'accord, répondit Marion. Je commence quand ?

— Vous avez déjà commencé. Vous devez même achever votre première mission aujourd'hui. Vous vous rappelez ? Le bal. Courez donc vous préparer. Reprenez la robe rouge, les sandales et allez danser.

— À vos ordres ! Tu viens, Léopold ?

Les amoureux partirent main dans la main. La Mère Noëlle sortit une bouteille de champagne ainsi que deux coupes.

— Trinquons à la réussite de notre *mission de Noël.* À ta santé, Blandine !

— À la tienne, ma chère Mère Noëlle. Je te remercie de m'avoir fait confiance.

— J'aime les paris un peu fous. Et j'avoue, je me suis bien amusée. Cette Marion a du tempérament et du talent. Elle fera un parfait *lutin.*

— Tout est bien qui finit bien. Tu fais quelque chose pour les fêtes ?

— Rien de bien extraordinaire. Sapin, repas, cadeaux, le tout à la campagne, sous la neige. Mes enfants sont ravis, mon mari aussi. Tu sais, la maison est vaste. Si tu n'as pas de projet précis, tu peux toujours t'inviter chez moi. Je sais que la condition de célibataire est plus difficile à vivre pendant cette période. Maintenant que ta meilleure amie est casée, tu ne pourras plus la déranger à toute heure pour lui raconter n'importe quoi. Ce n'est pas trop difficile ?

— C'est le prix à payer pour retrouver la paix de l'esprit. Et si je déprime, je pourrai toujours consulter. Je suis sur le point d'obtenir les coordonnées d'un super médecin. Il se prénomme Virgile. Mon petit doigt me dit qu'il peut beaucoup pour moi. Je te laisse, j'ai à faire.

— À tes amours !

Gala de Spax

Salade de fruits, jolie, jolie, jolie

1

Affalées sur notre divan favori, Juliette et moi regardions pour la sixième fois l'enregistrement du mariage princier qui avait été célébré cinq mois plus tôt. Armées de notre indispensable kit de survie « pizza-chips-mojito », nous ne nous lassions pas de visionner ce moment mémorable, comme deux midinettes en mal de romantisme.

— Elle est toujours aussi belle ! m'extasiai-je à la vue de la princesse dans sa sublime robe épurée en cady de soie blanche.

— En même temps, elle ne va pas changer de tenue d'un mois à l'autre. C'est un enregistrement !

— Oui, mais quand même, ça me fait toujours le même effet. Ce voile de cinq mètres ! Ce diadème !

— C'est une vraie princesse, quoi !

Je rêvais au jour où, moi aussi, je pourrais aller rejoindre mon prince charmant au pied de l'autel. Encore fallait-il que je le trouve, ce fameux prince, et pas que dans mes rêves ! Parce que entre mon boulot de serveuse en semaine et celui de bénévole le week-end, je n'étais pas près de me faire passer la bague au doigt. C'est à peine si j'avais le temps de penser à moi.

— Regarde-moi ça, comme Harry la dévorait des yeux ! rajoutai-je alors que la mariée faisait son entrée dans l'église.

— Ça, c'est du prince !
— Et en plus, il est charmant.
— Et riche !
— Et ultra amoureux...

Nous poussâmes un long soupir à l'unisson, des paillettes plein les yeux et le cœur dégoulinant de sentimentalisme. C'en était presque écœurant. Nous étions en totale pâmoison devant ce couple idyllique et superbement bien assorti. La chanteuse lyrique entama une mélodie féerique qui me donna, comme toujours, des frissons dans tout le corps. Ce mariage était juste... parfait.

— Quand je pense qu'ils se sont rencontrés sur Insta, lança Juliette, gâchant mes fantasmes de rencontre paradisiaque sur fond de roses rouges et de coucher de soleil.

— Naaaan, c'est impossible !

Elle quitta l'écran des yeux un instant pour les porter sur moi.

— Je t'assure, insista-t-elle. Il lui a envoyé un message pour lui dire qu'il la trouvait charmante et hop, le tour était joué.

— Sérieux ?

— Je l'ai lu dans un magazine à potins.

Je tordis la bouche d'un air moqueur.

— Ah... si tu l'as lu dans un magazine, alors, c'est parole d'évangile ! ironisai-je devant l'absurdité de ces torchons en papier.

— Mais je t'assure que c'est vrai ! Ils en ont même parlé sur BFM TV, un jour.

Je haussai les sourcils, surprise par cette information somme toute étonnante. Je m'imaginais mal le prince draguer sur le Net, lui, le plus beau parti d'Angleterre, convoité par des milliers de jeunes femmes toutes plus belles les unes que les autres.

— C'est quand même bizarre, cette histoire d'Instagram.

— Apparemment, ça marche. Ma copine Sophie a trouvé l'amour de sa vie par écran interposé, elle aussi. Pourquoi est-ce que tu n'essaierais pas ?

— Très peu pour moi, merci. Et puis, mon cœur est déjà pris.

— Quoi ? s'esclaffa-t-elle. Mais tu ne sors avec personne depuis des lustres !

— Je suis amoureuse de mon patron...

— Il t'a adressé la parole seulement deux fois ! fit-elle en tendant l'index et le majeur afin d'accentuer le chiffre dérisoire.

— Il est très occupé, figure-toi ! Je n'arrive jamais à le voir.

— Tu devrais peut-être penser à trouver un autre fantasme, non ? Ça va faire six mois que tu bosses dans cette association tous les dimanches et ton Nicolas ne sait toujours pas comment tu t'appelles !

— Si ! m'insurgeai-je, légèrement vexée. La dernière fois, il m'a appelée Clémentine.

— Dois-je te rappeler que ton véritable prénom est Cerise ?

— Rhooo, ça va ! Cerise, Clémentine, on reste dans la catégorie fruitière.

— Oui, c'est vrai, tant qu'il ne t'appelle pas Courgette ! s'esclaffa-t-elle sous mon regard noir.

— T'as fini, oui ? râlai-je en lui donnant un coup de coussin sur la tête.

— Ou patate ! T'imagines le truc : « Patate, vous voulez bien venir dans mon bureau ? » riait-elle à en perdre haleine.

J'arquai un sourcil, feignant l'outrage alors que je devais bien avouer qu'intérieurement sa blague me faisait franchement rire.

— Batavia ! reprit-elle, pliée en deux. « Batavia, donnez-moi le dossier vert ! »

— Courgette, patate et batavia ne sont pas des fruits, pour ta gouverne !

Emportée dans son délire légumier, elle n'écoutait même plus mes contestations, répertoriant tous les fruits à l'appellation ridicule dont elle pouvait m'affubler.

— Ou bien… « Mademoiselle Banane, pouvez-vous me servir un café ? » pouffa-t-elle, faisant s'envoler une nuée de postillons de mojito dans tout le salon.

— T'es lourde, Juliette. Je crois que t'as un peu trop forcé sur le rhum.

— Non, ça doit être le citron vert qui me tape sur le système, poursuivit-elle, des larmes plein les yeux, tandis que je secouais la tête, dépitée par son humour puéril.

Après quelques secondes gênantes, elle s'éclaircit la gorge et se rassit correctement dans un semblant de sérieux, mais je voyais bien à son regard rieur qu'elle continuait à imaginer la scène.

— Calmée ? demandai-je en focalisant mon attention sur le mariage.

— Oui, pardon. Je crois que je viens de traverser une petite crise de démence passagère. J'ai eu une dure semaine et j'avais besoin de décompresser.

— Ravie d'avoir pu aider… à mon corps défendant.

Elle finit son cocktail d'un trait, faisant tinter les glaçons les uns contre les autres et posa son verre sur la table basse.

— Pour en revenir à ton patron, pourquoi tu n'essaierais pas de lui parler sur Instagram, comme le prince l'a fait avec Meghan ?

— Parce que, justement, je ne suis pas une princesse.

— Qui t'empêche d'en devenir une ? Après tout, sur le Net tout est permis !

— Pourquoi perdrait-il son précieux temps à discuter avec une princesse ?

— Il tient une association qui vient en aide aux gens dans le besoin, non ?

— Oui, et alors ?

— Ces hommes-là sont toujours à la recherche de fonds pour leur trésorerie. Je suis certaine qu'il mordrait à l'hameçon par intérêt.

— Et qu'est-ce que j'y gagne, moi, à me faire passer pour une autre ?

— Des infos, ma chérie ! De précieuses informations ! Imagine un peu que tu lui fasses miroiter une belle somme d'argent pour son association, une sorte de mécénat ou, mieux encore, un gala de charité dont il serait l'unique bénéficiaire. Princesse Cerise virtuelle pourrait se rapprocher de lui, savoir ce qu'il aime, le genre de films qu'il regarde ou la musique qu'il écoute.

— Et ?

— Et, une fois redevenue la véritable Cerise, hop, il te suffirait de lui parler d'un concert ou d'une séance ciné pour qu'il fasse attention à toi. Et… sur un malentendu…

Je levai les yeux au ciel.

— C'est pitoyable !

— Peut-être, mais ça tient la route. C'est un plan en or !

Je pris cinq minutes pour réfléchir à son stratagème. Il fallait admettre qu'il y avait quelque chose de tentant à agir de la sorte, un petit côté rusé que j'aimais bien et qui pourrait m'aider à trouver un sujet pour approcher *l'homme*.

— Et… ce serait qui, cette princesse ?

— Hiiii, couina-t-elle en tapant des mains lorsqu'elle comprit que je la suivais dans son délire. Attends, on peut essayer de trouver une belle jeune fille célibataire qui le pousserait à la confidence.

Elle récupéra son téléphone portable dans la poche de sa veste et se mit à pianoter sur son écran.

— Aloooooors, dit-elle à l'affût, aidée par son moteur de recherche. Jeune princesse célibataire... ça y est ! Luisa Maria de Belgique, la vingtaine, charmante...

— Non, non, non, la Belgique, c'est trop proche. Il ne faut pas qu'il puisse la rencontrer.

— Pas bête ! Attends, je continue... dit-elle en tordant la bouche, concentrée sur sa tâche. Je crois que j'ai la bonne : Maria Olympia de Grèce ! Une véritable déesse, aussi riche que canon.

Je jetai un œil sur l'écran et fis un signe de dénégation.

— Non, regarde, ils disent qu'elle est très présente sur les réseaux sociaux. Ça craint si je crée un compte à son nom, et puis il risque de se douter d'un truc s'il tombe sur le vrai profil.

Elle se pinça l'arête du nez et ferma les paupières un instant.

— Il faudrait une princesse avec une langue bien différente de la nôtre alors...

Elle rouvrit les yeux et reprit son pianotage intensif.

— Attends... Bingo ! s'exclama-t-elle. Princesse Mako du Japon, aussi appelée la discrète ! Ça me semble parfait, ça ! On pourrait appeler ton profil Mako la discrète. Pas de nom, pas de risque et s'il fait une recherche sur le Net, il tombera sur des tas d'articles concernant cette beauté asiatique. Qu'en penses-tu ?

— Mako la discrète, ça sonne plutôt bien, admis-je en dodelinant de la tête. Ils précisent qu'elle est chercheuse à l'université de Tokyo et qu'elle adore passer ses journées cloîtrée dans les bibliothèques. Pas le genre de fille qui perd son temps sur Instagram.

— Et son mariage vient d'être reporté, en plus. Quoi de mieux que de consoler une pauvre princesse pleine aux as qui vous promet une bonne petite enveloppe ?

— Ça peut être un bon plan...

— C'est parti pour Mako ?

— En avant !

Je créai un nouveau compte Instagram au nom de *Mako.la.discrète*, y insérai des tas de photos du Japon ainsi que de la fameuse princesse, utilisai toujours le même filtre afin d'harmoniser le tout, suivis des milliers de pages au hasard récoltant en retour des centaines d'abonnés crédules et sélectionnai quelques comptes bien précis au sujet d'associations ou de galas de charité. Après trois heures de travail acharné, Juliette et moi étions plutôt fières du résultat. Mon compte ressemblait à un véritable profil de princesse et Mako elle-même n'aurait pas fait mieux !

Puis, légèrement stressée, je m'abonnai à la page *Fin.de.la.faim.à.Paris* et laissai un message au responsable, le fameux M. Compass à la plastique de rêve. Grand, la petite trentaine, musclé comme un joueur de foot professionnel, une mâchoire carrée et parfaitement dessinée, des yeux bleus à tomber et une chevelure brune digne des très séduisants acteurs de pubs pour shampooing. On pouvait le voir sur quelques photos du compte Instagram de l'association et mon cœur se gonfla d'admiration pour lui en le regardant servir des cafés chauds aux nécessiteux. En plus d'être beau, ce type était généreux et altruiste. Souriant et agréable. Doux et gentil. Canon et carrément sexy. Outrageusement sexy. Honteusement sexy.

— Cerise, tu comptes lui écrire un jour ? se moqua Juliette en me voyant caresser l'écran de mon iPhone avec adoration.

— Ce mec est la perfection même ! Comment veux-tu qu'il me remarque ? Même si j'étais la véritable princesse, je ne suis pas certaine qu'il me regarderait.

— Tu es bien plus belle que la princesse, tenta-t-elle de me rassurer.

— Arrête un peu ! Je suis parfaitement objective. Une fille petite, rondelette et rousse ne fait pas fantasmer les hommes.

— Alors, d'une, tu n'es plus rondelette depuis longtemps, seulement tu n'arrives pas à te rendre compte de ta transformation. Vingt kilos, Cerise ! Tu as perdu vingt kilos et tu te vois toujours comme tu étais il y a un an ! Il serait temps que tu ouvres les yeux ! T'es une bombe atomique ! Et de deux, tes cheveux ! C'est la grande tendance cette couleur. Je te signale que je paie mon coiffeur une fortune tous les mois pour avoir les cheveux rouges et toi, tu es rousse naturellement ! C'est carrément injuste !

— Oui, mais à l'école, tout le monde se fichait de moi, rappelle-toi.

— Les temps ont changé et les roux ont le vent en poupe ! Ed Sheeran, Mylène Farmer, Emma Stone et même Chuck Norris !

Je lui lançai un regard aigu qu'elle prit soin d'ignorer.

— Et pour parfaire le tout, tu as les yeux verts, Cerise ! poursuivit-elle avec exaltation. Rousse aux yeux verts, le combo gagnant ! Que demande le peuple ! Si ce mec ne te remarque pas, c'est qu'il est aveugle ou gay, je ne vois pas d'autres raisons.

— Il est débordé, je te l'ai déjà dit. Il n'arrête pas de courir partout, le dimanche.

— Eh bien aujourd'hui, on est samedi, alors dépêche-toi de lui envoyer un message avant que je ne le fasse à ta place.

Je cliquai sur le petit cadre *Contacter* et pris une ample inspiration.

`Cher Monsieur Compass, je me permets de vous écrire pour vous proposer mon aide. En effet, comme vous le savez peut-être, je suis une princesse japonaise en totale adoration pour la France et Paris. Je souhaite organiser un gala` de charité dont tous les bénéfices seraient reversés à votre association qui vient en aide aux plus démunis. Merci de me répondre si vous êtes intéressé. Cordialement, Mako.

— Alors, tu en penses quoi ? demandai-je à Juliette.

Elle haussa une épaule, pas vraiment satisfaite, mais ne trouva rien à ajouter.

— On verra bien. C'est clair et précis, je pense qu'il va mordre à l'hameçon.

— Ça ne fait pas vraiment princesse, si ? hésitai-je.

— Je ne sais pas, je n'ai jamais correspondu avec une tête couronnée. Je suppose que lui non plus. Ça ne coûte rien de tenter.

Dans une grimace simiesque, je validai le message d'un geste vif, un peu comme on arrache un pansement sur un bras couvert de poils pour éviter la douleur.

Les secondes passèrent, puis les minutes et enfin les heures, aussi longues que des journées entières. Comme je m'y attendais, ma messagerie resta vide. Désespérément vide...

Juliette, lasse d'attendre une réponse qui ne venait pas, finit par rentrer chez elle, me laissant seule et misérable devant mon faux compte virtuel.

Toutefois, sur les coups de 22 heures, une notification Instagram se fit entendre sur mon portable. Je me jetai dessus et découvris avec enthousiasme une bulle blanche sur laquelle je cliquai vivement.

C'est une blague ?

Nicolas avait repéré le ver de terre frétillant, mais n'avait pas vraiment mordu à l'hameçon...

Je décidai d'aller au bout de mon mensonge.

Non, c'est une proposition très sérieuse. Je souhaite aider une association française et la vôtre me semble tout à fait louable. Cependant, je peux m'adresser à d'autres organisations si vous la refusez. Je crois que les Restaurants du cœur sont aussi dans le besoin.

Il ne répondit que quelques minutes plus tard, certainement le temps de prendre connaissance d'articles concernant la princesse Mako.

Excusez-moi si je vous ai froissée, mais il y a tellement de mauvaises blagues sur le net que je me méfie de prime abord. Je vous remercie de vous intéresser à mon association et ce serait un honneur pour moi d'accepter votre proposition.

Un sourire satisfait se dessina sur mes lèvres. Il venait de mordre, à pleines dents.

Parfait ! Il me faudrait une biographie vous concernant, afin de la publier dans la présentation du gala de charité.

Une biographie ?

C'est cela, un résumé de votre parcours. Pourquoi avez-vous ouvert une telle association ? Qu'aimez-vous dans votre métier ? Et aussi des choses un peu plus personnelles, afin que les donateurs se sentent plus proches de vous.

Plus personnelles dans quel sens ?

Vos goûts musicaux par exemple, vos films préférés, les auteurs que vous aimez lire, ce genre de choses. Et une photo de vous, aussi.

Une photo ?

J'étais bien tentée de lui demander une photo de lui, nu, sous la douche, mais je me contentai d'un simple :

Oui, un portrait. Quelque chose qui fasse sérieux et professionnel.

Très bien, je me charge de tout ça. Quand aura lieu le gala et où ?

Il se déroulera à Tokyo pour Noël.

Noël au Japon ?

J'écarquillai les paupières comme un lapin pris dans les phares d'une voiture et inspirai amplement pour trouver une solution à cette bourde. Qu'est-ce qui m'avait pris de parler d'une fête chrétienne dans un pays où seulement deux pour cent de la population croyaient en la naissance du petit Jésus ? Mon ami Google m'indiqua que les Japonais fêtaient bel et bien Noël depuis peu et je soupirai de soulagement à cette nouvelle.

C'est purement commercial chez nous, un peu comme Halloween ou la St Valentin.

Je comprends mieux. Pour quand vous faut-il toutes ces informations ?

Le plus tôt sera le mieux. Noël est dans deux mois.

Je m'en occupe dès demain alors.

Merci. Bonne soirée.

Je repris mon souffle, soulagée d'en avoir fini avec cette conversation, pour envoyer des copies d'écran à Juliette afin de la tenir au courant de la suite de notre piège. Après plus d'une heure de papotages frénétiques, nous décidâmes d'aller nous coucher, la tête pleine de rêves romantiques et princiers.

2

Le lendemain, alors que j'essayais de pendre une satanée citrouille en papier au plafond du local de distribution de nourriture, j'entendis une voix familière dans mon dos.

— Framboise ?

J'accrochai un fantôme cartonné sur la droite de ma citrouille.

— Framboise, insista mon patron en se postant au bas de mon escabeau.

Je sursautai, surprise de le voir aussi près de moi.

— Oh, b... bonjour, bégayai-je pitoyablement.

— Framboise, c'est bien cela ? demanda-t-il avec un sourire fascinant.

Il aurait bien pu me baptiser Banane ou Courgette à ce moment-là, plus rien n'avait d'importance. Il était là, face à moi, encore plus beau et sexy que dans mon souvenir.

— Hum... non. C'est Cerise, je m'appelle Cerise.

— Oh, pardon, Cerise ! Je ne m'y ferai jamais, ricana-t-il, dévoilant une rangée de dents toutes plus blanches les unes que les autres.

Je me sentis rougir.

— Ce n'est pas grave.

Je descendis les marches jusqu'à toucher terre et levai le visage pour plonger mon regard dans le sien. Finalement, j'aurais dû rester sur la première marche pour paraître plus grande. Il devait vraiment me trouver minuscule avec mon pathétique mètre soixante.

— J'aurais besoin de vous dans mon bureau, aujourd'hui. Vous pouvez venir m'aider ?

Mon rythme cardiaque s'emballa et mes mains se mirent à trembler légèrement.

— Moi ? Oui… bien sûr… bafouillai-je, mal à l'aise d'être face à un spécimen de cette trempe.

— Suivez-moi, s'il vous plaît.

Mon cœur n'allait pas tarder à s'extirper de ma poitrine s'il continuait à me contempler de la sorte. Il fit demi-tour, m'invitant à lui emboîter le pas dans un long couloir où son fessier se mouvait sensuellement juste sous mes yeux. Je me demandai ce que je ressentirais si j'y plaquais pleinement mes deux mains après avoir simulé une chute dans son dos. Voulant m'éviter un accident cardiaque prématuré, je décidai de fixer mon attention sur mes pieds jusqu'à son bureau.

— Asseyez-vous, je vous prie.

Je pris place sur la chaise qu'il me désigna d'un geste du menton et attendis sagement qu'il s'installe dans son fauteuil en cuir.

— On m'a dit que vous vous y connaissiez pas mal en informatique, s'enquit-il sans se départir de son sourire qui me tuait à petit feu.

— Comme tout le monde, je sais utiliser Word, Excel…

— Parfait, parfait, me coupa-t-il en secouant les mains devant son torse de charpentier parfaitement sculpté sous sa chemise blanche. Word, c'est très bien. Voilà, je vais vous confier une mission, si toutefois vous l'acceptez.

M'aurait-il prise pour James Phelps dans *Mission impossible* ? Je fixai intensément ses lèvres, histoire de vérifier qu'aucune fumée blanche n'en sortait à la fin du message. Ce serait tout de même dommage d'autodétruire une aussi jolie bouche. Surtout que ça pouvait être vraiment utile, une bouche… Personnellement, je voyais des tas d'occasions de me servir de la sienne.

— Cerise ? reprit-il, m'extirpant de ma léthargie.

— Pardon ?

— Je peux vous confier une mission ?

— Oh ! Oui, bien sûr, bien sûr. Si ça peut aider l'association, je suis là pour ça.

Et aussi pour vos jolis yeux, rajoutai-je mentalement.

— Hier, une charmante Japonaise m'a contacté pour organiser un gala de charité dont tous les bénéfices iraient dans les caisses de l'assoce.

— Hum, hum, opinai-je du chef, tiquant un peu sur le terme *charmante*.

— J'aimerais lui faire bonne impression, vous voyez, précisa-t-il en baissant d'un ton pour ne pas être entendu des autres bénévoles.

— Bonne impression, dans quel sens ?

Il s'éclaircit la gorge, légèrement gêné par la précision de ma question.

— Disons que… je voudrais lui montrer le meilleur de moi-même. Je dois lui rendre une biographie ainsi qu'une photo pour ce soir, et je ne suis pas un pro dans ce domaine.

— Le meilleur de vous-même ?

J'avais l'impression d'être un perroquet, les mots avaient du mal à sortir de ma bouche. Il inspira profondément et s'approcha un peu de moi, les paumes posées à plat sur le bois de son bureau.

— Oui, murmura-t-il de manière à peine audible. Je dois avouer que… je ne suis pas insensible à son charme.

Une pointe de jalousie vint titiller mon cœur d'artichaut, cependant, je gardai un sourire de façade tout à fait convenable afin de camoufler les apparences.

— Bien. Je peux taper tout ça dans la journée, mais il faudra me donner des détails sur vous. Je ne connais pas votre biographie.

Il haussa les épaules et se mordilla la lèvre inférieure. Sa magnifique lèvre inférieure, aussi charnue qu'appétissante.

— Je ne sais pas quoi dire non plus ! Inventez quelque chose qui puisse l'impressionner.

— Que j'invente ?

— Oui. Essayez de me faire passer pour quelqu'un de bien, l'homme idéal, vous voyez ? grimaça-t-il, un peu honteux de me demander une telle chose. Vous êtes la plus jeune ici ce matin, et donc la plus à même de savoir ce qu'une demoiselle attend d'un prince charmant.

— Vous n'êtes pas prince !

— Non, mais elle est une véritable princesse ! J'ai passé ma nuit à scruter tous les documentaires à son sujet et... soupira-t-il, les joues légèrement rosies, elle est tellement parfaite !

Je serrai les mâchoires à m'en briser les os, histoire d'oublier un peu les tourments possessifs de mon esprit.

— Vous voulez impressionner une fille que vous ne connaissez même pas ?

— J'ai passé tellement d'heures à regarder ses photos que j'ai l'impression de la connaître désormais. Vous devez me trouver ridicule, n'est-ce pas ?

Étant moi-même une grande fan des réseaux sociaux pour épier la moindre nouveauté, je me voyais mal le juger en retour. Et, soyons honnête, j'avais également scruté chacune de ses photos sur la page Insta de son association. Il avait bien le droit de rêvasser à son tour, même si j'aurais préféré qu'il le fasse sur ma page, plutôt que sur celle de mon moi virtuel.

— Non, je ne vous trouve pas ridicule mais, si vraiment elle vous plaît, vous devriez lui dire franchement au lieu de chercher à l'impressionner à travers des mensonges.

— Je n'ose pas. Une princesse, Myrtille, c'est une véritable princesse !

— Je m'appelle Cerise, pas Myrtille ! lançai-je sèchement avec une pointe d'amertume.

— Oui, enfin, peu importe.

La colère s'insinua dans mes veines, légèrement asticotée par Miss Jalousie qui rongeait son frein depuis deux bonnes minutes.

— Non, pas peu importe ! m'emportai-je tout à coup en bondissant de ma chaise. Mes parents sont morts alors que je n'avais que quelques mois, et la seule chose qu'il me reste d'eux c'est ce prénom de fruit rouge que ma mère adorait plus que tout. Alors non, je ne suis pas une clémentine, une framboise, ni une myrtille. Je suis Cerise, vous entendez ? Cerise !

Il me considéra d'un air perplexe et arqua un sourcil en guise de réponse. Je ne savais plus où me mettre, ni même si je devais quitter les locaux définitivement après ce léger *pétage* de plombs. Je décidai de me rasseoir, la tête haute et les poings serrés. Si une personne devait s'excuser dans cette pièce, ce n'était certainement pas moi. Après quelques secondes d'un silence pesant, il prit enfin la parole.

— Pardon, j'ai été complètement idiot et impoli, lança-t-il dans un flux rapide.

— C'est peu de le dire.

Il afficha un air abattu complètement craquant, une sorte de mélange entre le Chat Potté et un cocker affamé.

— Je n'oublierai plus jamais votre prénom, Cerise. Promis.

Dans sa voix, je captai une sincérité profonde qui me désarma. Je toussotai, légèrement contrite par la tournure qu'avait prise la conversation.

— Oublions cela. Je me suis peut-être un peu emportée.

— Et vous avez eu raison. C'était indélicat de ma part.

La tension s'étant relâchée dans l'atmosphère après cette déclaration honorable, je ne savais plus trop comment réagir ni quoi faire. Je n'arrivais même plus à bouger un orteil et mes oreilles bourdonnaient tant qu'il me semblait qu'elles allaient exploser. La cassette de la mission secrète serait-elle dissimulée dans mes tympans ?

— Vous voulez bien m'aider, alors ? murmura-t-il du coin des lèvres.

— Oui, je vais essayer de vous concocter un CV de compétition, si c'est ce que vous voulez. Aucune fille ne pourra vous résister.

— Je vous remercie. Vraiment, ajouta-t-il après un laps de réflexion. Vous me retirez une sacrée épine du pied.

Je lui lançai un rapide sourire qu'il me rendit aussitôt. Dieu qu'il était beau !

— Bon, eh bien je vous laisse mon ordinateur. Appelez-moi quand vous aurez terminé.

Il commença à se redresser et je sentis mon cœur se serrer de désespoir à l'idée de le voir s'éloigner.

— Vous êtes vraiment sûr de ne pas vouloir lui dire qui vous êtes vraiment ?

— Il n'y a pas grand-chose à raconter. Je suis tout ce qu'il y a de plus inintéressant.

— C'est faux ! Vous avez monté cette association ! Pourquoi ? Comment ? Qu'est-ce qui vous a poussé à vous tourner vers les autres ? Je suis certaine que l'on peut trouver de belles choses dans votre vie.

— Oh, je n'aime pas parler de moi.

— C'est essentiel de s'ouvrir à l'autre si l'on cherche à l'intéresser.

Il eut une expression pensive.

— C'est… difficile. Personne ne connaît mon histoire et je ne tiens pas à m'étaler sur ce sujet.

— Vous pourriez m'en raconter les grandes lignes, et je ferai en sorte d'en ressortir le meilleur. Seulement pour elle.

— Vous seriez là pour entendre la totalité.

— Et alors ? Vous croyez que je vais aller crier sur les toits votre parcours ? Je vous signale que je viens de vous dévoiler la mort de mes parents, c'est autrement plus personnel que votre biographie.

— Je ne sais pas trop…

— Allons, monsieur Compass. Je vous promets que rien ne sortira de ce bureau.

Ses épaules s'affaissèrent sous le poids de la capitulation et, les secondes passant, son visage s'assombrit. Il reprit place dans son fauteuil et mit quelques minutes à ouvrir à nouveau la bouche.

— Lorsque j'avais 10 ans, j'ai eu une tumeur du cerveau, lança-t-il soudainement.

— Diantre ! hoquetai-je de surprise.

Venais-je vraiment de prononcer le mot *diantre* alors qu'il se confiait enfin à moi avec sérieux et confiance ? Non, pitié, faites que ce soit une hallucination auditive, une pensée un peu trop bruyante, qu'importe, tout mais pas *diantre* ! Même ma grand-mère et la grand-mère de ma grand-mère n'utilisaient plus ce mot. Bon, en même temps, la grand-mère de ma grand-mère n'utilisait plus beaucoup de mots depuis quelques années…

J'étais honte, j'étais désespoir, j'étais… moi, tout simplement, avec tout ce que cela impliquait de ridicule et de grotesque. Je me haïssais parfois d'être aussi stupide.

Contre toute attente et à mon grand soulagement, ce pitoyable terme médiéval ne sembla pas le perturber plus que ça. Il entama son histoire sans m'en tenir rigueur.

— Cela explique mes troubles de la mémoire, notamment mon problème récurrent avec les prénoms, précisa-t-il avec un furtif sourire. On m'a opéré à plusieurs reprises durant ma jeunesse et mon parcours scolaire n'a pas été facile. J'ai réussi à aller jusqu'à la terminale, mais j'ai raté mon bac, puis mon permis. Bref, je n'ai jamais atteint les sommets. À peine majeur, je suis monté à Paris pour prouver à mes parents que j'étais capable de m'en sortir sans leur aide, mais j'ai encore une fois lamentablement échoué. Quelques mois plus tard, je dormais sous les ponts et je connaissais la misère mieux que quiconque.

Il parlait sans me regarder, les yeux perdus dans le lointain. Il poursuivit son récit :

— Je suis tombé sur les mauvaises personnes et j'ai fait les mauvais choix. Drogue, vol à l'étalage et j'en passe. Très vite, une association m'a pris sous son aile et m'a sorti de la rue. J'ai trouvé du travail comme caissier dans un supermarché, j'ai repassé le bac en candidat libre, gravi les échelons un à un et quand je suis arrivé au sommet de la hiérarchie à 30 ans, j'ai voulu rendre la pareille. L'année dernière j'ai donc ouvert ce local tous les dimanches afin d'offrir des repas à des personnes dans le besoin. Ce n'est pas grand-chose, mais j'ai l'impression de rendre un peu à la vie ce qu'elle m'a offert.

Le temps était en suspens au-dessus de nos têtes. Il avait laissé transparaître un brin de lui-même à travers sa confidence et je m'en voulais de l'avoir sermonné un peu plus tôt pour mon prénom. Ce détail était si anodin comparé à sa lourde maladie ! La honte me submergea à nouveau et j'aurais voulu entrer dans un trou de souris pour ne plus avoir à subir une telle vague d'émotion.

— Je... Je ne savais pas, dis-je seulement, la mine désolée.

— Personne ne sait, parce qu'il n'y a rien à savoir. Je compte sur votre discrétion.

J'acquiesçai pour lui confirmer ma loyauté à toute épreuve.

— Vous avez un supermarché ? demandai-je afin de changer de sujet.

— Plusieurs, même. Les invendus de la semaine me servent à alimenter les rayons de l'association. Tous les articles dont les dates se rapprochent de la DLC sont stockés puis redistribués à ceux qui en ont besoin.

— C'est très généreux.

— Non, c'est dans la logique des choses. Chaque magasin devrait faire de même, au lieu de tout jeter dans des poubelles gorgées de produits toxiques. Je ne comprends pas que l'on puisse balancer autant de nourriture quand des milliers de gens meurent de faim sous nos fenêtres.

Je ne pouvais détacher mon regard de cet homme aussi beau que bon, de l'extérieur comme de l'intérieur. Une véritable pièce montée de mariage au cœur fondant en chocolat.

— Pourquoi vouloir lui mentir ?

— Pardon ?

— À la princesse qui vous intéresse. Pourquoi vouloir lui dire autre chose, alors que vous êtes tout simplement fascinant ?

— Un type sans diplôme, qui est passé par la case SDF drogué, vous trouvez ça fascinant ? ricana-t-il en secouant la tête.

— Vous êtes un homme d'affaires, un battant avec un cœur d'or. N'importe quelle fille craquerait avec votre histoire.

— Je ne tiens pas à lui dévoiler qui je suis, ni qui j'ai été. Je voudrais juste la faire rêver, lui expliquer que j'ai fait de grandes études et que cette association est le fruit d'un travail longuement réfléchi, et non pas un simple renvoi d'ascenseur.

— Comme vous voulez, acceptai-je en haussant les épaules. Je vais essayer de vous pondre quelque chose de féerique alors, comme on peut en voir dans toutes les romances actuelles. Un homme idéal avec un passé de premier de la classe et une carrière toute dessinée depuis ses premiers pas.

Il hocha la tête en guise d'approbation.

— Ce serait parfait.

Il me gratifia d'un sourire reconnaissant et quitta la pièce sans rien ajouter de plus. Je pris place dans son fauteuil, face à son ordinateur, et entamai une biographie mensongère qui, de toute façon, ne servirait à rien d'autre qu'à alimenter ma messagerie Instagram tout aussi mensongère...

— Je vous invite à déjeuner ?

— Pardon ?

Je levai la tête de mon écran et découvris la tête de Nicolas dans l'interstice de la porte. Je jetai un œil à ma montre et ouvris de grands yeux étonnés.

— Il est déjà midi ?

— Oui. J'imagine que vous avez dû écrire un roman, dit-il en riant de bon cœur. Ça va faire deux heures que vous pianotez sans relâche.

— Oh mon Dieu, je n'ai pas vu le temps passer.

Il faut dire qu'il est facile de plonger au pays des songes quand on a l'esprit vissé sur un tel spécimen. Je l'avais imaginé monter les marches de la réussite dans le but de redistribuer aux nécessiteux le fruit de son travail et j'avais adoré cette immersion onirique. Surtout le passage où je l'imaginais en tenue d'Adam, pour être honnête...

— Un petit resto italien, ça vous dit, pour vous remercier ?

— Oh non, je ne veux pas que vous vous sentiez redevable de quoi que ce soit, répondis-je aimablement.

— J'y tiens ! Et puis, il y a un joli jardin à l'arrière du restaurant où vous pourriez me prendre en photo pour la biographie.

J'acquiesçai d'un bref mouvement du menton.

— Pourquoi pas ? Si c'est pour rendre service.

Pas très honnête, j'avoue. Je rêvais de ce tête-à-tête plus que tout au monde, mais j'avais peur de passer pour une grosse nymphomane-seule-et-désespérée si je me mettais à sauter dans tous les sens en dansant la cucaracha sur un air de victoire. Je récupérai donc sobrement mon manteau accroché à la patère de l'accueil et le suivis jusque dans une magnifique voiture noire aux effluves de cuir neuf.

— Vous avez passé votre permis, finalement !

— Rien ne dit que je l'ai réussi, s'amusa-t-il avec un clin d'œil complice. Je plaisante, ajouta-t-il devant ma tête consternée. Je l'ai eu il y a trois ans, rassurez-vous, je ne suis pas assez dingue pour conduire dans Paris sans permis.

— Mes parents ont été tués sur la route par un taré sans permis.

Je venais de plomber l'ambiance en une seule phrase, ce dont il ne se formalisa pas. Au contraire, il sembla être touché par mon passé. Son visage reflétait la tristesse et la compassion alors que nous nous connaissions à peine. Je me sentais bien avec lui et le fait de partager les événements traumatisants de ma vie coulait de source.

— Vous avez été adoptée, par la suite ?

— Non, c'est ma grand-mère qui m'a élevée. J'ai longtemps cru qu'elle était ma propre mère, et puis, un jour, elle m'a appris la vérité en sortant de l'école. Comme ça, de but en blanc. « Tes parents sont morts, moi, je ne suis que ta grand-mère », l'imitai-je d'une voix nasillarde, le cœur serré au souvenir de cette annonce dont chaque mot remontait à la surface comme de petites bulles de champagne empoisonnées.

— Cela a dû être très traumatisant.

— Légèrement. En fait, carrément. J'ai eu l'impression de me prendre la foudre en pleine tête, mais j'ai gardé ça pour moi et depuis, j'essaie de faire avec.

Il haussa les sourcils, réfléchissant certainement à l'impact d'une telle révélation sur le cerveau d'un enfant.

— Pourquoi faire du bénévolat ?

— Je ne sais pas, mentis-je, alors que l'unique raison se trouvait sous mon nez.

Six mois auparavant, alors que je faisais mes courses avec Juliette, j'avais croisé M. Compass au rayon alimentaire qui distribuait des tracts pour son association. Je lui avais demandé s'il cherchait des bénévoles et j'avais signé sur-le-champ. Le pauvre ! Il réclamait des fruits et légumes en conserve et avait récolté une Cerise en chair et en os.

— C'est très généreux de votre part de passer tous vos dimanches avec nous. C'est plutôt rare pour une jeune fille. En général, elles préfèrent s'amuser avec leurs amies ou sortir avec leur copain.

Voulait-il insinuer par là que je n'avais aucune vie sociale ? Je décidai de passer outre à ce sous-entendu qui ne devait être, en fait, qu'une simple maladresse. Ou un moyen détourné pour savoir si j'avais un copain… Non, faut pas rêver…

— C'est un plaisir d'être bénévole. Et puis, je ne suis pas la seule jeune chez vous. Samantha n'a que deux ou trois ans de plus que moi, il me semble.

— Oui, mais… c'est ma nièce. Disons que sa mère la pousse un peu à mettre la main à la pâte.

— Vraiment ?

— Oui. En fait, tous les bénévoles de l'association font partie de ma famille, à part vous.

C'est juste une question de formalité, bébé, pensai-je si fort que j'eus peur de l'avoir prononcé à voix haute. Dieu merci, cette fois j'avais réussi à me taire.

Alors que je m'imaginais déjà apposer ma signature au bas du contrat de mariage pour devenir la future Mme Compass, il gara la voiture devant un magnifique restaurant italien et en sortit. Un voiturier s'empara des clés et vint m'ouvrir la portière avant de s'échapper au volant du rutilant cabriolet. Je contemplai avec émerveillement les colonnes de marbre de part et d'autre de l'imposante façade en verre.

— Un petit resto ? demandai-je en arquant un sourcil.

— Il n'est pas si grand à l'intérieur. Vous me suivez ?

Il m'invitait dans un établissement luxueux qui n'avait rien à voir avec le boui-boui local à l'odeur de sauce tomate où j'avais l'habitude de commander mes pizzas. La salle était aussi impressionnante qu'un musée et je me surpris à chuchoter, de peur de déranger le personnel.

— Vous n'auriez pas dû choisir ce restaurant, je ne porte même pas de robe.

— Votre jean est parfait, ne vous inquiétez pas.

— Vous allez vous ruiner !

Il esquissa un sourire malicieux sans me contredire au sujet de la note faramineuse qui l'attendrait à la sortie. Un serveur nous salua avec déférence, prit nos manteaux et nous installa dans une alcôve à la décoration chargée. Tapisserie au mur, tableaux, dorures et sculptures angéliques étaient de la partie. Il y en avait tant que mon appétit s'en trouva coupé. À moins que ce ne soit le stress, l'unique coupable de cette nausée larvée. Le fait de me retrouver seule à table avec lui me mettait dans tous mes états. Il m'impressionnait, me fascinait, m'envoûtait totalement... et je ne savais absolument pas quelle fourchette il faudrait utiliser pour quel plat. Horreur ! La nappe ressemblait à un stand de brocante avec un service à couverts de cent cinquante-huit pièces dont je ne connaissais que les basiques. Couteau, fourchette, petite cuillère. À quoi pouvait donc servir le reste de l'argenterie ? Instruments de torture, peut-être ?

— Vous venez souvent ici ? demandai-je en inquisitrice.

— Pas très souvent, non. Mais je me suis dit que vous aimeriez.

— Pourquoi cela ?

— Je ne sais pas, une intuition. Ils font de délicieuses pizzas.

— J'ai donc une tête de mangeuse de pizzas !

— Je me trompe ?

— Pas du tout. Je suis même une grande fan de la maxi pepperoni.

— Je sais.

— Vous savez ?

— J'ai vu ça sur Facebook, avoua-t-il en grimaçant honteusement.

— Vous me suivez sur Facebook ?

— Disons que j'ai jeté un œil rapide, le jour où vous avez rempli la fiche d'inscription. Je ne fais pas entrer n'importe qui dans l'association.

Je plissai les yeux, sceptique.

— Je suis inscrite chez vous depuis trois mois, or le post concernant la maxi pepperoni date d'il y a deux semaines, dis-je, ravie de le piéger et de constater qu'il continuait à suivre mes péripéties sur le Net.

— Ouch, pris la main dans le sac, grinça-t-il en tordant la bouche. J'avoue, j'ai jeté un œil il n'y a pas longtemps. Je vous ai demandé en ami et vous m'avez accepté, alors...

Je plissai le front.

— Nous sommes amis Facebook ? Je ne me souviens pas d'un certain Compass !

— Supermarché Casino, peut-être ?

— Oh ! C'est vous ?

— C'est moi.

— Ravi de vous rencontrer, monsieur Supermarché Casino.

— J'espère que vous ne m'en voulez pas. Je ne veux pas que vous vous sentiez traquée ou quoi que ce soit. C'est juste... professionnel. J'aime bien avoir un œil sur les gens qui bossent avec moi.

— Je comprends. Ne vous en faites pas, tout le monde agit ainsi de nos jours, monsieur Compass.

— Appelez-moi Nicolas, je préfère.

— Très bien... Nicolas, répondis-je, réjouie, quoique légèrement décontenancée.

Le serveur nous apporta les cartes, accompagnées des deux Bellini bien frais que Nicolas avait préalablement commandés à notre arrivée. Ce cocktail était l'un de mes préférés avec son petit goût de pêche blanche et je n'arrêtais pas d'en vanter les mérites sur Facebook. Il fallait vraiment que j'arrête d'étaler l'étendue de mes placards sur mon mur, parce que j'avais l'impression de ne plus avoir aucun secret pour mon hôte. Avait-il aussi lu que je venais de m'acheter une crème anticellulite ? Oh non... l'humiliation. Je devais à tout prix supprimer ce fichu compte dès ce soir.

Alors que je plongeais mes lèvres dans la boisson fruitée, un doute naquit dans mon esprit.

— Vous saviez donc que je m'appelais Cerise, n'est-ce pas ? Puisque vous me suivez sur Facebook. Pourquoi avoir affirmé le contraire ?

Il fourragea dans ses cheveux bruns et tomba brièvement dans un silence pensif.

— Non, malheureusement, c'est la vérité. Comme je vous le disais tout à l'heure, je souffre de troubles de la mémoire immédiate et de difficultés de concentration qui me gâchent la vie. J'arrive à associer votre visage à un fruit, mais parfois, je ne me souviens plus lequel.

— Ça doit être terrible.

— J'ai appris à vivre avec, fit-il, résigné. C'est surtout dérangeant lorsque je veux discuter avec des gens qui ne savent rien de moi. Souvent, ils pensent que je suis hautain ou dédaigneux, alors que je ne suis que réservé. C'est pourquoi je m'entoure essentiellement de membres de ma famille et j'évite les autres.

Cela n'avait pas dû être facile de me demander de l'aide ce matin, alors, et pourtant il avait franchi le cap. Pour sa princesse de malheur.

— Je suis désolée de vous avoir rabroué un peu sévèrement quand vous m'avez appelée Myrtille.

— C'est compréhensible de se mettre en colère quand on n'est pas au courant. Je vais faire tout mon possible pour m'en souvenir, désormais.

— Tant que vous éradiquez Courgette ou Patate, ricanai-je en repensant à ma conversation de la veille avec Juliette.

— Si cela arrive un jour, je vous autorise à me traiter de goujat, parce que vous n'avez rien d'un légume, loin de là.

Je me sentis rougir à ce compliment. Pour lui, je ne ressemblais pas à un légume, et c'était de première importance à mes yeux. Là où d'autres auraient pu se vexer, je planais sur un petit nuage.

— Merci, répondis-je timidement alors que mes doigts trituraient le pied de mon verre.

Mon regard se porta sur la baie vitrée qui donnait sur le joli jardin à l'arrière du restaurant. À l'approche d'Halloween, il avait été décoré de dizaines de citrouilles entreposées devant une grande fontaine en marbre blanc bardée de toiles d'araignée.

— Le jardin est magnifique.

— Magnifique, dit-il sans me lâcher du regard.

Le son rauque de sa voix me procura un frisson divin.

Le serveur ne tarda pas, avec son infatigable sourire accroché sur le visage. Sans grande surprise, je commandai une pizza pepperoni et un tiramisu au café. Le repas fut aussi délicieux que passionnant. Je buvais ses paroles d'une fraîcheur exquise et mangeais la meilleure pizza au monde. Un cocktail détonant de régal à l'état pur ! Il me raconta ses déboires de jeunesse et je me confiai sur la catastrophe de ma dernière relation amoureuse. Tout était si simple avec lui, si naturel. Il me semblait le connaître depuis toujours et les trois heures passées ensemble me parurent durer moins de la moitié.

— On va la faire, cette photo ? demanda-t-il alors que je me régalais des dernières traces de mascarpone au fond de ma verrine.

— Je vous suis.

Après avoir réglé l'addition, Nicolas demanda au serveur si nous pouvions nous rendre au jardin quelques instants et celui-ci n'y vit aucun inconvénient. Mon modèle s'assit sur le rebord de la fontaine, attendant patiemment que je termine de le mitrailler en essayant de trouver le meilleur angle de vue. Ce n'était pas bien difficile avec lui, quelle que soit sa position, il était beau comme un dieu.

— Je crois que vous pourrez trouver votre bonheur dans le tas, clamai-je en faisant défiler les clichés sur l'écran de son téléphone.

— Faites voir.

Il se leva et vint tout contre moi afin d'observer le résultat. La proximité de son corps me procura une nouvelle fois des frémissements de désir. Ce type était bien plus efficace qu'une climatisation, un véritable distributeur à frissons. Et même si la température avoisinait les cinq degrés ce jour-là, je ne m'en lassais pas. Ses effluves divins s'insinuèrent dans mon esprit, me plongeant dans un monde idéal au parfum de romantisme. Troublée, je lui tendis l'iPhone. Il me sourit tendrement et effleura ma main du bout des doigts. Cet infime contact charnel me fit tressaillir de la tête aux pieds.

— C'est vraiment parfait, murmura-t-il, alimentant un peu plus mes rêves sentimentaux.

— Oui, ces photos sont très jolies.

Ma voix était fragile et vulnérable par tant d'émotion. Il dut s'en rendre compte car son regard se planta dans le mien, faisant monter la température extérieure d'une bonne trentaine de degrés.

— Très jolies, répéta-t-il après moi.

— Je suis certaine que votre princesse va apprécier.

— En fait… je me fiche un peu de ce qu'elle pourrait penser de moi.

— Ah oui ?

Ma question était un murmure entre mes lèvres. Le souffle froid du vent fit virevolter quelques feuilles mortes autour de nous, mais plus rien n'avait d'importance sinon la puissance de son regard. Chaud, pénétrant, assez brûlant pour me faire oublier la température glacée de ce début d'après-midi. De plus en plus sous son emprise, je me sentais fondre comme neige au soleil. Le silence semblait intense, presque palpable. Nicolas repoussa une mèche de cheveux derrière mon oreille et en profita pour caresser tendrement le contour de ma mâchoire. Mon cœur battait la chamade à en souffrir. Mes yeux ne cessaient de convoiter ses lèvres pleines de promesses. Il les humecta d'un glissement de langue sensuel et je crus bien défaillir à cette vision. Il exhalait de lui une charge sensuelle qui me procurait des vibrations jusqu'à mon entrejambe.

— Cerise, murmura-t-il tout près de ma bouche, si nous allions explorer ce jardin ?

Cerise. Il ne s'était pas trompé. Il ne se tromperait plus désormais, pas après ce regard, pas après ce moment de grâce que nous étions en train de partager. Mon prénom serait pour toujours gravé dans son esprit.

Nous marchâmes vers un bosquet à l'abri des regards et là, il prit mon visage entre ses mains. Je restais les bras ballants, sans savoir quoi dire, ni faire. Il se pencha lentement et effleura mes lèvres sensibles des siennes. Les plus délicates que j'aie de ma vie senties sur ma peau. J'aurais voulu les dévorer afin qu'elles m'appartiennent pour toujours, mais je ne bougeai pas, alanguie, entre ses bras puissants et fermes. Le souffle chaud qui vint se poser sur ma bouche me tira un nouveau frisson divin. Cette étreinte n'avait rien d'un baiser, c'était un avant-goût délicieux, une sorte de calme avant la tempête. Il me lécha l'intérieur de la lèvre avec une subtilité inouïe. On ne m'avait jamais embrassée avec tant de douceur et de volupté. Il prenait son temps et j'aimais ce qu'il me faisait. Tout. Dans les moindres détails. Jusqu'à la proximité de son torse effleurant timidement ma poitrine. Sa main droite quitta ma joue pour venir caresser mon cou, avant de s'engouffrer dans mes cheveux. Une onde de chaleur se propagea dans mon crâne à son contact. Sa respiration se faisait plus difficile. Il me désirait, je pouvais le sentir dans chaque parcelle de mon corps. Ma gorge s'assécha et mes mains se mirent à trembler. Je les posai dans son dos et il en ferma les paupières. Peut-être attendait-il un geste de ma part, une autorisation pour poursuivre notre flirt en quelque chose de plus charnel ? Je glissai mes doigts sous sa chemise en flanelle, profitant de la chaleur exquise de son corps. Il s'empara enfin de ma bouche tandis que mes mains vagabondaient désormais sur son ventre, faisant se contracter ses abdominaux d'acier sous ma peau. Sa langue se fit plus vorace, notre baiser n'avait plus rien de modéré, il était tout simplement charnel, érotique, parfait. Les clients au loin dans la salle n'avaient plus d'importance, nous n'étions plus que deux, lui et moi, dans ce monde idéal. La température montait dangereusement et il était temps de mettre un terme à nos caresses passionnées si nous ne voulions pas dépasser les frontières de la bienséance. Je me dégageai de son étreinte sauvage tandis qu'il continuait à mordiller ma lèvre inférieure.

— Nicolas, nous devrions peut-être arrêter.

— Peut-être, dit-il sans avoir l'air de le penser une seconde.

Sa bouche taquine plongea avec impatience dans mon cou. J'entendais son souffle erratique dans mon oreille et n'avais aucune envie que cela s'interrompe. Pourtant, il fallait que l'un de nous se montre raisonnable si nous ne voulions pas être congédiés du restaurant. Je fis un nouveau pas en arrière et stoppai sa frénésie d'une main sur son torse.

— S'il te plaît, Nicolas.

Ses yeux retrouvèrent leur douceur, dénués de l'éclat animal qui les alimentait jusqu'alors.

— Pardon, fit-il simplement.

— Tu n'as pas à t'excuser. J'ai adoré ce baiser, mais… des gens pourraient nous voir.

— Oui, bien sûr. Je ne sais pas ce qu'il m'est arrivé.

— On en avait envie, c'est tout.

Il sourit à mes paroles et m'administra un timide baiser sur la bouche pour conclure notre embrasement mutuel.

— J'ai vraiment aimé, ce baiser et… j'espère que ce ne sera pas le dernier.

— Je l'espère aussi, déclarai-je tout contre sa bouche.

— On pourrait peut-être se voir ce soir ? Ou demain ? Pour… un ciné ou un autre restaurant. Qu'est-ce que tu en dis ?

— Demain matin, je travaille tôt, il vaut mieux que j'évite de me coucher tard, mais on peut se retrouver mercredi soir, si tu veux. Je ne bosse pas jeudi.

— OK, disons mercredi soir, alors.

— Tu n'oublieras pas ? le taquinai-je.

— Je pense que je vais me le faire tatouer sur le front.

Nous éclatâmes de rire, plus heureux et complices que jamais.

Le retour dans les locaux de l'association se fit main dans la main, sous le regard étonné de sa famille. Nicolas retourna dans son bureau tandis que je filais vers le centre de distribution où une longue file d'attente s'étirait jusque sur le trottoir. Annie m'attendait derrière une pyramide de boîtes de conserve, un sac à la main.

— Dieu merci, tu es de retour ! J'ai cru mourir !

— Il y a un monde fou aujourd'hui, remarquai-je.

— Mercredi, c'est Halloween, alors les gens viennent chercher une citrouille. Ce n'est pas parce qu'ils n'ont pas d'argent qu'ils ne font pas la fête.

— Encore heureux ! Le bonheur est l'une des seules choses encore gratuites de nos jours.

Un sourire taquin vint illuminer son visage.

— En parlant de bonheur… J'ai vu que tu sortais avec M. Compass ?

Je me demandais bien pourquoi elle l'appelait ainsi alors qu'elle faisait partie de sa famille. Sûrement pensait-elle que je n'étais pas au courant.

— Nicolas et moi, c'est très récent. À vrai dire, on ne s'y attendait pas du tout.

— Je suis contente pour vous deux. Il mérite un peu de bonheur après...

La phrase mourut sur ses lèvres, de peur d'en avoir trop dit.

— Sa maladie ? continuai-je pour elle.

Elle acquiesça tristement.

— Il t'a raconté ?

— Oui. Sa tumeur, ses pertes de mémoire, je suis au courant de tout.

Elle haussa les sourcils, visiblement agréablement surprise.

— Tu es bien la première à qui il se confie. Même son ex-femme ne le savait pas.

La stupeur me frappa de plein fouet.

— Son ex-femme ?

— Nicolas était marié avec une pimbêche insupportable qui n'en avait qu'après son argent. Le souci, c'est qu'il oubliait tout le temps son anniversaire, sa fête ou leur anniversaire de mariage, du coup, elle a fini par le quitter.

— Quelle idiote !

Je mis deux boîtes de thon, des haricots verts et des choux de Bruxelles dans un sachet en plastique et le tendis avec un large sourire à une grand-mère qui patientait. Elle ne prit pas la peine de me remercier, comme en général une personne sur deux au centre. Souvent les gens sont gênés de bénéficier de notre aide et cela se traduit par des comportements diamétralement opposés : soit une reconnaissance éternelle se lit dans leurs yeux, soit une ignorance totale. Je ne m'en offusquai pas et continuai à fourrer des victuailles dans un nouveau sac tout en poursuivant ma conversation.

— Ils sont divorcés depuis longtemps ? repris-je, curieuse.

— Quelques mois. Ça n'a pas été facile pour lui et je crois qu'il commence à peine à s'en remettre. C'est un chic type, tu sais.

— Tu le connais depuis longtemps ?

Un sourire s'afficha sur son visage ridé.

— Depuis sa naissance. Je suis sa tante, en fait, s'ouvrit-elle à moi. Sur ta droite, tu peux voir Georges, mon mari. À côté, Serge ; c'est le père de Nicolas. Et à l'entrée, là-bas, il y a Luisa, sa cousine.

— Et les deux types au rayon frais ? Je ne les ai jamais vus.

— Ce sont des livreurs du magasin qui viennent filer un coup de main quand on est vraiment débordés.

La foule devenant de plus en plus dense, nous dûmes stopper là nos bavardages afin de nous consacrer à notre travail. Je me sentais utile et comblée d'apporter un peu de réconfort à tous ces gens. Le soir, je rentrai chez moi éreintée, mais pleinement heureuse.

3

Les trois jours suivants s'étirèrent avec une lenteur insupportable. Heureusement, Nicolas m'envoyait des SMS sans arrêt pour me faire patienter. Apparemment, il avait réservé dans un grand restaurant sur les Champs-Élysées et je n'avais aucune idée de ce que je pourrais porter pour l'occasion. Ayant rendez-vous à 20 heures, je fis venir Juliette chez moi deux heures plus tôt dans le but de passer en revue ma garde-robe et mes accessoires. Une serviette sur la tête, je défilai dans mon salon, arborant tour à tour une dizaine de tenues différentes pour que ma meilleure amie puisse en juger. À entendre ses conseils précis et sa franchise légendaire, j'avais l'impression de participer à l'émission *Les reines du shopping* et de m'en prendre plein la figure.

— Oublie cette combinaison, Cerise, elle n'est pas adaptée à ta morphologie en huit.

Il ne manquait que l'indispensable accent brésilien pour parodier Cristina Córdula.

— Tu sais ce qu'elle te dit, ma morphologie en huit ? m'amusai-je après lui avoir tiré la langue.

— Oui, elle me dit : « S'il te plaît, sors-moi de ce sac à pommes de terre », se moqua-t-elle d'une grosse voix éraillée.

— Ma morphologie parle comme Jeanne Moreau maintenant, c'est nouveau ?

— C'est parce qu'elle est en train d'étouffer sous ce tissu abominable. On dirait que tu vas à la messe. Retire-moi ça et va mettre une robe, si tu ne veux pas qu'elle meure d'asphyxie.

— OK, OK, va pour la robe, dis-je en retournant dans la salle de bains pour me changer. La noire ou la verte ?

— La verte, elle fait ressortir tes yeux.

J'enfilai une paire de collants marron et me glissai dans la robe de créateur offerte par ma grand-mère pour mon anniversaire. Elle mettait en valeur ma poitrine tout en marquant ma taille comme une bouteille de Coca-Cola.

— Ah ! s'exclama Juliette en me voyant arriver d'un pas traînant. C'est parfait !

— On dirait un sapin de Noël, bougonnai-je après avoir examiné le résultat dans le miroir. Il suffit d'ajouter une étoile sur ma tête pour parfaire la ressemblance.

— Pas du tout, tu es adorable avec ça.

— Je ne veux pas être adorable, je veux être désirable !

— Alors, vire-moi ces collants opaques marronnasses et file t'acheter des bas résille.

— Même pas en rêve. J'ai dit désirable, pas baisable.

— Arrête un peu de faire ta mijaurée. On sait très bien toutes les deux que tu n'en penses pas moins.

— Pas du tout !

— Ah oui, explique-moi un peu pourquoi tu n'as pas mis une de tes habituelles affreuses culottes en coton ? répliqua-t-elle en riant tandis que mes joues s'empourpraient.

— Le vent pourrait soulever ma jupe. Il faut parer à toute éventualité.

— Bien sûr… Surtout l'éventualité d'une main baladeuse.

Malgré l'intensité de nos rires, je pus entendre une petite sonnerie, signe d'un nouveau message Instagram. Je jetai un œil sur l'écran de mon téléphone et mon sourire se fana instantanément.

— Qu'est-ce qui se passe ? demanda Juliette, voyant que l'ambiance n'était plus à la blague potache.

— Nicolas m'a écrit.

— Et alors ? Il t'écrit tous les quarts d'heure en ce moment…

— Non, je veux dire… il a écrit à princesse Mako, mon moi virtuel.

Elle haussa une épaule d'un air détendu.

— Il veut toucher les bénéfices du gala de charité, c'est normal qu'il reprenne contact avec elle. Non ?

Mon regard ne pouvait se détacher du message. Il n'y avait rien de professionnel dans sa façon de parler et chaque mot me faisait l'effet d'un poignard qu'on enfonçait dans mon cœur.

— Cerise, t'es toujours en vie ?

— Je ne sais pas trop.

— Qu'est-ce qu'il raconte, au juste ?

Je lus à voix haute :

Chère Mako, je suis désolé de ne pas avoir pu vous écrire plus tôt, mais j'ai été très pris par mon travail.

— Oui, bof. C'est poli et plutôt expéditif.

— Attends, ce n'est pas terminé :

Je vous envoie les informations demandées ainsi que ma photo qui, je l'espère, vous plaira. Je n'arrête pas de regarder les vôtres sur internet et je vous trouve vraiment très belle.

Lecture assassine.

— Le chameau ! Il y a une suite ?

— Non. Juste « très belle » et paf, un point final.

— Tu vas faire quoi ?

— Que veux-tu que je fasse ! Si je lui dis que c'est un bel enfoiré, il risque de comprendre qu'il y a un truc louche derrière ce profil.

Elle inspira profondément et prit le temps de la réflexion.

— Joue le jeu, lança-t-elle avec une lueur espiègle dans le regard.

— Comment ça ?

— Entre dans la peau de Mako et vois jusqu'où il va avec elle. Après tout, il lui a juste fait un compliment, il n'y a rien de dramatique. Maintenant, s'il se met à la draguer ouvertement, ça sera autre chose.

— Il lui dit qu'elle est belle, et tu ne trouves pas ça dramatique, toi ?

— Non. Je reçois des tas de messages dans ce genre sur Insta ou Facebook. J'imagine que c'est la nouvelle mode pour se présenter. Certains types m'envoient même la photo de leur membre érigé, histoire de me saluer plus personnellement.

— Beurk ! Les mecs sont des porcs.

— Dis-lui que tu le trouves très beau, toi aussi. Et on verra s'il va te saluer de manière aussi graveleuse.

Mes doigts couraient sur l'écran sans hésitation.

Cher Monsieur Compass. Je vous trouve très beau et je regrette de ne pas être en France pour pouvoir vous le dire en face.

Je validai, fébrile. La réponse ne tarda pas à arriver.

Qu'est-ce qui vous empêche de venir ?

J'ai des obligations à Tokyo, je ne peux pas me permettre de m'absenter longtemps.

Dans ce cas, que diriez-vous si je venais vous voir au Japon ?

J'en serai ravie. Nous pourrions animer le gala de charité ensemble.

Seulement le gala ?

Peut-être plus, si affinités.
Il me tarde déjà de tester nos affinités…

Pétrifiée et les yeux bordés de larmes, je scrutai les dernières lettres, espérant de façon illusoire qu'elles disparaîtraient d'elles-mêmes. Mes entrailles se liquéfiaient peu à peu. Je ne pensais même pas qu'on pouvait avoir aussi mal après un simple flirt. Un seul baiser, une bassesse et mon monde s'écroulait ! Juliette jeta un œil à l'écran et fit une moue compassée qui me noua encore plus l'estomac.

— Ce mec est un enfoiré, Cerise. Encore un. Vire-le avant qu'il ne te fasse du mal.

— Tu crois que je ne souffre pas déjà ?

— Plus tu attends, pire ce sera. Dis-lui que tu ne veux pas aller au restaurant ce soir et tourne la page dès maintenant.

Je serrai les mâchoires.

— Non. Je veux lui dire en face ce que je pense de lui, voir comment il va réagir quand je lui cracherai à la figure.

— Il ne mérite même pas un jet de salive. Plaque-le sans préavis, crois-moi, c'est le mieux à faire dans ces situations.

La douleur de la trahison me torturait le cœur et l'âme. Comment pouvait-il prévoir un voyage de presque dix mille kilomètres juste pour *tester ses affinités* ?

Malgré les injonctions de mon esprit, je décidai de me rendre à notre rendez-vous sans lui avouer que j'étais la fameuse princesse de ses rêves. Après tout, quelle meilleure vengeance que de l'envoyer à l'autre bout du monde inutilement ? Cet imbécile se rendrait compte par lui-même de sa naïveté et j'espérais bien qu'il s'étoufferait avec. Noyée dans un flot de questions, je me demandais s'il allait avoir un sursaut d'honnêteté ce soir et rompre avant que je ne le fasse. Juliette tenta de me persuader à maintes reprises de mettre un terme à cette mascarade, mais la curiosité l'emporta sur la rage. Je voulais voir s'il arriverait à me regarder en face après ce qu'il avait balancé à cette inconnue. Et puis je voulais qu'il paie. Cher. Très cher, et la carte de son sublime restaurant gastronomique allait grandement me faciliter la tâche. À moi les doubles homards, le caviar au kilo et autres mets succulents qui allaient lui coûter les yeux de la tête. Il avait voulu jouer à l'imbécile, et bien il allait être servi.

Il vint me chercher vers 20 heures. L'ambiance n'était pas au beau fixe dans la voiture. On se serait presque cru sur un iceberg, en plein océan Arctique.

— Ça n'a pas l'air d'aller, Cerise ? s'inquiéta-t-il alors que je tournais la tête vers la fenêtre pour éviter son baiser.

Je me forçai à chasser de mon esprit le scénario obsédant du couple de tourtereaux chantant amoureusement dans un karaoké de Tokyo. Peine perdue. En plus, ils chantaient mal !

— J'ai mal au cœur.

— Oh. Tu veux qu'on reporte ?

— Pourquoi, t'as la nausée, toi aussi ? répliquai-je nerveusement.

— Eh bien… non. Je vais très bien.

— Je n'en doute pas, ruminai-je à voix basse.

— Tu es sûre que tu ne veux pas annuler ? Ou bien, nous pouvons aller chez moi, le temps que ça passe.

— Je ne pense pas que cela puisse passer. En général, quand je suis dans cet état, il faut que je mange. Beaucoup, précisai-je avec une pointe de mesquinerie malsaine dans la voix.

— Tu manges pour faire passer la nausée ?

— Oui, c'est un truc de grand-mère. Pour peu que ce soit servi avec un grand vin et du champagne, c'est radical.

— Je suis sûr qu'ils auront tout ce qu'il te faut, là où nous allons.

Et moi, j'étais sûre qu'il se souviendrait à vie de cette soirée. Et son portefeuille aussi... Peut-être même son banquier...

Il se gara devant le restaurant et confia son précieux véhicule au voiturier posté sur le trottoir. Comme prévu dans mon plan machiavélique, je commandai un cocktail au champagne et à l'armagnac hors de prix.

— Tchin, fit-il en venant frotter son verre contre le mien. Tu es vraiment très belle, ce soir.

Une furieuse envie de distiller quelques gouttes de poison dans sa coupe me traversa l'esprit.

— Merci, crachai-je en noyant mon chagrin dans l'alcool d'un trait.

La colère perçait sous mon calme apparent et une rivière d'eau-de-vie n'aurait pu éteindre le feu qui m'animait.

— Tu... tu as déjà terminé ? s'étonna-t-il en me voyant ingurgiter le PIB d'un pays pauvre en une goulée.

— J'avais soif.

— Tu en veux un autre ?

— Deux, répondis-je laconiquement.

Il leva la main et passa aussitôt commande de mes deux cocktails vengeurs. Le garçon se retira avec déférence, je crus même qu'il allait me faire une courbette tant il semblait ravi de se débarrasser de ce tord-boyaux hors de prix. Une minute plus tard, mes deux verres attendaient déjà sur la nappe immaculée de notre table.

— Au fait, je ne t'ai pas dit, fit-il avec une expression angélique. Tu te rappelles cette Japonaise dont je t'ai parlé ?

Ma bouche tendue se mua en un trait fin qui disparut totalement de mon visage. Avec ma robe verte et mon visage dénué de lèvres, je devais ressembler à Bécassine. Une référence en matière de glamour !

— Oui, la princesse.

— Elle m'a invité à Tokyo pour Noël, pour le gala de charité.

Je fermai les yeux et imaginai le claquement jouissif que ferait ma main sur sa joue. J'en avais même de petits crépitements au bout des doigts. J'ingurgitai une nouvelle gorgée de cocktail dans un semblant de sourire forcé.

— C'est génial !

Je luttais pour garder le contrôle de mes émotions, mais la lutte et moi n'avons jamais été de grandes amies : mon regard torve devait lancer des flammes. Nicolas ne parut pas s'en rendre compte.

— Oui, je vais y rester quelques jours, histoire de visiter les profondeurs du pays.

La bonne blague... Depuis quand appelait-on l'entrejambe d'une princesse *un pays* ?

— Oh ben oui, ce serait dommage de rater ça, ironisai-je, résistant contre le besoin de plus en plus irrépressible de le gifler.

— Je sens que ça va être fabuleux ! Il me tarde déjà de goûter à toutes les spécialités du pays.

Le fameux *pays*...

Je voyais d'ici quel genre de spécialité exotique il voulait expérimenter...

Je me sentis soudain incapable d'avaler ma gorgée d'alcool. J'avais tout simplement envie de la lui cracher à la figure. Je m'abstins. Je n'étais pas un lama. Après tout, Juliette m'avait dit qu'il ne méritait même pas un jet de salive et elle avait raison. Il ne méritait rien, pas même mon attention. Qu'est-ce que j'étais venue faire là, à part me torturer inutilement l'esprit et vider son compte en banque ?

— Je crois que je vais rentrer, déclarai-je en me redressant.

— Tes nausées ne passent pas ?

— Non, je dirais même que ça s'aggrave. Ta tête me donne envie de vomir, c'est physique.

— Quoi ?

— Tu me donnes la gerbe ! éructai-je avec une rancœur tenace. Ça te va comme explication ? Toi et tes petits mensonges exécrables. Je ne veux plus jamais te revoir, Nicolas.

— Arrête, Cerise, je vais t'expliquer ! s'écria-t-il en me prenant la main.

Je me dégageai d'un geste brusque et, dans mon empressement, glissai sur le carrelage tel un gros sapin de Noël déposé devant la benne à ordures après les fêtes de fin d'année. Tous les regards convergèrent vers moi et une nuée de murmures envahit le restaurant. Dire que je me sentais pitoyable serait un euphémisme. Ma cheville me faisait un mal de chien, mais je me gardai bien de m'en plaindre. Je préférais encore mourir la tête haute et la cheville en morceaux que d'avouer une quelconque faiblesse.

Le garçon s'approcha de notre table, un sourire crispé sur le visage.

— Un problème, monsieur Cooper ? s'enquit-il.

— Tout va bien, merci, répondit Nicolas en se baissant pour m'aider à me relever. Mon amie est fatiguée ce soir.

— Voulez-vous que j'appelle un médecin ?

— Non, merci, je crois que nous allons juste prendre l'air.

Il opina du chef et se retira vers d'autres clients.

Malgré ma réticence, Nicolas passa un bras sous mon aisselle et me conduisit lentement jusque sur le trottoir, sans doute afin d'éviter une scène en public. Le fond de l'air était frais en cette fin octobre, mais la colère faisait office de chauffage interne et à ce stade, j'en avais même des bouffées de chaleur.

— Monsieur Cooper ? demandai-je, encore excédée malgré le spectacle déplorable que je venais de lui offrir. C'est une maladie chez toi, tu mens même pour la réservation d'un restaurant.

— C'est mon nom.

— C'est ça, oui ! tempêtai-je en me dégageant de ma béquille humaine quitte à m'effondrer à nouveau.

— Je t'assure que c'est mon nom. M. Compass, c'est une blague purement familiale ! Mes parents m'appellent comme ça parce que j'ai trop de compassion à leur goût, alors ils se fichent de moi. Personne d'autre n'utilise ce surnom ridicule.

En effet, je ne l'avais entendu que de la bouche de sa tante et de son oncle… Quant à ma convention de bénévole, dans mon souvenir, elle ne mentionnait que la dénomination de l'association et la signature au bas du document ressemblait à un gribouillis illisible qui pouvait se traduire par Cooper en y réfléchissant bien.

Je nageais dans la confusion la plus totale quand, soudain, un détail vint perturber mon esprit déjà bien embrumé par l'alcool.

— Personne d'autre ne l'utilise ? demandai-je, les paupières plissées.

— À part toi et eux, personne.

Je lui jetai un regard surpris.

— Oh… alors…

Ma voix s'étrangla au souvenir de mon premier message Instagram débutant par « Cher monsieur Compass ». Un sourire dissipa l'air lugubre qui crispait son visage jusqu'ici et ses yeux bleus se parèrent d'un éclat moqueur.

— J'ai su dès la première seconde que cette princesse japonaise n'existait pas, avoua-t-il. Personne ne pouvait savoir que l'on me surnomme ainsi, à part toi et ma famille. Tous les papiers sont au nom de Cooper, de même que les données informatiques et les documents juridiques. Si quelqu'un m'avait proposé une véritable collaboration professionnelle, il n'aurait jamais utilisé ce nom de *Compass*.

Le sol se déroba sous mes pieds et le ciel me tomba sur la tête. Autant dire que je me retrouvais dans une situation fort inconfortable. Le ciel peut être bien lourd parfois…

Je restai pantoise, la bouche grande ouverte, mortifiée de honte. Après Bécassine, le sapin de Noël et le lama, voilà que je ressemblais à la fille illégitime d'une carpe et d'une tomate bien mûre. Un festival ! En même temps, c'était Halloween…

— Je… je… balbutiai-je en rentrant la tête dans les épaules.

Je ne savais plus quoi dire. Les mots s'engluaient dans ma gorge, cloisonnés derrière ma langue comme de vulgaires prisonniers humiliés.

Je réussis tout de même à prononcer :

— Mais… pourquoi ?

— Je voulais te donner une petite leçon, te faire comprendre que c'était moyen de mentir. Et puis, je souhaitais voir si tu étais un peu jalouse. Pour le coup, j'ai bien vu ! s'exclama-t-il en riant d'un air goguenard.

— Alors, nous deux, c'était juste un jeu pour toi ?

— Non ! Non, bien sûr que non ! s'offusqua-t-il en me prenant la main. Je suis attiré par toi depuis ton arrivée dans l'association, mais je n'ai jamais osé t'approcher. Je te trouvais si belle, si adorable que je me disais qu'un homme comme moi n'aurait aucune chance. Quand j'ai découvert ton message sur Instagram samedi dernier, je me suis demandé ce qui t'avait poussée à inventer un personnage pour me parler.

— Je voulais simplement des informations sur toi, pour avoir un sujet de conversation, dis-je, contenant assez mal mon embarras. Je pensais que tu me trouvais inintéressante, voire même insignifiante.

Ses doigts redessinèrent tendrement la courbe de ma joue.

— C'est tout le contraire, Cerise. Tu m'impressionnes tellement.

Je sentis la tension dans ma poitrine se relâcher un peu.

— Alors... tu n'as pas vraiment été attiré par cette princesse, grimaçai-je.

— Pas la virtuelle, non. Seulement par celle que j'ai en face de moi.

Je fondis lamentablement à ces mots. Il était si timide, si mignon, si craquant. Mon prince, mon beau prince charmant. Dire que je m'étais jouée de lui. J'avais honte d'avoir été l'arroseur arrosé et je devais avouer qu'il m'avait bien eue. Les yeux baissés, je contemplai mes escarpins avec confusion. Il prit mes joues dans ses mains et me força à le regarder en face.

— Plus de mensonge entre nous ? s'enquit-il doucement.

— Plus de mensonge, promis.

Il posa ses lèvres sur les miennes et toute cette histoire japonaise s'évapora soudain comme un mauvais souvenir. Sa langue veloutée épousa la mienne et l'emporta dans une lente valse qui fit naître une délicieuse pulsion dans mon ventre. Soudain je n'avais plus mal à la cheville, j'aurais même pu courir un marathon.

Enfin... un 400 mètres haies, c'était déjà bien.

Sans les haies.

— J'ai un petit cadeau pour toi, murmura-t-il contre ma bouche avant d'y déposer un dernier baiser.

— Un cadeau ?

Il récupéra une enveloppe rouge dans la poche arrière de son pantalon et la déplia avant de me la tendre. J'ouvris le rabat avec fébrilité et en sortis deux billets d'avion pour Tokyo. Devant mon mutisme passager, il posa son front sur le mien et glissa ses doigts dans ma longue chevelure rousse.

— Ça te dit de fêter Noël au Japon ? demanda-t-il, le regard plongé dans le mien.

Médusée, je le fixai sans rien dire. Après un court laps de temps, je réussis à sortir de ma torpeur et repris une respiration, parce qu'il m'avait coupé le souffle avec son histoire d'avion.

— Tous… tous les deux ? fis-je, me maudissant aussitôt d'avoir formulé une question aussi ridicule.

J'avais l'impression d'être dans une publicité pour fromage. Sauf que là, on ne m'avait pas offert un Caprice des dieux, mais bel et bien un voyage au paradis.

— Tu es ma princesse, non ?

— Eh bien… oui, répondis-je avec un petit sourire.

— Alors, tous les deux, si tu es d'accord.

Mes genoux mollirent légèrement tandis que mon cœur s'emballait.

— Tu es dingue !

— Dingue de toi, ça c'est sûr, conclut-il avant de m'embrasser à nouveau sous mes gémissements de bonheur.

Composition
NORD COMPO

Achevé d'imprimer en Espagne
par BLACK PRINT
le 13 octobre 2019

Dépôt légal : novembre 2019
EAN 9782290216279
OTP L21EDDN001094N001

ÉDITIONS J'AI LU
87, quai Panhard-et-Levassor, 75013 Paris

Diffusion France et étranger : Flammarion